W0266856

FIRE & FROST

L'ALLIANCE

ELLY BLAKE

Traduit de l'anglais
par Maryline Beury

KORRIGAN
ÉDITIONS

© **Korrigan 2023**, pour la traduction française
© 2017 by Elly Blake
Publié pour la première fois en anglais sous le titre *Frost Blood* par Little, Brown and Compagny, une marque du groupe Hachette Book (US).
Couverture : Little, Brown and Compagny

ISBN : 979-10-412-0060-3
Code Hachette : 80 1542 1
Catalogues et manuscrits : city-editions.com/korrigan

Conformément au Code de la Propriété Intellectuelle, il est interdit de reproduire intégralement ou partiellement le présent ouvrage, et ce, par quelque moyen que ce soit, sans l'autorisation préalable de l'éditeur.

Dépôt légal : Septembre 2023

Pour Darren, Nicklas, Aleksander et Lukas,
avec mon amour éternel.

PARTIE I

1

J'offris ma main au feu.

Des étincelles jaillirent du brasier pour se poser sur mes doigts, la chaleur attirant la chaleur, et se mirent à luire sur ma peau tels des joyaux en fusion. De ma main libre, je rapprochai de moi un seau de neige fondue et me penchai en avant, agenouillée, prête à m'asperger si les étincelles se muaient en un phénomène plus important.

Ce qui était exactement mon intention.

Le solstice d'hiver aurait lieu dans six semaines, mais mon village, perché haut dans les montagnes, était déjà couvert d'une épaisse couche de neige. Grand-mère disait toujours que le véritable test prouvant les dons d'un Sang-de-Feu devait se dérouler dans le froid. Malheureusement, elle était morte avant d'avoir pu m'en apprendre davantage que les rudiments de base, et ma mère m'avait fait promettre de ne jamais pratiquer ce don.

Promesse que je ne pouvais pas tenir. Si les soldats du roi venaient à me découvrir, ne valait-il pas mieux que je sache me servir de ma chaleur ?

Je fermai les yeux et me concentrai sur mon cœur en cherchant à mobiliser le chaud pour qu'il enfle, monte et sorte de moi, comme grand-mère me l'avait enseigné. Si je faisais les choses correctement, les étincelles qui luisaient sur ma main allaient se transformer en petites flammes.

Allez, petit feu, où es-tu ?

Après des années passées à entendre que je devais étouffer mon feu, le cacher, le rendre invisible, je peinais chaque fois que j'essayais de le solliciter. Mais une minuscule flammèche commençait à apparaître sur ma main. Je cajolai intérieurement cette première manifestation hésitante, qui grandit un peu, puis un peu plus encore.

Voilà ! Je retins mon souffle, craignant de rompre le charme.

Un souffle d'air glacial vint plaquer mes cheveux sur mon visage. Les étincelles sur mes doigts s'éteignirent, et la flammèche s'en retourna dans mon cœur. Ma mère claqua la porte et repoussa la couverture roulée contre le bas de la porte. Un frisson parcourut sa silhouette délicate sous son manteau.

— Brrr, il fait un froid de canard dehors. Je suis gelée jusqu'aux os.

La voyant trembler, je finis par me tourner, révélant le feu dans l'âtre.

— Je croyais que tu avais un accouchement ?

— Ce n'était pas encore le moment.

Ses yeux s'arrondirent avant de se plisser comme elle avisait les flammes. Je haussai les épaules, un peu penaude.

— Il faisait tellement froid…

— Ruby. Tu t'entraînais, c'est ça ? dit-elle d'un ton déçu qui ne m'était que trop familier. Il suffit qu'une personne te voie faire ça, *une seule*, et elle pourrait alerter les soldats du roi. Avec l'été pourri qu'on a eu, et la pénurie de céréales, les gens sont prêts à tout pour survivre, y compris demander une récompense pour…

— Je sais. Pas la peine de me le redire une énième fois.

— Dans ce cas, pourquoi fais-tu ça ? C'est déjà suffisamment compliqué quand tu n'utilises pas ton don *volontairement*.

Elle agita la main vers une pile de tissus à moitié carbonisés. Des traces de brûlures marquaient encore le sol.

Je me sentis rougir.

— Je suis désolée de m'être emportée, l'autre jour. Une fois de plus… Mais ce soir, j'ai presque réussi à contrôler la flamme.

Elle secoua la tête d'une manière agacée qui en disait suffisamment – inutile d'insister. Je refermai mes bras sur moi et me mis à me balancer doucement, d'avant en arrière. Au bout d'un moment, je sentis ses doigts effleurer une mèche de mes cheveux, que j'avais de la chance d'avoir bruns et non roux comme beaucoup de Sang-de-Feu, disait-elle. Ma peau était peut-être un peu trop hâlée pour une fille du Nord, mais les gens ne faisaient guère attention à cela dans ce village paisible où personne n'avait de pouvoirs, qu'ils soient de feu ou de glace.

— Je sais que ce don fait partie intégrante de toi, me dit-elle avec douceur. Mais cela me rend malade d'inquiétude. Comment pourra-t-on garder ce secret si tu continues à utiliser ton feu, alors même que tu sais très bien qu'il peut échapper à ton contrôle ?

Voilà des mois et des mois qu'elle me répétait cette question, depuis que j'avais décidé de commencer à pratiquer mon don. Et je lui répondais toujours la même chose :

— Mais comment veux-tu que j'apprenne à le contrôler si je ne m'en sers jamais ? Et si on n'est pas en sécurité ici, pourquoi est-ce qu'on ne va pas ailleurs ?

— Ne recommence pas avec ça. Tu sais très bien qu'on ne parviendrait jamais jusqu'à la frontière. Et que même si on y parvenait, on serait sur les lignes de front.

— La côte…

— Est lourdement gardée maintenant.

— On aurait dû partir il y a des années, dis-je en soupirant. On devrait vivre en Sudesia, avec le reste de notre peuple.

Elle détourna le regard.

— Eh bien, nous sommes ici maintenant, et ça ne sert à rien de regretter ce que nous n'avons pas.

Elle soupira à son tour en voyant la pile de petit bois bien entamée.

— Ruby… Tu avais vraiment besoin de brûler la moitié de notre réserve de bois ?

Je tentai de ravaler ma culpabilité.

— Je n'ajouterai pas de bûche, promis.

— On va geler, quand il s'éteindra.

— Je te tiendrai chaud. Tu n'auras qu'à dormir à côté de moi.

Je tapotai mon matelas, que j'avais installé près du feu, à distance raisonnable des éventuels sauts d'étincelles.

Son regard se radoucit comme un sourire lui venait aux lèvres.

— Tu vaux mille fois mieux que n'importe quel feu… Tu ne me brûles jamais, toi, même si je m'approche trop.

— Exactement. Tu vois, ça peut être utile d'avoir une fille Sang-de-Feu.

Elle rit et je me sentis plus légère.

— Oh, mais j'en suis très heureuse, crois-moi.

Sur ces mots, elle me prit dans ses bras pour me serrer contre elle. Elle poussa bientôt des soupirs d'aise en sentant les vagues de chaleur qui émanaient de mon corps.

— J'ai l'impression d'étreindre un poulet sorti du four, dit-elle en riant. Tu ferais bien d'aller prendre l'air pour faire baisser un peu cette température. Tant que tu y seras, regarde donc si tu trouves un peu de bois, histoire de remplacer celui que tu as brûlé.

Je sortis et commençai à marcher dans les bourrasques à travers les congères. La neige fondait instantanément au contact de mes jambes, au-dessus de mes chaussures. Le vent du sud-ouest faisait tomber ma capuche et me fouettait les cheveux de ses doigts aux senteurs de pin. Le froid avait beau être mordant, ma peau demeurait plus chaude qu'à l'accoutumée, après avoir sollicité mon don. Ma mère m'avait demandé de ramasser du bois et de l'apporter à la maison, mais elle voulait aussi que je me calme. Il valait certainement mieux que je relâche cet excès de chaleur à l'extérieur ; c'était plus sûr.

Il m'était déjà arrivé de sortir en douce, la nuit, pour me rendre seule dans un coin de forêt enneigé, où je plongeais les mains dans un feu allumé à la hâte en m'efforçant de contrôler les flammes. Tout ce que j'avais réussi à faire, c'était à roussir les bords de ma cape.

Je réunis un tas de petit bois que je serrai étroitement contre moi. La forêt semblait retenir son souffle – à part le bruit du vent dans les cimes, il y régnait un silence surnaturel. Même si personne ne venait jamais ici, je ne pouvais m'empêcher de regarder tout autour de moi furtivement, cependant que les battements de mon cœur retentissaient dans mes oreilles. Je fermai les yeux et cherchai en moi la flammèche que j'y avais trouvée tout à l'heure. Les petites branches commencèrent à chauffer entre mes mains.

Le vent changea soudain de direction ; il venait maintenant du nord et semblait chargé des effluves d'une tempête hivernale. Un frisson me parcourut, et je serrai le petit bois plus fort, luttant contre le froid qui s'immisçait par mes pores et chassait peu à peu la chaleur de mon corps.

Tout à coup, j'entendis un bruit de pas, dans le lointain.

Je lâchai mon fagot pour escalader un rocher, faisant s'écrouler de lourds paquets de neige dans la manœuvre.

En direction du nord-ouest, le sentier tournait vers une ravine où un surplomb le protégeait de la neige. Dans quelques secondes, je pourrais voir qui approchait sans risquer d'être vue.

Ce fut une capuche que je vis en premier ; puis l'éclat d'un casque en métal entre les troncs d'arbres, gris sous le ciel de plomb. Le bleu vif de la tunique des hommes détonnait dans le paysage d'un blanc immaculé.

Des soldats avançaient, rompant le calme absolu avec leurs voix et le crissement de leurs pas lourds dans la neige.

Le sang afflua vers mon cœur, transformant ma peur en chaleur.

On m'avait mise en garde mille fois contre les soldats du roi, mais j'avais toujours pensé que nous nous trouvions trop haut dans les montagnes, et que nous étions trop insignifiantes pour qu'ils aillent chercher des Sang-de-Feu jusque-là. J'espérais qu'ils étaient simplement de passage pour regagner le Nord. Seulement, notre hutte se trouvait juste sur le chemin qu'ils suivaient. Ils pourraient facilement y faire halte pour piller notre garde-manger et utiliser notre foyer comme abri pour la nuit. Je ne devais pas prendre le risque de les laisser trop s'approcher de moi, et qu'ils sentent la chaleur de ma peau.

Je descendis du rocher et fonçai en direction de la maison, me faufilant à travers les arbres et fourrés en m'efforçant de ne pas respirer trop fort – heureusement, je connaissais ce terrain comme ma poche.

Lorsque j'arrivai à notre hutte, ma mère était assise près du feu, sa longue tresse passée par-dessus le dossier de la chaise en paille.

— Des soldats ! m'écriai-je en même temps que je me précipitais pour attraper sa cape qui séchait encore devant le feu, et la lui tendre. Dans les bois. S'ils s'arrêtent ici…

Elle me regarda quelques instants, bouche bée, avant de se mettre en mouvement. Elle attrapa alors un chiffon dans lequel elle mit du pain et du fromage, puis se précipita vers la table en bois sur laquelle des plantes médicinales séchaient à la chaleur du feu. Nous avions passé des heures à ramasser ces précieuses plantes, et ni elle ni moi n'étions prêtes à les abandonner. De nos doigts tremblants, nous commençâmes à les empaqueter aussi vite que possible dans des bouts de tissu.

La porte s'ouvrit soudain avec fracas, laissant le vent s'engouffrer et faire voler ce qu'il restait de plantes sur la table. Deux hommes surgirent de la pénombre enneigée, vêtus de vestes bleues arborant le blason à flèche blanche.

— Où est la Sang-de-Feu ?

Les petits yeux du soldat se posèrent sur ma mère, puis sur moi.

— Nous sommes des guérisseuses.

Mes jambes se mirent à flageoler en entendant le tremblement dans la voix de ma mère.

À grandes enjambées, un des hommes vint vers moi et m'attrapa par les deux bras. Un haut-le cœur me saisit en sentant l'odeur infâme de son haleine et de sa transpiration. Ses mains froides se posèrent sur mon cou. J'avais envie de tourner la tête et de lui mordre le poignet, de le frapper, de le griffer, tout pour qu'il ôte ses sales pattes de moi, mais l'épée qu'il avait à sa ceinture m'en dissuada rapidement.

— Sa peau est brûlante, dit-il en grimaçant.

— Elle a la fièvre, répondit ma mère d'un ton désespéré.

Je pris une profonde inspiration. *Cache ta chaleur. Refoule-la. Calme-toi.*

— Vous allez attraper ma fièvre, dis-je en m'efforçant de parler sans trembler.

— Je ne peux pas attraper cette maladie-là.

M'agrippant par le bras, il m'entraîna vers la porte. Je commençai à me débattre pour tenter d'échapper à son étreinte et butai contre un seau de baies rouges que j'avais ramassées avant les premières neiges. Elles se répandirent sur le sol telles des gouttes de sang, qu'il écrasa sous ses bottes tout en m'entraînant dehors, vers la lueur de la lune.

La pression monta alors dans ma poitrine. C'était comme si le feu dans l'âtre s'était glissé dans ma cage thoracique et faisait maintenant tout pour en jaillir. Grand-mère m'avait décrit cette sensation, mais je ne l'avais jamais éprouvée de la sorte. À l'intérieur, je n'étais plus que pression intense, picotements et brûlures. J'avais envie de m'arracher la peau, juste pour laisser tout cela sortir.

La douleur enflait, au point que je crus un instant qu'elle risquait de me tuer. Soudain, je me mis à hurler et une aura d'air brûlant m'entoura, enveloppant mon agresseur. Il me lâcha et tomba par terre en hurlant de douleur.

Je me ruai à l'intérieur de la hutte, où ma mère se débattait contre l'autre soldat qui l'entraînait vers la porte. Là, je pris une bûche sur le tas de bois et je l'abattis de toutes mes forces sur la tête de l'homme. Il s'écroula et ne bougea plus.

Je pris ma mère par la main et l'entraînai en courant dans la nuit. Le soldat que j'avais brûlé était à quatre pattes, en train de se tamponner le visage avec de la neige.

Aussi vite que nous le pouvions, nous avons couru dans la neige, pour fuir cet endroit qui avait toujours été un havre de chaleur et de sécurité, et nous jeter à corps perdu dans la peur et l'inconnu. Il fallait que j'emmène ma mère loin de tout cela, en lieu sûr. Au premier embranchement du sentier, je bifurquai à droite, en direction de la forêt, où nous pourrions nous perdre parmi des sapins qui poussaient si serrés que la neige ne parvenait même pas jusqu'au sol.

— Il fait trop froid, dit ma mère, haletante, en résistant à la traction de ma main. Il n'y a aucun abri ici… Le village.

Changeant de cap, nous passâmes devant plusieurs fermes et maisons, jusqu'à ce que ma mère commence à ralentir malgré elle ; je devais maintenant presque la traîner à travers de terribles congères qui s'étaient formées sur le chemin comme des vagues gelées. Alors que nous avancions péniblement dans l'ombre près de l'atelier du forgeron, je vis des lumières orange qui bougeaient sur la place du village.

— Des torches, murmurai-je en tirant la main de ma mère en arrière.

Ça ne semblait pas réel. Je venais au village au moins une fois par semaine depuis ma plus tendre enfance ; pas seulement pour acheter de la nourriture ou d'autres marchandises, mais aussi pour échapper à la solitude de notre minuscule hutte, pour échanger des sourires et des regards avec des gens, sentir l'odeur du pain en train de cuire, ou, de temps en temps, celle de l'eau de rose dont se parfumaient les épouses ou les filles des commerçants. Si je n'avais pas d'amis à proprement parler, il y avait ici des gens qui me répondaient toujours lorsque je les saluais, et qui étaient bien contents de prendre le sirop de ma mère pour soigner un père, une sœur ou un enfant malade.

Et voilà que maintenant, mon petit monde rassurant venait de se briser tel un bocal de verre lâché sur une pierre, se vidant de toute sa sécurité familière, que je ne pourrais jamais retrouver. Toutes les odeurs qui flottaient dans l'air étaient de mauvais augure – la fumée âcre des torches, la puanteur de trop de chevaux malmenés par des cavaliers empestant la crasse.

Nous avons fait demi-tour, mais, alors que nous passions dans une allée entre des bâtiments, trois soldats arborant la flèche blanche surgirent de l'ombre comme des spectres et nous mirent le grappin dessus avant que nous ayons le temps de bouger. Ils nous entraînèrent vers la place, où attendaient des groupes de villageois, l'air effrayés et les cheveux en bataille, comme si l'on venait de les tirer du lit. Je pivotai sur mes talons, cherchant une issue, mais je ne pouvais pas abandonner ma mère. Elle se tenait muette et immobile à mes côtés.

— C'est la Sang-de-Feu ?

L'homme était grand, avec un visage taillé à la serpe et une barbe blonde, et s'exprimait sur le ton du commandement. Des rangées de boutons en laiton brillaient sur son manteau.

Je balayai du regard les visages familiers des gens de mon village. Graham, le meunier, et sa fille, Flax. Les fermiers Tibald, Brecke et Tom, et leurs épouses, Gert, Lilly et Melody. Tous étaient venus voir ma mère pour lui demander un remède quand ils étaient malades, mais ils ne devaient pas avoir connaissance de ma nature. J'avais toujours été extrêmement prudente, et nous étions simplement bons voisins.

Un garçon de mon âge fit un pas vers nous. Mon cœur bondit dans ma poitrine – c'était Clay, le fils aîné du boucher. À la fête des moissons, il m'avait entraînée à l'écart cependant que tout le village dansait autour du feu. Sa main tremblait dans la mienne lorsque nous avions échangé un baiser dans l'obscurité. Il avait reculé en sentant la chaleur intense de mes lèvres contre les siennes, mais n'avait pas retiré sa main. Après cela, nous avions juste échangé des regards furtifs, les fois où je me rendais à l'échoppe de son père.

— C'est elle, capitaine, dit Clay, les lèvres tremblantes. Elle a tué mon frère.

Ma mère lâcha une exclamation de stupeur en serrant ma main dans la sienne. Quant à moi, je me figeai sur place.

Quelques semaines auparavant, ma mère avait été appelée par le père de Clay. Leur bébé ne prenait pas le sein et il avait la peau froide. Après avoir essayé tous les remèdes qu'elle connaissait, ma mère avait fini par m'emmener avec elle, pour voir si ma chaleur naturelle pourrait parvenir à réchauffer l'enfant. Mais le bébé avait tout de même fini par mourir. J'avais été inconsolable pendant trois jours entiers après cela.

— Tu sais très bien que ce n'est pas vrai, murmurai-je. J'ai essayé de le sauver.

— Sang-de-Feu ! cria le père de Clay. C'est toi qui as amené le malheur sur nous.

Je secouai la tête, n'osant y croire.

— Clay ? C'est toi qui as fait venir les soldats ici ?

Clay se contenta de grimacer sans répondre. Avant de se détourner.

Semblant obéir à un ordre tacite, les villageois commencèrent à se retirer tandis que les soldats se rapprochaient. En quelques instants, il ne restait plus que ma mère et moi sous la lumière vacillante des torches.

— Il y a une bonne façon d'en avoir le cœur net, dit le capitaine en brandissant sa torche devant lui, une lueur de jubilation dans les yeux. Les Sang-de-Feu ne brûlent pas.

— Recule, maman ! m'écriai-je en la poussant à terre.

Les torches étaient presque sur nous maintenant ; il en venait six ou sept de toutes les directions, et je sentais leur chaleur sur mon visage. Le feu de l'une d'elles sauta alors sur le tissu de ma robe. Bientôt, les flammes dévoraient mes habits et rugissaient à mes oreilles. Ma peau cloquait sous la chaleur intense, mais elle ne brûlait pas.

Le capitaine avança en portant une main à son épée. Brusquement, ma mère se jeta sur lui pour le griffer au visage, y faisant perler une goutte de sang. J'essayai de la retenir mais, au moment où je m'approchais, le capitaine me décocha un violent coup de pied en pleine poitrine. Je tombai par terre, le souffle coupé, tandis que la combustion de ma robe transformait la neige en vapeur autour de moi.

Alors que je me relevais, il leva son épée, en un geste presque désinvolte. Puis il abattit la lame sur la tête de ma mère dans un bruit de craquement intolérable.

Elle s'écroula sur-le-champ, telle une poupée cassée. Ses cheveux s'étalaient sur la neige en fines mèches délicates, comme dessinées au fusain. Son long cou gracile était ployé à la manière d'une tige de fleur fanée.

Je me précipitai à ses côtés et la pris par les épaules en l'appelant. Mes mains volèrent de son visage à son cou, à son cœur, y cherchant un battement de vie. En vain. Elle ne bougeait plus. C'était fini.

Le monde se figea autour de moi.

Non. Non. Non.

La timide petite flamme dans ma poitrine enfla pour se muer en un fleuve de chaleur, bien au-delà de ce que je pouvais contrôler. À quoi bon le cacher, maintenant ? Je pris une profonde inspiration, volant l'air du ciel, des arbres, du monde entier. Le vent semblait tourner en spirale autour de moi, devenue l'œil du cyclone.

Et puis, j'expirai.

Les flammes qui couraient sur mon corps se sont alors dilatées, démultipliées, explosant avec un rugissement en tournoyant vers l'avant. Dans un tableau aussi flou que chaotique, je vis les soldats se tordre de douleur, paniqués, tombant un à un à terre pour plonger leurs mains et leur visage dans la neige.

Le corps sans vie de ma mère gisait derrière moi, cheveux et membres emmêlés. J'allais la prendre dans mes bras quand des mains m'attrapèrent par les épaules. Je répliquai avec mes poings, cherchant à solliciter une nouvelle fois ce puits de flammes que j'avais trouvé au plus profond de mon être.

La chaleur mourut lorsqu'ils me jetèrent dans un abreuvoir, où je passai au travers d'une couche de glace pour me retrouver dans une eau glaciale qui me transperçait la peau comme une pluie d'aiguilles. Je sentais des parois de bois brut contre mes flancs. Je me redressai, la poitrine congestionnée par le froid, et on m'immergea de force une deuxième fois. Je me cramponnai aux bords de l'abreuvoir, laissant l'empreinte de mes ongles dans le bois.

On me remonta enfin et je recrachai l'eau en toussant pour pouvoir prendre de grandes inspirations d'air glacial.

Sous la lumière orange des torches, le capitaine se baissa et m'empoigna par les cheveux pour me regarder droit dans les yeux. Il avait le visage rouge et cloqué sur les joues.

— Tu vas payer pour ce que tu as fait à mes hommes. Ton village entier va payer pour ça.

Le feu s'élevait déjà derrière lui, où une épaisse fumée noire montait maintenant des échoppes et des maisons. Certains villageois essayaient d'arrêter les soldats qui enflammaient de leurs torches les murs de bois, les charrettes et les stocks de combustible en poussant des hurlements excités, comme s'il s'agissait d'une soirée de fête. Leurs voix se mélangeaient aux cris de ceux qui ne pouvaient rien faire d'autre qu'assister, impuissants, à la destruction de leurs seuls moyens de survie.

La rage se mêla à la panique et mon sang se remit à chauffer, provoquant une forte évaporation de l'eau qui ruisselait encore sur moi.

— Punition bien méritée pour avoir abrité une Sang-de-Feu, tu ne crois pas ? me nargua le capitaine, l'œil goguenard.

Tout le monde allait donc souffrir par ma faute.

— Je vous tuerai pour ce que vous avez fait ce soir, parvins-je à dire à mi-voix.

Les flammes jetaient des ombres étranges sur son rictus.

— Attachez-la à un cheval. On l'emmène à la prison de Blackcreek.

— Mais, capitaine, fit un soldat. Son feu…

— Dans ce cas, assommez-la.

Une douleur vive me frappa derrière la tête. La dernière chose que je vis avant que tout ne bascule dans le noir fut la flèche blanche sur la poitrine du capitaine.

La marque du roi de Glace.

2

Cinq mois plus tard

Un bruit de bottes traînant les pieds approcha, signe que les gardes étaient déjà bien avinés. Le soleil venait de se coucher, ne laissant plus filtrer qu'une lumière pâle entre les barreaux de ma minuscule fenêtre.

— Allez, allez, debout, petite saleté.

J'étais allongée dans ma position habituelle – genoux relevés, bras pliés sur ma poitrine pour conserver la chaleur de mon corps, que le sol de pierre semblait avide d'absorber. Je me redressai lentement pour m'asseoir, faisant cliqueter l'entrave à ma cheville contre la chaîne. Trois visages me lorgnèrent entre les barreaux.

— Quelle heure il est ? demanda Bragger en marmonnant.

Il était totalement ivre.

— L'heure de tituber jusqu'à vos pénates, bande d'arsouilles, répondis-je d'une voix éraillée par la soif.

Il eut un sourire narquois.

— Alors, il te plaît, ton nouveau bijou ?

Je baissai les yeux vers le fer enserrant mon pied.

— Je ne suis pas sûre qu'il soit bien assorti à ma robe.

— Au contraire, ricana-t-il. Il est aussi crasseux que toi. Alors, tu le trouves comment ?

— Superflu.

— Dans ce cas, je suppose que ce n'est pas demain la veille que tu recommenceras à te servir de ton feu.

— Ça dépend… Est-ce que vous comptez réserver un traitement spécial à un autre prisonnier, prochainement ?

Quelques semaines auparavant, Bragger et ses ivrognes d'acolytes avaient décidé qu'ils en avaient assez d'entendre la toux déchirante du vieil homme dans la cellule jouxtant la mienne. Les appels à l'aide de celui-ci sous leurs coups transperçaient les couches de torpeur mentale que je m'étais forgées. Le manque de confort, d'hygiène et la mauvaise nourriture avaient beau avoir dégradé ma santé et la force de mon don, j'étais tout de même parvenue à envoyer une bonne décharge de chaleur sur les avant-bras nus de Bragger, à travers les barreaux. Les raclées avaient pris fin, mais le prisonnier était mort cette nuit-là et j'avais hérité de son fer au pied en manière de récompense pour mon intervention.

— Ça, c'est pas tes oignons, Crasse-de-Feu, jeta Bragger. La prochaine fois, c'est peut-être bien de toi qu'on s'occupera. Tu ne tiendras pas une journée une fois qu'on s'y mettra.

Je sentis mon ventre se nouer mais restai impassible.

— Des mois que vous me promettez ça, et je suis toujours là. En vérité, je crois plutôt que vous avez fini par vous attacher à moi. Templeton me file même du rab de nourriture.

Templeton, le plus petit et le moins bavard des trois, s'apprêtait à protester, mais Bragger se contenta de faire la moue.

— C'est ça, essaie encore de nous monter les uns contre les autres pour qu'on t'oublie un peu… Je répète ma question, espèce de petite saleté : quelle heure est-il ?

— L'heure de vous réduire en cendres, tous autant que vous êtes.

Je me rendis compte que j'avais répondu à haute voix en le voyant rire.

— Il ne doit pas te rester beaucoup de feu pour ça, sans quoi tu l'aurais fait il y a longtemps déjà. Mais au cas où… tu as le seau, Rager ?

— Ouaip, fit Rager en heurtant le seau de métal contre les barreaux.

Il glissa une clé dans la serrure et ouvrit la porte.

— Quelle heure est-il ? redemanda Bragger d'une voix sourde et grave, qui me disait clairement que les choses iraient de mal en pis si je ne coopérais pas.

Je serrai les dents.

— « L'heure de faire trempette. »

Il me coula un sourire sardonique, se réjouissant de ce qui allait suivre.

Je me concentrai pour rester immobile, ne pas reculer. Mais en dépit de tous mes efforts, je ne pus m'empêcher de frémir quand l'eau froide vint me percuter de plein fouet, et comme la vapeur d'eau montait de ma peau. Les gardiens éclatèrent de rire.

— Ah, on ne s'en lasse jamais ! dit Bragger, empestant l'air devant moi de son haleine fétide. Une vraie théière vivante, dis donc. Je me demande ce qui se passerait si on lui faisait verser tout son thé rouge ?

Lentement, je levai une main pour écarter de mon visage une mèche de cheveux trempée. Il suivit le mouvement des yeux, alerte.

— Tu ne me fais pas peur, déclara-t-il.

Il garda pourtant ses distances tandis que Rager approchait pour me balancer un deuxième seau d'eau, celui-ci rempli d'éclats de glace qui m'entaillèrent les joues et restèrent pris dans mes cheveux. Je tressaillis, regrettant de ne pouvoir contrôler ce phénomène de vapeur qui semblait tellement les amuser. Mais en même temps, sans vapeur, il n'y aurait pas de peur. Et j'avais vu ce qu'ils faisaient aux prisonniers dont ils n'avaient pas peur.

Un troisième seau vint me tremper le dos. Je commençai à frissonner.

— Je ne sais pas pourquoi le bourreau n'est pas encore venu te chercher, lança Bragger. Mais ça ne devrait plus tarder.

Sur ce, il me décocha un petit coup de pied dans l'épaule, me faisant tomber à la renverse. Je me recroquevillai sur moi-même comme la porte se refermait avec fracas et que leurs rires s'éloignaient.

Je suis aussi froide que les murs de cette prison. Je ne ressens rien.

Un craquement de glace, comme des os qui se brisent.

Je m'éveillai en sursaut, le cœur battant. Juste avant, une forme noire, étrange et non humaine, flottait au-dessus de moi et me touchait la joue dans une caresse brûlante. Je refoulai mon rêve et clignai des yeux, retrouvant les murs de ma prison.

Le gel s'était insinué partout dans les geôles, formant une croûte sur les parois de pierre et s'immisçant dans la moindre fissure, la moindre serrure. Il recouvrait le sol, tel un drap dur et étincelant qui s'arrêtait à quelques centimètres de moi, me laissant sur une île de pierre nue.

Des pas lourds s'arrêtèrent devant ma cellule. Je réprimai un grognement. *Oh, non, pas eux, encore. Ça ne va pas recommencer.* Mais les gardiens ne sentaient pas le cuir ciré et le savon. Levant les yeux, je vis une grande silhouette dissimulée sous une capuche devant ma porte, une torche dans la main droite. Je me raidis et sentis ma nuque se hérisser.

Une autre silhouette encapuchonnée rejoignit la première. Celle-ci était plus petite et s'appuyait sur une canne qui marquait le bruit de chacun de ses pas. Une courte barbe blanche dépassait du col de sa cape.

— Vous pensez donc que c'est elle ?

Il parlait avec douceur, et son accent raffiné semblait déplacé dans ce trou à rats rempli de voleurs et de meurtriers.

— Regardez, dit le plus grand, qui avait une voix plus profonde et plus affirmée. La glace refuse de la toucher, vous voyez ?

Il prit une grande inspiration puis souffla avec force. Les particules d'eau dans l'air se cristallisèrent et tombèrent sur moi en minuscules paillettes, qui se transformèrent en vapeur au contact de ma peau.

Je ravalai un grognement de terreur. Ces hommes étaient donc des Sang-de-Glace, dotés d'un pouvoir en totale opposition avec le mien. Je luttai pour conserver une respiration normale et dissimuler ma panique.

— Là, vous voyez ?

— Asseyez-vous, mon enfant, dit le plus petit en frappant les barreaux avec sa canne, comme s'il frappait à ma porte. Nous aimerions discuter avec vous.

Je restai immobile, espérant qu'ils s'en aillent et me laissent tranquilles. Je n'avais pas éprouvé une telle peur depuis le jour où les soldats avaient fait irruption dans mon village. Les gardiens n'avaient pas le don, et ils parvenaient tout de même à me pourrir l'existence. Au moins avaient-ils peur de mon feu… Mais que pouvait me faire un Sang-de-Glace ?

— Fais ce qu'il dit, ordonna l'homme imposant de l'autre côté des barreaux. Assieds-toi, sinon j'irai chercher un seau d'eau, et nous verrons si tu grelottes ou pas.

La défiance vint chauffer ma peau. Je dépliai les bras et me redressai pour m'asseoir. Le vieil homme se rapprocha des barreaux.

— Quel âge avez-vous ?

Je dus réfléchir quelques instants. Dans ma tête, les jours se fondaient avec les mois, lesquels pourraient à la longue se fondre avec les années, entre les murs de la prison du roi.

Il parut comprendre mon incertitude.

— L'équinoxe de printemps a eu lieu il y a deux semaines.

La nouvelle me fit mal ; j'avais perdu presque la moitié d'une année.

— Dix-sept ans, alors.

— Vous avez brûlé les soldats du roi, certains assez gravement, dit-il. Même si, grâce à l'aide de guérisseurs compétents, ils ont survécu.

— Vous m'en voyez navrée, lâchai-je d'un ton aussi froid que le sol gelé.

Il eut un petit rire et avisa son compagnon.

— C'est curieux qu'elle ait les cheveux noirs… Habituellement, ceux qui possèdent le don ont une chevelure de la couleur du feu.

Il passa un bras entre les barreaux de la porte.

— Montrez-nous vos poignets.

Je plaquai mes mains contre ma poitrine.

— Pourquoi ?

— Nous aimerions simplement regarder.

Sa voix était douce, gentille. Sans réfléchir, je tendis un bras, et ma manche déchirée s'ouvrit, découvrant mon maigre poignet. Il prit la torche à son compagnon et la tint tout près des barreaux ; la lumière éclaira la veine épaisse qui battait comme un gros ver rouge sous ma peau.

— Voyez un peu ce rouge éclatant ! s'émerveilla-t-il tandis que je retirais mon bras.

L'homme remonta sa propre manche pour me montrer les veines à son poignet, qui étaient d'un bleu froid et non rouges comme les miennes.

— Nous ne vous voulons aucun mal, dit-il pour me rassurer. Au contraire : nous sommes ici pour vous faire une proposition. Si vous faites ce que nous attendons, vous retrouverez votre liberté.

Mon cœur fit un bond dans ma poitrine. Le mot *liberté* résonnait dans ma tête comme la note pure et claire de la cloche d'un temple. Cette simple idée me rendait folle d'envie – sentir l'air frais dans mes poumons, le baiser du soleil sur ma peau, le vent jouer dans mes cheveux. J'en tremblais, tiraillée entre désir absolu... et terreur profonde.

Parce qu'il y a des choses encore pires que de mourir à petit feu dans une cellule.

Les deux hommes demeuraient immobiles et silencieux à la lueur vacillante de la torche, le givre craquant sous leurs pieds. Leur haleine formait une brume froide dans l'air.

— De quoi s'agit-il ? finis-je par demander.

Le vieil homme regarda autour de lui et secoua la tête.

— De nous aider, d'une manière qui devrait beaucoup vous plaire.

— Pourquoi est-ce que ça me plairait, d'aider un Sang-de-Glace ? Sauf s'il s'agissait de l'aider à mourir, évidemment.

Il leva ses mains parcheminées et baissa sa capuche, révélant un visage ridé à la peau plus hâlée que la mienne, long et émacié, aux traits empreints de noblesse. Ses yeux, d'un bleu presque blanc, se plantèrent dans les miens.

— La glace et le feu étaient amis, autrefois.

— Je n'ai jamais vu ça, de toute ma vie.

Il considéra son compagnon, puis moi, l'air grave.

— Alors, cela a des chances de vous intéresser. Notre objectif est le trône, ni plus ni moins.

Je fermai les yeux un instant, le temps d'encaisser la nouvelle. C'était exactement ce dont je rêvais, la *seule* chose que je désirais depuis le jour où les soldats m'avaient tout pris : tuer le roi, commanditaire de cet assaut. Sans ce roi, il n'y aurait eu ni soldats, ni capitaine, ni prison.

Et ma mère serait toujours en vie.

Je soutins le regard bleu pâle, prise de vertige. Ils voulaient que je tue le roi pour leur compte, mais à quel prix ?

— Vous pensez vraiment que je vais vous faire confiance ?

Il ouvrit ses mains devant lui.

— Nous sommes là, et nous vous offrons une possibilité de sortir. Si nous sommes découverts, nous serons pendus.

— Si vous avez de la chance.

Il opina du chef.

— Et si je refuse ?

Le plus grand soupira.

— Dans ce cas, tu resteras à pourrir ici, jusqu'à n'être plus qu'un tas d'os retenus par une chaîne.

Je ne pus contenir un rictus.

— Il suffit que je pousse un seul cri et vous pourrirez ici tous les deux avec moi.

— Voilà une bien charmante proposition. Je ne comprends pas que personne ne soit venu te chercher avant nous.

Le vieil homme étouffa un petit rire.

— Ça suffit, Arcus. Alors, acceptez-vous notre proposition, jeune fille ?

Je cogitai quelques instants. D'après les dires des autres prisonniers, la plupart des Sang-de-Feu du royaume avaient été tués ou expulsés. Certains devaient probablement croupir en prison, comme moi. Mais, tôt ou tard, viendrait le jour de l'exécution.

J'avais certainement bien plus de chances d'échapper à ces hommes que de m'échapper de cette prison.

Je serrai les dents et hochai la tête en signe d'approbation.

Le vieil homme se pencha vers la serrure et souffla dedans. De la glace se forma autour de l'ouverture, suivie d'un claquement net. La porte pivota sur ses gonds.

— Et ma chaîne ? dis-je avec un signe de tête vers ma cheville.

Il s'approcha, appuyé sur sa canne, et souffla à nouveau. Là aussi, la glace envahit la serrure de l'anneau de fer, mais elle fondit quelques secondes plus tard. Il réessaya, mais le résultat fut le même.

— Votre résistance au froid est trop forte. Pouvez-vous réprimer votre pouvoir, jeune fille ?

Je fis signe que non. Grand-mère était morte avant d'avoir eu le temps de me l'apprendre.

Un grognement sourd monta dans le couloir, en provenance de la salle des gardiens.

— Les gardiens se réveillent, dit celui nommé Arcus. Ne bouge pas.

Sur ces mots, il exhala un grand souffle d'air glacial sur la chaîne, tira une épée de derrière son dos et l'abattit sur les maillons. Je retins un cri comme la chaîne fragilisée se brisait en deux. L'écho du choc résonna autour de nous, suivi d'un nouveau grognement.

— Vite, me pressa le vieil homme.

J'essayai de me lever, mais de multiples douleurs aux articulations m'en empêchèrent. J'avais perdu trop de muscle pour pouvoir tenir debout.

— Portez-la, Arcus.

Arcus se baissa. L'odeur de savon, de cheval et de cuir m'envahit.

— Si tu tentes quoi que ce soit, je brise ta petite nuque de fagot de brindilles, souffla-t-il à mon oreille.

Je levai les yeux vers lui et me tins tranquille, regrettant de ne toujours pas pouvoir discerner son visage. Avec l'obscurité et sa grande capuche, je ne voyais que son menton et sa lèvre inférieure. Les deux étaient très affirmés, bien marqués, quoique froncés par une épaisse et vilaine cicatrice.

— Si vous me faites du mal, je vous brûlerai si fort que même votre dulcinée s'enfuira en courant.

Il eut un petit rire moqueur puis glissa les bras sous mon dos et mes jambes. Comme il me soulevait, je sentis le lourd poids du fer attaché à ma cheville. La douleur m'arracha un petit cri ; à ma grande surprise, il me reposa alors sur le sol et sortit de ses poches un morceau de tissu, qu'il enroula autour de ma cheville, entre la peau et le métal, afin que cela ne me fasse pas mal. Après quoi, il me souleva à nouveau.

Lorsque ma cuisse rencontra la peau froide de son bras nu, il prit une profonde inspiration par le nez mais se mit en mouvement avec calme et rapidité, en dépit de la charge que je représentais. Au moment où nous montions l'escalier, Bragger débarqua dans le couloir ; ses yeux s'écarquillèrent en voyant une prisonnière se faire emporter.

Brusquement, le froid s'intensifia. Le givre redoubla dans le couloir de pierre, striant le sol de toiles étincelantes et interconnectées. Dans une série de craquements, la glace se rua sur les jambes de Bragger, sur son torse, puis sur ses bras et sur son cou. Il ouvrit les lèvres, mais ses paroles furent bloquées par l'apparition soudaine d'une bouchée de glace.

Je regardai la main levée du vieil homme, sur laquelle brillaient des cristaux de glace. Mais je n'eus pas le temps de m'émerveiller de la puissance de son don. D'autres gardiens s'étaient réveillés, nous entendions maintenant leurs voix dans le couloir. À grandes enjambées, Arcus passa à côté du gardien gelé pour gagner une porte maintenue ouverte par une planchette. Le vieil homme s'empressa de nous suivre.

Quand la lourde porte se referma en claquant derrière nous, la réalité de ma fuite me saisit. Mes poumons se remplirent de l'air frais et pur de l'extérieur tandis que mes yeux s'éblouissaient au spectacle des étoiles dans le ciel, telles des torches luisant dans les ténèbres.

Sous ma cuisse, le bras d'Arcus était affreusement froid. Son souffle était maintenant plus court.

— Ma peau vous brûle, c'est ça ? demandai-je, remarquant son front plissé et sa mâchoire serrée.

— C'est ton odeur infâme qui me brûle les narines, Sang-de-Feu, rien d'autre. J'espère que Frère Chardon a suffisamment de savon à l'abbaye pour te rendre plus fréquentable.

Si ma personne lui répugnait, tant mieux. Le sentiment était réciproque.

— C'est vous, Frère Chardon ? demandai-je au vieil homme, qui avançait péniblement en direction d'une carriole avec un cocher, stationnée dans l'ombre d'un bâtiment de l'autre côté de la route.

— C'est cela, jeune fille. Et vous, comment vous appelez-vous ?

— Ruby. Ruby Otrera.

— Ruby, répéta-t-il en souriant. Cela vous sied à merveille.

3

J'avais oublié combien il est éprouvant de voyager en carriole. Arcus était assis à côté de moi, Frère Chardon en face de nous. Alors que la voiture cahotait sur les routes criblées d'ornières qui sortaient de la ville, je me pelotonnai dans le coin le plus éloigné du jeune Sang-de-Glace et de sa peau réfrigérée. J'avais beau être enveloppée dans des couvertures, mes articulations souffraient du froid, et les vagues d'air glacial émanant de lui n'arrangeaient rien.

Arcus lâcha un soupir exaspéré.

— Je ne savais pas que les Sang-de-Feu étaient si sujets aux frissons.

Je lui coulai un regard noir. C'était ma chaleur qui m'avait maintenue en vie, quand d'autres prisonniers avaient succombé à la toux ou au froid pendant leur détention. Mais au fil des mois, mon feu intérieur s'était amenuisé au point que j'avais désormais froid en permanence, même si je paraissais encore chaude pour quelqu'un comme Arcus. Je doutais qu'il comprenne cela et, considérant ma souffrance actuelle, je n'avais aucune envie d'essayer de le lui expliquer. Au bout de quelques heures, les gémissements que je ne pouvais contenir l'irritèrent tellement qu'il consentit à faire une petite pause.

Nous nous arrêtâmes sur une portion de route déserte. Le cocher alla se dégourdir les jambes pendant que les deux Sang-de-Glace encapuchonnés faisaient quelques pas pour aller parler sous un grand arbre aux branches noires squelettiques sous le clair de lune.

— Elle est très faible, dit Arcus à voix basse. Je me demande si elle survivra au voyage.

— En effet, approuva Frère Chardon sur le même ton. Mais elle a survécu à la prison. Elle a peut-être des forces cachées. Et peut-être d'autres dons, que nous ne connaissons pas.

— Comme une ouïe excellente, lançai-je, faisant sursauter le moine.

Nous n'étions pas assez loin pour qu'un retour à la prison soit exclu. Je ne voulais pas qu'ils me considèrent comme une faible.

Le vieux moine s'inclina en me regardant.

— Veuillez m'excuser, mademoiselle Otrera.

Je sentis mes joues se craqueler comme du vieux cuir, et me rendis compte que je souriais de sa déconfiture. Cela faisait tellement de temps que je n'avais pas souri que j'en avais presque oublié cette sensation.

Arcus se tourna vers moi ; la lumière de la lune se reflétait sur le fermoir de sa cape. Quelque chose dans sa silhouette et l'éclat du métal me rappela soudain les hommes avançant vers moi à la lueur des torches. Mon sourire s'effaça et je me recroquevillai davantage sous les couvertures.

— Je vais prendre ton manque de politesse comme un signe de meilleure santé, dit-il.

Quelques minutes plus tard, nous repartions pour traverser des forêts et des villages plongés dans le silence. Il y avait juste assez de clair de lune pour voir les toits effondrés, les portes sorties de leurs charnières et les barrières cassées. La plupart des maisons, qu'elles soient solidement bâties ou faites de terre et de chaume, étaient abandonnées et en ruines.

Quand les hommes et les femmes de ce pays étaient partis à la guerre, l'espoir de semer et de récolter suffisamment de moissons sur cette âpre terre du Nord s'était évaporé en même temps, laissant la faim et la famine dans son sillage. Les champs empestaient la pourriture, plus encore que quelques mois auparavant, lorsqu'on m'avait jetée en prison.

Une ou deux heures plus tard, le paysage changea. Au lieu des bois et des champs, la lune révélait maintenant des buissons et des broussailles basses couvertes de neige. Nous nous sommes engagés sur ce qui ressemblait à un chemin pour le bétail, à flanc de montagne.

— Vous êtes sûrs que vous ne préférez pas me tuer tout de suite ? dis-je entre mes dents serrées, les mains pressées sur mon ventre. Parce que je souffrirais moins longtemps, et le résultat serait le même, au bout du compte.

— Nous avons un projet pour toi, répondit Arcus, et il ne consiste pas à voir ta carcasse dégringoler d'une falaise.

On aurait dit que l'idée le tentait. Autant que j'étais tentée de le pousser hors de la carriole, en ce moment où nous prenions un virage dangereux au bord d'une falaise à pic. Ou de mettre le feu à sa chère capuche.

Bientôt, le paysage se mua en une haute plaine encaissée entre des pentes escarpées couvertes de sapins enneigés. Ce qui, de loin, ressemblait à un amoncellement de rochers, s'avéra finalement être un vaste édifice doté d'une haute tour sur un côté. La lune en croissant se trouvait juste à la pointe de la tour, comme si quelqu'un avait posé une faucille sur un toit plat.

— C'est l'abbaye dont vous parliez ? demandai-je, tout en avisant des tas de pierres sous des trous béants dans les murs. La prison est un palais, en comparaison.

— Tu es libre d'y retourner, si ça te chante, répondit froidement Arcus. Je suis sûre que les gardiens t'accueilleront à bras ouverts. Et le bourreau aussi, sans aucun doute.

— Le bourreau ne semblait pas s'intéresser à mon cas. Il a sûrement trop à faire avec les nombreux dissidents ramenés par les nobles soldats du roi. Je pense qu'il m'aura oubliée avant la fin des guerres frontalières.

Arcus se gaussa.

— Tu seras morte, d'ici-là.

Il avait probablement raison.

La carriole fit halte devant une porte cochère et le conducteur sauta de son siège cependant qu'une silhouette imposante venait l'aider à dételer les chevaux. Arcus descendit et tendit les bras vers moi. Il se mouvait avec légèreté, pour un homme de sa carrure. Je me raidis comme il me soulevait et me plaquait contre sa poitrine glacée.

— Ne me brûle pas et je ne te ferai aucun mal, dit-il, me rappelant notre accord préalable.

La douleur me fit oublier la peur. Je me mordis la joue et m'agrippai à sa cape, fermant les yeux pour mieux encaisser les pulsations à ma cheville.

— Dites à Frère Gamut que notre invitée est arrivée, lança Frère Chardon à un homme posté devant la porte. Puis emmenez-la à l'infirmerie.

— Invitée ? répétai-je sèchement. Votre abbaye accueille souvent des invités avec des fers aux pieds ?

— Nous avons revu nos critères à la baisse, répondit-il en enjambant des vieux pavés qui dépassaient du sol. Raison pour laquelle c'est l'endroit parfait pour vous.

Et pour *vous*, pensai-je. Ils m'avaient sortie des geôles du royaume et étaient désormais, de fait, aussi coupables de crime contre le roi que je l'étais.

La grande porte en bois de l'abbaye était tenue ouverte par un homme portant une bougie, dont la lumière se réfléchissait sur son crâne chauve cerné d'une tonsure blanche. Il était assez âgé, avait le dos courbé, un nez large et tordu, et les joues creuses.

— L'infirmier, annonça Arcus.

Le moine se détourna et partit dans l'ombre en traînant les pieds. Nous suivîmes l'homme et sa bougie dans un long couloir bordé de fenêtres en forme d'arche, jusqu'à une petite pièce avec quatre matelas rembourrés de paille posés à même le sol. L'un d'eux était couvert d'un drap blanc usé, avec un petit oreiller et une couverture pliée au bout. C'était la première fois depuis des mois que je voyais quelque chose ressemblant à un lit. Je me penchai vers le matelas, et Arcus me lâcha dessus. Je lui jetai un regard noir tout en me frottant la hanche.

Il tendit une main pour me désigner au moine.

— Qu'elle se lave, dit-il.

Sur ce, il tourna les talons et s'en alla.

— Quelle amabilité, glissai-je au moine tandis qu'il allumait un chandelier accroché au mur.

Il me regarda, étonné, avant de hocher la tête.

— Il peut être assez abrupt, c'est vrai. Mais cela peut se comprendre, considérant son histoire.

— Et quelle est donc cette histoire qui excuse un tel manque d'amabilité ?

Il se tourna vers moi.

— Les questions, ce sera pour demain. Pour l'instant, on va s'occuper de votre état physique.

J'eus un brusque mouvement de recul. Les gardiens de ma prison prenaient un malin plaisir à amputer les membres infectés. J'avais dû les menacer de brûler le premier prétendu guérisseur qui oserait franchir le seuil de ma cellule.

— Ne vous inquiétez pas, dit le moine d'un ton plus doux. Je comprends : vous vous retrouvez dans un endroit étrange et vous avez dû beaucoup souffrir ; mais ici, nous sommes à l'abbaye de Forvent. Les frères et les sœurs de l'ordre de Fors ont fait le serment d'accueillir les personnes injustement persécutées et qui ont besoin d'un sanctuaire. Ils se méfient peut-être de vous, mais aucun mal ne vous sera fait.

Je l'observai attentivement.

— Vous vous méfiez de moi.

Il m'observa à son tour assez longuement avant de répondre :

— Je vous jugerai en fonction de vos actes, et non de votre héritage. Mais je vous recommande de cacher votre feu aux autres. Tout le monde n'est pas aussi ouvert que moi, même si nous avons tous prêté le même serment.

— Inutile de me le préciser.

Il opina et désigna ma cheville.

— Je suis Frère Gamut. On dit que j'ai un certain talent avec les plantes... Si vous voulez bien me montrer votre blessure, je pourrai peut-être soulager votre douleur.

Prudemment, je retirai le tissu de sous mon entrave. Le moine resta bouche bée en découvrant l'état de ma cheville sous l'anneau de fer. Semblant oublier sa méfiance, il s'approcha pour mieux voir.

— Nous devons tout de suite enlever cela.

Il tourna les talons et partit vers la porte.

— Pas d'épée ! l'implorai-je.

Il se retourna, une lueur d'amusement dans les yeux.

— Non, mon enfant. J'ai tout un trousseau de clés, cela pourrait suffire. Je reviens tout de suite.

Je n'étais pas sûre de devoir le croire, mais, fidèle à sa parole, il revint quelques minutes plus tard avec un trousseau de clés, un rouleau de bandage et un plateau contenant une tasse, un pot d'eau, un mortier et un pilon, qu'il posa sur un tabouret à trois pieds. D'une main tremblante, il essaya chaque clé, jusqu'à ce que l'une ouvre soudain mon fer dans un claquement sec. Après avoir mis de côté la pièce de métal, il dénoua un bouquet de plantes attaché à sa ceinture. Il en sépara soigneusement les tiges puis sélectionna certaines feuilles et fleurs, qu'il écrasa en les mélangeant avec le pilon et le mortier. Il les mit ensuite dans le bol avec de l'eau et plaça les bandes de tissu à tremper dans cette teinture. Je ne pus m'empêcher de gémir lorsqu'il nettoya ma plaie et enroula les bandes humides autour de ma cheville.

Il me coula un regard de sous ses sourcils blancs.

— Il y a des signes d'infection, mais vous avez de la chance : elle n'est pas trop avancée. J'ai des plantes qui empêcheront un empoisonnement du sang et soulageront la douleur.

Le soulagement m'envahit : j'avais déjà moins mal.

— Qu'avez-vous utilisé ?

— Il y a beaucoup de plantes dans les montagnes. J'ai testé les plus efficaces. Ici, c'est un mélange de feuille de bouleau, de gaulthérie et de delosperma. Ma tisane vous fera du bien aussi.

Il me tendit la tasse fumante qui attendait sur le plateau. Quelques minutes plus tôt, j'aurais considéré ce breuvage avec suspicion, mais le moine avait fait ses preuves en prenant soin de ma cheville. J'avalai une gorgée. Le goût mentholé de la gaulthérie se mêlait à une saveur inconnue – celle du delosperma, probablement. Une fois ma tasse vidée, je la lui rendis.

— Est-ce que je peux prendre un bain ? demandai-je tandis qu'il rassemblait ses plantes et ses récipients.

En dépit de mon intense fatigue, je mourais d'envie de retrouver le luxe de la propreté.

— Demain, répondit-il. La teinture et la tisane travaillent ensemble et vont vous rendre somnolente. C'est un vrai bonheur que de sentir la douleur s'apaiser, pas vrai ?

Mes paupières étaient déjà lourdes et ma tête tombait sur l'oreiller.

— Mais… Arcus le Bougon a dit que je devais me laver… Vous ne craignez pas sa colère ?

Il sourit, la main sur la poignée.

— Il y a des choses que je crains bien davantage.

La lumière du jour inondait l'infirmerie et me faisait mal aux yeux. Je n'y étais plus habituée. Pendant des mois, je n'avais vu qu'une pâle lumière indirecte entre les barreaux de ma petite fenêtre orientée au nord. J'étais devenue une sorte d'animal nocturne recroquevillé dans l'obscurité de son terrier.

Pour l'heure, mon terrier avait la forme d'un matelas rempli de paille, d'une douce couverture et d'un petit oreiller mal garni. Mais c'était comme un rêve pour moi : ne plus sentir le froid, la douleur, ne plus subir les arrosages à l'eau sale et glacée. Et, Tempus en soit remercié, ce n'était pas du gruau qu'il y avait sur le tabouret à trois pieds, mais un bol d'épais porridge, un morceau de fromage et un verre. Plissant les yeux sous la lumière, je repoussai mes couvertures et me traînai, un peu tremblante, jusque sous les vitres de la fenêtre.

Le porridge était légèrement sucré ; le fromage, doux et salé. Un pur bonheur.

J'étais de retour dans mon lit quand Frère Gamut entra avec une tasse de sa tisane. Il se pencha et déroula précautionneusement le bandage autour de ma cheville – tâche que j'avais vu ma mère accomplir de nombreuses fois sur des hommes, femmes ou enfants blessés de notre village. Ma poitrine se serra et il me vint un étrange sentiment de vulnérabilité, comme si c'était ma mère qui prenait soin de moi avec ces gestes doux. Je luttai contre ce sentiment, lui préférant l'endurcissement qui m'avait protégée du désespoir au cours de ces derniers mois.

Sitôt qu'il eut fini, je remis sur le tapis la question du bain – un bain chaud, car je n'avais pas suffisamment d'énergie pour le chauffer moi-même. Deux moines – une grande femme maigre et un homme corpulent – apportèrent bientôt un grand baquet en métal, tout en me coulant des regards soupçonneux.

J'ignorai leurs regards en biais et me concentrai sur le spectacle des seaux d'eau fumante que l'on vidait l'un après l'autre dans le baquet.

— N'oubliez pas de laisser votre cheville au sec, me recommanda Frère Gamut avant de partir avec les deux autres.

Je m'immergeai dans le bain. Aussitôt, la chaleur fit chanter tout mon sang. Mon pouvoir, si longtemps affaibli et altéré par le manque de nourriture, le froid et l'angoisse, se réveilla brusquement dans mon cœur. Ma cheville blessée reposant sur le bord du baquet, je me savonnai avec soin, tiraillée par des émotions contraires. Un tel soulagement me semblait trop beau pour être vrai.

Une fois ma toilette terminée, je sortis de l'eau noircie par la crasse et m'essuyai en m'appuyant contre le bord du baquet. Frère Gamut m'avait laissé une pile de vêtements simples. J'enfilai les sous-vêtements de lin, une robe marron et des sandales en cuir, et fus brusquement frappée par le contraste entre ma propreté nouvelle et la puanteur de la robe que j'avais quittée. Des mois d'emprisonnement avaient transformé ma modeste robe bleue et mes sous-vêtements en un tas de guenilles répugnantes. Je les ramassai et me dirigeai vers un brasero allumé près du mur du fond, avant de me raviser et de me diriger vers la porte.

J'avais une autre idée en tête.

La main sur la poignée de la porte, j'hésitai un instant. Avais-je le droit de sortir ? Que feraient-ils si je ne respectais pas leurs règles ? Les gardiens de la prison avaient peur de me toucher, mais Arcus m'avait mise en garde plus d'une fois. Son froid le protégeait de ma chaleur, et il pouvait très bien se révéler aussi brutal que les gardiens.

Légèrement tremblante, j'ouvris la porte. Je refusais de laisser la peur me dicter mes actes. Je n'étais plus une prisonnière et, s'ils me traitaient comme telle, je m'échapperais dès que ma santé me permettrait de le faire.

Après m'être faufilée dans le couloir en évitant les regards curieux de silhouettes encapuchonnées, je m'appuyai contre la pierre froide du mur, maudissant la faiblesse de mes jambes. Je m'efforçai alors de me rappeler qu'hier encore, je ne tenais même pas debout. Il y avait déjà du progrès.

Une minute plus tard, je trouvai une porte qui donnait sur l'extérieur. Lorsque j'en franchis le seuil, mes poumons s'ouvrirent pour accueillir une bouffée d'air frais au doux parfum de pin. Je fermai les yeux, le visage tourné vers le ciel. Tant de mois avaient passé… Je ne m'étais pas rendu compte à quel point le soleil et l'air frais m'avaient manqué.

Ravalant la boule qui se formait dans ma gorge, je m'éloignai de l'abbaye. Une bonne partie de la neige avait fondu, il n'en demeurait que quelques plaques à l'ombre, çà et là. Un bosquet de jeunes arbres fruitiers menait à un petit ruisseau qui gargouillait sur des pierres lisses et disparaissait entre les hautes herbes.

Je voulais être hors de vue, sans me trouver trop près de bois sec ou de fougères. Sous un arbre grêle, quelques pierres plates bordaient la berge du ruisseau, probablement pour y laver le linge quand le temps le permettait.

Je posai mes guenilles sur les rochers. Le matin où je les avais enfilées avait été le pire jour de mon existence. Si je parvenais à en refouler le souvenir lorsque j'étais éveillée, celui-ci revenait cependant me hanter toutes les nuits. Je ne pouvais effacer la vision de ce qui s'était produit, mais je pouvais au moins détruire ce qui me le rappelait. Je tendis mes paumes au-dessus de la pile de vieux vêtements et fermai les yeux. La chaleur se mit à circuler autour de mon cœur. *Laisse-la monter. Sois patiente. Concentrée. Comme grand-mère te l'a appris. Attends qu'elle soit prête à jaillir, puis retiens-la et contrôle-la.*

La contrôler n'avait jamais été mon fort.

J'invoquai la totalité des instincts et des sentiments relevant de la chaleur restés enfouis sous ma peau pendant des mois, et sentis un craquement juste au-dessous de mon sternum. *La peur. Une rage brûlante.* Elle coulait à flots, telle de l'huile pour lampe prête à s'enflammer.

Maintenant, j'avais juste besoin de ressentir quelque chose qui allumerait le feu en moi. Je me remémorai les mains de ma mère, crochues comme des serres quand elle s'était jetée sur le capitaine dont l'épée scintillait à la lueur des flammes. Mon nom sur ses lèvres.

Elle avait eu besoin de moi, mais j'avais trouvé mon feu trop tard.

Si seulement j'avais su contrôler mon don ! Si seulement je ne l'avais pas utilisé quand elle m'avait dit ne pas le faire.

Tout était ma faute. J'étais responsable de sa mort et de la destruction de mon village.

Je tombai à genoux, plaquant mes mains sur la pierre. Ce souvenir fit l'effet d'une flamme sur du petit bois sec. La chaleur monta bien trop vite, échappant à mon contrôle ; elle jaillit de mes paumes, sur la pile de vieux vêtements puis sur ma robe, progressant avec avidité jusqu'à ce que mon habit entier soit enflammé. J'avais beau savoir que seule une chaleur extrême pouvait brûler la peau d'un Sang-de-Feu, il me semblait que ces flammes me dévoraient vivante, me grillaient les yeux, consumaient l'air dans ma gorge, qu'elles trouvaient les endroits vulnérables où je n'étais peut-être pas aussi résistante que je le croyais. C'était comme si j'étais de retour dans mon village, les torches se resserrant tout autour de moi, sans que je puisse m'échapper.

Je serrai les poings. *Repousse-le. Contrôle-le. Maîtrise-le.* Mais le feu était son propre maître et ne se laissait pas dompter si facilement. Mes robes incandescentes se désagrégèrent autour de mes pieds tandis que je me griffais le corps, la bouche grande ouverte sur un cri muet.

4

J'étais en train de me noyer.

Des mains puissantes me maintenaient sous l'eau, comme l'avaient fait les soldats ce jour-là. Je me débattais comme un beau diable. Sous une pluie de jurons étouffés, on me remonta soudain pour me faire rouler à terre ; j'étais plaquée au sol par des mains sur mes épaules et par le poids de mes vêtements trempés.

— Lâchez-moi, haletai-je en toussant.

— Enlève gentiment tes griffes de mes bras, dit une voix grave.

Il ôta ses mains et je le lâchai en même temps.

Arcus me tourna sur le flanc et me tapa dans le dos pour que me faire recracher l'eau que j'avais avalée. Lorsqu'il se pencha au-dessus de moi, sa capuche retomba légèrement, révélant un nez bien dessiné, à l'arête puissante, et des cicatrices sur ses joues. J'eus juste le temps de voir que sa peau était lisse autour des cicatrices. Il ne devait pas être beaucoup plus vieux que moi.

Je recommençai à me débattre dès que j'eus repris mon souffle.

— Si tu t'avises de recommencer, je te balance dans le ruisseau pour de bon, me prévint-il. Un bain bien frais devrait refroidir tes ardeurs. Maintenant, peux-tu m'expliquer ce que tu fabriquais ici ?

Je reculai et sentis la roche encore chaude dans mon dos.

— Je brûlais mes vêtements.

— Tu mets le feu à tes vêtements pendant que tu les portes, toi ? dit-il d'un ton dubitatif.

— Non, protestai-je. C'était mon ancienne robe… Celle que je portais en prison.

— Il y a un coin pour les ordures juste après les écuries, dit Arcus sèchement avec un signe de tête vers la droite. Tu n'avais pas besoin de faire tout un brasier… Même si je suis plutôt pour l'idée de cramer ces guenilles puantes, une bonne fois pour toutes.

Je palpai mes bras et mon visage tout en toussotant encore un peu. Ma peau était chaude, mais lisse et intacte. Le soulagement se mêla à l'embarras. J'avais paniqué pour rien, effrayée par mon propre feu.

Arcus leva une main en direction d'un arbre derrière le rocher, dont le tronc avait noirci.

— J'étais dehors quand j'ai vu un embrasement s'élever au-dessus des arbres. De toute évidence, le feu échappait à ton contrôle.

Je tirai sur ma robe pour décoller le tissu glacé de ma peau. Celle-ci ne s'en était guère mieux sortie que celle que j'avais voulu détruire : elle était maintenant noircie et en lambeaux. Il fut un temps où je me serais inquiétée de laisser voir mes sous-vêtements, mais Arcus était si froid qu'à mon avis, il n'avait même pas remarqué. J'essayais de ne pas lui montrer que j'avais peur de lui.

Je pris un bout de ce qu'il restait de ma robe et commençai à l'entortiller entre mes doigts.

— Je suppose que je devrais vous remercier.

— Non, répondit-il sans hésiter. Je n'ai besoin d'aucune gratitude.

— Quelle humilité.

— Ça n'a rien à voir avec l'humilité. La gratitude crée un lien qui implique davantage de protection ou d'attention. J'ai déjà suffisamment d'obligations.

— Dans ce cas, vous pouvez vous détendre. Je n'ai pas besoin de votre protection. J'ai mon pouvoir.

— Un pouvoir qui a mené les soldats jusqu'à ton village.

Le ton était neutre, mais ses mots tapèrent dans le mille – en plein dans les zones vulnérables de mon esprit, où la culpabilité venait de s'installer.

— C'était de la pure cruauté de détruire ce village. La cruauté de *votre* peuple, avec leurs guerres frontalières et leurs attaques sur les pauvres gens.

— Peut-être que si les Sang-de-Feu avaient négocié, au lieu de recourir à des assassinats…

— Ça, c'est le récit des Sang-de-Glace, le coupai-je avec dédain. Pardon de ne pas adhérer à cette version des faits.

— Et quelle est ta version, alors ?

Ma version, je la tenais de ma grand-mère, qui m'avait dit que, depuis toujours, le feu et la glace se battaient chacun pour dominer l'autre. Les Sang-de-Glace avaient fini par prendre la Tempesia du Nord, et les Sang-de-Feu s'étaient installés dans les Îles de Feu de Sudesia. Mais quand les îles n'avaient plus eu suffisamment de terre à offrir, les Sang-de-Feu avaient mis les voiles sur la Tempesia du Sud ; depuis des générations, ils s'échinaient à labourer et à exploiter le sol des Plaines d'Aris. Devenus d'habiles fermiers avec le temps, ils avaient été acceptés, jusqu'à ce que les Sang-de-Glace décident de leur reprendre ces terres.

Mais l'histoire pouvait facilement être modifiée ou interprétée pour convenir à qui la racontait. Je ne comptais pas essayer de convaincre Arcus, et il n'aurait sûrement aucun mal à me présenter son peuple comme étant les occupants légitimes de ce pays, et les victimes d'attaques rebelles.

— Mon pouvoir peut être guérisseur, vous savez, dis-je enfin, choisissant un autre angle d'approche. La chaleur peut sauver des vies.

— Ou en détruire, répondit-il. Elle peut mutiler et tuer. Tu as gravement brûlé ces soldats.

Je me redressai pour m'asseoir bien droite.

— Le froid peut être tout aussi dangereux ! Vous croyez vraiment être parfaits et dénués de tout reproche ? Et d'abord, vous ne m'avez même pas dit ce que vous attendiez de moi.

Il marqua un temps de silence.

— Frère Chardon a estimé qu'il valait mieux attendre un peu avant de te le dire.

— Pourquoi ? Il me prend pour une faible, comme vous ?

Il secoua la tête.

— Non. Je l'ai compris tout à l'heure, en voyant ce… nuage de feu, dit-il avec un geste en direction de l'arbre calciné. Ton pouvoir est puissant… Dangereux, et indompté. Mais avant que nous puissions avoir confiance en toi et t'en dire plus, tu as besoin d'un bon entraînement.

— Et qui va faire ça, je vous prie ? Je suis sûre que le roi a fait exécuter tous les maîtres Sang-de-Feu, à l'heure qu'il est.

Je n'avais jamais rencontré de maître Sang-de-Feu, naturellement, mais, quand j'étais petite, grand-mère m'avait dit qu'il en restait quelques-uns en Tempesia. Les maîtres s'entraînent pendant des années pour pouvoir posséder un parfait contrôle de leur don, et seule une assemblée de maîtres Sang-de-Feu ou Sang-de-Glace peut juger de cet accomplissement.

Arcus se leva et lissa son habit.

— Tu as raison. Il ne reste plus de maîtres Sang-de-Feu. Mais il y a des maîtres Sang-de-Glace. L'un d'eux vit au sein même de cette abbaye et il est prêt à te prendre sous son aile.

— Pas vous, j'espère.

— Non. Frère Chardon. Tu as dû remarquer la vigueur de son don, j'imagine ?

En effet. Dans la prison, le gel s'était décuplé autour de chacun de ses pas. Même la carriole en était chargée. Et il avait déployé son pouvoir avec une grande précision quand il avait ouvert ma cellule.

J'avais envie d'apprendre ce genre de contrôle.

— Admettons que j'accepte... Comment procéderait-il pour me transmettre ces enseignements ?

— Tu as déjà accepté, sans quoi tu ne serais pas ici. Et je ne suis pas professeur. Tu poseras la question sur ces méthodes à Frère Chardon lui-même.

— Très bien.

La fatigue commençait à se faire sentir. Je me relevai et retournai en direction de l'abbaye.

Arcus me rattrapa en quelques enjambées.

— Peut-être qu'avec un peu de contrôle, tu seras un atout pour nos plans, plutôt qu'un danger pour toi-même.

— Je ne suis un danger pour personne, sauf pour ceux qui me veulent du mal.

— Même pour ceux-là, le danger ne me paraît pas trop grand, pour le moment.

— Je suppose que vous êtes un expert en rigidité et en self-control, lançai-je. Ce doit être facile, quand on est gelé de l'intérieur.

— Ceux qui ne savent pas se contrôler se retrouvent toujours sous le contrôle des autres. C'est une leçon dont tu ferais bien de te souvenir.

— Si vous essayez de me contrôler, c'est vous qui allez prendre une bonne leçon.

Mon pied heurta une motte de terre et je trébuchai avant de m'affaler. Arcus m'attrapa par le dos de ma robe et me releva ; son rictus moqueur me mit un peu plus le feu aux joues.

— Si tu as l'intention de me menacer, attends au moins de tenir à peu près sur tes jambes.

Sans me laisser le temps de protester, il me souleva de terre pour me porter dans ses bras.

— Je commence à avoir l'habitude de porter ce petit fagot tout sec.

Fagot tout sec… effectivement. Cela devait signifier qu'à ses yeux, j'étais maigre et désagréablement chaude. Eh bien, lui était affreusement réfrigérant. Je frémis contre le froid de sa poitrine, luttant contre l'envie de m'échapper de son étreinte. Cela ne ferait que renforcer son impression sur mon côté indomptable.

Il m'emmena à l'infirmerie. Je lui demandai de me poser par terre, préférant ne pas mouiller mon matelas avec mes vêtements humides. Il s'empressa de me lâcher et ma hanche heurta le sol avec un bruit mat.

Je le foudroyai du regard.

— Peut-être que Frère Gamut pourrait vous apprendre la gentillesse pendant que Frère Chardon m'apprendra le contrôle ?

— Maintenant, écoute-moi bien, dit-il d'un ton si dur que je me demandai si je n'étais pas allée trop loin. Il y a des règles à respecter, tant que tu seras ici. Tu peux aller et venir à ta guise dans l'abbaye, à l'exception des dortoirs des moines.

J'affichai un rictus moqueur.

— Je ne vois pas trop pourquoi j'irai me balader là-bas.

— Pour tout te dire, continua-t-il, il vaudrait mieux que, globalement, tu restes à bonne distance des moines, exception faite de Frère Chardon et de Frère Gamut. Les autres pourraient facilement être tentés de te livrer aux soldats, plutôt que de risquer de les voir débarquer à l'abbaye. Ou de se faire brûler dans leurs lits.

— Ce qui arrivera uniquement s'ils me donnent une bonne raison de le faire, répondis-je avec un sourire narquois.

— Ouvre bien tes oreilles, parce que je ne te le dirai pas deux fois : le ruisseau est ta limite au nord, les écuries à l'est, la route au sud, et le bord de la forêt à l'ouest. Si tu franchis une seule de ces limites, je me chargerai personnellement de te donner une bonne raclée, et tu perdras toute liberté et tout privilège.

— Posez un seul doigt sur moi et je…

— Et tu me brûleras tellement fort que même ma dulcinée partira en courant, je sais. Désolé, mais cette menace n'a aucun poids sur moi, Miss Brindille. Maintenant, va te sécher avant d'attraper la mort. Tu es déjà assez faible comme ça.

Sur ces mots, il tourna les talons et sortit en refermant la porte sans faire de bruit, me laissant m'évaporer dans ma robe trempée.

5

Je passai les trois jours suivants à l'infirmerie, ne voyant personne d'autre que Frère Gamut, qui me fit boire quantité de tasses de sa tisane. Quand le repos tourna à l'ennui, j'entamai une petite routine consistant à effectuer des pas prudents et cadencés dans la pièce, ponctués de pauses. Je m'étonnais de la vitesse à laquelle je récupérais grâce aux concoctions de plantes de Frère Gamut. Pour la première fois depuis des mois, je commençais à me sentir en sécurité.

Jusqu'à la troisième nuit, où je me réveillai avec un goût de cendres dans la bouchc.

Je cramponnai mes couvertures tout en essayant de chasser de mon esprit des images de maisons en feu. *Ce n'était qu'un mauvais rêve.* Mais l'odeur âcre était toujours là. Je me redressai vivement, raide de peur.

Un incendie.

J'enfilai ma robe, ouvris la porte et courus dans le couloir jusqu'au cloître, aussi vite que ma cheville le permettait. Suivant les fumerolles, je fis le tour de l'abbaye par l'angle nord-ouest. Des frères et des sœurs couraient entre le ruisseau et la chapelle et jetaient des seaux d'eau sur les flammes qui s'échappaient de la porte nord ; leurs mains crispées et leurs visages affolés paraissaient blancs à la lumière du feu. Une des sœurs poussa un cri et lâcha son seau d'eau, frappée par la chaleur, avant de se retourner pour repartir à toutes jambes vers le ruisseau.

— Où est Frère Chardon ? criai-je en m'approchant.

Son pouvoir serait plus efficace que mille seaux d'eau jetés en même temps.

Un moine me désigna un corps gisant à terre. Je courus vers lui et tombai à genoux à ses côtés. Frère Chardon était inanimé, et sa respiration bien trop rapide.

Frère Gamut vint vers nous.

— Il a perdu connaissance à son bureau dans la salle capitulaire. C'est Frère Peele qui l'a trouvé et qui l'a sorti.

— Il faut le réveiller, dis-je. Il serait capable d'éteindre l'incendie.

— Nous avons essayé. Il ne se réveille pas.

Mon don à moi avait peu de chances d'être utile dans une telle situation. Je secouai doucement l'épaule du frère. Si seulement j'avais des herbes à l'odeur puissante à mettre sous son nez pour le réveiller !

Un martèlement de sabots de chevaux fit trembler la terre. Je me retournai et vis un énorme étalon blanc s'arrêter à quelques pas de moi, et Arcus sauter de sa selle.

— Qu'est-ce que tu as fait ? vitupéra-t-il en se ruant vers nous pour s'agenouiller au chevet de Frère Chardon.

Les ombres dissimulaient son expression, mais il était clair que l'accusation m'était adressée.

— Rien, répondis-je froidement. J'ai juste essayé de le réveiller.

Frère Gamut intervint pour expliquer ce qui était arrivé à Frère Chardon. Tandis qu'il parlait, l'une des sœurs qui recensaient les personnes présentes poussa un cri :

— Sœur Pastel n'est pas là !

Frère Gamut se tordit les mains en regardant Arcus.

— Elle est sûrement dans la bibliothèque, gémit-il.

Arcus se releva et courut vers la porte nord. Il fit sauter la poignée de fer avec un souffle de glace et ouvrit la porte en bois d'un coup de pied. La fumée s'échappa aussitôt de l'intérieur en même temps que de longues flammes venaient lécher le chambranle. Tout le corps d'Arcus était tendu comme un arc, mais il s'immobilisa. Quelque chose dans sa posture me fit penser à un petit animal dont la sécurité, face à un prédateur, tenait uniquement à sa totale immobilité.

Je laissai Frère Chardon et courus rejoindre Arcus.

— Que se passe-t-il ?

Il secoua la tête.

— Qu'est-ce que vous attendez pour utiliser votre froid contre le feu ? demandai-je, perplexe. Quelque chose ne va pas ? Votre pouvoir n'est… pas assez fort ?

— Bien sûr que si ! aboya-t-il. Ce n'est rien.

Il tendit les mains devant lui. L'air craquela sous l'effet de la glace, mais elle fondit immédiatement face à la rage du feu. Mes yeux s'écarquillèrent et je vis que ses bras tremblaient.

— Vous avez… peur du feu ? bredouillai-je, sidérée.

Il me fusilla du regard, furieux, mais il avait le souffle court et haché comme s'il venait de courir des kilomètres.

J'aurais pu me réjouir de cette faiblesse. L'inquiétude l'emporta :

— Où est la bibliothèque ?

— Juste après la chapelle, répondit-il. Troisième porte.

J'opinai du chef.

— Il me faudra une issue dégagée pour sortir. Essayez de faire le vide dans le couloir. Et que Frère Gamut soit prêt quand je ramènerai sœur…

— Pastel, termina-t-il pour moi. Mais tu ne peux pas y aller… Le toit risque de s'effondrer.

— Eh bien, il faudra que je sois sortie avant.

Je me retournai et partis comme une flèche en direction de la chapelle, ignorant les cris d'Arcus derrière moi. Un mur de feu bloquait l'ouverture sur le couloir. Je fermai les yeux et me lançai au travers des flammes, avant de trébucher sur le sol de pierre comme je me penchais pour battre ma robe roussie.

J'ouvris la troisième porte et découvris une salle aux murs entièrement recouverts de livres. Malgré la fumée qui planait, je vis des tables où étaient disposés des pinceaux et des pots d'encre bien alignés. Entre deux fenêtres en arche se trouvait une tapisserie de Tempus, père des quatre vents, qui faisait claquer son fouet afin de punir les marins désobéissants.

— Sœur Pastel ? appelai-je d'une voix trop aiguë.

Une silhouette longiligne était étendue par terre sous la tapisserie. Je reconnus la sœur qui m'avait coulé un regard soupçonneux quand elle était venue apporter l'eau et le baquet pour mon bain, le lendemain de mon arrivée. Je passai les mains sous ses bras et, grognant sous l'effort, je parvins à la mettre debout. La température de sa peau était plus fraîche que la mienne, mais infiniment moins que celle d'Arcus. De toute évidence, elle n'avait pas de don du froid pour la protéger des flammes qui emplissaient maintenant le couloir.

Les fenêtres constituaient donc la seule issue possible. Délicatement, je la remis à terre pour prendre une chaise en bois, que je fracassai contre une des fenêtres – qui trembla, mais ne se brisa pas. J'essayai d'enfoncer le verre avec mon épaule, sans plus de succès. Je reculai de quelques pas et m'apprêtais à réessayer quand une voix sourde lança :

— Écartez-vous !

Avec ma robe, je couvris Sœur Pastel du mieux que je pus et mis mes bras sur ma tête pour me protéger. Dans un fracas épouvantable, les magnifiques vitraux explosèrent alors vers l'intérieur, répandant des éclats colorés partout sur le sol. Un souffle d'air frais me parvint tandis qu'Arcus enjambait la fenêtre pour pénétrer dans la salle.

J'arrachai la tapisserie du mur et la jetai sur le sol, sur les éclats de verre acérés. Puis, j'aidai Arcus à soulever la sœur pour la faire passer par l'ouverture de la fenêtre, avant de sortir à notre tour. Il alla l'allonger sur une petite butte à quelques mètres de là tandis que, pantelante, je posais les mains sur mes genoux en prenant de grandes bouffées d'air pur. L'instant d'après, je pivotai sur mes talons et repartis en direction de la bibliothèque.

Ma mère m'avait appris les rudiments de l'écriture, mais c'était ma grand-mère qui m'avait appris à lire et à aimer les livres – elle apportait toujours plusieurs volumes quand elle venait nous voir. Et le recueil d'herboristerie de ma mère s'était révélé d'une valeur inestimable. Je ne supportais pas l'idée que tous les précieux ouvrages de cette bibliothèque partent en fumée.

— Qu'est-ce que tu fais ? hurla Arcus.

— Je vais sauver les livres !

J'entendis des pas précipités dans mon dos, puis une main m'agrippa l'épaule et me tourna vers lui. Je distinguais à peine ses traits dans la pénombre, de ce côté-ci du bâtiment.

— Laisse-les ! Le feu ne parviendra pas jusque-là.

Il courut le long du mur de l'abbaye et je lui emboîtai le pas. Côté nord, les moines continuaient d'alimenter leur chaîne de seaux d'eau. Arcus leur dit où il avait laissé Sœur Pastel, puis se rendit au chevet de Frère Chardon.

— Comment va-t-il ? demanda-t-il à Frère Gamut.

— Il est toujours vivant, répondit le moine avec un regard angoissé en direction de l'incendie.

Arcus acquiesça et retourna à grands pas devant la grande porte en bois de l'abbaye, là où il avait paru perdre ses moyens, quelques minutes auparavant. Les flammes jaillissaient maintenant d'énormes braises incandescentes qui noircissaient sous la lumière orange. Fronçant les sourcils, il ouvrit les bras avant de frapper dans ses mains. Du givre se forma sur la pierre, avant de fondre. Il frappa à nouveau. Même effet.

Il tomba à genoux et battit de ses paumes le sol qui se réchauffait, cependant que son dos s'arquait et se creusait dans un souffle laborieux.

— J'ai juste besoin d'une minute, dit-il. C'est plus dur que je ne le pensais.

— Je crois que vous avez simplement trop chaud, intervins-je. C'est pareil pour moi : quand je suis trop mouillée ou si j'ai trop froid, mon pouvoir diminue. Ce doit être la même chose pour vous quand vous êtes exposé à la chaleur. Vous êtes resté trop longtemps près du feu.

Il émit un son neutre, que j'interprétai comme une forme d'approbation. Je fis signe à un moine qui courait non loin de nous avec un seau d'eau.

— Attendez, lançai-je en lui prenant le seau des mains comme il approchait. Apportez-nous encore de l'eau, s'il vous plaît.

Je balançai alors son contenu sur Arcus, qui s'ébroua, l'air outré.

— Qu'est-ce que tu fais ? s'écria-t-il.

— Je vous refroidis. Ah, un autre seau. Parfait.

Je vidai le deuxième seau sur la tête d'Arcus.

— J'apprécie ton aide, mais tu n'es pas obligée de me noyer, non plus.

— Dans ce cas, faites-le vous-même, dis-je en lui tendant un troisième seau que m'apportait une sœur.

Il me coula un regard noir mais vida le seau sur sa tête, puis il repartit vers les portes en feu, frappa dans ses mains et projeta du froid. Je crus un moment que les flammes avides allaient dévorer la chapelle et toute l'abbaye avec. Mais, peu à peu, le givre demeura de plus en plus longtemps sur les pierres. Arcus en projeta alors des nuages entiers dans le couloir et les flammes faiblirent puis s'éteignirent, exhalant d'épaisses volutes de fumée.

En quelques minutes, c'était fini. L'incendie était éteint. On n'entendait plus que des bruits de toux dans le silence. L'un des moines alla prendre une torche quelque part dans l'abbaye et vint s'asseoir près de Frère Chardon avec quelques autres, pour le regarder avec inquiétude. Je restai à l'extérieur du groupe, regrettant de ne rien pouvoir faire de plus.

Un homme se retourna et me foudroya du regard, ses sourcils broussailleux froncés au-dessus d'une expression franchement hostile. Je le reconnus – c'était l'autre moine qui avait préparé mon bain avec Sœur Pastel.

— Tu es passée à travers le feu… Tu es une Sang-de-Feu ! me jeta-t-il.

Mon corps entier m'intima de prendre mes jambes à mon cou et de m'enfuir, tandis que d'affreux souvenirs me revenaient brutalement.

— C'est une réfugiée, Frère Lack, intervint Arcus en s'interposant entre nous. Nous lui avons offert l'hospitalité, car elle n'a plus de foyer. Son sang importe peu.

Je regardai Arcus, surprise. Il prenait ma défense, maintenant ?

Frère Lack se leva et s'approcha de lui.

— Cette fille est un danger pour l'abbaye et pour tous ses occupants, dit-il en détachant chaque mot, comme on planterait un à un des clous dans le bois. C'est une Sang-de-Feu, et une criminelle, par-dessus le marché. Elle avait un fer au pied quand vous l'avez amenée ici. Je l'ai vu de mes propres yeux !

— Ce n'est pas une criminelle, pas plus que les centaines d'autres infortunés Tempesiens qui ont tenté de se défendre contre les attaques.

— Et que ferons-nous de la colère du roi quand il apprendra notre transgression ? demanda Frère Lack.

Une voix faible mais teintée d'indignation s'éleva derrière lui :

— Auriez-vous oublié la vocation de notre ordre, mon frère ? Soigner les malades et offrir le refuge aux persécutés.

Tout le monde se resserra soudain autour de Frère Chardon, qui se redressa sur un coude avant d'être pris d'une violente quinte de toux. Arcus s'accroupit et posa une main bienveillante sur son épaule.

— Ça va aller, mon ami. Vous avez inhalé une bonne dose de fumée.

Frère Lack continuait de me toiser comme si j'étais une vipère sur le point de frapper.

— Peut-être qu'elle est persécutée pour de bonnes raisons. Peut-être que les dieux la punissent de ses péchés. Je vous rappelle que je viens du Sud. J'ai eu l'occasion de côtoyer des Sang-de-Feu… C'est une sale engeance, ils sont dangereux, imprévisibles, indignes de confiance, et n'adhèrent à aucune des valeurs qui nous sont chères.

— Vous vous égarez, mon frère, intervint Frère Chardon avec un souffle lourd, d'un ton si étonnamment doux qu'il me donna la chair de poule. Son seul tort est d'être une Sang-de-Feu… Or, cela n'a rien d'un péché, que je sache.

Il toussa à plusieurs reprises avant de poursuivre :

— Si la compassion vous est étrangère à ce point, peut-être devrais-je me questionner sur votre engagement dans notre ordre, Frère Lack ?

— *Mon* engagement ? J'ai consacré toute ma vie à l'ordre. Je suggère simplement que nous conservions la pureté de ce lieu saint. Le fait que vous y ayez emmené une Sang-de-Feu…

— N'oubliez pas, le coupa Frère Chardon, que c'est *moi* qui décide qui a sa place ici ou non. C'est à moi que l'ordre a confié cette autorité, et à nul autre.

Un silence se fit, pendant lequel on n'entendit plus que le souffle rageur de Frère Lack, cependant qu'une bataille muette se lisait sur les visages. Les narines frémissantes, il finit par ployer la nuque.

— Pardonnez-moi. Je n'aurais pas dû dire cela.

— Tout est pardonné, répondit Frère Chardon avant d'être à nouveau saisi par la toux.

Frère Lack releva la tête.

— Il n'en demeure pas moins qu'elle a provoqué un incendie qui aurait pu vous être fatal.

— Ce n'est pas moi, protestai-je, affolée. Pourquoi est-ce que j'aurais fait ça ?

Arcus me considéra sans rien dire, et je me rendis compte que je pouvais avoir quantité de bonnes raisons de commettre un tel acte. Les distraire pour pouvoir m'enfuir. Me venger des Sang-de-Glace. En outre, il m'avait vue perdre le contrôle près du ruisseau, quand j'avais mis le feu à mes vêtements.

D'autres moines se mirent à murmurer entre eux avec des mines soupçonneuses et inquiètes. Je sentis la peur et la colère monter par vagues, de mon cœur jusqu'au bout de mes doigts.

— Nous pourrions en débattre pendant toute la nuit, déclara Arcus, mettant fin aux murmures. En attendant, nous devons soigner les blessures de notre frère et de notre sœur. Je vais surveiller cette fille de près, vous avez ma parole. Nous discuterons de tout cela demain.

Il parlait avec l'autorité naturelle d'un chef. La plupart des moines opinèrent et commencèrent à se disperser. Frère Lack, lui, ne bougea pas de sa place. Il restait les bras croisés et me fixait comme si je risquais de bondir pour mettre le feu à toute l'abbaye d'une seconde à l'autre.

— Suis-nous, me dit Arcus d'un ton ferme mais sans hostilité. Frère Lack, je compte sur vous pour surveiller Mlle Otrera au sein de l'abbaye.

Aidé d'un autre moine, Arcus souleva Frère Chardon. Je notai avec quel soin il manipulait le vieil homme, comme s'il s'agissait de son propre père malade. De toute évidence, il y avait du respect et même de l'affection entre ces deux-là, et cette idée éveilla en moi une forme de jalousie. Voilà bien longtemps que personne ne m'avait traitée avec tendresse.

Ils longèrent l'extérieur de l'abbaye en direction de l'infirmerie. Je les suivis lentement, fatiguée par le froid de la nuit et par l'effort que ma cheville avait fourni.

Frère Lack vint se poster à côté de moi et murmura à mon oreille :

— Tu as peut-être réussi à embobiner Frère Chardon, mais je vois parfaitement clair dans ton jeu : tu n'es qu'une petite Sang-de-Feu hargneuse, qui a l'intention de détruire un lieu où l'on adore les dieux du vent du Nord. Je ne sais pas comment tu es arrivée ici, mais je te préviens : je n'aurai aucun repos avant que tu retournes en prison, à ta vraie place. Même si je dois t'y emmener moi-même.

L'intensité que je lus dans ses petits yeux noirs indiquait clairement qu'il pensait chacun de ces mots. Il suffirait de peu. Un simple message alertant les soldats de ma présence ici, par exemple. À moins qu'on ne m'arrache simplement de mon lit, une nuit, pour me jeter dans une carriole en route pour la prochaine garnison. Je m'étais fourvoyée en croyant être en sécurité ici. Je ne le serais jamais, avec les adeptes de Fors ; il ne fallait pas que je l'oublie.

Arcus apparut dans l'encadrement de la porte de l'abbaye.

— À l'intérieur, ordonna-t-il.

Je n'avais plus le temps de tergiverser ou d'attendre d'être totalement rétablie. Rien ne pourrait être pire que de retourner en prison.

Je partirais cette nuit.

6

Il n'y avait aucun bruit à l'infirmerie, rien qu'un lourd silence propice à vous faire croire que vous entendiez des choses impossibles, comme le déplacement d'une araignée sur une vitre ou le bruissement de la queue d'une souris sur le sol dans un recoin obscur.

J'étais allongée sur mon matelas habituel et faisais semblant de dormir pendant que Frère Chardon et Sœur Pastel sommeillaient dans les lits voisins. Arcus avait choisi le matelas le plus proche de la porte, telle une ombre protégeant l'abbaye de ma présence menaçante.

J'avais d'abord craint qu'Arcus compte rester éveillé toute la nuit pour me surveiller, mais, après m'avoir coulé un regard glacial et ordonné de dormir, il s'était installé sur son propre lit. Rien dans son attitude ne laissait paraître s'il m'était reconnaissant d'avoir contribué à sauver Sœur Pastel, ou s'il croyait que c'était moi qui avais provoqué l'incendie. Peut-être était-ce le cadet de ses soucis à ce moment-là. Ses mouvements étaient lents et fatigués, comme si l'effort fourni pour éteindre le feu l'avait vidé de toute son énergie.

Lorsque toutes les respirations autour de moi se firent lentes et régulières, entrecoupées seulement d'une quinte de toux occasionnelle, je m'emparai d'une paire de bottes posées aux pieds du moine, qui n'étaient pas beaucoup plus grands que les miens. Je pris ensuite une lourde cape accrochée à un clou au mur et, à pas feutrés, me dirigeai vers la porte.

Elle grinça légèrement lorsque je tournai la poignée. Je me figeai et lançai un regard vers Arcus. Il dormait sur le côté, sa capuche dissimulant toujours la moitié supérieure de son visage. Sa respiration venait-elle de tressauter ? J'attendis quelques instants et tendis l'oreille sans bouger. Finalement, comme il ne réagissait pas, je tournai la poignée pour de bon et ouvris la porte.

J'avançai à tâtons dans le noir et attendis d'être parvenue à la porte est de l'abbaye pour enfiler les bottes. De là, je me rendis aux cuisines, où je trouvai une sacoche en cuir dans laquelle je glissai des pommes, du fromage, un peu de viande séchée, quelques noix et graines, un couteau au manche en bois et une gourde en peau.

Je savais grâce à Frère Gamut qu'une petite pièce adjacente aux cuisines faisait office de local d'apothicaire – c'était là qu'il faisait sécher et préparait ses plantes pour en faire des potions. Il y avait des flacons de verre plein les étagères. Scrutant chaque étiquette, je choisis ceux qui me paraissaient avoir le plus de valeur. Si l'abbaye avait possédé des objets en or ou en argent, comme des chandeliers, je les aurais pris à la place de ces flacons. Mais je n'avais rien vu de ce genre ici.

Je trouvai une autre sacoche et l'emplis à ras bord de petites bouteilles, que je pris soin d'envelopper dans des linges.

Dans les écuries, les chevaux étaient agités, peut-être encore perturbés par l'odeur persistante de fumée qui flottait dans l'air. Parmi eux se trouvait le superbe et gigantesque étalon blanc d'Arcus. Il me regarda et renâcla en frappant le sol d'un de ses sabots. Je préférai approcher une jument à la robe alezane qui m'accueillit en clignant de ses doux yeux bruns. Je lui caressai le front et fus soulagée de constater qu'elle ne s'effrayait pas de ma chaleur naturelle.

Quelques minutes plus tard, je l'avais sellée et nous partions vers l'ouest. La jument était stable, docile ; je pus bientôt rallonger mes rênes tandis que ses muscles ondulaient sous moi. Un sentiment de liberté, intense et enivrant, m'envahit. Je resserrai mes cuisses sur les flancs de ma monture, lui enjoignant de presser l'allure. Alors que nous partions au galop vers la forêt, je m'attendis à entendre des cris ou des bruits de sabots se ruer derrière moi.

Mais très vite, je franchis la limite ouest qu'Arcus m'avait imposée, et il n'y eut que les bras paisibles de la forêt à se refermer sur moi, tels les bras d'un vieil ami.

Mon cheval avait trouvé un chemin entre les sapins, les chênes dénudés et les sycomores. Je le laissai le suivre.

Mon idée était de rallier une ville portuaire d'où je pourrais me faufiler sur un bateau. Tevros se situait au nord-est de la Tempesia, mais j'ignorais à quelle distance et dans quelle direction à partir d'ici. Alors que je cogitais à cette question, mon estomac se mit à gronder, me rappelant un problème plus immédiat.

Je me penchai pour prendre la sacoche qui contenait la nourriture, et lâchai un juron – elle n'était plus là ! Elle avait dû se décrocher lorsque j'avais lancé ma monture au galop, et il serait trop compliqué de la retrouver dans le noir. Je m'efforçai de conserver mon sang-froid.

Avec un meilleur contrôle de mon don, j'aurais pu m'en servir pour chasser, en grillant sur place un écureuil ou un lièvre. Mais ce genre d'utilisation, tout en vitesse et en précision, était au-delà de mes compétences. J'aurais eu davantage de chance en construisant un piège, seulement, je n'avais pas de couteau pour couper des branches – il se trouvait dans la même sacoche que la nourriture. Il ne me restait plus qu'à espérer que ce chemin mène à un village.

Plutôt que de nous engager dans une gorge, je décidai de nous arrêter sous la cime des pins pour le reste de la nuit. Le matin venu, je regardai les rayons du levant zébrer ma jument de rayures d'or ; on aurait dit du beurre en train de fondre sur une tranche de pain tendre et doré.

— Je vais t'appeler Tartine, dis-je en lui tapotant l'encolure.

Elle émit un petit soufflement en guise de réponse.

Pendant que Tartine broutait les herbes environnantes – et je priai pour que celles-ci ne la rendent pas malade –, j'entrepris de chercher des racines comestibles afin de me constituer un repas frugal. J'avais la gorge affreusement sèche et commençais à souffrir de la soif, mais il me fallut attendre le lendemain après-midi pour trouver de l'eau, quand un grondement sourd et lointain fit soudain dresser les oreilles de Tartine : un peu plus loin, une rivière aux eaux vives dévalait une pente de rochers. Après avoir bu tout notre soûl, nous suivîmes le cours de la rivière jusqu'à ce qu'il se déverse du haut d'une falaise. De là, nous bifurquâmes vers le sud et empruntâmes une succession de petits chemins tortueux jusqu'au coucher du soleil.

Tout était extraordinairement calme, mais il flottait dans l'air de la forêt une étrange odeur de brûlé. Il ne s'agissait pas de l'odeur du bois fraîchement consumé, mais du relent de lieux carbonisés et laissés à l'abandon.

J'arrivai bientôt dans un dédale de bâtiments, maisons et échoppes brisés, noircis et effondrés.

Les soldats étaient passés par là.

J'osais à peine respirer. Si par hasard ils se trouvaient encore dans les parages, nous ferions demi-tour pour partir au grand galop aussi vite que possible. Mais je ne pouvais pas passer à côté d'une occasion de trouver, peut-être, un peu de nourriture dans un placard abandonné. Je me sentais déjà faible à force d'avoir faim. Et il était évident qu'il n'y avait plus personne dans ce village.

Une des maisons était moins dévastée que les autres. À l'intérieur, je trouvai des navets, quelques pommes de terre, un fromage à moitié fondu – ce qui valait son pesant d'or à mes yeux d'affamée – et une flasque en métal. Je ramassai tout cela rapidement, remontai sur le dos de Tartine et chevauchai une heure de plus avant de me reposer.

Le lendemain, nous tombâmes sur un petit ruisseau couvert de glace, dont je brisai la surface pour y remplir ma flasque. Je mangeai le fromage, mais les navets et les pommes de terre nécessitaient d'être cuits pour être comestibles. Comme il n'y avait pas d'abri sur le trajet qui suivait, nous avons continué sans nous arrêter jusqu'à la tombée de la nuit.

Je n'étais plus qu'un sac de bleus et de crampes et tenais à peine sur le dos de mon cheval quand des lumières apparurent dans le lointain, semblant s'allumer et s'éteindre tels des feux follets entre les arbres.

Les arbres cédèrent bientôt le champ à une clairière, où une douzaine de chariots étaient disposés en cercle autour de plusieurs feux de camp. Je fis halte et descendis de ma monture, dissimulée par les branches des sapins, hors de portée de la lumière des feux.

Des gens étaient assis en groupes et faisaient tourner des broches faites de branches d'arbres. L'eau me vint à la bouche en avisant le lièvre écorché qui rôtissait sur le feu en grésillant. Ils se partagèrent la viande à l'odeur grisante mais, à ma grande frustration, ils ne sortirent aucun matelas et ne se retirèrent pas dans leurs chariots après avoir mangé. Au lieu de quoi, ils se rassemblèrent au centre de la clairière, se battant presque pour avoir la meilleure place sur les bûches servant de sièges autour du feu principal. Une femme aux cheveux châtains et aux traits fortement marqués avança et invita une fillette de neuf ou dix ans à choisir un conte.

Je m'assis sur un lit d'aiguilles de pin, adossée à un arbre. Tartine était à quelques pas de moi, visiblement heureuse de se reposer.

La fillette choisit l'histoire des origines – celle racontant l'avènement des Sang-de-Glace et des Sang-de-Feu. Les mains posées sur ses genoux, la femme sembla se faire plus grande et plus majestueuse à la lueur mouvante des flammes. Tous les visages s'étaient tournés vers elle, avides de l'écouter.

— Au commencement, dit la conteuse d'une voix grave et mélodieuse, les gens n'avaient ni feu ni glace. Ils vivaient avec les animaux, portaient les peaux de leurs proies, et étaient presque des animaux eux-mêmes. Les dieux des quatre vents vivaient dans les cieux, chacun dans son propre royaume, isolés mais tous égaux.

« Seul Fors, le dieu du vent du Nord, souffrait de la solitude. Il voulait qu'il y ait quelqu'un comme lui, quelqu'un qui se délecte du froid mordant et de la glace.

Les mains de la femme volaient tels des oiseaux blancs au milieu des ombres mouvantes.

— Alors il se pencha sur le glacier le plus haut du monde et en préleva les morceaux les plus froids. Il prit ensuite forme humaine et observa les tribus qui se faisaient constamment la guerre, ne cessant jamais de s'entretuer.

— Comment est-ce qu'ils se tuaient, Magra ? demanda une petite fille dans un murmure fasciné.

— Kaitryn ! la gronda sa mère. Ne pose pas de questions morbides comme ça.

Magra sourit et s'inclina vers la petite fille, comme si elle connaissait l'appétit de celle-ci pour les détails sanglants.

— De toutes les manières possibles : de leurs propres mains, avec des pierres, des épées et des haches.

— Ça devait être horrible, dit l'enfant, l'air ravie.

La conteuse acquiesça.

— Fors dit à la femme qui dirigeait les tribus du Nord : « Tenez, prenez ma glace et servez-vous-en pour geler vos ennemis. Ainsi, nul ne pourra plus vous battre. » Il posa le morceau de glace sur le poignet de la femme, dont les veines devinrent bleues. Le corps de celle-ci devint froid, ses yeux pâles. Dès lors, il lui suffisait de lever une main pour déclencher des pluies de glace et de neige mortelles sur les tribus ennemies, jusqu'à ce que tout le monde détale de terreur devant elle.

La petite fille frappa dans ses mains et des garçons se rapprochèrent, les yeux brillants à la lumière du feu. Même les adultes étaient immobiles et muets, visiblement captivés.

— Mais Süd, reprit Magra avec un regard grave, la déesse du vent du Sud, avait aimé un guerrier de la tribu défaite, et elle avait eu le cœur brisé de le voir mourir. Elle savait que la guerrière de Glace était devenue infiniment puissante, et avait peur que celle-ci extermine toutes les autres tribus.

Magra brandit son poing comme si elle tenait fermement quelque chose.

— Alors, Süd plongea la main dans le grand volcan et en sortit des fragments de lave incandescente. Elle prit ensuite forme humaine et observa les humains qui se démenaient pour trouver à manger et se protéger de la tribu de Glace.

Elle ouvrit sa main et tendit les doigts comme pour faire une offrande.

— « Tenez, » dit la déesse au chef qui régnait sur une tribu du désert. « Prenez cette lave et servez-vous-en pour faire fondre la glace de vos ennemis. Quiconque vous défiera sera brûlé. Après cela, vous n'aurez plus besoin de vous battre. » Elle déposa la goutte de lave sur le poignet du chef de clan, dont les veines se mirent à bouillir. Le corps de l'homme se réchauffa et ses cheveux devinrent roux. Quand il leva la main et jeta le Feu sur tous ses ennemis, plus personne n'osa le défier.

D'un grand geste, Magra balaya l'air devant elle, faisant onduler sa longue manche, et les enfants reculèrent comme s'ils craignaient que le feu ne surgisse de ses doigts.

— Au fil du temps, les autres tribus firent alliance avec la Glace ou avec le Feu, les chefs des Sang-de-Feu et des Sang-de-Glace étant parvenus à une trêve. Chacun réclamait une terre à soi. On établit des cartes, et les peuples trouvèrent la paix.

Elle marqua une pause comme s'il s'agissait de la fin de l'histoire. Le public semblait retenir son souffle.

— Mais Eurus, dieu du vent de l'Est, était plein d'envie. Il alla voir Neb, la mère des vents, pour se plaindre. Il voulait créer sa propre créature. Lasse que ses enfants se querellent, Neb déclara qu'il devait y avoir un équilibre en toute chose. Quoique fasse Eurus, la sœur de celui-ci, Cirrus, devrait donc faire le contraire.

La conteuse leva ses deux mains, paumes ouvertes vers le ciel.

— Eurus, exalté et déterminé, plongea une main dans les profondeurs de l'océan, très, très loin, jusqu'aux ténèbres des abysses les plus insondables. Il en sortit une poignée de ténèbres absolues, puis, certain d'avoir trouvé le pouvoir le plus puissant, il prit forme humaine et regarda les tribus se battre avec les forces de la glace et du feu. « Tenez », dit-il à un puissant chamane. « Prenez ces ténèbres et servez-vous-en pour effacer toutes vos souffrances. Vous ne connaîtrez plus jamais la douleur. » Il mit les ténèbres sur le poignet de l'homme, dont les veines devinrent noires. Mais au lieu d'éprouver un soulagement, l'homme s'effondra, tordu de douleur, appelant à l'aide. Quelques minutes plus tard, il était mort.

Les yeux des jeunes garçons s'écarquillèrent. Kaitryn se pencha un peu plus en avant.

— Eurus réessaya, encore et encore, mais personne ne pouvait survivre à l'oubli qu'il offrait. Alors le dieu du vent de l'Est divisa et dispersa ses ténèbres sur le monde, et, à chaque endroit où elles tombèrent, une ombre vint à la vie.

Elle baissa la voix, qui se réduisait maintenant à un murmure grave et envoûtant. La chair de poule me gagna en l'écoutant.

— Mais les ombres étaient affamées. Elles dévoraient les animaux et les gens, et n'en avaient jamais assez. Et si l'une de ces ombres, que l'on appelait le Minax, jetait son dévolu sur vous, elle se glissait sous votre peau et rendait noirs vos yeux et votre sang. Vous deveniez alors mauvais, cruel, fourbe et avide de sang, ne désirant plus qu'une chose : accomplir sa volonté et vous perdre dans ses ténèbres mirifiques.

Je me frottai la nuque pour tenter de chasser le frisson qui me donnait froid dans le dos. Le jour où l'on m'avait emmenée à la prison de Blackcreek, j'avais commencé à faire des cauchemars mettant en scène une ombre vivante, ces vieilles histoires se nourrissant de ma peur et de mon isolement. Dans mes rêves, une forme sombre me touchait la joue en une sorte de caresse cuisante et douloureuse. Je m'éveillais alors en tremblant, littéralement terrifiée.

— Ce fut une période sombre, poursuivit la conteuse. Mais les créatures ne purent circuler à leur guise pendant bien longtemps. Cirrus, la déesse du vent de l'Ouest, qui aimait la paix plus que toute chose, fit un trou dans la terre. Elle entraîna les ombres vivantes dans l'obscurité du sol et créa une Porte de Lumière à l'entrée, que le Minax ne pouvait pas franchir.

Magra ouvrit les deux mains vers le ciel.

— Alors Cirrus plongea une main dans l'éclatant soleil du soir et en préleva un rayon de lumière, qu'elle enferma dans un cristal. Elle projeta cette lumière sur deux montagnes, qu'elle transforma en sentinelles et mit en sommeil jusqu'à ce qu'elles soient appelées pour garder la Porte, si celle-ci devait être attaquée. Pour finir, elle convoqua le farouche chef de clan et la glaçante guerrière, et leur ordonna de mêler le Feu et la Glace pour l'aider à sceller la Porte.

— Je suppose qu'ils se sont battus, dit l'un des garçons.

— Pas du tout, répondit Magra. Ils ont collaboré, puisque telle était la volonté de la déesse. Épuisée par son labeur, celle-ci tomba sur terre. Une femme très sage nommée Sauge emmena Cirrus dans la grotte où elle vivait, dans la montagne ; là, elle lui donna du bouillon et de la viande et l'aida à reprendre des forces. Pour la remercier, Cirrus déposa le dernier éclat de soleil couchant encore présent dans le cristal sur le poignet de Sauge, dont le sang et la chevelure devinrent semblables à l'or. Après cela, la femme avait le pouvoir de soigner les malades et de voir le danger avant qu'il ne se présente. Elle est la troisième sentinelle de la Porte de Lumière et ne mourra pas avant que le dernier Minax ait été détruit.

—Mais les ombres sont toutes retenues sous terre, dit Kaitryn.

—Eh bien... Certains disent qu'Eurus a gardé deux de ses créatures préférées en surface, en les cachant dans un endroit où personne ne pourrait les trouver. Par conséquent, Sauge doit poursuivre sa surveillance jusqu'à ce que celles-ci soient détruites également.

Magra se rassit et posa les mains sur ses genoux.

—Mais le monde est fatigué de ces histoires, maintenant, dit-elle en parlant plus doucement afin de signaler la fin de son récit. Et seuls les enfants les écoutent.

Un souvenir me revint brusquement. Ma grand-mère terminait toujours l'histoire des origines avec cette même phrase.

—Moi, j'écouterai toujours les histoires, déclara Kaitryn. Et après, je les raconterai aux autres quand j'irai vivre des aventures sur la mer, aux Îles de Feu de Sudesia et à l'ouest, là où il y a des monstres, et puis je prendrai une épée et...

—Maman dit que t'es trop malade pour voyager, la coupa un jeune garçon.

Je regardai Kaitryn. Elle ne paraissait pas malade, même si ses joues étaient un peu rouges.

—Je vais guérir ! protesta-t-elle. Et je trouverai un endroit où il n'y a pas de soldats, pas de gens méchants, et avec un roi qui ne sera pas fou.

Les yeux de sa mère s'écarquillèrent tandis que le silence se faisait dans l'assemblée.

—Tais-toi, petite, chuchota une voix d'homme.

—Je m'en fiche, marmonna Kaitryn. Ses soldats ont brûlé notre maison...

— Ils ont brûlé mon village, aussi, dis-je, si bas que je m'entendis à peine parler.

— Allez, il est temps d'aller au lit, les enfants, dit la mère de Kaitryn en prenant les petits par la main. Nous avons encore de la route demain. Dans deux jours, nous aurons atteint la côte. Il faut se reposer.

La côte n'était donc qu'à deux jours d'ici. Peut-être pourrais-je les suivre discrètement, leur voler un peu de nourriture pendant la nuit et profiter de leur itinéraire pour avancer prudemment dans la montagne ?

On éteignit les feux un à un et tout le monde se réfugia dans les chariots. Contrariant mes espoirs de repas, un grand homme barbu resta monter la garde et s'adossa contre un chariot pour boire quelques gorgées à une flasque.

Au bout d'un moment, un autre le rejoignit. Un bandeau noir couvrait l'un de ses yeux.

— Du neuf ? demanda-t-il en resserrant autour de lui son manteau élimé.

— Pas vraiment, répondit le barbu. Les soldats sont partis. La Sang-de-Feu doit être à mi-chemin en mer maintenant, si elle a un peu de jugeote. Sinon, ils la choperont entre ici et la côte, de toute façon.

Mon cœur fit un bond dans ma poitrine. J'ignorais combien d'autres Sang-de-Feu il y avait dans les parages, mais je présumais que c'était de moi qu'ils parlaient.

L'homme au bandeau noir se racla la gorge et cracha par terre.

— Ça, c'est pour cette saleté de Sang-de-Feu. Elle s'échappe de prison, et c'est nous qui payons pour elle…

Je plaquai une main sur ma bouche.

— Ils disent que les Sang-de-Feu sont dangereux. N'empêche, je n'en ai pas vu un seul cramer ma baraque, moi…

— On reviendra en été, dit le barbu. Même si je me demande à quoi ça servirait de reconstruire, puisqu'ils peuvent tout détruire quand ça leur chante. Il ne reste plus que les blessés et les malades pour défendre nos maisons.

L'autre ricana.

— T'en fais pas, ils vont sûrement bientôt se dire qu'on est aptes, toi et moi. Même avec un œil en moins ou une jambe de bois, comme toi, on se débrouillait très bien avant qu'ils viennent tout saccager.

Le barbu soupira.

— J'ai toujours du mal à dormir quand je pense qu'une Sang-de-Feu se balade dans la nature, avec du feu plein les mains.

Je ne suis pas une menace ! eus-je envie de crier, si fort qu'ils auraient été obligés de me croire. C'étaient les soldats du roi, la menace. Et le capitaine qui avait tué ma mère d'un coup d'épée, comme si sa vie n'avait aucun prix.

— Mais, la récompense, tout de même… Cinq mille pièces… Imagine un peu.

Le barbu fit un geste vers la droite avec sa flasque.

— Je pourrais louer un bateau pour l'Est, acheter de la terre sur une île déserte, construire une maison. Trouver un traitement pour Kaitryn.

L'homme au bandeau posa une main sur l'épaule de son camarade.

— La guérisseuse de Tevros va arranger ça, tu verras.

L'autre lui tendit sa flasque.

— Allez, prends le relais, dit-il avant de partir en boitant vers un chariot.

Cinq mille… Je reculai entre les arbres en m'efforçant de contenir mon émotion. Je ne serais jamais en sécurité. Les soldats étaient donc tout près et ratissaient la campagne pour trouver… eh bien, ça ne pouvait être que moi. Si je suivais ces villageois jusqu'à la côte et que nous traversions une zone à découvert, je me ferais facilement repérer. Au moins, dans les chemins tortueux qui serpentaient dans les forêts des montagnes, je trouvais généralement à me cacher.

Une terrible quinte de toux vint m'arracher à mes pensées. C'était une toux d'enfant, en provenance de la clairière. Je revins sur mes pas, jusqu'à ce que je puisse voir. Le barbu qui boitait portait un petit corps dans ses bras, talonné d'une femme.

— Magra ! s'écria-t-il en tambourinant sur le côté d'un chariot. Par pitié, aide-nous. Kaitryn fait une nouvelle crise.

La conteuse sortit, tremblant dans l'air frais de la nuit.

— Écoute, je ne sais pas ce que nous pouvons faire d'autre… Nous avons perdu toutes les plantes médicinales dans l'incendie. Et même si j'avais mes remèdes, je les ai déjà tous essayés.

— Mais c'est pire, maintenant !

La femme qui devait être la mère de Kaitryn se tordait les mains, affolée.

— Elle a respiré de la fumée alors qu'elle était déjà mal en point. Cet hiver a été tellement pluvieux… Tu dois bien pouvoir faire quelque chose ? gémit-elle.

— La seule chose que nous pouvons faire, c'est la garder au chaud autant que possible, répondit Magra avec douceur.

La petite fille toussait tellement qu'elle parvenait à peine à reprendre son souffle. Sa mère commença à pleurer à gros sanglots, qu'elle tenta de refouler avec son poing.

J'essayai de penser à ce que ma mère ferait. C'était une toux grasse, pas sèche. Il fallait le prendre en compte. Mais il aurait surtout fallu que je touche la petite fille pour sentir si elle avait de la fièvre, ce que je ne pouvais pas faire sans risquer de révéler ma vraie nature. Seulement, il m'était impossible de juger de son état au son de sa toux. Je me remémorai tous les patients de ma mère, jusqu'à ce que je me rappelle celui dont la toux faisait un bruit similaire. C'était un garçon à peine plus vieux que moi, avec des accès de toux si violents qu'il avait fini par cracher du sang. Ma mère avait appliqué une sorte de teinture sur sa poitrine. Je fermai les yeux et essayai de me souvenir. La garance. Non, celle-ci était rouge, alors que celle de ma mère était jaune. Je me rappelais presque ses mains en train d'écraser les plantes. Tout à coup, cela me revint.

— Essence de gaulthérie et fleurs de bouillon-blanc, murmurai-je.

À pas de loup, je retournai vers le sac accroché à la selle de Tartine ; après une petite caresse à ma monture, je fourrageai dans la sacoche jusqu'à ce que j'y trouve les flacons subtilisés à Frère Gamut. Il me fallut plusieurs minutes pour les déboucher et les humer un à un, mais je finis par trouver ce que je cherchais. Je revins alors en bordure de la clairière.

Quelqu'un avait ranimé le feu. L'homme qui boitait était assis, tenant Kaitryn serrée contre lui, enveloppée d'une couverture. Il lui tapotait doucement le dos tandis que la mère de l'enfant caressait ses cheveux blonds.

J'eus un pincement au cœur. Ma mère aurait fait la même chose – tout son possible pour prendre soin de moi. Elle l'*avait* fait. Toute sa vie, elle n'avait eu de cesse de me protéger. En voyant cette petite fille qui rêvait de parcourir les océans et luttait maintenant pour simplement respirer, je sus que je ne pourrais pas rester passive. Je devais l'aider.

Au bout de quelques minutes, la toux de l'enfant s'apaisa.

— Il vaut mieux rester près du feu, dit la mère. Il fait trop froid dans le chariot.

L'homme acquiesça et ils se pelotonnèrent l'un contre l'autre, cherchant une position confortable pendant un moment avant que leur souffle change, indiquant clairement qu'ils s'étaient endormis. Il me serait presque impossible de m'approcher sans les réveiller.

Je retournai à ma monture et fouillai à nouveau la sacoche, sélectionnant cette fois les flacons par taille. C'était le plus petit que je voulais, celui dont l'étiquette mettait en garde sur l'effet profondément soporifique d'une seule goutte du produit. Je me demandai si Frère Chardon avait utilisé cette préparation pour endormir les gardiens de la prison de Blackcreek.

Dès que j'eus trouvé le minuscule flacon, je me faufilai derrière le chariot d'où l'homme au bandeau noir regardait Kaitryn et ses parents avec gravité. Je déposai alors une goutte de la potion sur le bord de ma cape et avançai prudemment sur la droite de la sentinelle – du côté où son œil était couvert par le tissu.

Au moment où je m'apprêtais à bondir, il s'écarta du chariot et s'éloigna. Je ravalai un juron et repartis dans l'ombre. Mais s'il effectuait un tour de garde complet en bordure de la clairière, cela signifiait que j'avais quelques minutes devant moi avant qu'il revienne. Il faudrait faire vite.

Sans prendre le temps de réfléchir davantage, j'approchai de la famille rassemblée au coin du feu et plaquai le coin de ma cape imbibé de produit sur leur visage – d'abord le père, puis la mère. Ils dormaient déjà ; cela les ferait seulement dormir un peu plus profondément.

Je regardai la petite fille, si vulnérable et si forte à la fois, dont le corps ne cessait de lutter contre cette toux constante et épuisante. Sa respiration étant déjà laborieuse, je ne voulais pas prendre le risque de lui faire inhaler la potion de sommeil. Je la secouai doucement.

— Kaitryn, dis-je tout bas. Réveille-toi.

Elle finit par ouvrir les yeux.

— J'suis fatiguée, dit-elle d'une voix pâteuse. Laisse-moi.

Je lui souris.

— J'ai un remède pour t'aider à mieux respirer.

Elle me dévisagea, les sourcils froncés.

— Je te connais pas…

— Je suis une amie, je te le jure. Tu ne pourras pas faire de grands voyages si tu respires mal… C'est embêtant. Pas vrai, mon capitaine ?

Elle hocha la tête au bout de quelques instants.

— Bien. Alors je vais mettre quelques gouttes sur ta poitrine pour te soigner, d'accord ?

Elle me laissa déposer un peu de potion sur la peau moite de son sternum – une, deux gouttes – puis je remis son vêtement et la couverture en place.

— Maintenant, respire bien, lui dis-je, sachant que le temps m'était compté et que la sentinelle pouvait revenir à tout instant. Ça va mieux ?

Elle prit quelques inspirations et toussa encore. Je cogitai aussi vite que possible. Lorsque ma mère avait traité la toux de ce garçon, elle m'avait demandé de poser mes mains sur sa poitrine pour le réchauffer.

— J'ai oublié, mon capitaine : il nous faut de la chaleur.

Je mis mes mains sur la couverture au niveau de sa poitrine.

— Est-ce que tu sens que ça se réchauffe ?

— Un peu.

Il fallait que je lui en transmette davantage. Mais à quel point ? Le bébé que j'avais essayé de réchauffer, le petit frère de Clay, revint à ma mémoire. Peut-être était-il mort par ma faute ? Arcus avait dit que je ne savais pas me contrôler. Étais-je vraiment en mesure de faire cela ?

Kaitryn recommença à tousser. Pas le temps de réfléchir ; j'envoyai une bouffée de chaleur et me concentrai pour la maintenir stable et constante. Faire monter ma propre température était un acte bien plus inoffensif que d'allumer un feu. Je pouvais y arriver.

Au bout d'une minute, la petite main de Kaitryn vint se poser sur la mienne. Elle la retira aussitôt.

— Elle est drôlement chaude, ta main.

Je retins mon souffle, craignant qu'elle n'appelle à l'aide. Au lieu de quoi, elle cligna des yeux et me sourit.

— Je n'ai plus envie de tousser, dit-elle.

— Formidable.

Je réprimai un rire de soulagement. Je lui montrai alors les flacons et lui expliquai comment ses parents devaient lui administrer le même remède, en l'associant toujours à de la chaleur.

Elle hocha la tête.

— D'accord. Je m'en souviendrai.

Je lui souris.

— C'est bien, tu es une petite fille très intelligente. Autre chose de très important, maintenant : il faudra en acheter d'autre, quand vous arriverez dans un village où il y a un apothicaire ou un guérisseur. C'est de l'extrait de gaulthérie et de fleurs de bouillon-blanc.

Je lui fis répéter les noms des plantes à trois reprises.

— Un bon guérisseur reconnaîtra les plantes à leur odeur, lui dis-je, mais au cas où vous n'en trouveriez pas, vous saurez…

— Qui êtes-vous, sacré bon sang ? tonna soudain une voix caverneuse derrière moi.

Je relevai la tête. À quelques pas de nous se dressait l'homme au bandeau noir, visiblement sidéré de trouver une inconnue en train de discuter tranquillement avec une enfant, pendant que tout le monde dormait.

Je me levai aussitôt, les mains ouvertes devant moi.

— Juste une réfugiée, comme vous. En chemin vers la côte.

— Et où sont les autres ? demanda-t-il en balayant les bois du regard. Le reste de votre groupe ?

— Morts. Tous tués par les soldats du roi.

Il secoua la tête, incrédule.

— Ils brûlent peut-être les maisons quand ils ont un coup dans le nez, mais les soldats ne tuent pas les gens, en tout cas, pas autant d'un coup... À moins qu'on ait dissimulé un Sang-de-Feu.

Je m'efforçai de rester impassible et levai le menton.

— Eh bien, je ne me suis pas attardée assez longtemps pour le savoir.

— Qu'est-ce que vous faisiez ? lança-t-il avec un geste vers Kaitryn.

— Je la soignais. Avec des plantes. Kaitryn, montre-lui les flacons.

— Micha, dit-il en secouant le père de l'enfant du bout de son pied. Dierle. Réveillez-vous !

Sa mâchoire se serra en voyant qu'ils ne se réveillaient pas.

— Qu'est-ce que vous leur avez fait ?

— J'avais peur qu'ils ne me laissent pas soigner Kaitryn, alors je les ai fait dormir plus profondément.

— Vous avez empoisonné ces braves gens avec vos saletés de potions ? Autant que je puisse voir, ils ont l'air morts !

— Non, ils vont très bien ! protestai-je. Ils se réveilleront d'ici une heure, vous verrez. Venez vérifier par vous-même : ils respirent tous les deux.

L'homme avança et se pencha pour tendre l'oreille vers leur poitrine. Au moment où il se redressait, je le vis bander tous ses muscles pour se jeter sur moi.

7

Il bondit avec une vitesse stupéfiante. Immédiatement, j'attrapai le coin de ma cape imprégné de potion et le plaquai sur son nez. Ses bras s'étaient déjà étroitement refermés sur moi, mais il prit une inspiration et la partie fut finie pour lui. Ses paupières se mirent à papillonner tandis qu'il chancelait, étourdi. Je le repoussai de toutes mes forces.

Sans attendre mon reste, je m'enfuis à toutes jambes en direction des arbres cependant qu'il donnait l'alerte. Dans ma panique, je partis trop à gauche et dus revenir sur mes pas pour retrouver Tartine. Je crus un moment que je l'avais perdue, puis j'aperçus sa robe jaune dans la pénombre. J'en aurais pleuré de soulagement. Heureusement, je ne l'avais pas dessellée.

— C'est moi, dis-je d'une voix basse et rassurante en passant la main sur son encolure avant de grimper sur son dos. Pas le temps de dormir, ma belle, désolée. Il faut qu'on file.

À cet endroit, la forêt était trop dense pour que nous puissions galoper. Nous ne pouvions que marcher à vive allure, mais cela suffisait à mettre de la distance entre nous et les torches qui s'aventuraient déjà entre les arbres, à la recherche de l'étrangère qui avait pénétré dans le campement.

Avec un peu de chance, Kaitryn n'aurait pas eu le temps de leur parler de la chaleur de ma main. Je comptais aussi sur l'épaisseur des couches de vêtements entre moi et l'homme qui m'avait empoignée. Peut-être allaient-ils vite renoncer aux recherches, trop contents de m'avoir fait déguerpir. Du moment qu'ils ignoraient que j'étais une Sang-de-Feu.

Tartine avançait d'un bon pas, surtout lorsque nous avons atteint un petit ruisseau gelé le long duquel nous avons pu progresser sans être embêtées par les arbres. Au bout d'un moment, les torches disparurent derrière nous. Je m'efforçai de me détendre un peu. Nous avions réussi à nous sauver.

Après avoir trouvé un abri pour la nuit dans le renfoncement d'une falaise, je commençai à remâcher ce mot comme un chien rongeant un vieux bout de cuir.

Se sauver.

Apparemment, je ne faisais plus que ça. Me sauver. Je m'étais sauvée de la prison, puis de l'abbaye, et maintenant d'un camp de réfugiés. Était-ce cela, ma vie, désormais ? Une interminable série de fuites, jusqu'à ce que ma chance finisse par tourner ?

Je ne serais jamais en sécurité en Tempesia. Où que j'aille, il y aurait toujours quelqu'un pour me dénoncer à la première garnison afin de décrocher cette récompense. J'avais espéré pouvoir atteindre la côte et monter sur un bateau, mais si les soldats s'attendaient à ce que je procède de la sorte, ils devaient surveiller toutes les routes et vérifier tous les embarquements.

Le plus gros problème, c'était ma conscience. Je n'aurais plus jamais de répit. Tant que ce roi vivrait, il y aurait toujours un nouveau capitaine, une nouvelle attaque, jusqu'à ce que tout mon peuple soit exterminé – et encore, qui sait cela suffirait réellement à mettre un terme à ces exactions… Quand Arcus et Frère Chardon étaient venus me chercher en prison, ils m'avaient proposé de renverser le roi. Sur le moment, je ne savais pas si je devais les croire, mais j'avais accepté, parce que c'était toujours mieux que de mourir à petit feu.

Mais si Arcus et Frère Chardon avaient bel et bien un plan pour renverser ou tuer le roi… et si j'en faisais partie ? Sur le coup, j'étais trop faible et trop apeurée pour me sentir d'aucune aide. Seulement, maintenant que j'avais vu la souffrance que mon évasion avait laissée dans son sillage – les villages incendiés, les gens déplacés, la petite fille luttant pour respirer, dont les remèdes avaient brûlé avec la maison –, n'était-il pas de mon devoir d'essayer ?

Il n'y avait aucune noblesse dans cette démarche. Rien de noble dans cette soif de vengeance. Je cherchais uniquement à obtenir ce que je voulais : l'occasion de tuer le roi. Et plus personne n'aurait à souffrir à cause de moi.

Je levai les yeux vers les étoiles pour m'orienter, puis fis faire demi-tour à Tartine. Direction l'abbaye.

Au cours des jours suivants, après quelques erreurs d'orientation et plusieurs marches arrière, nous entrâmes dans l'immense étendue de forêt située à une journée de voyage de l'abbaye, où les arbres avaient des écorces grises de la même teinte que le ciel au-dessus de nos têtes. Vers midi, les nuages commencèrent à lâcher de gros flocons qui voletaient dans les airs tels de minuscules napperons de fil de soie. L'après-midi venu, le vent tourna, soufflant du nord. La neige se fit plus lourde, mouillée, mêlée de grésil, et fondait en touchant mon visage. Bientôt, ma peau se refroidit et je ne sentis plus mes joues.

Tout était d'un blanc violent. Le vent me piquait les yeux comme des aiguilles invisibles, m'arrachant des larmes. Je voyais à peine au-delà des oreilles de Tartine. Si nous avancions à flanc de falaise, je ne m'en apercevrais qu'au moment où nous tomberions ensemble dans un ravin.

Plus tôt, nous étions passées tout près d'un creux dans la roche qui formait une sorte de caverne, quand le vent était encore léger et inoffensif. J'aurais dû m'arrêter là. Je n'aurais pas dû sous-estimer la dureté d'une tempête de neige en pleine montagne.

Je resserrai les rênes en maudissant mon manque de discernement. J'étais à peu près sûre de pouvoir survivre à la nuit – ma chaleur m'empêcherait de geler. Mais Tartine, non. Elle n'avait rien pour se défendre contre le froid. La température avait beaucoup baissé. Pour elle plus que pour moi, nous devions faire demi-tour et retrouver cet abri dans la roche.

En même temps, nous n'étions peut-être qu'à quelques heures de l'abbaye… Je ne savais pas depuis combien de temps nous tournions dans cette forêt, ni où nous étions exactement.

— On va continuer d'avancer, lui dis-je. La neige est trop épaisse pour faire demi-tour. Tu vas retrouver le chemin des écuries, n'est-ce pas, ma belle ?

Je la talonnai gentiment, et elle continua d'avancer tant bien que mal. Qu'elle connaisse le chemin ou non, au cours de l'heure suivante, je vis son pas ralentir peu à peu jusqu'à ce qu'elle s'arrête subitement.

— Allez, encore un petit effort, on y est presque lui dis-je en frictionnant son encolure incrustée de glace.

En vérité, je n'avais aucun moyen de m'y retrouver dans cet océan de blanc. Je descendis de son dos et passai les mains sur son flanc.

— Tiens, un peu de chaleur pour toi, murmurai-je tout en procédant comme je l'avais fait avec Kaitryn.

Cela parut la revigorer un peu, mais l'opération me laissa affaiblie et grelottante. Nous repartîmes côte à côte en nous traînant péniblement dans la neige qui ne cessait de monter, pendant une nouvelle fraction d'éternité.

Je ne sentais plus mes pieds. Le vent s'était calmé, mais la neige tombait toujours. J'avais l'impression d'être sous un déluge de plumes, que j'avais envie d'attraper pour m'en frictionner le visage et me réchauffer. Je me sentais bizarre. Et épuisée. Ce serait bon de s'asseoir et de se reposer, rien qu'un petit moment.

À peine cette idée avait-elle germé dans ma tête que je m'arrêtai pour m'adosser contre un arbre.

— Juste un petit moment…

Je sentais à peine mes lèvres et j'avais du mal à articuler. Peut-être que je m'étais trompée. Peut-être qu'une Sang-de-Feu pouvait mourir dans la neige, si elle avait trop froid, si elle était trop fatiguée et n'avait pas assez mangé pour tenir le coup. Curieusement, cette idée était toutefois lointaine, et plus intrigante qu'alarmante. Je fermai les yeux.

Dans un certain flou, je crus entendre Tartine hennir et sentir ses naseaux froids sur ma joue.

Une femme aux cheveux d'or me dévisageait avec une expression intense, un pli inquiet fronçant la peau hâlée entre ses sourcils. Ses yeux d'ambre étincelaient.

— Réveille-toi, me disait-elle. Ton heure n'est pas encore venue.

Elle regarda derrière elle, l'air effrayée. Une ombre voila son visage.

— Il faut que tu te sauves.

— Fors essaie de me tuer, murmurai-je. Il a envoyé une tempête pour me geler.

— Lève-toi, mon enfant. Il a besoin de toi.

— Fors ? demandai-je, l'esprit embrumé d'une étrange léthargie. Pourquoi est-ce que le dieu des Sang-de-Glace aurait besoin de moi ?

Mes muscles frémissaient comme pour me mobiliser malgré moi. Je grommelai en prenant conscience du froid qui me mordait comme des dents tranchantes.

Une forme noire et floue prit la place de la femme dorée, planant au-dessus de moi. J'avais l'impression que des yeux maléfiques me fixaient, même si cette forme était sans visage ; que ma peau rétrécissait douloureusement sur moi. Une sorte de tentacule noir s'approcha de moi et, au plus profond de mon âme, je sus que s'il me touchait, je ne serais plus jamais la même.

Je m'éveillai en sursaut. Il faisait encore jour. J'étais toujours assise contre l'arbre et j'avais de la neige jusqu'à la poitrine.

Rassemblant mes forces, je m'extirpai de la neige et me levai en gémissant sous la douleur qui me cisaillait les membres. Je regardai autour de moi. Tartine avait disparu. Je ne savais pas si je devais pester de sa désertion, ou me réjouir de ce qu'elle était peut-être encore vivante, ailleurs.

Les jambes endolories, je commençai à avancer parmi les congères en jurant comme un diable. Je ne savais toujours pas si je me dirigeais dans la bonne direction.

— Tartine ! hurlais-je toutes les trente secondes d'une voix éraillée.

Comme si elle connaissait le nom que je venais de lui donner et était assez docile pour m'obéir, à moi, l'étrangère qui l'avait volée quelques jours plus tôt. Elle était pourtant mon seul espoir de réussir à sortir de ces bois. Je scrutai le sol en quête de traces, mais celles-ci avaient dû être recouvertes par la neige.

— Tartine, si tu ne reviens pas tout de suite, je te préviens, tu boufferas du foin moisi pendant le restant de tes jours !

Soudain, une réponse me parvint : j'entendis distinctement un hennissement, quelque part sur ma gauche.

— Tartine, ici ! criai-je, reprenant subitement espoir.

Mais ce ne fut pas Tartine qui apparut entre les arbres chargés de blanc. C'était un étalon de neige aux yeux de saphir, monté par un cavalier drapé de noir.

Le capitaine m'avait retrouvée.

Je fis demi-tour et me mis à courir, mais les congères me ralentissaient. J'essayai de trouver un peu de feu en moi – peine perdue, j'avais trop froid. Je parvenais à peine à me réchauffer moi-même.

Une main m'attrapa par le dos de ma cape et me souleva pour me plaquer sur le cheval, l'avant de la selle s'enfonçant dans mon ventre. Je me débattis, battant des coudes. Le cheval s'agita.

— Arrête ! fit une voix sourde.

Je relevai la tête. Il portait une capuche basse et, sous celle-ci, un masque lui couvrant la moitié supérieure du visage. Mais je reconnus ces lèvres charnues, pincées par la colère.

— Arcus !

— Ravi que tu te souviennes de moi. Maintenant, arrête de gigoter, sinon je te jette dans la première congère. Je chevauche depuis cinq jours pour te retrouver et je ne suis pas convaincu que tu en vailles la peine.

La colère irradiait de lui par vagues plus froides encore que le vent du nord. Je levai une jambe engourdie par-dessus le flanc de l'étalon et agrippai le pommeau de la selle.

— Comment avez-vous fait pour me retrouver ?

Il desserra les dents pour répondre :

— Quand Germe-de-Blé est rentrée aux écuries, j'ai suivi ses traces jusqu'à ce qu'elles disparaissent. C'est là que j'ai entendu quelqu'un beugler des âneries, alors j'ai deviné que c'était toi.

— C'est qui, Germe-de-Blé ?

— Le cheval que tu as volé à l'abbaye, répondit-il comme s'il s'adressait à une simple d'esprit.

— Ah, vous voulez dire Tartine. Je ne l'ai pas volée. Je l'ai empruntée. J'en déduis qu'elle va bien ?

— Elle est frigorifiée et épuisée, mais en sécurité dans les écuries, à manger comme une affamée – ce qu'elle est probablement, grâce à toi. Et elle ne s'appelle pas Tartine.

— Maintenant, si.

— Ce n'est pas à toi d'en décider.

— Elle est à moi spirituellement, maintenant que nous avons vécu une aventure ensemble. Et ce nom lui va bien. Elle est tendre et dorée, comme du bon pain.

Il émit un petit son de mépris.

— Si nous portions tous des noms qui nous caractérisent, tu t'appellerais Épine-dans-le Pied. Ou Fléau-des-Dieux.

Son ton condescendant m'irrita fortement.

— Et vous, ce serait Pauvre-Blaireau.

— C'est tout ce que tu as trouvé ?

— Donnez-moi un peu de temps pour faire mieux. Je suis à moitié congelée.

Étant maintenant sortie de la neige, je commençais à retrouver quelques sensations dans les jambes et à sentir la chaleur revenir dans ma poitrine. La seule partie de mon corps qui ne se réchauffait pas était mon dos, plaqué contre Arcus. À chaque mouvement du cheval, je prenais un peu plus conscience de la sensation inhabituelle de me trouver si proche du corps d'un d'homme ; droit comme un piquet, il ne bougeait pas, alors que je tanguais de droite et de gauche entre les barrières rigides de ses bras tenant les rênes.

— Vous me réfrigérez, dis-je pour masquer ma gêne. Vous devriez peut-être vous appeler le Tyran-de-Glace. Non, attendez : le Despote-Glacial.

Il ne prit même pas la peine de répliquer sur le même registre.

— Je me fiche de bien de la façon dont tu m'appelles. Sans l'ordre de Frère Chardon, je t'aurais volontiers laissée mourir.

Après cela, il n'y eut plus un mot de prononcé jusqu'à l'abbaye.

8

Le lendemain, Frère Gamut me réprimanda pour m'être enfuie, surtout en plein hiver et sans provisions. J'avais pris un bain, revêtu des habits secs et étais assise sur mon matelas à l'infirmerie, où il me forçait à boire tasse après tasse de tisane chaude.

J'avalai une nouvelle gorgée.

— Je croyais que vous seriez contents d'être débarrassés de moi.

Il posa sur moi ses yeux gris, arquant ses sourcils broussailleux.

— Ces derniers jours ont été agréablement calmes, en effet. Pour tout vous dire, certains espéraient que vous ne reveniez pas… Mais les frères et les sœurs font confiance à Frère Chardon, et ils lui sont loyaux. Il a offert le gîte à beaucoup d'entre eux et a redonné un sens à leur existence quand ils fuyaient les provinces où la guerre faisait rage. Alors s'il dit que nous devons vous cacher parmi nous, ils respecteront son souhait. Et vous avez tout de même gagné quelques cœurs en sauvant Sœur Pastel du feu.

Quelques jours plus tôt, j'aurais répliqué par une remarque cinglante. Je ne me serais pas laissée toucher, ou je n'aurais pas voulu admettre que j'étais touchée par ce que les fidèles de Fors pensaient de moi. Et voilà qu'aujourd'hui, j'étais curieusement heureuse d'avoir gagné leur confiance, ne serait-ce qu'un peu.

— Comment va votre cheville ? s'enquit Frère Gamut.

Je haussai les épaules.

— Votre tisane me fait du bien.

— Bon. Alors, finissez cette tasse. Vous devez aller retrouver Arcus dans la bibliothèque, pour discuter avec lui.

Un grognement m'échappa.

— Pour me faire tabasser, vous voulez dire.

— Verbalement, peut-être. Il sera plus calme une fois qu'il aura pu évacuer sa colère.

Il marqua une pause avant d'ajouter :

— Je crois qu'il s'est inquiété pour vous.

Je ne pus m'empêcher de lâcher un petit rire ironique.

— Arcus est un bloc de glace. S'il est capable de sentiments, je ne l'imagine pas perdre son temps à en avoir pour moi.

— Il n'est pas facile pour un Sang-de-Glace d'exprimer ses sentiments, ou même de s'autoriser à en avoir. La logique et le contrôle de soi sont prépondérants chez les fidèles de Fors. Mais nous devons y aller, maintenant. Ne le faites pas attendre.

Je lâchai un soupir et le suivis dans le couloir.

Lorsque nous entrâmes dans la bibliothèque, une grande moniale au nez aquilin était assise à l'une des tables, un pinceau dans sa main aux longs doigts fins. Elle le maniait avec une assurance mêlée de prudence, effectuant des gestes précis et minuscules. Je notai que la tapisserie de Tempus, nettoyée des outrages de la fumée et de la suie, avait été suspendue devant la fenêtre brisée.

Une silhouette se tenait derrière elle, dans le coin le plus obscur de la pièce. Arcus. Sa présence irradiait dans l'air, y provoquant presque une sorte de bourdonnement audible. Il était assis dans le fauteuil en bois dont je m'étais servie pour essayer de casser la fenêtre quelques jours auparavant ; ses doigts pianotaient en rythme sur l'accoudoir.

— Sœur Pastel, auriez-vous l'amabilité de nous laisser un peu ? demanda-t-il.

La moniale releva les yeux et me vit. Elle inclina la tête solennellement, et je lui rendis la politesse, heureuse de constater qu'elle s'était rétablie après l'incendie.

Quand elle fut partie, je me penchai sur la table. Elle travaillait sur un parchemin aux enluminures colorées montrant la déesse Cirrus vêtue d'une robe d'un blanc éclatant, qui posait son regard bienveillant sur un champ rempli de moutons bien gras. La déesse du vent de l'ouest était également la déesse de la pluie et des paysans. Et des marins, aussi. À vrai dire, elle était la déesse de nombreuses choses positives. À l'inverse de Fors, dont l'épée glacée se vengeait systématiquement de tous ceux osant le défier.

Du coin de l'œil, je vis qu'Arcus me faisait signe de m'asseoir. Je secouai la tête.

Il se leva et fit un pas vers moi. Tout mon corps se tendit.

— Tu es partie, dit-il enfin.

La chaleur me monta dans le cou.

— Si vous comptez me mettre une raclée pour avoir franchi vos précieuses limites, vous auriez pu choisir un meilleur endroit. Ce serait dommage que ces livres magnifiques soient tachés de sang.

Il ne dit rien, mais je le sentis vibrer sous la tension. Face à sa taille colossale et aux vagues de fureur froide qui émanaient de sa peau, mon cœur se mit à battre la chamade.

Je savais ce qu'il faisait. Les gardiens de la prison étaient experts à ce jeu-là. Ils avaient trop peur pour s'approcher de moi, mais ils avaient tout de même trouvé le moyen de me torturer par la peur et l'inconfort – jeter sur moi un seau d'eau glacée ou un objet lourd quand j'étais acculée au fond de ma cellule, faire claquer une épée contre les barreaux de métal quand je m'endormais, etc. Mais l'impassibilité était aussi une forme de violence, entre les mains de ceux qui s'amusaient à faire souffrir les autres.

La déception m'envahit. Pour je ne sais quelle raison, j'avais cru qu'Arcus n'était pas de ce genre. Je me doutais qu'il allait me punir, mais je ne pensais pas qu'il en ferait un jeu.

— Ça va, vous vous amusez bien ? lançai-je avec un rictus.

— Je t'avais indiqué les règles, dit-il d'une voix sourde.

— Et je les ai enfreintes, oui.

Comme il ne bougeait toujours pas, je haussai le ton :

— Bon, je vais vous faciliter les choses : je regrette de ne pas avoir mis le feu moi-même à la chapelle. Et je regrette que toute l'abbaye ne soit pas partie en fumée.

— Personnellement, j'étais contre ta présence ici.

À mon grand étonnement, cette saillie me blessa. Il l'avait pourtant déjà sous-entendu, et il avait dit pire encore – qu'il m'aurait volontiers laissé mourir dans les bois, sans l'insistance de Frère Chardon. Mais ces mots avaient été prononcés sous le coup de la colère, alors qu'il était parfaitement calme en cet instant. Je m'efforçai de me rappeler que je me moquais de ce qu'il pensait.

— Malheureusement, il se trouve que tu nous es nécessaire, ajouta-t-il avec une mine sinistre. Tu es la clé pour pouvoir obtenir tout ce dont j'ai besoin. Et pour cette raison, tu ne peux pas aller te promener où ça te chante, quand ça te chante. Trop de choses dépendent de toi.

— C'est drôle, tout de même : vous ne m'avez toujours pas dit pourquoi vous aviez besoin de moi… Ce qui me laisse penser qu'il serait peut-être plus sage de m'en aller.

— Je te rattraperai.

— Donc, votre plan ne nécessite pas une coopération de mon plein gré ? Est-ce que ça signifie que je peux y être contrainte, de force ?

Il resta silencieux. Ses narines frémirent, ce que j'interprétai comme un aveu de faiblesse. Je croisai les bras sur ma poitrine.

— Donc, vous avez besoin de ma pleine coopération. Ce qui signifie que moi, j'ai besoin d'informations.

— Et que si tu es capturée, tu raconteras tout aux soldats. Je ne peux pas prendre ce risque.

Le silence se fit et s'éternisa tellement que je ne pus le supporter davantage. Je secouai la tête et tournai les talons.

— La prochaine fois que je m'en irai, je ne reviendrai pas.

— Je t'ai sortie de prison ! lança-t-il un ton plus haut. Je t'ai sauvé la vie.

Je me retournai vivement, sentant ma peau s'échauffer.

— Et alors… je suis votre esclave, maintenant, c'est ce que vous voulez dire ?

Une voix s'éleva derrière moi – une voix à la fois raffinée et outrée.

— Mais qu'est-ce que c'est que ce tapage ?

Frère Chardon se tenait dans l'encadrement de la porte, les sourcils froncés. Il aurait pu ressembler à n'importe quel vieil homme comme ceux que je voyais s'occuper des poules dans mon village, ou ramasser des herbes dans les montagnes, si ce n'était l'air chargé de givre qu'il exhalait et la fine couche de cristaux de glace qu'il laissait au sol, dans son sillage.

— Cela ne vous ressemble guère, de perdre votre sang-froid, dit-il à Arcus d'un ton accusateur.

— Elle mettrait à l'épreuve la patience d'un dieu, marmonna Arcus en se rasseyant dans son fauteuil.

Frère Chardon se dirigea vers une chaise bordant la table où était posé le livre.

— Veuillez vous asseoir, mademoiselle Otrera.

Je m'assis. Il prit un tabouret en bois et me regarda longuement, avec le plus grand sérieux.

— Pourquoi êtes-vous partie ?

— À votre avis ? Je n'ai aucune envie de retourner en prison.

— Vous n'y retournerez pas.

— Frère Lack m'a dit qu'il remuerait ciel et terre pour que les soldats apprennent où je me trouve.

Arcus s'avança dans son fauteuil et agrippa les accoudoirs tout en regardant Frère Chardon.

— Je vous l'avais dit. Je savais qu'on ne pouvait pas lui faire confiance… Vous ne voyez toujours que le bon côté des gens.

— Nous discuterons de cela plus tard. Pour l'instant, nous devons demander à Mlle Otrera pourquoi elle a préféré s'enfuir dans les bois plutôt que de venir solliciter notre aide.

— Parce que j'avais peur, répondis-je en toute honnêteté. Vous ne m'avez pas dit pourquoi vous m'avez amenée ici, quel rôle je suis censée jouer dans votre projet de renverser le roi. Et puis, vous sembliez croire que c'est moi qui ai déclenché cet incendie.

— Ce n'est pas le cas ? demanda Arcus.

— Moi, je ne crois pas que ce soit vous, intervint Frère Chardon. Et je comprends votre peur. Mais vous devez nous promettre de ne plus jamais vous enfuir. C'est très dangereux, dans les villages environnants.

— Les soldats sont à ma recherche, je sais. J'ai traversé un village en ruines et je suis tombée sur un campement de réfugiés.

— Tu ne les as pas laissés te voir, j'espère ?

Comme je ne répondais pas, Arcus relança :

— Ils t'ont vue ?

— Eh bien, sans le faire exprès…

Arcus lâcha un juron. Je montai d'un ton :

— Il fallait que j'aide une petite fille malade ! Mais je ne pense pas qu'ils aient deviné que j'étais une Sang-de-Feu.

Je n'étais pas obligée de lui dire que la petite m'avait touché la main et avait remarqué la chaleur de ma peau.

— Ils se dirigent vers la côte. À mon avis, ils ont autre chose à faire que de me chercher, même s'il y a une récompense de cinq mille pièces pour ma capture.

Arcus jura une nouvelle fois. Frère Chardon haussa une main.

— Nous savions qu'il y avait une récompense… même si nous ignorions qu'elle était aussi importante.

Il ferma les yeux et se massa le front.

— Ce qui m'inquiète, c'est que ces réfugiés risquent d'informer les soldats de votre présence. Il existe une récompense, moins élevée, pour toute information sur vos faits et gestes.

— Ah. Je ne savais pas.

Arcus leva les deux mains en l'air.

— Est-ce que ça aurait changé quoi que ce soit, de toute façon ?

— Probablement pas, répondis-je.

— Promettez que vous ne vous enfuirez plus, me demanda Frère Chardon à mi-voix. Après quoi, nous pourrons discuter de ce que vous souhaitez savoir.

Je haussai les épaules.

— Dites-moi d'abord ce que vous mijotez et je déciderai ensuite.

De la glace se forma en craquant au pied du fauteuil d'Arcus.

— C'est sa façon de piquer une colère ? demandai-je au moine.

— La patience d'un dieu, je vous dis, maugréa Arcus.

— Ça suffit, trancha Frère Chardon. Si vous ne voulez pas promettre, je ne peux rien vous dire. La vie de trop de gens en dépend.

— Et vous accepteriez ma promesse, comme ça, sur parole uniquement ?

Il me regarda droit dans les yeux, tellement longtemps que je crus qu'il n'allait pas me répondre.

— Oui, dit-il enfin avec douceur et conviction.

Je laissai échapper un long soupir.

— Bon. Je suis revenue, n'est-ce pas ? Parce que j'ai décidé que je voulais vous aider. Je vous promets de ne plus m'enfuir.

— Alors le moment est venu de vous parler de la raison pour laquelle nous vous avons amenée ici.

Il se pencha en avant, la main sur sa canne.

— Nous avons entendu parler d'un prisonnier du roi qui était un puissant pratiquant de l'art de la chaleur.

L'art de la chaleur. Ma grand-mère m'avait dit qu'on l'appelait ainsi, autrefois. Qu'on le respectait. Qu'on le révérait, même. Quand la Glace et le Feu œuvraient ensemble pour atteindre leurs buts et rendre la vie meilleure. C'était il y a fort longtemps.

— Avant de nous rendre à la prison, continua-t-il, nous avons pris la peine de nous renseigner à votre sujet. Par exemple, nous savons qu'aucune personne de votre village ne possédait le don, y compris votre mère.

Mes poings se serrèrent dans les manches de ma robe.

— Ma mère, dis-je lentement, possédait un don plus essentiel que la capacité de faire bouillir de l'eau sans allumer de feu. C'était une extraordinaire guérisseuse.

Il hocha la tête.

— C'est ce qu'on nous a dit, en effet. Autre raison pour laquelle vous nous intéressez.

— Et pourquoi est-ce que je vous intéresse, exactement ?

— D'abord, parce qu'il reste très peu d'individus de votre genre en Tempesia. Peu avec des pouvoirs comparables aux vôtres, en tout cas. Il est fort possible que vous soyez la Sang-de-Feu la plus puissante du royaume.

Je serrai les accoudoirs de mon fauteuil, chamboulée. Je m'étais toujours sentie seule et incomprise, dans mon village. Mais au moins, je me raccrochais à l'idée qu'un jour, un autre Sang-de-Feu puisse m'aider à comprendre ce qui bouillait dans mon cœur, comment vivre avec ça, comment le maîtriser et l'utiliser sans craindre de faire du mal autour de moi. Et voilà que j'apprenais que j'étais probablement seule.

— Alors, ils ont tous été tués dans les attaques ? dis-je en m'efforçant d'imaginer leur mort, comme pour leur témoigner mon respect.

— Certains dans les attaques, oui. D'autres sont morts en prison. Mais les plus forts sont souvent emmenés dans les arènes du roi.

Je me redressai, surprise.

— J'ai entendu dire qu'un champion qui gagne dans l'arène retrouve sa liberté, et se voit même parfois offrir une place au sein de la cour du roi. Mais je croyais que cela ne valait que pour les Sang-de-Glace.

— C'était vrai, jadis. Mais cette pratique a pris fin sous le règne du roi précédent, le frère aîné de Rasmus, qui ne s'amusait guère de voir du sang versé en vain. Le roi Rasmus l'a rétablie. Il prend les prisonniers Sang-de-Feu les plus puissants et les fait lutter contre ses champions Sang-de-Glace.

— Est-ce qu'un Sang-de-Feu peut gagner sa liberté ainsi ? demandai-je.

Il hésita un instant.

— À notre connaissance, aucun Sang-de-Feu n'en est jamais sorti vivant.

Même les plus puissants de mon genre avaient donc été liquidés pour divertir le roi.

— Comment en est-on arrivés là ? dis-je dans un murmure. Ma grand-mère m'a toujours dit que le Feu et la Glace vivaient en paix, avant.

— Lorsque les Sang-de-Feu ont traversé la mer en quête de nouvelles terres fertiles, même nos mythes et nos traditions nous positionnaient en rivaux, expliqua Frère Chardon. La paix fut établie, mais, au bout d'un certain temps, les Sang-de-Feu ont repoussé les limites de leurs territoires et se sont battus avec les propriétaires terriens, exigeant davantage de terres cultivables.

— Ce n'est pas juste, rétorquai-je. Tout cela était calculé. C'est le roi Akur qui a fait pression pour modifier les frontières qui existaient depuis des centaines d'années. Les Sang-de-Feu avaient fait de la terre ce qu'elle était, et il a essayé de la leur reprendre.

Frère Chardon baissa la tête.

— Les Sang-de-Feu étaient bien moins nombreux, alors ils ont décidé d'assassiner des Sang-de-Glace haut placés.

Comme cela ne suffisait pas à entraîner le retrait des troupes du roi Akur, ils ont tué certains des membres les plus éminents de sa cour.

— Ainsi que sa femme, ajouta Arcus d'une voix dure, comparée à la douceur de celle du moine.

— Quoi qu'il en soit, le roi Rasmus ne fait que poursuivre la tâche que son meurtrier de père avait commencée, affirmai-je.

— Il est bien pire que son père, dit Arcus. Au moins, le roi Akur était généreux envers les plus pauvres, et il améliorait les villes. Rasmus, lui, utilise la trésorerie pour fabriquer toujours plus d'armes et former toujours plus de soldats. Il torture le premier individu soupçonné de trahison, assassine les barons qui s'opposent à lui, et écrase toute velléité de rébellion en envoyant tous les hommes et les femmes bien portants aux frontières, où ils ne peuvent rien faire.

— Et tous ceux qui restent dans les terres meurent de faim, complétai-je. Grâce à Tempus, les abbayes et les moines semblent tout de même être épargnés. Ainsi que… des gens comme vous, dis-je avec un geste vers Arcus.

Celui-là n'était pas moine, j'en étais certaine. Il n'y avait strictement rien de monastique en lui. Il avait l'allure d'un guerrier et s'exprimait comme un noble. Sa cape et ses bottes étaient de belle qualité, et pourtant, il se cachait dans une abbaye.

— Le roi Rasmus honore toujours le dieu du vent du Nord, répondit Frère Chardon. Il ne prendrait pas le risque de provoquer la colère de Fors en s'en prenant à ses fidèles.

Je me tournai sur mon siège pour faire face à Arcus.

— Et comment imaginez-vous que je puisse tuer le roi le plus puissant de notre histoire ?

— Il n'est pas le roi le plus puissant de notre histoire, rétorqua Arcus. La brutalité n'est pas le pouvoir. La tyrannie n'est pas la force.

Je fus surprise de l'entendre faire écho à mes convictions. À vrai dire, j'étais d'accord avec presque tout ce qu'il avait déclaré.

— Donc, même vous, un Sang-de-Glace… Vous détestez aussi ce roi.

— Nous sommes contre la manière dont le roi Rasmus dirige ce pays, répondit Frère Chardon avec un coup d'œil vers Arcus. Nous nous insurgeons contre son manque de compassion.

— Un *manque de compassion* ? répétai-je en me levant de mon fauteuil. C'est comme ça que vous décrivez le fait qu'un roi envoie ses soldats raser un village entier, juste parce qu'ils ont eu vent de rumeurs selon lesquelles il s'y trouverait une, *une seule* Sang-de-Feu ? Pardonnez-moi, mais je vous trouve un peu tiède. J'ai tout perdu – l'endroit où j'aimais vivre, ma mère –, tout ça parce que je suis née avec un don que je ne peux pas étouffer, ni contrôler, et dont je ne pourrai jamais me débarrasser !

Une flamme jaillit soudain de ma paume et crépita sur le sol avant de monter le long d'un pied de la table. Arcus se leva d'un bond et fendit l'air de sa main. Le froid éteignit le feu avant que celui-ci ne s'en prenne au parchemin posé sur la table. Une trace noire marquait maintenant le bois ciré.

— Calme-toi, dit-il dans un souffle rauque et haché.

Je serrai les poings. Je détestais cette perte de contrôle qui me frappait régulièrement sous le coup d'une émotion forte. Lentement, je me rassis sur mon fauteuil et croisai les bras sur ma poitrine en fixant le sol.

— Ce que je veux dire, c'est que nous n'avons qu'à montrer au roi un même « manque de compassion ». Pendons-le et jetons les loups du froid sur lui. Ce serait encore une mort bien plus douce que ce qu'il a fait subir à tant d'autres.

— Mademoiselle Otrera, nous sommes du même avis que vous, répondit le moine tout en regardant mes poings serrés. Pour guérir le royaume, nous devons mettre un terme au règne du roi Rasmus.

Une vague de soulagement m'envahit, même si je bouillais encore.

— Mais nous pourrions peut-être reprendre cette conversation un autre jour, dit-il. N'oublions pas que vous avez traversé de grandes épreuves, et que vous êtes toujours en convalescence.

Je pliai mes jambes tremblantes pour les dissimuler sous les plis de ma robe. Il ne servirait à rien de perdre mon sang-froid avec ces hommes. Si je ne faisais que griffer et cracher comme un chat sauvage, jamais ils ne pourraient avoir confiance en moi.

— Merci pour les remèdes et pour la nourriture, dis-je avec sincérité, en essayant de paraître calme. Frère Gamut s'est très bien occupé de moi.

— La première étape de notre affaire, c'est votre guérison, répondit Frère Chardon. Nous pourrons parler de tout le reste une fois que ce sera chose faite.

— Et nous aborderons *tout le reste*, renchérit Arcus de sa voix de commandeur, quand je déciderai que le moment sera venu de l'aborder. D'ici-là, attendons que le trône…

Frère Chardon leva une main, et, étonnamment, Arcus se tut aussitôt.

— Croyez-moi, mon ami, dit le moine. Nous avons attendu bien longtemps avant de trouver cette jeune fille.

Le temps joue contre nous mais, parfois, la patience est un mal nécessaire.

Arcus se leva brusquement et passa à grands pas à côté de mon fauteuil pour sortir de la pièce. Un courant d'air glacé me piqua la joue dans son sillage.

9

Au cours des deux jours suivants, ma mauvaise humeur s'atténua en même temps que ma santé s'améliorait. Je demandai à Frère Chardon de me donner plus d'informations sur ma tâche, mais il me dit de me concentrer sur mon rétablissement et que j'en apprendrai davantage quand il m'estimerait prête. Au bout de trois jours, Frère Gamut me déclara suffisamment rétablie pour m'entraîner. Il apporta des vêtements et me laissa m'habiller d'une chemise blanche et d'une tunique rouge sur un pantalon noir – avec une cape en laine contre le froid. J'enfilai ensuite des bottines à lacets, bien à ma taille, et m'attachai les cheveux avec un bout de ficelle. J'avais pour consigne de retrouver Frère Chardon à un endroit entre l'abbaye et la forêt, où un bosquet nous protégerait des regards indiscrets.

En marchant vers la porte ouest, je croisai trois moines – un homme et deux femmes. L'homme arborait une tonsure classique, mais les deux femmes avaient les cheveux coupés très court, à peine assez longs pour effleurer leurs tempes. Tous s'écartèrent à mon passage, sans prendre la peine de dissimuler leur aversion à mon égard. De toute évidence, mon intervention de sauvetage pendant l'incendie n'avait pas conquis tout le monde. Peut-être ceux-là pensaient-ils encore que c'était moi qui avais mis le feu.

J'étais perdue dans mes pensées alors que je franchissais la porte et il me fallut quelques instants pour me rendre compte qu'Arcus attendait là.

Il portait une tunique bleue et un pantalon noir étroit qui épousait les muscles puissants de ses cuisses. Ses épaules paraissaient encore plus larges sous les épaulières de métal qui brillaient comme de l'argent à la faible lumière du soleil. Il portait une sorte de capuche sans cape, et le même masque que le jour où il m'avait trouvée dans la neige. Celui-ci recouvrait le milieu de son visage, dissimulant son nez et ses joues.

Lorsque ses yeux croisèrent les miens, je me figeai comme sous le coup du gel.

D'un bleu clair, on aurait dit de petits éclats de glace qui scintillaient tels des joyaux sertis de cristaux de givre. C'étaient des yeux magnifiques, surnaturels, à couper le souffle. *Autant que peut l'être la glace.*

Je hochai la tête pour le saluer et continuai mon chemin. Il marcha à mes côtés, calant son pas sur le mien.

— Impatient de voir Frère Chardon m'envoyer au tapis, c'est ça ? lançai-je.

— Ça va beaucoup dépendre de toi, répondit-il d'un ton cordial mais détaché. Je préfère m'assurer que l'entraînement se passe bien.

— Pourquoi ? Votre rôle reste assez obscur, dans tout ça.

Sa bouche se pinça, mais il conserva un ton léger et changea de sujet :

— Au fait, j'aurais dû te le dire plus tôt : je trouve que tu as été courageuse d'aller secourir Sœur Pastel.

Il marqua une pause.

— Merci.

Je m'arrêtai, sidérée, et me tournai vers lui.

— D'aller la secourir au moment où moi, j'hésitais, termina-t-il en croisant mon regard.

— Ce n'est pas si courageux, pour une Sang-de-Feu.

Je tripotai le bord de ma tunique comme nous continuions de marcher.

— Et puis, je n'aurais pas pu la sortir de là sans vous, dis-je en grimaçant. En tout cas, s'il faut en retenir une leçon, c'est que je risque davantage de mettre le feu à ma propre personne qu'à autre chose.

— Pitié, ne refais jamais ça, dit-il sèchement. Je n'ai aucune envie de devoir te porter encore jusqu'au ruisseau.

— Vous pourriez vous contenter de jeter de la glace sur les flammes, suggérai-je.

— Ah oui, parce que tu serais heureuse de sentir de la glace sur ta peau, peut-être ?

Je tournai les yeux vers lui.

— C'est pour ça que vous m'avez poussée dans le ruisseau, l'autre fois ? Par égard pour moi ?

— Simple souci d'efficacité, répondit-il en regardant droit devant lui. L'eau éteint les flammes. Ta chaleur fait fondre la glace. Il était plus simple de te pousser dans l'eau.

Son raisonnement se tenait, mais sa remarque sur le fait de devoir me porter *jusqu'au ruisseau* m'agaçait encore.

— À vous entendre parler, on pourrait croire que je suis aussi lourde qu'un bœuf. Alors que la semaine dernière, je n'étais qu'un fagot de brindilles…

— Tu es encore trop maigre.

— Peut-être que si je grossis, vous ne me traiterez plus de brindille.

— Qui sait si, un jour, tu ne deviendras pas une branche ?

Je lui jetai un regard furtif, ravie malgré moi qu'il prenne la liberté de plaisanter un peu.

— Ou même une bûche ! ajoutai-je.

— J'en doute, dit-il avant de baisser les yeux vers ma jambe. Tu boites moins, on dirait. Ta cheville va mieux ?

— Oui.

J'avais encore mal, mais j'espérais que Frère Chardon me ménagerait pour notre première leçon ensemble.

Nous arrivâmes dans une zone de broussailles où nos pieds écrasaient des touffes d'herbes jaunes étouffées par la neige qui venait de fondre. Une odeur de feu de bois et de pin flottait dans l'air. Des oiseaux chantaient dans les arbres alentour. La brume formait des nappes au-dessus du sol, s'évaporant lentement à mesure que le soleil montait dans le ciel.

— Bonjour, mademoiselle Otrera, me salua Frère Chardon, vêtu de sa robe de bure habituelle et s'appuyant sur sa canne. Je présume que vous êtes prête pour notre entraînement ?

J'opinai du chef. Arcus se posta sur le côté, assez près pour nous entendre mais suffisamment éloigné pour ne pas nous gêner.

— Asseyez-vous, ordonna le moine.

Nous nous assîmes tous deux. J'espérai que cela ne dure pas trop longtemps, craignant de m'engourdir et d'avoir du mal à me relever.

— Fermez les yeux, dit-il.

J'en fermai un mais gardai l'autre entrouvert, craignant encore de me laisser aller à un état de vulnérabilité. Je n'étais pas prête, en cas d'attaque surprise.

— Les deux.

Je soupirai et fermai les deux yeux.

— En premier lieu, nous devons clarifier votre esprit.

Je rouvris les yeux.

— Mon esprit ? Quel est le rapport ? La chaleur provient de mon cœur.

— Lequel est contrôlé par votre esprit. Ce que vous sauriez déjà, si vous aviez appris à maîtriser votre don.

Je suivis les instructions de Frère Chardon. Il m'indiqua un mot étrange, soit ancien soit inventé, que je répétai encore et encore. L'idée était de parvenir à un endroit où mon esprit serait parfaitement clair. Je pensais faire ce qu'il fallait quand j'entendis le moine pousser un profond soupir.

— Mademoiselle Otrera, un colibri est davantage capable de se tenir immobile que vous. Peut-être que si vous ne gigotiez pas autant, votre esprit serait plus tranquille.

Je le regardai, piquée par son ton acerbe. Je ne m'étais pas rendu compte que je gigotais.

— C'est le fait d'essayer de tranquilliser mon esprit qui me fait gigoter, répliquai-je. Et si vous comptez m'apprendre la patience, vous devriez peut-être en avoir un peu plus, vous-même.

Il cligna des yeux, surpris, tandis que ses joues s'assombrissaient légèrement.

— Vous avez peut-être raison, concéda-t-il en s'appuyant sur sa canne pour se lever. En revanche, vous n'avez sûrement pas conscience du peu de temps dont nous disposons. C'est maintenant le printemps, période où votre pouvoir croît tandis que le mien décline. Vous devrez être prête pour votre tâche au solstice d'été.

Un mélange de peur et d'excitation monta en moi, me donnant des picotements dans les doigts.

— C'est dans deux mois seulement, continua-t-il, ce qui peut vous paraître long. Or, il faut normalement des années de pratique pour apprendre et intégrer tout cela. Nous devons donc faire tout notre possible avec le peu de temps que nous avons devant nous. Et je devrai me satisfaire de ce résultat.

Ma peau s'échauffa face à son ton résigné. Il y avait une forme de censure implicite dans ses paroles, comme s'il s'attendait à être déçu.

— Votre température corporelle s'élève, dit-il. C'est bien.

— Vous le sentez de là où vous êtes ?

— Bien sûr. Et vous aussi vous le pouvez, avec les autres. Il suffit d'y prêter attention. Accordez-vous à ce qui vous entoure, au lieu d'être constamment accaparée par vos propres pensées.

Les sous-entendus étaient de retour. Mon sang se réchauffa un peu plus.

— Bien, mademoiselle Otrera. Maintenant, faisons un petit test pour voir quel niveau de contrôle vous possédez déjà. Canalisez votre colère et brûlez ce buisson, là-bas, comme vous l'avez fait avec le pied de table dans la bibliothèque.

— Mais je ne l'ai pas fait exprès, dans la bibliothèque. C'est arrivé sans que je le veuille… Je ne suis douée que pour faire monter la chaleur, pas pour mettre le feu à partir de rien du tout.

— Ne pensez pas au feu. Pensez uniquement à rendre chaude l'essence de cette chose, et elle brûlera.

— Pardonnez-moi, Frère Chardon, mais que savez-vous au juste de l'art de la chaleur ?

Il inclina la tête.

— Il y avait un grand maître Sang-de-Feu, non loin de l'endroit où j'ai grandi. J'ai longuement observé ses disciples s'entraîner dans leur école.

— Une école ?

Voilà qui piquait ma curiosité.

— Oui, en haut d'une colline, près d'un temple de Süd. Je pense que le maître savait que je les observais. C'était un homme juste et d'humeur égale, pour un Sang-de-Feu.

— Vous êtes-vous entraîné avec eux ?

Il secoua la tête.

— Non, ce n'était pas permis. Je m'entraînais tout seul, et j'ai vite compris que nombre de leurs techniques étaient tout aussi valables avec le pouvoir de la glace. Quand j'ai quitté la Sudesia et suis arrivé ici, j'étais bien plus qualifié que beaucoup d'autres guerriers Sang-de-Glace.

— Vous venez de Sudesia ? demandai-je sans pouvoir dissimuler ma surprise. Et vous êtes devenu un guerrier Sang-de-Glace ?

Il se raidit et me toisa d'un regard perçant.

— Tout à fait.

J'imaginai Frère Chardon jeune, avec un visage lisse, des cheveux bruns, la poitrine couverte d'une armure de cuir ou de métal. Il n'avait pas un physique imposant, mais dégageait une assurance assez impressionnante.

Je me concentrai sur le buisson qu'il m'avait désigné. J'avais un peu trop conscience du fait qu'Arcus me regardait, et sa présence muette ne m'aidait pas à me concentrer. Mais je fermai les yeux et sollicitai la chaleur en moi, comme grand-mère m'avait appris à le faire – *Attise la flamme, puis dirige-la.*

Ma peau se fit plus chaude. La sueur perla sous mes aisselles et entre mes seins. Je me mis à trembler sous l'effort. Lorsque la chaleur atteignit un degré tel que je craignais d'en perdre le contrôle, je la laissai sortir en un torrent furieux.

Toute l'herbe jaune entre moi et le buisson prit feu et se consuma avant de s'effondrer, noircie. Le buisson, lui, demeura intact.

Je jurai entre mes dents serrées.

— Le contrôle, mademoiselle Otrera, dit le moine. Vous avez du pouvoir, mais vous devez apprendre le contrôle. S'il s'était agi d'un champ de bataille, vous auriez brûlé vifs vos propres soldats, et laissé l'ennemi indemne.

— Je ne compte pas aller sur des champs de bataille, grinçai-je, irritée par mon échec. Il faut juste que je tue un misérable roi !

Derrière moi, Arcus émit un grognement désapprobateur.

— Quant au contrôle, continuai-je, c'est justement ce que je suis venue apprendre ici, et *vous* êtes censé me l'enseigner.

J'appuyai un doigt sur la poitrine du frère en prononçant ces mots, et entendis le tissu de sa robe grésiller. Je bondis en arrière, une main sur ma bouche. Il agita une main et sa robe s'éteignit immédiatement.

— Comme je vous le disais, mademoiselle Otrera, déclara-t-il calmement, voire un peu froidement. Le contrôle, donc.

Les larmes me montèrent aux yeux ; non seulement j'avais échoué à mon premier exercice, mais j'avais perdu mon calme. Je me détournai, honteuse.

— Je comprends mieux comment vous fonctionnez, maintenant, dit Frère Chardon. Vous laissez le feu monter en vous, puis vous le lâchez d'un coup, dans un flot de rage. Le froid est assez similaire, sous cet aspect. Il peut vous échapper et provoquer de gros dégâts s'il n'est pas dirigé sur une cible.

— Mais… je visais une cible.

— Vos yeux, oui. Mais votre esprit ? Une fois que vous aurez appris à concentrer votre esprit, le feu suivra. Regardez.

Il leva un bras et fit un geste d'avant en arrière à une vitesse fulgurante. Une langue de glace fendit l'air tel un fouet bleu argenté. Instinctivement, je fis un petit bond en arrière tandis que la glace passait à côté de moi à la vitesse de l'éclair avant de tomber par terre. Il leva de nouveau la main. Une spirale d'air glacial jaillit de sa paume et alla faire tourbillonner la terre et les débris du sol, à droite ou à gauche, selon le bon vouloir du moine.

— Il faut une grande concentration pour contrôler son pouvoir, dit-il. Au début, cela vous paraîtra impossible. Il faut d'abord apprendre à recentrer son esprit dans le calme. Ensuite, vous apprendrez à retrouver ce calme en d'autres circonstances, même au beau milieu de distractions. Même en pleine bataille.

Je soutins son regard bleu.

— C'est facile pour vous. Les Sang-de-Glace sont des glaçons sur pattes. Moi, je suis pleine de chaleur et de feu. Je ne peux pas l'éteindre comme ça.

— Ne confondez pas le froid avec l'absence de sentiments, me dit-il avec sévérité. Les Sang-de-Glace éprouvent autant de sentiments que n'importe qui. Le problème, c'est que ces émotions, si puissantes et profondes soient-elles, peuvent être recouvertes d'une couche de glace qui les empêche de s'exprimer librement. C'est un état douloureux, que je ne vous souhaite pas, ni à quiconque, de connaître, mademoiselle Otrera.

Son ton véhément m'étonna.

— Mais en l'occurrence, il ne s'agit pas de sentiments, poursuivit-il plus doucement. Il s'agit d'entraîner votre esprit. Si vous ne le maîtrisez pas, vous ne maîtriserez jamais votre don.

— Bien. Je vais réessayer, alors.

— Lorsque vous trouverez l'endroit du calme en vous, vous aurez l'impression que le temps a cessé d'exister. Dans un premier temps, laissez venir les pensées. Mais revenez toujours au mot que je vous ai indiqué. Il vous aidera à trouver le centre de votre esprit.

Les pensées se bousculèrent immédiatement, nombreuses et désordonnées – souvenirs, images, inquiétudes. J'avais l'impression qu'en forçant mon esprit à se calmer, il se muait au contraire en un torrent de tout et n'importe quoi, sans queue ni tête, comme pour mieux m'irriter. Finalement, épuisée par mes tentatives de lutte, je laissai ce torrent me submerger. Et dès qu'un espace se faisait jour, je revenais au mot.

Au bout d'un long moment, quelque chose changea. Je n'étais plus consciente de quoi que ce soit.

J'étais, tout simplement.

Alors que je flottais dans cet espace paisible, quelque chose effleura la lisière de ma conscience – une infime sensation. Une présence du froid. Je m'efforçai de la repousser, mais elle parut se moquer de mon effort.

Non, ce n'était pas le froid qui ricanait.

C'était…

Je luttai pour m'extraire de ces profondeurs. C'était comme nager dans du duvet d'oie. Lorsque je parvins à rouvrir les yeux, je pivotai pour regarder derrière moi, en direction de l'abbaye, en direction de cette présence du froid. Arcus était là, assis en tailleur sur le sol, non loin de moi.

Il avait les paupières closes, mais un petit sourire relevait un coin de sa bouche.

Prise d'un vertige, je plaquai une paume sur le sol pour me stabiliser.

Frère Chardon prit la parole :

— Arcus, serait-ce trop vous demander que de vous tenir tranquille ?

— Désolé, répondit Arcus sans avoir l'air désolé du tout. Mais elle tremblait tellement, je le sentais d'ici.

— J'ai passé la moitié de la matinée assise sur cette toundra gelée, dis-je en me frottant les yeux.

— Je croyais que les Sang-de-Feu produisaient leur propre chaleur.

— Je me concentrais sur autre chose, cela ne facilite rien. Et j'ai été distraite par… Je l'ai senti. J'ai senti votre froid !

Frère Chardon sourit.

— Vous avez senti le froid sur un plan physique, mais la sensation est si subtile que vous ne vous en seriez jamais rendu compte sans la pratique mentale. Permettez-moi d'insister sur le mot *pratique*. Il faut des années pour maîtriser cette méthode, mais, même dans sa forme la plus simple, un esprit concentré représente un outil puissant. Cela vous aidera.

À tuer le roi, j'espère, terminai-je dans ma tête. Maîtriser ces compétences pourrait bien se révéler déterminant dans cette entreprise.

— Pourquoi est-ce que je n'ai pas senti votre froid, à vous ? demandai-je.

— Parce que je le réprimais, répondit le moine.

Je me tournai vers Arcus.

— Et vous, vous faisiez exprès de le rendre plus fort pour que je le sente ?

Il haussa les épaules.

— Un peu.

— Eh bien, ne le faites pas. Allez ailleurs, et je verrai si je peux vous sentir. Peut-être pourriez-vous en faire de même, Frère Chardon ? J'aimerais voir si je peux vous sentir, vous aussi.

Il secoua la tête en se redressant sur sa canne et s'étira.

— Je dois rentrer ma vieille carcasse, c'est bientôt l'heure des prières de midi. Arcus, vous voulez bien continuer la leçon pour moi ? Mademoiselle Otrera, j'espère avoir toute votre attention lors de nos entraînements – tous les matins, ici, après les prières. Faites preuve d'engagement, et je vous montrerai des choses que vous n'auriez même pas rêvé de pouvoir faire.

— Et vous me direz pour quoi vous me formez, exactement, ajoutai-je.

Il acquiesça, puis partit en direction de l'abbaye. Je me levai et secouai les membres pour me dégourdir, m'étirer et chasser les fourmis que j'avais dans les jambes.

— Mais qu'est-ce que tu fais ? demanda Arcus.

— Qui a dit que je devais rester assise sur ce sol gelé ?

Il hocha la tête.

— Reste debout, je me déplacerai.

— Ça va tout gâcher si je vous entends marcher, avec vos grosses chaussures.

Il pinça les lèvres.

— Je sais me déplacer sans bruit.

Je fermai les yeux et revins au mot. Les pensées arrivèrent, denses, rapides. Je pris une grande inspiration et les laissai m'envahir. Comme la fois précédente, il me fallut plusieurs minutes avant que mon esprit commence à s'apaiser. Mais cette fois, je restai pour moitié dans l'endroit calme, et pour moitié à l'extérieur. Une partie de moi cherchait le froid.

Rien.

À moins que, peut-être… Oui, là, au bord. Juste *ici.*

Lentement, plantée au centre de cet univers infini, je levai un bras et le tendis dans une direction. J'entendis une exclamation.

— Très bien, fit la voix d'Arcus, plus proche que je ne le pensais. Maintenant, voyons voir comment tu te débrouilles si je m'éloigne un peu.

Je hochai la tête et respirai profondément, toute à ma concentration.

Ma conscience flottait. Cherchait.

En vain.

Soudain, une pulsation froide sur ma gauche. Je levai un bras, le doigt pointé.

— Bien. Essayons encore plus loin.

Je respirai à fond. Mes pensées me polluaient de moins en moins. Le monde était vide. Dans cet état, j'étais seule mais pas esseulée. L'espace d'un instant, j'éprouvai de la plénitude. Mais une partie de moi cherchait quelque chose à l'extérieur. Ma chaleur voulait trouver le froid. Où était-il ? Où ?

Je tendis les deux bras devant moi, paumes ouvertes.

Je le sentis au bout d'un doigt d'abord, puis sur ma paume. Un murmure frais. Je bougeai ma main vers la droite, puis vers la gauche, jusqu'à ce que je sente où il était le plus fort : juste devant moi.

Je tendis le doigt et entendis un rire rauque.

— Eh, tu n'es pas si mauvaise que ça, Miss Brindille. Personnellement, je n'ai jamais été très doué à ce jeu. Frère Chardon est un bon professeur.

J'ouvris les yeux, mais ne pus réconcilier la vision de mon environnement avec l'espace infini dans mon esprit. La terre pencha vers la droite et je vacillai. Des mains fermes vinrent me retenir.

— Doucement, fit Arcus. Il ne faut pas sortir de cet état si rapidement. Assieds-toi un moment, retourne dans cet endroit et prends le temps de flotter encore un peu.

Tu risques de te faire du mal si tu reviens trop vite à la conscience normale.

Je suivis son conseil et laissai mon esprit s'ajuster lentement au monde extérieur. Au bout de quelques minutes, je pris une profonde inspiration et rouvris les yeux. Arcus était assis en face de moi, à une longueur de bras.

— Hmm, fit-il, l'air songeur. Il est assez remarquable que tu parviennes à faire ça avec si peu d'entraînement.

Ma poitrine se réchauffa un peu. Peut-être y avait-il encore de l'espoir pour moi, après tout.

Nous partîmes en direction de l'abbaye, Arcus gardant une main sous mon coude pour me soutenir.

— Tu sembles progresser rapidement au niveau de l'esprit, me dit-il, mais c'est le physique qui m'inquiète. Tu es encore faible.

Il s'arrêta et remonta ma manche jusqu'au coude. Le contact de nos peaux nous arracha à tous deux un souffle gêné.

— Tu ne pourras jamais tenir une épée avec des bras pareils. Où sont tes muscles ?

— Bien sûr, j'avais tellement d'occasions de me muscler, en prison…

Je dégageai mon bras et baissai ma manche.

— Eh bien, tu en as, maintenant. Nous commençons demain, et je veux que tu y travailles avec le plus grand sérieux. Les marches de la tour sont raides : tu les monteras et les descendras deux fois par jour. En cuisine, Frère Peele a de lourdes marmites à laver et des sacs de farine à déplacer. Aide-le. Sœur Clove peut aussi te donner plein de travail, dans les écuries.

Tout cela était frappé sous le sceau du bon sens, je n'avais rien à redire sur le fond. Cependant, je n'aimais pas beaucoup qu'on me donne des ordres de la sorte.

— Et vous, que ferez-vous pendant que je me tuerai à la tâche ?

— Je m'entraînerai, comme je le fais chaque jour.

— Et pour quoi vous entraînez-vous, exactement ?

Il hésita, et lâcha un petit soupir.

— Pour t'aider. Ma mission est de te faire entrer dans le château et, si nous avons tous deux de la chance, de t'en faire sortir saine et sauve.

Je restai bouche bée. Il eut un rictus.

— Qu'est-ce que tu croyais ? Qu'on allait t'envoyer toute seule, par la grande porte ? Sans mon aide, tu ne parviendrais même pas au pied de la montagne.

— Quel est le plan ? Dites-moi tout.

— Tu es vraiment impatiente de courir vers la mort, Sang-de-Feu ? Tu ferais un bon petit soldat.

Il changea rapidement de ton :

— Tu privilégies l'usage de ton épaule droite. Je pensais t'apprendre les rudiments du combat à l'épée aujourd'hui, mais j'ai remarqué que tu gardais le bras gauche baissé, presque constamment, et que tu grimaçais dès que tu le levais.

Je ne pus m'empêcher de faire la moue. Décidément, ces yeux glacials remarquaient bien trop de choses.

— Une vieille blessure, dis-je en imprimant un léger mouvement de rotation à mon épaule.

— De la prison ?

— Non. Je suis tombée d'un arbre, quand j'avais sept ans. J'essayais d'attraper un écureuil. Je voulais un animal de compagnie.

Il eut un petit rire contenu.

— Et ça t'embête encore ?

— Seulement quand je suis forcée de passer des heures les fesses plantées sur un sol gelé.

Il sourit, attirant mon regard. Mon cœur frémit au spectacle des petits plis autour de ses yeux et de la blancheur de ses dents. La cicatrice qui fendait sa lèvre semblait ajouter au charme de ce sourire. Déstabilisée, je détournai les yeux et fixai les pierres grises de l'abbaye.

— Pourquoi est-ce que vous cachez votre visage ? demandai-je.

Un horrible doute s'était immiscé dans mon esprit. Arcus portait une capuche et avait des cicatrices. Frère Chardon et lui avaient déclaré être venus vers moi en raison de ce qui s'était produit dans mon village. Et si Arcus était l'un des soldats que j'avais brûlés ?

Sitôt que je posai la question, la température baissa d'un cran. Le gel se répandit sous nos pieds, faisant craquer les feuilles mortes.

— Je ne me rappelle pas t'avoir donné la permission de me poser des questions, répondit-il.

— Je ne me rappelle pas avoir besoin de permission pour ça. Qu'est-ce que vous cachez ?

— Je ne cache rien. Je ne fais que couvrir ce que les gens n'ont pas envie de voir.

Je croisai les bras. Il me fixait d'un regard impavide, inébranlable. Peut-être que je me trompais, et qu'il me mettait juste dans le même panier que tous les imbéciles qui se moquaient des défauts dans l'apparence des gens. Personnellement, jamais je n'aurais mal jugé quelqu'un qui avait des cicatrices.

— Bon… au moins, j'ai pu voir vos yeux aujourd'hui, dis-je.

— Pourquoi tiens-tu tellement à voir mes yeux ?

— Je ne sais pas… Peut-être parce que je ne sais pas grand-chose sur vous, alors que vous en savez beaucoup sur moi. Ou peut-être pour être sûre que vous êtes un humain, et pas un bloc de glace.

Son expression se durcit. J'avais conscience d'être en train de le dévisager, mais je ne pouvais m'en empêcher ; le bleu de ses iris contenait une mosaïque de nuances, loin d'une couleur unique. Je me surpris alors à me sentir tiraillée, d'une manière inconsciente et infinitésimale, comme si ces bleus enchanteurs interpellaient mon sang, le refroidissant et le réchauffant en même temps – me laissant en tout cas dans le trouble et la confusion.

Quelque chose passa dans ses yeux, qui tournèrent brusquement à la couleur d'un ciel de neige, blanc et froid.

— Je *suis* un bloc de glace.

Les mots me percutèrent à la façon d'un seau d'eau glacée jeté sur ma peau. Les feuilles mortes craquèrent sous ses bottes comme il se retournait pour partir à grands pas, emportant tous les bleus avec lui.

10

Le soleil de milieu d'après-midi s'immisçait par la fenêtre de la bibliothèque, couchant sur le sol de pierre des rectangles de lumière dorée.

— Sœur Pastel, puis-je entrer ? demandai depuis la porte.

Depuis une semaine que j'étais rentrée de mon escapade, j'avais souvent vu Sœur Pastel, réputée être la meilleure enlumineuse de l'abbaye, penchée sur son ouvrage des heures durant. J'étais fascinée par son travail, par ces lettres précises, gracieuses, et par ces splendides illustrations.

Elle posa son pinceau dans un verre et se tourna vers moi.

— Entrez, mademoiselle Otrera.

J'avançai et pris soin de tenir mes manches à l'écart des délicats rouleaux de parchemin posés sur les tables.

— Je me demandais…

Je m'interrompis en voyant le pied de table noirci, qui me rappela mon triste coup d'éclat de la dernière fois. Il y avait peu de chances que la paisible et méticuleuse enlumineuse tolère une Sang-de-Feu à proximité de ses précieux livres.

— Je suis heureuse de vous voir, dit-elle, à ma grande surprise.

Ses lèvres dessinèrent ce que je supposai être un sourire, sur ce visage peu coutumier d'une telle expression.

— Je ne vous ai pas remerciée de m'avoir sauvé la vie.

— Il n'y a pas de quoi, m'empressai-je de répondre. Je ne crains pas le feu – du moins, jusqu'à un certain point. Je suis sûre qu'Arcus aurait trouvé le moyen d'en faire autant, si je ne l'avais pas fait.

— C'était tout de même une prise de risque, qui témoigne de votre force d'âme. Nous n'étions pas amies.

— Nous n'étions pas ennemies non plus. Du moins, en ce qui me concerne.

Elle ploya la nuque et baissa les yeux vers ses mains croisées sur ses genoux.

— J'avoue que, de mon côté, je vous considérais comme telle. Le premier jour, quand Frère Lack et moi avons apporté le nécessaire pour votre bain, je me suis doutée que vous étiez une Sang-de-Feu. J'étais furieuse que Frère Chardon vous ait amenée ici. J'avais l'impression qu'il nous mettait en danger, par votre présence.

Elle se tut, et j'attendis avant de relancer :

— Et maintenant ?

— J'ai appris que vous essayez d'apprendre à maîtriser votre pouvoir, avec l'aide de Frère Chardon. Je vous demande de me pardonner pour vous avoir mal jugée.

Je me tortillai, un peu gênée.

— Oh, il n'y a rien à pardonner. On me traite bien, ici.

Ses lèvres s'étirèrent à nouveau et, cette fois, je distinguai clairement un petit sourire.

— Mais, dites-moi, qu'est-ce qui vous amène dans mon domaine des pigments odorants et des crampes aux doigts ?

— Je me demandais si vous voudriez bien me montrer la façon dont vous travaillez. Je ne veux pas vous interrompre dans votre tâche, bien sûr… Mais j'aimerais beaucoup apprendre à faire ce que vous faites – ou au moins, me rendre compte de ce que je serais capable ou non de faire. Votre travail est tellement beau…

— Merci. Asseyez-vous à cette table, à côté de moi, et je vous montrerai, avec plaisir.

Mes joues s'empourprèrent de joie.

— Oh, une chose tout de même, peut-être dit-elle lentement. Pourrez-vous veiller à ne pas laisser une éventuelle frustration de votre part se transformer en chaleur ? Il ne faudrait pas que vous provoquiez un nouvel incendie, surtout ici…

Ma joie s'éteignit.

— Mais ce n'est pas moi qui ai déclenché l'incendie l'autre jour, Sœur Pastel.

Elle m'observa sans rien dire pendant quelques instants.

— Je suis heureuse de l'entendre. Même si cela me trouble de penser qu'il s'agit donc du fait de quelqu'un de notre ordre, et que celui-ci n'a pas confessé sa responsabilité quand vous en étiez accusée.

Je secouai la tête.

— Peut-être était-ce un accident, un feu mal éteint quelque part… Il est possible que nous ne le sachions jamais. En tout cas, faites-moi confiance et permettez-moi de vous rassurer : si je ressens trop de frustration, j'irai voir Arcus et lui demanderai un petit entraînement supplémentaire. Cet homme est un excellent réceptacle à ma colère, croyez-moi !

Sœur Pastel eut un petit rire et me tendit un pinceau.

Au cours de la semaine suivante, une forme de routine se mit en place dans ma vie à l'abbaye. J'avais beau être rétablie, je dormais toujours à l'infirmerie. J'y étais bien, et Frère Gamut m'avait confié qu'il restait peu de chambres dignes de ce nom au sein des lieux. Au lever du jour, je me réveillais au son des cloches des matines, j'enfilais ma tunique et mon pantalon, j'allais monter et descendre deux fois les marches de la tour, puis je retrouvais Frère Chardon sur notre terrain d'entraînement.

Je progressais par à-coups, mais j'appris enfin à brûler le maudit buisson que j'avais raté lors de ma première leçon, puis toute autre cible que le moine me désignait, même si, pour reprendre ses mots, mon but était parfois « assez imprévisible ». Il m'entraînait à de plus fins niveaux de contrôle en me faisant allumer le feu dans la grande cheminée, tous les soirs, afin de faire sécher les robes de bure les jours de lessive, et même à allumer une chandelle à distance, ce qui me prit des heures. Je commençais à accomplir ces tâches de plus en plus facilement. Toutefois, l'utilisation plus large des flammes m'échappait encore, à ma grande frustration.

Après mes leçons, je me rendais habituellement aux écuries et aux étables pour aider Sœur Clove, qui était responsable du bétail. Elle avait un visage ingrat, aux traits épais, et de grosses mains douces avec les animaux. Je l'aidais à nettoyer les stalles, à brosser les chevaux et à porter de lourds sacs de grains pour les poules, les cochons et les chèvres.

Une fois cette tâche terminée, j'allais aux cuisines – situées dans un bâtiment séparé, en raison du risque d'incendie – où je proposais mon aide au cuisinier, Frère Peele. Celui-ci me demandait souvent de laver des pots et marmites et d'aller chercher des seaux d'eau au puits. De temps à autre, il me chargeait aussi d'aller chercher des herbes pour assaisonner ses plats.

Je venais justement d'en cueillir pour lui et revenais vers les cuisines en passant par le cloître, me délectant du parfum des herbes et des odeurs de cuisine flottant dans l'air. Je resserrai mes robes sur moi en avisant la statue de Fors, à laquelle j'adressai une grimace. Après quelques journées de douceur, le vent du nord était revenu comme pour se venger et s'infiltrait méchamment à travers mes vêtements.

En traversant la chapelle, je constatai que plusieurs bancs avaient disparu – probablement brûlés dans l'incendie – et que l'odeur des cendres planait toujours dans l'atmosphère. Je pressai le pas, un peu impressionnée par le haut plafond en voûte et l'immense vitrail représentant Tempus. D'instinct, je pris l'allée centrale et m'installai sur l'un des prie-Dieu sous le vitrail. Je levai les yeux vers Tempus qui me fixait en retour, semblant douter de moi comme je doutais de lui. Peut-être aurait-ce été plus simple avec Süd ou Cirrus. Mais Tempus était presque aussi menaçant que Fors, et plus puissant, étant le père des quatre vents.

Je joignis les mains et priai Cirrus, gardienne des morts, afin qu'elle veille sur ma mère dans le royaume des cieux. Chaque fois que je pensais à ma mère, ma poitrine se serrait douloureusement. Je m'efforçai de refouler cette douleur et retournai aux cuisines.

— Pardon, je suis en retard, dis-je à Frère Peele tout en accrochant ma cape à une patère sur le mur. J'étais…

Il me sembla absurde de lui dire que j'étais en train de prier. Cet homme priait cinq fois par jour, à heures fixes, ainsi que tous les autres moines. Par chance, Frère Peele était trop occupé à éplucher ses patates pour prêter attention à ma phrase inachevée. La première fois que j'étais venue lui offrir mon aide, il m'avait à peine parlé et m'avait regardée comme si j'étais un renard comptant lui voler ses poules. Mais peu à peu, il s'était habitué à moi et s'était même révélé assez loquace.

— Le lapin est déjà dans la marmite, dit-il avec un geste de son couteau.

Originaire des tribus du Nord, il avait un accent prononcé ; j'adorais la façon dont il roulait les R.

— Je m'occupe des navets, dis-je en sortant un petit sac de tissu que je posai sur la table. Je vous ai apporté du persil sauvage que j'ai trouvé près du ruisseau, hier.

— Excellent. On en fera bon usage. Mais faites attention de ne pas mettre trop de sel, cette fois. Il vient des mines de Safra et c'est très difficile de s'en procurer en ce moment, avec la rupture des échanges commerciaux. On ne peut pas en mettre une poignée dans chaque ragoût. Et laissez mon pain tranquille, d'accord ? Quand vous vous y mettez, vous êtes pire qu'un blaireau dans un silo à légumes, ma parole.

Nous étions encore en train d'éplucher, d'émincer et de nous taquiner quand la porte s'ouvrit avec fracas.

— Bon sang, mais où étais-tu ? demanda Arcus, visiblement énervé.

— En train de harceler Frère Peele pour avoir un bout de pain, répondis-je. Malheureusement, il est plutôt pingre.

Amusé, le moine fit semblant de me menacer d'une claque tandis qu'Arcus me jetait un regard noir.

— Tu étais censée me retrouver il y a une heure pour un entraînement à l'épée.

J'arrondis les yeux.

— C'est demain, ça.

— Non, aujourd'hui.

— Mais…

Je tournai des yeux navrés vers Frère Peele. Arcus demeura totalement impavide.

— Tu as dix minutes. Ne me fais pas attendre.

Les mains tremblantes, j'enfilai ma tunique rouge et mes bottines, le ventre noué par le stress.

Je n'avais jamais tenu d'épée, pas même une de celles en bois avec lesquelles les garçons de mon village s'entraînaient autrefois. Ma mère disait toujours que les armes et les tempéraments sanguins faisaient mauvais ménage.

Mon feu constituait une arme en soi, mais il faisait partie de mon être. Il pouvait blesser, mais aussi cuire de la nourriture, faire bouillir de l'eau, offrir une chaleur bienfaisante. Une épée, elle, était uniquement destinée à blesser ou à tuer. Sachant que mon objectif était de tuer le roi, je m'étonnais du poids que cette pensée représentait pour moi.

De lourds nuages gris planaient au-dessus de l'endroit qu'Arcus avait choisi pour notre leçon. Au terrain d'entraînement habituel, il avait préféré une zone entre le verger et le ruisseau, avec une mare sombre et figée sous une kyrielle de nénuphars.

Il portait sa tenue d'entraînement, avec une tunique bleue et le masque noir qui lui couvrait les joues et le nez mais pas le contour des yeux.

Il me tendit une épée. Mes mains se refroidirent en se refermant sur la poignée d'acier. Elle était étonnamment lourde. Même après deux semaines à reprendre des forces, elle entraînait mon bras vers le bas comme une branche cassée.

— Pourquoi est-ce que j'ai une vraie épée et vous, non ? dis-je avec un signe de tête vers l'arme en bois qu'il tenait. Vous n'avez pas peur que je vous blesse ?

— Ta lame est émoussée. Et je voulais que tu sentes le poids d'une véritable épée. Maintenant, lève-la, comme ça.

Je bandai mes muscles et brandis l'arme.

— Plus haut ! ordonna-t-il.

Mon bras tremblait, mais je la levai jusqu'à ce que la pointe soit à hauteur de mon nez.

— Maintenant, tiens-toi de cette manière.

J'imitai sa posture, pieds écartés, genoux fléchis.

— Tu n'es pas stable, jeta-t-il. Je pourrais te renverser d'un seul coup de pied.

Il vint vers moi et aboya ses instructions en posant une main dans mon dos, sur mon épaule, à l'arrière de mes genoux, jusqu'à ce qu'il soit satisfait. Ses mains avaient beau être froides, leur morsure m'était moins pénible. J'avais l'impression que plus je passais de temps à l'abbaye, plus je m'habituais à la proximité des Sang-de-Glace.

— Maintenant, attaque-moi.

J'avançai vers lui, mon épée brandie devant moi. D'un seul geste, il la fit voler de mes mains et je tombai par terre, les fesses dans l'herbe mouillée. Arcus tenait toujours son épée en position de combat.

— C'est là que je dois implorer votre pitié ? demandai-je.

J'avais recours à l'humour pour masquer le fait que je n'étais pas dans mon élément. Mais Arcus semblait croire que je ne prenais pas la leçon au sérieux, et son visage se rembrunit.

— Tu crois que les soldats du roi se soucieront de tes implorations ?

La chaleur me monta dans le cou et jusqu'aux joues. Je ramassai l'épée, en serrai la poignée et fonçai sur lui. Il contra mon coup et me désarma. J'essayai à nouveau, et mon épée s'envola encore.

Après une troisième tentative, je pris l'épée et la lançai aussi loin que je le pouvais. Elle atterrit dans la mare avec un gros *plouf*.

— Va récupérer ton arme. Tout de suite, grinça-t-il entre ses dents serrées, comme s'il comptait me jeter dans la mare si je n'obtempérais pas.

Ou me trancher la tête.

— Vous êtes censé m'apprendre comment faire ! m'écriai-je. Je sais déjà que je suis nulle à l'épée… Qu'est-ce que vous voulez prouver, à la fin ?

Arcus détourna le regard.

— Frère Chardon est trop souple avec toi. Il veut que tu avances doucement. Il ne veut pas te brusquer. Pendant ce temps-là, la guerre fait rage dans les Plaines d'Aris. Les terres dépérissent. Des familles meurent de faim. Si ça continue, il n'y aura bientôt plus de royaume à sauver.

— Et c'est ma faute, peut-être ? Si je ne suis pas prête ?

Il hésita un instant.

— Non, c'est la mienne. Parce que je ne te forme pas assez vite.

— Vous croyez vraiment que j'apprendrai plus vite quand je serai devenue folle de rage contre vous ?

— J'essaie juste de te montrer que perdre sa concentration pendant une bataille peut te coûter la vie. Et tu te déconcentres bien trop facilement, Sang-de-Feu.

La portée de ses mots s'imprima peu à peu en moi, tel un goutte-à-goutte. Cette leçon avait pour but de mettre mon tempérament à l'épreuve. Il fallait que je lui montre que j'étais capable de ne pas m'emporter.

J'approchai de la mare et la sondai jusqu'à ce que je voie le métal briller sous la surface, non loin du bord. Alors que j'attrapais la poignée, quelque chose effleura ma main. Je bondis en arrière, et l'épée retomba dans l'eau.

— Qu'y a-t-il, encore ? lâcha un Arcus agacé.

Un frisson me parcourut.

— Quelque chose de froid et de gluant…

— Quoi, tu as peur des poissons ? demanda-t-il, incrédule.

— Pas peur, non, mais… Je ne les aime pas.

Je le regardai droit dans les yeux.

— Ça me fait le même effet que de toucher un Sang-de-Glace.

— Je vois, murmura-t-il. Bon, arrête tes bêtises maintenant et prends ton épée, tu veux ?

Je me penchai et attrapai la poignée en serrant les dents, craignant de sentir une nouvelle caresse visqueuse. Les genoux mouillés, je retournai sur la zone d'entraînement.

Là, Arcus me montra les différentes attaques et la façon de les bloquer. Il m'expliqua comment protéger mon ventre, mes flancs, mes jambes, mes épaules, ma tête. Certaines positions me tordaient le poignet à un angle très inconfortable. J'avais déjà la tête farcie à force d'essayer de mémoriser tout cela. Si je parais trop haut ou trop bas, il me corrigeait et me faisait répéter les mouvements jusqu'à ce que j'aie mal au bras.

Considérant que j'avais peu de chances de dominer un adversaire par la force et la taille, il préféra m'apprendre à être toujours légère et agile, à effectuer de vifs mouvements d'esquive et à bloquer les coups quand je ne pouvais esquiver.

Pendant un moment, l'apprentissage de ces gestes se fit au ralenti ; puis, les coups arrivèrent plus vite. Je haletais en essayant de suivre le rythme.

— Garde ton épée haute, dit-il.

— J'essaie, mais on y est depuis des heures… Je suis fatiguée.

— Regarde toujours autour de toi, me mit-il en garde.

— Dans ce cas, allez moins vite.

— On ne va *pas* vite.

Je fis un bond en arrière, cherchant à échapper un instant à son avancée constante. La terre était spongieuse sous mes pieds. Je titubai.

— Tu quittes le sol ferme. Regarde bien autour de...

Mon pied glissa dans la boue. Arcus jeta son épée en bois et tendit le bras vers moi tandis que la mienne partait en l'air et que je tombais à la renverse dans la mare. L'eau n'était pas profonde, mais affreusement froide.

Arcus resta au bord et secoua la tête, les poings sur ses hanches.

— Vous l'avez fait exprès, l'accusai-je, le souffle coupé par le froid.

— Non, mais c'est une bonne leçon pour toi.

L'esquisse d'un sourire se dessina sur ses lèvres.

— On dirait un chat tombé dans une cuvette d'eau de pluie.

Je me traînai vers la berge, où je m'agrippai à des plantes pour m'extraire péniblement de la mare. Mon pied dérapa, et je tombai à nouveau à la renverse avant de refaire surface.

Lorsque je rouvris les yeux, Arcus était plié en deux. Il me fallut quelques instants pour comprendre qu'il avait une crise de rire.

— Oh, vous, arrêtez, ou je...

Je glissai une nouvelle fois et ma bouche se remplit d'eau.

— Quoi ? fit Arcus, hilare. Tu m'attaqueras avec un poisson ?

Il se ressaisit et se pencha pour me tendre la main, souriant encore. Je l'attrapai et le tirai vivement vers la mare, mais il lança devant lui sa main libre et gela la partie de l'eau autour de moi, juste à temps pour pouvoir glisser agilement sur sa surface. Se servant de mon bras comme d'un point de pivot, il retourna alors sur la berge. Le mouvement était parfaitement contrôlé, et il avait pris soin de ne pas me faire mal au bras. Dans un coin de ma tête, je ne pus m'empêcher d'admirer la façon dont il utilisait son pouvoir pour modifier l'environnement. Le reste de ma tête, lui, bouillonnait.

Il m'offrit à nouveau sa main, que je repoussai d'une tape.

— Reste toujours attentive à ton environnement, dit-il d'une voix redevenue grave et sévère. Surtout pendant un combat. Si tu percutes vite, tu peux même t'en servir à ton avantage. Ça peut te sauver la vie.

Je m'emparai d'une poignée de plantes et de boue et la jetai sur lui. Mon projectile le frappa en pleine poitrine, en même temps qu'une longue racine trempée allait s'enrouler autour de son cou.

— Pensez déjà à suivre vos propres conseils, répliquai-je. Ça aurait pu être mon épée.

Il épousseta la terre humide et les pousses vertes de sa tunique tandis qu'un sourire revenait sur ses lèvres. Moins furieuse, j'aurais peut-être apprécié la manière dont ses yeux brillaient en me regardant.

— Un point pour toi, Miss Brindille. Puisque tu ne veux pas de mon aide, je te laisse sortir de là toute seule. Prochaine leçon très bientôt. Et n'oublie pas ton épée.

11

Avec le temps, Sœur Clove apprit à me faire confiance et commença à me laisser chevaucher Tartine sur les terres de l'abbaye. Ensemble, la jument et moi explorions les vergers, les jardins, les champs, les enclos et les bosquets odoriférants des arbres destinés à finir en feu de bois. Sur le versant nord des terres bordant la rivière, je me surpris un jour à chanter une chanson que ma mère m'avait apprise – une chanson racontant qu'il fallait goûter l'été tant qu'il durait, car l'hiver allait forcément revenir et tout recouvrir de neige.

En tournant vers l'est, nous avons contourné une pommeraie et étions sur le point de dépasser le verger quand je remarquai une silhouette appuyée contre un arbre. L'homme avait beau être vêtu de la robe de bure des moines, je sus à sa taille et à la largeur de ses épaules qu'il s'agissait d'Arcus. Je cessai de chanter et dirigeai Tartine dans l'autre sens. Je lui en voulais toujours de m'avoir fait tomber dans la mare, et j'avais trouvé une excuse pour me dispenser de notre prochaine leçon ; après quoi Arcus était parti quelques jours. Il venait juste de revenir. Apparemment, il s'absentait souvent de l'abbaye pendant un jour ou deux, même si personne ne semblait savoir où il allait pendant ce temps-là. Et si certains le savaient, il y avait peu de chances pour qu'ils me le disent.

— Ruby, appela-t-il. Attends une minute.

J'arrêtai ma monture. Jamais il n'avait utilisé mon prénom avant. J'attendis tandis qu'il approchait et levait une main pour caresser les naseaux de Tartine. Il lui sourit comme elle hennissait doucement.

— Elle était jolie, cette chanson, me dit-il. Où l'as-tu apprise ?

— C'est ma mère qui me la chantait.

Il opina du chef.

— Eh bien, je suis heureux de l'avoir entendue aujourd'hui. J'étais… un peu mélancolique.

Je sentis mes sourcils se hausser et m'efforçai de contenir l'expression de ma surprise. Frère Gamut m'avait affirmé que les Sang-de-Glace éprouvaient les mêmes émotions que tout le monde, mais j'avais du mal à imaginer qu'Arcus puisse avoir le moindre sentiment. Cet aveu de tristesse était donc étrangement désarmant de sa part.

— Vous voulez en parler ? dis-je sans réfléchir. Ma mère disait toujours que parler d'un problème divise son poids par deux. Même si, personnellement, je n'ai jamais eu trop de mal à exprimer ce que je ressens.

Un coin de sa bouche se releva.

— Ça ne m'étonne pas. Tu laisses rarement le doute planer sur tes sentiments.

J'attendis qu'il continue. Comme rien de plus ne venait, je haussai les épaules et levai les rênes pour continuer mon chemin.

— Frère Chardon m'a dit que tu faisais des progrès, dit-il avec une sorte de précipitation, comme s'il ne voulait pas que je m'en aille.

J'eus une petite moue dubitative.

— Frère Chardon est très gentil. Et patient.

Je regrettai ces mots sitôt que je les eus prononcés. Je n'aurais pas dû avouer à demi-mot que je progressais lentement. Je ne savais pas ce qu'Arcus ferait s'il estimait que je ne valais pas la peine qu'il me consacre tout ce temps.

— Mais je maîtrise maintenant les petites flammes, c'est vrai. Je peux passer le feu d'une main à l'autre sans en perdre le contrôle. Et ma visée se précise.

Il hocha la tête en caressant l'encolure de Tartine. Sa main était large et belle, avec quelques poils sur le dessus et de longs doigts aux extrémités carrées. Je notai qu'il était particulièrement doux avec mon cheval.

Il leva les yeux vers moi.

— Tu n'as pas encore eu ta deuxième leçon de combat à l'épée.

— Une m'a suffi, merci.

Il releva le menton, et je sentis plus que je ne vis le regard qu'il posa sur moi de sous l'ombre de sa capuche.

— Ce n'est pas à toi d'en décider.

— Heureusement que vous m'aviez promis la liberté…

— À condition que tu accomplisses ta mission.

— Que j'y survive, vous voulez dire. Si je ne meurs pas noyée dans une mare avant ça.

Ses narines eurent un petit frémissement comme il inspirait avant de soupirer. J'éprouvai malgré moi une forme de satisfaction à jouer ainsi avec ses nerfs. Cela signifiait qu'il avait des sentiments, du moins, de temps en temps.

— Concernant cet épisode, dit-il en s'éclaircissant la voix, j'avoue que je n'ai pas été le meilleur des professeurs.

J'ouvris la bouche avant de la refermer, mon ressentiment s'atténuant déjà face à cet aveu.

— En effet, dis-je simplement avant de marquer une pause. Mais il est possible que je n'aie pas été la meilleure des élèves, non plus.

— Je n'aurais pas dû me moquer de toi, concéda-t-il.

Je me rappelai mes chutes piteuses et répétées dans la mare.

— Je suppose que je devais tout de même prêter à rire…

Je le fixai, regrettant de ne pouvoir mieux saisir son expression. Je crus voir un coin de sa bouche se relever, mais il réussit à le contrôler.

— Je sais que tu n'as pas envie de réessayer, dit-il avec sérieux. Mais il est important que tu connaisses les manœuvres de base avec une arme. Je te demande de me faire confiance, si tu le veux bien. Cette fois, je promets de ne pas rire si tu fais une erreur.

Je ne m'attendais pas à entendre des phrases aussi sensibles de la part d'un bloc de glace autoproclamé. J'inclinai la tête sur le côté.

— Par hasard, est-ce que Frère Chardon vous aurait donné des leçons sur la façon la plus efficace de communiquer avec moi ?

Il leva la tête et fit la moue.

— Eh bien, il m'a donné quelques conseils, en effet.

— Et vous les avez suivis ? m'étonnai-je.

— Je tente l'expérience. Si ça ne fonctionne pas, je reviendrai à ma bonne vieille méthode.

— Autrement dit, les ordres et les menaces.

Son sourire s'élargit. Je fis semblant d'être pensive.

— Dans ce cas, il faut absolument que je fasse en sorte que vous trouviez cette nouvelle méthode enrichissante. Quand est-ce qu'on reprend les leçons ?

— Demain matin, quand tu auras terminé avec Frère Chardon. Même endroit que la dernière fois. Si tu le veux bien.

— Je suis prête à venir avec des rubans dans les cheveux, si ça peut vous permettre de rester aussi courtois.

Il me sourit quelques instants avant de tourner les talons. Puis, il s'en alla en fredonnant la chanson que je chantais peu avant.

Je le regardai s'éloigner, stupéfaite, tandis qu'une étrange sensation me chatouillait le ventre. Je m'empressai de me ressaisir et talonnai Tartine pour poursuivre notre promenade.

Une sorte de trêve s'établit entre Arcus et moi.

Tous les jours ou presque, il me donnait une nouvelle leçon de combat à l'épée. Je faisais de mon mieux pour ne pas reculer dans un marécage ou une mare, et il faisait de son mieux pour ne pas me crier dessus ou se moquer de moi quand je trébuchais ou lâchais mon épée. En dépit de tout cela, j'avais peu d'affinité pour cette discipline. Le froid de l'acier demeurait trop peu naturel dans ma main.

Je confiai cela à Arcus alors que nous retournions vers l'abbaye après une leçon.

— Il ne faut pas que tu la considères comme un morceau de métal froid, dit-il en effleurant mon coude et en se tournant vers moi. N'oublie pas que cette arme a commencé sa vie sous forme de feu liquide.

— De feu liquide ? répétai-je en le regardant.

— Es-tu déjà allée dans une forge ?

J'acquiesçai.

— Je suis parfois allée dans l'atelier du forgeron de mon village, pour le regarder fabriquer des clous ou des fers à cheval…

— Je travaille sur une épée, en ce moment. Viens donc à la forge demain matin, quand tu auras terminé avec Frère Chardon. Tu comprendras mieux ce que je veux dire. Peut-être que l'acier te paraîtra moins repoussant si tu le vois dans son état premier.

— Est-ce que ça marche aussi avec les Sang-de-Glace ? demandai-je avec une innocence feinte. Si je vous avais vu dans votre état premier, est-ce que vous me paraîtriez moins repoussant ?

Une lueur de malice brilla dans ses yeux.

— De quel état premier parles-tu exactement ?

Je regardai ailleurs, prenant conscience de l'ambiguïté de cette formulation.

— Pas ça, espèce de glaçon prétentieux. Je veux dire, si je vous avais connu quand vous étiez enfant. Ce qui, quoique impossible, reste encore plus plausible que ce que vous suggérez.

— Fors nous en garde. Je n'aimerais pas du tout te dévoiler mon… âme, et être soumis à ton impitoyable jugement.

Refusant de le laisser avoir le dernier mot, je me postai devant lui, lui bloquant le passage. Par réflexe, il tendit les mains et m'attrapa par les avant-bras. Je le dévisageai.

— Ce serait peut-être intéressant d'essayer de faire sauter une pierre ou deux de ce monument de fierté, aiguillonnai-je.

Je lui souris comme j'avais vu les commerçants le faire avec les garçons du village.

Il resta muet, fait assez étonnant de sa part. C'était très drôle de le déstabiliser de la sorte, en le provoquant jusqu'au point où je sentais poindre le danger. Un petit jeu auquel je risquais de prendre goût, si je n'y faisais pas attention.

Je me détournai avant qu'il voie le rouge qui me montait aux joues.

— À demain, alors.

— Ne mets pas ta cape pour venir à la forge, lança-t-il derrière moi. Avec toutes les étincelles qui volent, tu serais capable de prendre feu.

Ce n'étaient pas les risques présents à la forge qui m'inquiétaient le plus.

L'atelier du forgeron, une longue bâtisse située au sud-ouest de l'abbaye, était organisé autour d'un foyer en pierre rempli de braises incandescentes, devant lequel se trouvait un énorme soufflet. Toute une collection d'instruments en métal était suspendue à des crochets sur les murs. Sur la gauche du foyer, un homme torse nu au dos large et ruisselant de sueur était penché. Avec force et vacarme, il martelait une pièce de métal chauffé tenue par des pinces sur une enclume.

Par chance, le rouge qui vint teinter ma peau pouvait facilement être pris pour une conséquence de la chaleur régnant ici.

— Eh bien… Moi qui ne vous avais pas cru hier, quand vous parliez de vous mettre à nu devant moi, dis-je entre les coups de marteau.

Arcus s'arrêta et se retourna. Un tablier de cuir couvrait sa poitrine.

— Ça n'a rien à voir avec toi. Il fait plus chaud que dans les volcans de Süd, ici.

Son ton indiquait clairement qu'il était d'humeur bien moins légère que la veille – peut-être parce qu'il se trouvait dans une pièce excessivement chaude pour lui.

— Je croyais que vous détestiez la chaleur et les flammes.

— Ce sont des maux nécessaires. Je fais aussi vite que je peux ici. Enfile ces gants.

D'un signe de tête, il me désigna des gants de cuir posés sur une table le long du mur. Je remarquai qu'il en portait également.

— Je n'en ai pas besoin.

— Enfile-les.

Je m'exécutai et le rejoignis près de l'enclume.

— Prends les pinces et mets la lame dans le feu, m'ordonna-t-il.

Je pris les pinces et tins le long morceau de métal en forme d'épée au-dessus des braises. Il posa le marteau et actionna le soufflet, qui raviva les flammes.

— Le travail du fer est une danse de l'air et des flammes, dit-il. Pour obtenir le bon niveau de chaleur, il faut un juste équilibre. Pas assez chaud, et tu ne peux pas travailler le métal. Trop chaud, et tu le fais fondre. Tu vois, là ? C'est la couleur qu'on cherche à obtenir. Vas-y, pose-le sur l'enclume. Doucement.

Je roulai des yeux face à son ton de petit chef et obtempérai.

— Je croyais que vous vouliez me montrer de l'acier liquide.

— Tu vas devoir imaginer cette partie. Il y a quelques jours, Sœur Clove m'a aidé à chauffer le métal jusqu'à ce qu'il soit totalement liquide, après quoi nous l'avons versé dans un moule pour le laisser refroidir avant de commencer à le façonner. J'ai déjà affiné la pointe, mais maintenant il faut que je crée le biseau. Tiens-la bien fermement.

Il martela le métal luisant et orange en commençant par la pointe, dont il façonnait la tranche.

— Tu vois comme ça luit ? Penses-y de cette manière-là. Il y a du feu dans son cœur, même une fois qu'elle est refroidie et durcie. Sans chaleur, il n'y aurait pas de transformation, juste un bout de métal informe.

Je changeai de position pour soulager mon bras.

— Vous admettez donc que le feu est nécessaire.

Bang, bang, bang !

— Je l'ai déjà dit.

— Ah oui, un mal nécessaire, vous m'avez appelée comme ça, une fois… Pas très flatteur.

Il releva les yeux.

— Pourquoi, tu as besoin d'être flattée ?

— J'aimerais juste que vous reconnaissiez la valeur de la chaleur. Et des Sang-de-Feu.

Nouveaux coups de marteau. Il croisa mon regard.

— C'est le cas. Certaines des meilleures armes au monde sont forgées dans les Îles de Feu. Rien ici ne peut égaler la beauté d'une épée Sang-de-Feu.

Mon ventre se noua bizarrement. Ne trouvant pas quoi dire, je me contentai de hocher la tête.

— Elle s'est trop refroidie. Il faut raviver les braises, dit-il.

Et lui et moi de nous remettre à attiser le feu, actionner le soufflet, attendre la bonne couleur et remettre la pièce sur l'enclume pour la battre à nouveau.

— Je devrais m'entraîner à faire chauffer le métal, dis-je, réfléchissant à haute voix.

— Non, m'opposa tout de suite Arcus. Pas avant que tu aies un meilleur contrôle de ton pouvoir. Je n'ose même pas imaginer ce que tu pourrais faire, dans une pièce avec autant de combustible.

— Votre confiance m'honore, dis-je en levant les yeux au ciel.

— À propos de ton inébranlable confiance en toi, enchaîna-t-il tout en examinant le biseau de la lame, savais-tu de quoi ton pouvoir était capable avant que Frère Chardon ne commence à t'entraîner ? Comme tu n'as pas grandi parmi les Sang-de-Feu, je me demande ce que tu sais, au juste, du feu et de ceux de ton peuple ?

— La plus grande partie de ce que je sais, je le tiens de ma grand-mère. Elle a beaucoup voyagé. Elle connaissait l'histoire et m'apportait des livres, dont certains étaient écrits par des érudits Sang-de-Feu. Vous n'en trouverez pas dans les bibliothèques des Sang-de-Glace.

— Mais si, figure-toi que nous en avons, à l'abbaye. Cela dit, tu as raison globalement. Et je suppose que tu as répondu à la question que j'allais te poser ensuite : comment tu as appris à lire.

— Oui, c'est grâce à ma mère et à ma grand-mère. Mais c'est grand-mère qui m'a vraiment donné envie d'apprendre de nouveaux mots, de mémoriser des passages en prose ou en vers et d'affiner ma pensée.

Il baissa son marteau et me dévisagea assez longtemps pour que je commence à me sentir gênée.

— Arrêtez de me fixer comme ça.

— Comme quoi ? demanda-t-il avant de faire un signe de tête vers le foyer. Allez, encore un peu de chaleur.

Je remis la lame sur le feu et une étincelle lui vola sur le bras. Elle s'éteignit immédiatement, mais Arcus fit un bond en arrière. Il inspira fébrilement puis me prit les pinces des mains pour remettre l'épée sur l'enclume, comme si de rien n'était.

— Tu peux y aller, maintenant, dit-il assez fraîchement.

— C'est vrai ? Oh, merci monseigneur, répondis-je avec sarcasme. Et pour votre gouverne, je sais déjà ce que vous éprouvez vis-à-vis du feu, vous n'avez donc pas à vous mettre dans tous vos états parce que j'ai été témoin d'une de vos faiblesses. Nous en avons tous, vous savez.

Il se tourna pour me regarder, le visage totalement dénué d'expression. J'attendais une réponse cinglante, mais il se contenta de marmonner quelque chose et détourna le regard.

Je sortis de l'atelier et partis vers les cuisines afin d'aider Frère Peele à préparer le dîner, en me repassant en boucle son marmonnement. J'avais dû mal entendre… Il me semblait avoir compris « J'ai bien peur que tu en sois une nouvelle pour moi ».

Au fur et à mesure de mes entraînements avec Frère Chardon, j'affinai ma capacité à sentir la localisation de mes adversaires Sang-de-Glace. De temps en temps, Arcus mettait à l'épreuve cette capacité en me bandant les yeux. Sans faire de bruit, il se déplaçait autour de moi, mais je savais toujours où il se trouvait quand mon épée venait toucher la sienne. Le problème, c'était que j'ignorais dans quelle position était son épée, si bien que je ne savais pas comment contrer. Au cours d'une leçon, il me laissa enfin me servir de mon feu pour me défendre – confiant, comme toujours, dans sa capacité à repousser toute attaque de feu avec le froid.

Une fois la leçon terminée, si le temps le permettait, nous trouvions un endroit sous les arbres fruitiers et prenions un petit repas sur le pouce – du pain frais, du fromage et des pommes croquantes, préparés pour nous par Frère Peele. Entre deux bouchées, je posais à Arcus des questions qu'il parvenait souvent à éluder. Son enfance demeurait un mystère, mis à part son bref récit des histoires que lui racontait sa nourrice, dont beaucoup étaient étrangement similaires à celles de ma grand-mère. Il se lançait aussi volontiers dans des récits détaillés de techniques de combat, mais si je lui demandais qui lui avait enseigné cela, ou s'il s'était déjà servi de ces techniques et contre qui, il se rappelait brusquement qu'il avait promis à Sœur Clove de l'aider à nettoyer les écuries, ou que Frère Chardon avait besoin de ses jeunes yeux pour déchiffrer une écriture minuscule dans un livre ancien de la bibliothèque.

Aucun moyen n'était plus efficace pour me débarrasser de lui que de lui poser des questions personnelles.

J'avais l'impression que quelque chose avait changé entre nous, sans bien savoir si j'étais seule ou non à éprouver ce changement. Dès que nous avions épuisé les sujets de conversation sur mes leçons, nous passions à d'autres sujets. Je commençais à me confier davantage, à lui dire des choses dont je n'aurais jamais pensé m'ouvrir à personne, et surtout pas à un Sang-de-Glace. Des histoires de mon enfance, ce que j'avais ressenti en apprenant la mort de ma grand-mère, ma culpabilité à l'idée qu'elle soit morte seule en voyage, ma jalousie secrète du tempérament posé de ma mère, mon besoin profond et inassouvi de m'intégrer quelque part.

Il ne montrait jamais de compassion – que j'aurais rejetée, de toute façon –, mais il écoutait en revanche attentivement et me posait des questions, me faisant parfois sortir des choses qui me surprenaient moi-même. Un jour, je lui parlai de la fois où les soldats étaient venus ; ma voix se fissura et j'oubliai à qui je racontais cela, perdue que j'étais dans l'horreur de ce souvenir funeste. Lorsque je m'essuyai les yeux et relevai la tête, il me regardait avec une expression de rage telle que j'eus un mouvement de recul malgré moi.

— Maintenant, je comprends pourquoi tu nous détestes tellement.

— Mais… je ne vous déteste pas, dis-je, décontenancée.

— Eh bien, peut-être que tu devrais.

Je cherchai quoi répondre à cela, mais aucune réponse ne me semblait appropriée – soit j'en aurais trop révélé sur mes émotions, soit je serais en dessous de la force de son émotion.

— Je me sens en sécurité ici, dis-je enfin.

Il déglutit avec peine et se leva brusquement.

— Tu es arrivée au bout de ce que tu peux faire avec une épée. À partir de maintenant, concentre-toi sur tes leçons avec Frère Chardon.

Blessée et déconcertée, je le regardai s'en aller vers les écuries. J'avais fait de gros efforts pendant nos leçons de combat à l'épée, et j'avais l'impression d'être en train de progresser. Visiblement, il ne pensait pas la même chose.

Alors que je remballais les restes de nourriture à rapporter à Frère Peele, je vis Arcus sur son cheval, Albâtre, partir au grand galop en direction des bois.

Un beau jour de printemps, presque deux mois après mon arrivée à l'abbaye, j'enfilai mon pantalon et ma tunique et me rendis au terrain d'entraînement pour y retrouver Frère Chardon. De fins brins d'herbe déroulaient leurs boucles vert tendre pour sortir de terre, et des branches chargées de bourgeons bruissaient doucement sous le vent du sud-ouest. Il flottait dans l'air un parfum de terre fraîche et de levure, en provenance de la brasserie de l'abbaye.

— Cette manœuvre s'appelle la queue de dragon, m'annonça Frère Chardon.

Il avança son pied gauche devant lui en s'appuyant sur sa canne, puis projeta sa main libre d'avant en arrière, comme s'il tenait un fouet invisible. La glace tourbillonna en une torsade étroite à son extrémité et alla frapper le sol, le laissant blanc autour du point d'impact.

— J'ai vu des maîtres Sang-de-Feu s'en servir avec beaucoup d'effet lors de la bataille des Plaines d'Aris, me dit-il.

Je mis un pied en avant et projetai mon poignet. Une étincelle jaillit de ma main et atterrit sur le sol en grésillant.

Je lâchai un juron et essayai de nouveau. Cette fois, une fine lame de feu surgit et crépita à terre avant de s'éteindre.

— Vous avez créé des flèches de feu sans difficulté, hier encore, lâcha-t-il avec un soupçon de déception.

— Je sais. Mais que voulez-vous… certains jours sont meilleurs que d'autres.

Je ne savais pas pourquoi mon pouvoir était aussi fluctuant. Certains jours, j'avais l'esprit clair et aiguisé, et mon don m'obéissait au doigt et à l'œil. D'autres jours, je me sentais ailleurs et, quels que soient mes efforts, je n'arrivais à rien. J'avais l'impression que quelque chose me plombait, comme si j'avais un lourd tissu mouillé autour du cœur.

— Je sens que vous avez bien plus de pouvoir que cela, Ruby, me dit-il d'une voix pleine de frustration. Qu'est-ce qui vous retient ?

Une image de ma mère me vint. Je pensais souvent à elle, me rappelant son calme, sa façon pragmatique de regarder le monde, sa résistance à la colère et sa facilité à pardonner. Je revoyais ses mains habiles, si douées pour inventer de nouvelles combinaisons de plantes et créer pommades ou teintures. Parfois, son visage me revenait soudain à l'esprit, et je sentais une étincelle mourir en moi.

— Je suppose que… j'ai été élevée comme ça. Ma mère haïssait toute forme de violence. Elle aurait détesté que je m'emploie à tuer quelqu'un avec mon don.

— Est-ce pour cela que vous avez parfois du mal à vous en servir ? Parce que votre mère n'approuverait pas ?

— Pas seulement…

J'avais toujours eu le sentiment que quelque chose bouillonnait sous ma peau. Au fond de moi, il y avait une marmite d'eau en ébullition, une forge attisée par d'énormes soufflets, un volcan attendant d'entrer en éruption. J'avais passé toute ma vie à lutter contre ces sensations. Et aujourd'hui, Frère Chardon voulait que je libère ces forces.

— On m'a appris à dissimuler mon pouvoir, expliquai-je. À ne jamais l'utiliser. Lorsque j'étais submergée par une émotion, il était plus difficile à contrôler. Ma mère appelait cela un don, mais…

Je haussai les épaules, les yeux baissés vers le sol.

— Je sais qu'elle le voyait aussi comme une menace. Et ça l'était, en effet. Un jour, je me suis mise dans une colère telle que j'ai failli incendier notre hutte.

Je levai les yeux vers le moine, un peu penaude.

— Les Sang-de-Feu comme moi ne sont pas censés vivre dans des maisons en bois et en paille.

J'entendis un petit ricanement derrière nous et me retournai. Arcus s'était approché, sans faire un bruit.

— Si ta colère suffit à faire venir ton feu, on peut peut-être arranger ça ? suggéra-t-il en venant vers nous à grands pas.

— Ah ? fis-je, le cœur battant d'incertitude, comme chaque fois que je le voyais depuis notre dernière discussion sous les fruitiers. Et comment comptez-vous vous y prendre ?

— Eh bien, je crois me souvenir que tu n'apprécies pas trop d'être jetée dans un ruisseau ou dans une mare… On pourrait commencer par-là.

Je croisai les bras.

— Sauf que ça affaiblit aussi mon pouvoir.

Il parut réfléchir.

— Dans ce cas, on pourrait envisager le même principe, mais en moins extrême.

Il leva une main en l'air et décrivit un cercle. L'eau présente dans l'air se transforma en minuscules gouttelettes gelées qui me tombèrent dessus, comme il l'avait fait quand il était entré dans ma cellule. Elles fondirent au contact de mon visage, émettant une faible vapeur.

Je serrai les dents.

Il m'envoya alors un souffle glacé en pleine face, chargeant mes cils de givre. Je sentis mon cœur et mon souffle s'accélérer, et me frottai les paupières en lui jetant un regard noir.

— Ça suffit, grondai-je.

Ma chaleur montait bien trop rapidement.

Il tendit une main en direction de mes pieds, et je me retrouvai brusquement sur une glace parfaitement lisse, n'offrant aucune adhérence à la semelle de mes chaussures. Je glissai et tombai sur un genou.

— Ça suffit, j'ai dit ! criai-je en envoyant un souffle d'air chaud sur la glace, qui fondit aussitôt. La prochaine fois, ce sera sur vous !

— Tu découvriras peut-être que je ne brûle pas si facilement, répondit Arcus en me toisant avec un rictus.

— Je serais curieuse d'essayer, dis-je entre mes dents serrées tandis que des vagues de chaleur émanaient de moi.

Il hocha la tête.

— Eh bien, vas-y, lance-toi.

Je commençai par un simple souffle d'air chaud, qui risquait juste de roussir légèrement ses habits. Il cilla à peine et le souffle me revint, suivi d'un vent glacé.

Je tendis une main devant moi en me concentrant sur la chaleur autour de mon cœur. Une flamme surgit de ma paume, et fut vite avalée par une boule de glace.

Je tendis alors mes deux bras vers lui et convoquai un mur de feu, plus grand que tout ce que j'avais pu créer auparavant. Un rideau de glace vint le contrer. Je projetai une nouvelle vague de chaleur vers la glace, qui fondit. Il répliqua par un souffle glacé lancé droit sur moi, qui me fit vaciller.

Je compris soudain que Frère Chardon m'avait ménagée, me laissant remporter un succès quelconque chaque fois que nous combattions. Arcus, lui, ne me faisait pas de cadeau.

Je consolidai mes appuis, changeai de position, et lançai une série de flèches de chaleur depuis différents angles. À une vitesse stupéfiante, il les évita ou les repoussa toutes.

Nous tournions maintenant en rond l'un devant l'autre.

— Ta mission est dans quelques semaines seulement, et c'est tout ce dont tu es capable ? me nargua-t-il.

Je pris une grande inspiration, piquée au vif. C'était exactement ce que je redoutais – ne pas être prête à temps. Je me sentis blessée et outrée à la fois. Mon sang chauffa et, cette fois, je n'essayai pas de le contenir.

Frère Chardon, qui jusqu'ici nous observait sans rien dire, fit un pas vers nous.

— Est-ce vraiment une bonne idée ? dit-il.

— Elle ne me fera aucun mal, répondit Arcus. Cette fille est incapable de blesser qui que ce soit. Y compris le roi.

— Méfiez-vous, le mis-je en garde d'une voix sourde.

Il m'envoya une spirale de froid vers le cou. Je la repoussai sur-le-champ.

Comme en écho à mes flèches de feu, il me décocha alors une salve d'éclats de glace. Je contrai et les fis fondre avant qu'elles puissent m'atteindre.

— C'est mieux, dit-il. Allez, arrête de te retenir.

S'ensuivit un échange de coups qui gagnèrent rapidement en vitesse et en intensité. Voyant qu'il parait toutes mes attaques, la rage me prit, et je lui envoyai un souffle brûlant qui aurait pu carboniser plus d'un ennemi. Mais ma cible était futée.

— Vas-y ! cria-t-il. *Lâche-toi*, Sang-de-Feu !

Je ne pouvais pas. Quelque part, il restait un endroit verrouillé en moi, qui avait peur de ce que je pourrais faire.

— Elle n'y arrivera pas, dit Arcus à Frère Chardon qui se tenait au bord du terrain, tendu comme un arc. Elle tombera aux pieds du roi et implorera sa pitié.

— Certainement pas ! hurlai-je en projetant sur lui une vague de chaleur intense, qu'il détourna avec un tourbillon de froid.

— Tu as trop peur de ton propre pouvoir, assena-t-il d'une voix pleine de mépris en même temps qu'il dégageait des vagues de froid. Tu as trop peur de faire du mal à quelqu'un. Pauvre petite chose… faible.

La rage se réveilla pour de bon dans ma poitrine, tel un tigre endormi qu'on aurait un peu trop chatouillé. Depuis l'attaque de mon village, j'avais refoulé tellement de sentiments – la douleur, la peur, la colère, le chagrin. J'étais maintenant chauffée à blanc. Je projetai ma main d'avant en arrière pour lancer une queue de dragon. Une épaisse colonne de feu à la pointe ardente se précipita vers le buste d'Arcus.

Il leva une main pour créer un bouclier de froid. Je crus le voir vaciller un peu, mais la flamme se dissipa en un inoffensif nuage de vapeur.

Arcus secoua la tête et, tout à coup, je vis qu'il tremblait de fureur. Il se tourna vers Frère Chardon :

— Elle ne sera jamais prête. Notre plan a déjà échoué.

— Nous avons encore le temps, répondit le moine.

Arcus balaya l'air de sa main et tourna les talons pour s'en aller.

— Ce ne sera pas suffisant.

Je serrai les poings. Quels que soient mes efforts, il était toujours plus fort que moi. Il avait tout le pouvoir, et le mien n'était rien, en comparaison.

C'était un Sang-de-Glace.

Et comme tous les Sang-de-Glace de cette terre, il me dominait. Dans ma colère, tous les progrès que j'avais accomplis et la façon dont j'étais venue à considérer Arcus comme un allié s'effacèrent. La douleur s'alluma dans mon cœur et cracha la haine, comme un feu produit de la fumée.

Je projetai ma main devant moi, visant son dos. Mais ce fut sa capuche qui s'enflamma soudain.

Arcus poussa un cri et tomba à genoux.

Je restai clouée sur place un instant, sidérée, tandis que Frère Chardon se précipitait vers lui. Je n'arrivais pas à croire que je l'avais atteint. Même folle de rage, je ne voulais pas frapper plus haut que son ample tunique, qu'il pourrait geler en un instant. Il avait contré toutes mes autres attaques avec une telle facilité. Il me paraissait invincible.

Je courus vers lui. Les flammes étaient éteintes, la capuche brûlée fumant entre ses mains. Il était agenouillé, le souffle court, tremblant de la tête aux pieds.

— N'approche pas, me jeta-t-il entre ses dents.

— Pardon, bredouillai-je. Je suis désolée, sincèrement. Je ne visais pas…

— Non, dit-il en lâchant ce qu'il restait de sa capuche calcinée. Tu ne vises jamais, n'est-ce pas ? Malgré toutes tes leçons sur le contrôle, tu fais toujours n'importe quoi.

Sa voix était teintée de douleur. Ma chaleur me quittait, laissant la place à la cendre noire des regrets.

— Ce n'est pas juste, me défendis-je faiblement. Vous m'avez provoquée délibérément… Et je ne me croyais pas capable de vous faire du mal. Vous avez votre froid, votre glace pour vous protéger.

Il se leva lentement et se retourna. Son visage était découvert.

Oh, ce visage !

Je fis un pas en arrière malgré moi.

— Tu trouves vraiment que j'ai l'air invulnérable ? demanda-t-il en détachant chaque mot comme autant de flèches. Tu trouves vraiment que j'ai une tête à ne pas pouvoir être blessé ?

Je fis signe que non. Ma peau était froide sous le choc.

— À ton avis, à quoi ressemblent les soldats ? continua-t-il. Ceux que tu as brûlés ?

J'ouvris la bouche, mais aucun son n'en sortit. Ça ne pouvait tout de même pas être mon œuvre ?

— Malgré tous tes beaux discours sur les guérisseurs, dit-il d'un ton impitoyable, tu es la personne la plus dangereuse que j'aie jamais connue. Si je n'avais pas autant besoin de toi, je t'aurais laissée crever dans cette prison.

Ses yeux se plantèrent dans les miens avec une haine indicible. Je reculai, effarée.

Sans un mot de plus, il me tourna le dos et partit vers l'abbaye, me laissant effondrée et malade, malade, malade de remords.

12

Je ne fermai pas l'œil de la nuit.

Dès que mes paupières se fermaient, je revoyais l'expression d'Arcus quand il avait retiré sa capuche – un mélange de douleur aiguë et de haine intense.

Je comprenais maintenant pourquoi il portait toujours une capuche : son visage avait été gravement brûlé. Son oreille et sa joue droites étaient défigurées, sa peau ayant pris une nouvelle forme telle de la cire qui aurait fondu avant de durcir à nouveau. Une cicatrice courait dans son cuir chevelu, autour de laquelle ses cheveux étaient blancs. Celle qui fendait sa lèvre remontait sur la gauche. Aucune partie de son visage n'était restée totalement indemne.

Tout s'éclairait maintenant – ses menaces lors de notre première rencontre, sa paralysie au moment d'entrer dans l'abbaye en feu. Il avait une peur bleue du feu, et pour de bonnes raisons.

Et c'était moi qui avais provoqué cela.

Certes, ses mots avaient été durs, mais il essayait seulement de me pousser à la colère afin que je libère mon pouvoir. C'était ma propre faiblesse qui m'avait mise en rage, mon incapacité à l'égaler, lui ou les autres Sang-de-Glace qui exterminaient mon peuple. Et j'avais frappé fort. Je lui avais jeté mon feu à l'endroit même où il avait déjà été blessé.

En pensant à tout cela, je me rendis compte que mes sentiments envers Arcus avaient bien changé depuis mon arrivée à l'abbaye. Au début, il n'était qu'un Sang-de-Glace parmi d'autres. Mais il n'avait pas utilisé son don contre moi. Il s'en était servi pour m'aider à maîtriser le mien, pour faire de moi une personne plus forte. En dépit de son attitude froide et de ses provocations, j'en étais venue à le respecter, et même à l'apprécier. Et je me sentais plus vivante en sa compagnie qu'avec quiconque.

Je ne comprenais pas comment c'était arrivé. Il avait menacé de me donner une raclée, m'avait traitée de faible et couverte de honte en me reprochant mon manque de compétence. Pourtant, je voyais sans cesse autre chose sous la surface, une partie de lui avec laquelle j'avais envie d'entrer en lien – si seulement il cessait de me refroidir constamment.

— Quelle imbécile je suis, marmonnai-je toute seule.

Le pire pour moi, c'était de penser qu'il ait pu interpréter mon silence interloqué comme un choc au spectacle de son visage – du dégoût ou de l'horreur.

J'avais été horrifiée, effectivement, mais pas pour les raisons qu'il devait imaginer. J'étais juste effarée à l'idée des souffrances qu'il avait dû endurer, et de voir son visage défiguré à tout jamais. Et je m'en voulais atrocement de lui avoir infligé cela.

L'aube se levait. Des rayons de soleil orangés vinrent doucement peindre mes paupières et ma main posée sur la paillasse où je dormais. Je me frottai les yeux et entrepris de faire ma petite toilette matinale, bien plus lentement qu'à l'accoutumée.

Je me sentais faible par manque de sommeil, et j'avais mal à la cheville. Frère Gamut me proposa sa tisane spéciale, mais je refusai. Pour le moment, je ne me sentais pas digne d'être ainsi soulagée. Je préférai errer dans l'abbaye tel un fantôme, froide et muette. Sœur Pastel me vit passer devant la bibliothèque et m'adressa un signe de la main. Je lui rendis son geste, sans parvenir pour autant à lui sourire.

Je m'arrêtai en voyant Frère Chardon dans la chapelle. Il était agenouillé, tête penchée, ses lèvres prononçant une prière silencieuse. Puis il leva des yeux adorateurs vers l'image de Tempus dans le vitrail, se redressa à l'aide de sa canne et marcha clopin-clopant dans l'allée centrale, précédé d'un nuage de givre.

— Frère Chardon, dis-je, le faisant sursauter.

— Mademoiselle Otrera, répondit-il, les lèvres pincées.

Je tordis mes mains jointes devant moi.

— Je sais que vous devez être furieux contre moi. Je le suis contre moi-même… Mais je vous en prie, croyez-moi : je n'avais aucune intention de lui faire du mal. Je ne savais même pas que j'en étais capable.

Il exhala un soupir.

— Je suis convaincu que vous ne l'avez pas fait exprès. Cela dit, c'était…

— Totalement incontrôlé, dangereux et… horrible. Je sais. Je suis désolée. Je voudrais juste le dire à Arcus. Et lui dire aussi que ce ne sont pas ses cicatrices qui m'ont choquée, mais ses paroles. S'il vous plaît, Frère Chardon… Pouvez-vous me dire où il est ?

— Il est parti à cheval de bonne heure, ce matin. Il y a eu une nouvelle attaque, à Trystwater, cette fois.

— Ce n'est qu'à un jour ou deux d'ici, c'est bien cela ? demandai-je inquiète.

Il hocha la tête.

— Arcus voulait voir s'il pouvait en apprendre davantage sur la raison de la présence des soldats dans les parages.

— Est-ce qu'ils savent que je suis par ici ?

— Pour l'heure, nous n'avons aucune raison de le croire. Mais Arcus nous le dira à son retour, dans quelques jours.

La déception était grande.

— Ah.

Le regard bleu du moine se radoucit.

— Si cela peut apaiser votre conscience, je ne pense pas que vous lui ayez fait de mal physiquement. Les Sang-de-Glace qui possèdent le don sont presque aussi durs à brûler que les Sang-de-Feu.

— Pourtant, il *a* été brûlé, murmurai-je.

— Oui. Mais pas par vous. Il est puissant. Son pouvoir est fort. Ce que vous lui avez fait lui a juste rappelé le pire moment de sa vie. Ce moment qui hante ses rêves.

Je fermai les yeux un instant.

— Que lui est-il arrivé ?

— Ce n'est pas à moi de vous le dire. Arcus vous le dira lui-même, s'il le souhaite.

— S'il vous plaît, que puis-je faire ?

Il posa sur moi un regard solennel.

— Faites ce que nous vous demandons. Apprenez à contrôler votre don. Accomplissez votre mission.

— Je le ferai. J'apprendrai tout ce que vous pourrez m'enseigner.

Il était possible que je ne gagne jamais le pardon d'Arcus, mais je pouvais au moins regagner le respect de Frère Chardon. J'allais mettre toute mon énergie dans mes entraînements avec lui. J'apprendrais à contrôler ma colère, développer ma force, et à m'imprégner de tous ses enseignements.

Parce que si les attaques se rapprochaient, mon temps était compté.

Trois jours s'écoulèrent avant qu'Arcus ne revienne – un temps qui me parut interminable. Dès que j'eus vent de son retour, je quittai les cuisines où j'aidais Frère Peele à préparer le repas, et j'allai voir Arcus. J'essayai d'ignorer les battements frénétiques de mon cœur tandis que je cheminais entre les cuisines et les dépendances, en me disant que j'avais seulement hâte de m'excuser.

Arcus logeait dans une modeste dépendance à l'écart du bâtiment principal. Depuis longtemps, je me demandais ce qu'il faisait à l'abbaye. Au début, j'avais cru qu'il était un mercenaire, embauché pour m'aider à tuer le roi. Mais embauché par qui ? L'obsession inquiète de Frère Chardon pour les livres de comptes m'avait vite permis de comprendre que l'abbaye n'avait pas d'argent. En outre, le moine le traitait davantage comme un fils que comme un employé.

Je frappai à la porte et reçus en réponse un bref « Entrez ».

Arcus était assis devant une petite table en bois avec deux chaises, un livre ouvert devant lui. La lueur des bougies réchauffait sa tunique grise, à demi couverte par une nouvelle cape noire surmontée d'une capuche dissimulant son visage.

Sa chambre était plus grande que la mienne, et embellie par des touches personnelles. Une tapisserie montrant une scène de forêt sous le soleil recouvrait tout un mur, du sol au plafond. Quelques instruments de musique étaient posés contre elle. Il y avait des livres empilés dans un coin, et la petite table était poussée contre un mur. Contre l'autre mur se trouvait son lit, avec un cadre en bois, couvert d'un plaid bleu. Une lampe brûlait sur la table de chevet qui le jouxtait.

Je rompis le silence :

— Votre chambre est plus belle que la mienne… Visiblement, certains criminels sont mieux traités que d'autres.

Il inclina la tête.

— Je te préviens tout de suite : j'apprécie les excuses encore moins que la gratitude.

Je déglutis avec peine pour tenter de relâcher la pression dans ma gorge.

— J'étais furieuse contre vous, mais c'est votre tunique que je visais. Vous aviez contré toutes mes attaques si facilement… je n'ai jamais pensé que je pourrais vous faire du mal.

Comme il ne répondait pas, je continuai :

— Je suis désolée. Même si vous n'avez pas envie de l'entendre… J'étais très mal de vous avoir fait ça.

Il opina du chef sans rien dire.

— Et j'étais très mal aussi de vous savoir parti. Je ne pouvais même pas m'expliquer.

Je fis un pas vers lui.

— J'aimerais voir vos yeux.

Il eut un petit sourire amer.

— Dans ce cas, tu devras aussi voir le reste de mon visage, dit-il sur un ton moqueur où perçait aussi une once de souffrance. Et j'aimerais mieux ne pas revoir cette expression d'horreur dans tes yeux. Jamais.

Il dit cela comme si ce que je pensais de lui importait. J'avançai et tirai la chaise en face de la sienne.

— Ce n'était pas de l'horreur comme vous l'imaginez. Ce n'était…

— Je sais reconnaître la stupeur et le dégoût quand je les vois.

Les mots étaient tranchants, sans concession.

— La stupeur, oui.

Je secouai la tête.

— Mais le dégoût, non. Je ne savais pas ce qui vous était arrivé, et j'ai ressenti…

— De la pitié, termina-t-il pour moi.

— Non. Du regret. Et de l'horreur envers moi-même. Penser que je pouvais faire cela à quelqu'un… Tout ce que vous avez dit était juste. Je suis dangereuse. Pour moi-même, et pour les autres. Ma grand-mère me disait qu'un jour, mon don sauverait des gens. Mais je n'ai pu sauver personne. Ni moi, ni ma mère.

— Tu peux encore sauver des gens.

— En tuant le roi ? Je sais déjà ce que vous pensez de mes chances à ce sujet…

Nous restâmes sans rien dire pendant un moment. Je fixais mes mains posées sur mes genoux.

— Écoute, Ruby.

Je relevai la tête et vis qu'il s'était penché en avant.

— Je sais très bien que tu es beaucoup plus forte maintenant qu'à ton arrivée ici. Frère Chardon estime que tu n'es pas une simple Sang-de-Feu avec un sale caractère, comme beaucoup d'autres.

Je souris vaguement à sa tentative de plaisanterie.

La flamme de la lampe à huile était basse, plongeant la pièce dans la pénombre.

— Pourquoi êtes-vous ici ? demandai-je en regardant ses lèvres, puisque je ne pouvais pas voir ses yeux.

— C'est Frère Chardon… Il m'a accueilli à l'abbaye quand je n'avais pas d'autre endroit où aller.

— Qu'est-il arrivé chez vous ?

Il secoua la tête.

— Rien. Je suis parti.

J'attendis, mais il n'ajouta rien de plus.

— Avez-vous combattu dans l'une des guerres ?

— Je me suis entraîné mais ne me suis jamais battu.

Il y avait un je-ne-sais-quoi dans son intonation qui semblait indiquer qu'il le regrettait, ou qu'il en concevait de la honte, voire de l'amertume.

— Vous avez été pris dans un incendie ?

Il pinça les lèvres.

— Tu veux dire par là « Comment avez-vous été aussi atrocement défiguré » ?

— Puisque vous n'en parlez pas, j'essaie de comprendre.

— Tu n'as pas à faire cela. Tu n'as pas à savoir.

Mes poings se serrèrent. Comme d'habitude, dès que j'essayais de l'approcher, il me repoussait avec la force d'un vent du nord glacial. Personne d'autre ne me donnait l'impression d'être aussi vivante, mais personne d'autre ne me mettait autant en rogne que lui.

— En effet, je n'ai rien besoin de savoir, rétorquai-je avec sarcasme. Ni qui vous êtes, ou pourquoi vous êtes ici. Ni pourquoi vous vous souciez du roi et du trône. Je devrais me contenter de marcher vers la mort sans savoir pourquoi vous m'y envoyez, bien sûr.

Il se leva si brusquement que sa chaise bascula et se renversa derrière lui.

— Tu crois que je *veux* que tu meures ? dit-il, le souffle haché. Que je serais heureux de t'envoyer te faire tuer ?

Ma peau me picota. Jamais je ne l'avais vu afficher autant d'émotion. Comme toujours, sa colère ne faisait qu'attiser la mienne. Je repoussai ma chaise et posai mes deux mains à plat sur la table.

— Oui ! C'est ce que je crois. Vous m'avez traitée de faible, vous m'avez menacée, rabaissée, et mise dans une telle colère que j'ai perdu le contrôle et failli vous blesser. Alors vous lanceriez sûrement des festivités pour célébrer le jour de ma mort !

Je levai les mains en l'air tandis que la chaleur me montait au visage.

— Le Jour de la Mort de la Sang-de-Feu. Adieu Ruby, bon débarras !

Il avança vers moi et siffla entre ses dents :

— Tu es tellement…

Je haussai le menton et fis le tour de la table pour m'approcher de lui.

— Tellement quoi ? Imprudente ? Sanguine ? Dangereuse ? J'ai déjà entendu tout ça, merci. Trouvez donc quelque chose de nouveau.

— Tout ça, oui, dit-il un ton plus haut. Et aveugle, aussi. Certains d'entre nous doivent penser aux autres. Toi, tu ne te soucies que de toi.

Je commençai à voir rouge. Ces mots étaient trop injustes. Aucune partie de ma vie n'avait été mon choix. Enfant, je n'avais pas le droit de me fâcher, au cas où cela me ferait perdre le contrôle de ma chaleur. La seule chose égoïste que j'aie jamais faite avait été d'utiliser mon don, ce jour fatidique, et j'avais été rapidement et sévèrement punie, de la manière la plus affreuse et irréversible qui soit. J'avais attiré les soldats, qui m'avaient pris la seule personne encore vivante que j'aimais. J'avais perdu ma mère et des mois de mon existence à cause du roi. Et maintenant, je m'entraînais du matin au soir pour une mission que deux Sang-de-Glace m'avait attribuée, une mission qui serait bénéfique pour le royaume mais risquait de me coûter la vie. De tout ce que j'avais fait, rien n'avait été pour mon propre bénéfice.

Et Arcus et Frère Chardon ne me faisaient même pas encore assez confiance pour m'informer de tous les aspects de leur plan.

— Si c'était vrai, je prendrais un cheval et je m'en irais, dis-je d'une voix courroucée. Je rejoindrais la mer, je grimperais dans un bateau et je ne remettrais plus jamais un pied sur cette terre maudite. Qui sait si je ne vais pas le faire, d'ailleurs !

Je fis volte-face et partis vers la porte. Sa main retint mon épaule.

— Tu ne le feras pas. Et tu sais pourquoi ? Parce que tu veux tuer le roi, plus que personne. C'est pour ça que tu es revenue.

Je me retournai et le dévisageai, me retenant de pousser sa capuche pour pouvoir le regarder dans les yeux.

Il était parfaitement immobile – une vraie statue de glace. J'ouvris la bouche et la refermai.

— Tu veux dire quelque chose. Vas-y, lança-t-il.

— Est-ce que vous étiez là, le soir où ma mère est morte ? lançai-je, enhardie par la colère. Étiez-vous parmi les soldats ?

Le doute s'était à nouveau immiscé dans les recoins les plus sombres de mon esprit.

Sa main se resserra sur mon épaule. Son visage n'était plus qu'à quelques centimètres du mien.

— C'est ce que tu voudrais entendre ? Pour pouvoir me haïr totalement ?

Il me lâcha et recula pour ouvrir sa cape et me désigner sa tunique en dessous.

— Tue-moi maintenant, si tu en as tellement envie, dit-il d'une voix posée et profonde. Sauf si tu veux me voir souffrir avant. Peut-être que tu aimerais te défouler un peu sur mon visage… à moins que ça ait trop goût de réchauffé pour toi ?

Ma respiration se faisait laborieuse tant mon cœur battait vite et montait en température.

— Est-ce que vous y étiez, oui ou non ? répétai-je aussi calmement que possible.

Il resta coi quelques instants avant de répondre :

— Non, mais tu peux bien croire ce que tu veux. Pourquoi es-tu venue ici ?

Ma colère baissa d'un cran. Je haussai les épaules.

— Pour m'excuser et… parce que je veux savoir qui vous êtes.

Il laissa échapper un long soupir.

— C'est la vérité, Ruby : qui je suis n'a aucune importance si tu ne gagnes pas. Le monde ne sera pas différent si je meurs demain.

Il fit un pas vers moi.

— Tout dépend de toi. Si tu échoues, il restera peu d'espoir pour ce royaume. Toi, tu es importante.

Il leva doucement une main et la figea à quelques centimètres de ma joue, comme s'il ne pouvait se résoudre à me toucher.

— Le monde ne serait pas différent, répétai-je en enrobant chaque mot de mépris. Vous dites que vous ne voulez pas de pitié… Je sais pourquoi maintenant : vous en avez déjà bien trop pour vous-même.

Sa main retomba. Il recula.

J'avançai vers lui, les poings serrés, brusquement furieuse qu'il se laisse repousser si facilement.

— *Moi*, ça me ferait quelque chose si vous mouriez, espèce de bêta ! Vous me manqueriez. Comme vous m'avez manqué quand vous êtes parti pendant des jours, sans que je sache quand ou si je vous reverrais un jour.

Ma voix se brisa comme le vernis de la colère se fissurait, laissant passer mon angoisse et mes émotions. Je ne pouvais pas m'en empêcher. Je sentais que sur un certain plan, il était aussi seul que moi, et que, peut-être, il n'avait pas à subir cela. Que peut-être, *je* n'avais pas à subir cela, non plus.

J'étais maintenant assez près de lui pour que la chaleur de mon corps rencontre le froid du sien. Il sentait le savon, le pin, le feu de bois et autre chose d'entêtant qui n'appartenait qu'à lui.

Sans réfléchir, je levai une main vers le bord de sa capuche. Je commençais à la repousser lentement quand il m'attrapa le poignet. Je me figeai.

Ses lèvres étaient légèrement entrouvertes, son souffle frais sur mon front. Quelques fois, au cours de ces dernières semaines, je m'étais surprise à me demander ce que cela ferait de sentir ses lèvres contre les miennes. Je me demandais si cela me ferait mal, si cela grésillerait, ou si nos lèvres se mêleraient harmonieusement comme l'air chaud et l'air froid peuvent créer une douce brise tiède.

Je dressai mon index et vins effleurer ses lèvres. Il prit une courte inspiration mais ne bougea pas. Ses lèvres étaient froides, mais pas au point de m'incommoder. Je passai le bout de mon doigt sur son arc de Cupidon, sur le pli de la cicatrice à sa lèvre supérieure, puis sur sa lèvre inférieure, très douce.

— Arrête, murmura-t-il d'une voix étouffée, presque dolente. Arrête.

Mon souffle se coupa. Je me sentis blessée comme si je venais de recevoir une gifle.

Je baissai la main et croisai les bras pour dissimuler le tremblement qui m'envahissait. Je sondai l'ombre sous sa capuche, espérant percevoir un petit signe d'émotion, mais il demeura froid et immobile. La statue de glace avait été battue par un vent chaud, mais n'avait même pas fondu sur les bords.

— Une sale petite Sang-de-Feu qui montre ses sentiments, raillai-je tandis que mon ventre se nouait sous le coup de la déception et de l'humiliation. Vous allez devoir prier Fors de vous nettoyer de cette souillure maintenant, pas vrai ?

Ses lèvres se pincèrent, mais il ne dit rien.

— Eh bien, ne vous en faites pas. Je serai bientôt partie. Vous pourrez vous absoudre à ce moment-là.

Je me détournai et pris la porte, pressée de m'en aller avant de m'effondrer. Puis je partis à grands pas dans la nuit parsemée d'étoiles, tandis que des larmes chaudes et pleines de honte roulaient sur mes joues avant de tomber par terre dans un crépitement.

13

Les nuages couraient dans le ciel et surplombaient l'abbaye d'une canopée de pluie. Par une sorte d'accord tacite, Arcus et moi nous évitions depuis quelques jours. J'avais seulement eu l'occasion d'apercevoir sa silhouette encapuchonnée par la fenêtre, alors qu'il passait entre les écuries et son logement. J'étais atterrée de penser au sentiment d'embarras – voire d'offense ? – qu'il devait éprouver, même si je doutais qu'il puisse être plus mortifié que moi après ma pitoyable démonstration d'affection. Je m'étais totalement fourvoyée sur son compte, et ridiculisée en agissant de la sorte.

Les jours suivants, je me focalisai sur la frustration engendrée par ma quasi-ignorance de leurs plans pour me distraire de ma honte. Et puis, un soir, je me dis que c'en était trop, et que je ne pouvais plus tolérer tous ces secrets.

Après un rapide coup d'œil dans le réfectoire où les moines prenaient leurs repas, je trouvai Frère Chardon penché sur son bureau dans la salle capitulaire – une grande pièce carrée avec deux colonnes soutenant un plafond en voûte. Une longue table assortie à des fauteuils tapissés de velours occupait le centre de la salle. Sous les hautes fenêtres en ogives, des bancs en bois bordaient les murs. Le soleil couchant dardait ses rayons dorés sur les colonnes. Cette pièce était mieux entretenue que le reste de l'abbaye, car c'était là que se jouaient les affaires officielles, et que les moines les plus anciens rencontraient l'élite de l'Ordre de Fors.

— J'aurais dû me douter que vous seriez encore plongé dans vos livres de comptes, dis-je en m'adossant contre une des colonnes.

Frère Chardon sursauta et plaqua sa main sur les pages comme pour en dissimuler le contenu.

— Ruby. Je ne vous ai pas vue arriver.

— Et vous m'appelez par mon prénom, en plus. Les affaires ne doivent pas être bonnes... Va-t-on devoir commencer à vendre l'argenterie ?

Il se racla la gorge et se leva.

— Elles ne sont pas très bonnes, en effet, mais pas à ce point-là.

— Vous arrivez encore à lire les chiffres ?

J'approchai du bureau et allumai une bougie du bout d'un doigt. Mes yeux tombèrent sur un livre noir au lettrage doré : *Des dieux et des hommes.*

— J'ai lu ce livre il y a quelques jours, dis-je.

La pluie continue m'avait pour une fois donné le temps de bouquiner dans la bibliothèque. Je lus à voix haute un passage de la page ouverte :

— « Un vent violent soufflera de l'Est le jour de la naissance de l'enfant des ténèbres, un enfant qui ouvrira la Porte de la lumière. Et parce que Neb a décrété qu'il devait y avoir un équilibre en toutes choses, un vent d'Ouest soufflera à la naissance de l'enfant de la lumière, un enfant qui combattra les ténèbres et les détruira à jamais. »

— Asseyez-vous, Ruby, me proposa-t-il avec un geste en direction du banc. Que savez-vous des prophéties de Dru ?

Je m'assis sur le banc et réfléchis à ma réponse. Je ne savais pas grand-chose. Ma mère détestait les prophéties.

Si ma grand-mère avait le malheur d'y faire allusion, ma mère se mettait en colère – fait très inhabituel chez elle –, en disant qu'elle ne voulait pas que de telles balivernes entrent dans ma tête.

— Sauf votre respect, répondis-je enfin, les prophéties sont généralement absurdes. De simples contes répandus par des prophètes autoproclamés afin de se faire de l'argent.

— Peut-être. Mais Dru était différente. Elle a annoncé ses prophéties à ses disciples il y a environ deux cents ans, depuis son domicile sur les Îles grises, en Mer de Corail. Et elles étaient réputées pour se révéler exactes. Certaines d'entre elles sont dans ce livre.

Il fit un geste vers l'ouvrage sur son bureau.

— D'autres figurent dans des livres différents. J'ai passé de nombreuses années à effectuer des recherches, à chercher des indices, à éliminer les récits tronqués et à retrouver ceux qui étaient perdus. Alors permettez-moi de vous assurer que je n'en viens pas à des conclusions hâtives.

Mon pied tapotait le sol de pierre à un rythme soutenu.

— Faites cesser ce suspense : qu'avez-vous découvert ?

— Avez-vous entendu parler du dieu Eurus ?

— Le dieu du vent de l'Est, malin et sournois, qui était jaloux de Fors et de Süd pour avoir créé les Sang-de-Glace et les Sang-de-Feu, et qui était en rogne contre sa sœur Cirrus parce qu'elle avait bloqué ses Minax sous terre.

Frère Chardon opina du chef.

— Le livre dit qu'Eurus s'est vengé avec un genre de malédiction, et que seul un puissant Sang-de-Feu pourra un jour en débarrasser le royaume.

— Quelle est cette malédiction ? demandai-je.

J'avais beau ne pas croire le livre des légendes, j'en aimais les détails comme on aime entendre une bonne histoire.

— Si vous avez lu ce livre, vous connaissez peut-être les trônes de Tempesia et de Sudesia.

— Oui. L'un a été créé par Fors, « un trône de glace dentelée conférant un immense pouvoir ». Et Süd a créé un trône de roche fondue et refroidie. Attendez, que je me souvienne… « qui luisait encore des veines de la lave ». J'ai relu ce passage plusieurs fois, fascinée par l'idée de ce trône de feu.

— Ce n'est pas une simple histoire, Ruby. Beaucoup de gens en Tempesia croient encore que le trône du roi de Glace a été créé par Fors pour l'aider à gagner des guerres. Ils croient que cela lui donne un puissant pouvoir, qui amplifie encore ce que sa lignée lui a déjà offert.

— Vous parlez de mythes…

— Pour moi et pour mon ordre, ces prétendus mythes sont aussi vrais que vous, là, assise devant moi. Cela dit, certains des récits que j'ai lus prétendent qu'Eurus a en fait corrompu les deux trônes, maudissant les familles qui s'y sont assises depuis les anciennes guerres entre Sang-de-Feu et Sang-de-Glace.

— Régner en lignée continue ne ressemble pas tellement à une malédiction, me semble-t-il.

— Sauf si l'on considère que tous les souverains ont péri tragiquement, et souvent après un règne assez court.

Je haussai les épaules.

— Les morts tragiques sont courantes, que l'on soit roi ou simple paysan.

— Ce n'est pas tout. Les souverains sont souvent devenus fous – ils entendaient des voix, ou perpétraient des actes terribles. Le roi Ulrik, par exemple, a noyé son premier petit-fils. La reine Ecklin a tué son époux dans un accès de rage. Le roi Askabar a exterminé la population d'une province entière parce qu'un baron avait insulté sa maîtresse, ce qui a mené à une guerre civile. Il existe encore bien d'autres histoires de folie et de morts étranges. Bien trop pour pouvoir toutes les raconter.

— Quelle horreur, dis-je en frottant mes bras hérissés de chair de poule.

— Je pense que certains souverains étaient assez forts pour lutter contre l'influence de la malédiction, et que les Tempesiens et les Sudesiens ont joui d'une paix relative pendant ces périodes. Mais cela n'a été possible que parce que la malédiction n'était pas pleinement éveillée.

— Et vous pensez qu'elle s'est éveillée depuis ?

— Oui. Après des générations de calme, le roi Akur a commencé à montrer des signes indiquant que les ténèbres s'emparaient de lui. Le souverain raisonnable qui avait pris soin de son peuple a brusquement envoyé des troupes à la frontière sud, et commencé à chasser les Sang-de-Feu. Quand Akur est mort, son fils aîné a pris le trône et essayé de restaurer la paix, mais il n'a régné qu'un an, avant d'être assassiné. Et maintenant, le second fils d'Akur, Rasmus, règne avec une haine de la paix et de la justice tellement affichée que le royaume entier tremble de peur.

Je cogitai quelques instants.

— Mais, ce n'est pas forcément une malédiction pour autant. Il y a des gens qui font des choses affreuses… Ils prennent parfois des décisions qui n'ont de sens pour personne, à part eux-mêmes.

Frère Chardon pointa à nouveau le doigt vers le livre sur son bureau.

— Le texte dit qu'un grand vent venu de l'Est soufflera quand l'enfant des ténèbres naîtra, un enfant qui ouvrira la Porte de la lumière. Quand j'étais jeune, une terrible tempête a soufflé sur la Sudesia et la Tempesia, un cyclone monstrueux qui a balayé toutes les villes et villages de la côte. Très peu de temps après, le roi Akur a commencé à montrer des signes de démence.

Il me fallut quelques instants pour comprendre ce qu'il voulait dire.

—Vous pensez que l'enfant des ténèbres venait de naître, et que ça a réveillé la malédiction ?

—En effet. Et il y a environ dix-sept ans, une tempête tout aussi violente a frappé, mais cette fois en provenance de l'Ouest. Comme vous avez pu le lire, le livre dit qu'un vent d'Ouest soufflera quand l'enfant de la lumière viendra au monde, un puissant Sang-de-Feu qui combattra les ténèbres et les détruira à jamais.

L'atmosphère de la salle se chargea d'une étrange énergie.

—Eh bien, qu'attendez-vous pour rechercher cet enfant si vous croyez en cette prophétie ?

Il posa les mains sur ses genoux et s'adossa dans son fauteuil.

—J'ai passé ma vie à le faire. Et je crois que je l'ai trouvée.

Il me fallut un moment pour retrouver ma voix.

—Vous savez, je vous apprécie beaucoup, Frère Chardon. Mais si vous insinuez que je suis cette enfant de lumière, je dois vous dire franchement que vous perdez la boule.

Il sourit gentiment.

—Je sais que cela va être très difficile à accepter…

—Impossible.

—Pourquoi ?

—Mes pouvoirs ne sont pas fiables. J'ai un sale caractère et j'ai fait du mal à des gens. Je suis plus susceptible d'être l'enfant des ténèbres.

Il resserra sa robe de bure autour de lui.

— Ne dites pas cela. Vous n'êtes pas comme ça.

— Bon, je crois qu'il est temps que j'aille me coucher, dis-je en me levant.

J'avais eu mon compte. C'était déjà suffisant de croire que j'étais la dernière Sang-de-Feu du royaume. L'idée que je puisse être destinée à sauver le monde de la malédiction d'un dieu était bien trop grande pour moi. J'étais simplement censée aller tuer le roi, ce qui me paraissait déjà impossible.

— Ne fuyez pas la vérité, Ruby. Le solstice d'été approche – période où votre pouvoir est à son apogée. Il sera bientôt temps pour vous de partir… et le moment est venu pour moi de vous dire ce que nous souhaitons que vous fassiez.

Mon cœur se mit à battre contre mes côtes. Mes mains devinrent moites.

— Je mène encore des recherches sur les trônes et leur lien à la famille souveraine, mais je suis sûr d'une chose : vous devez d'abord éliminer le trône. Il protège le roi et lui donne du pouvoir. Si celui-ci pouvait être renversé par la force, quelqu'un aurait déjà levé une armée pour le faire.

Je haussai un sourcil.

— Et les gens seraient partants pour se battre ? Pour affronter la torture et la mort, en cas de défaite ?

— Cette terre meurt. Les gens meurent. Ils n'ont plus rien à perdre.

— Donc, vous me dites que pour espérer tuer le roi, je dois d'abord détruire le trône. Mais comment ?

Ses yeux bleu pâle plongèrent dans les miens.

— Vous devez convoquer tout le pouvoir que vous possédez, Ruby. Dans sa totalité. Vous comprenez ? Sans la moindre réserve. Vous devrez concentrer toute votre chaleur sur le trône. Pour le faire fondre. Et le détruire.

J'acquiesçai, quoique dubitative.

— Et si je ne suis pas assez forte ?

— Il faudra l'être.

La peur me noua le ventre. Tout à coup, les choses devenaient plus réelles, et plus compliquées. Que tout dépende ainsi de moi… c'était inimaginable. Je n'étais pas forte. J'étais inconstante. Indisciplinée. Je n'avais ni puissance, ni contrôle.

Je tournai les yeux vers la fenêtre. Le soleil disparaissait à l'horizon, laissant au-dessus de lui des stries violacées dans le ciel. Je me frictionnai les bras et tentai de faire monter la chaleur de mon cœur.

— Et si je parviens à tuer le roi sans détruire le trône ? demandai-je. Que se passera-t-il ?

— Un autre souverain prendra la place du roi… quelqu'un qui devra être plus fort que le trône et ses sombres appétits.

— Et si ce n'est pas le cas ?

— La malédiction se poursuivra, et le nouveau souverain sera probablement identique au précédent.

Je croisai les bras et lâchai un soupir.

— En gros, si je ne détruis pas le trône, le royaume ne se portera pas mieux qu'actuellement.

— C'est très probable, effectivement.

Je me levai et fis les cent pas dans la pièce.

— Pourquoi faites-vous cela ? Pourquoi mettre l'abbaye en danger et… passer tout ce temps à m'entraîner ? Qu'est-ce que ça représente pour vous ?

— Je crois que je suis venu sur cette terre pour une bonne raison. Je ne peux pas me résoudre à regarder le royaume basculer dans la destruction. Je ne suis pas sûr que, malgré tout ce que vous avez traversé, vous vous rendiez bien compte des souffrances qui ont lieu autour de nous.

Je revins m'asseoir sur le banc. Je fixai les cristaux de glace sous le fauteuil de Frère Chardon, tremblante, essayant d'y voir clair dans mes émotions – où l'excitation et la peur se mêlaient étroitement. Lorsqu'une main froide se posa sur la mienne, je sursautai si fort que je me cognai la tête contre la fenêtre derrière moi. Frère Chardon retira sa main, mais je sentis son regard sur moi. Son expression était presque désenchantée.

— C'était bien plus facile pour moi de faire tous ces plans avant de vous connaître, dit-il. Avant votre arrivée, vous étiez un outil dont nous nous servirions, une arme à brandir contre notre cible. Après tout, vous étiez condamnée à mourir en prison, de toute façon. Si vous mouriez en accomplissant notre plan, ce serait un sacrifice qui en valait la peine. Mais maintenant… je vous prie de croire que c'est difficile pour moi. Vous êtes une jeune femme gentille, fougueuse, opiniâtre, impulsive et généreuse. Je me suis attaché à vous.

— Voilà une sacrée liste de qualités et de défauts.

— Les qualités l'emportant largement sur les défauts, dit-il avec un sourire un peu triste. Il est bien plus ardu de vous envoyer face au danger que je ne m'y attendais. Et je crois que c'est encore plus difficile pour Arcus.

J'eus un ricanement amer.

— Ça, j'en doute.

— Vous le connaissez moins bien que moi. Il est aussi doué pour dissimuler ses sentiments que pour manier le froid. Je crois être la personne qui le connaît le mieux sur terre. Plus il éprouve de choses, plus il paraît insensible.

— Ah oui ? Et comment se montre-t-il insensible, alors ? En ayant l'air passionné ?

— Ruby…

— Que se passera-t-il une fois que le trône sera détruit ? bifurquai-je, ne voulant plus entendre parler d'Arcus et de ses états d'âme.

— Ma conviction, c'est qu'une fois le trône détruit, la malédiction s'éteindra également. Auquel cas, le roi pourrait subir une transformation.

Je fronçai les sourcils.

— Quel genre de transformation ?

— La malédiction le contrôle depuis des années, mais, sans le trône, il pourrait revenir à la raison et se rendre compte qu'il est tombé bien bas.

— Ou être furieux que j'aie détruit la source de son pouvoir.

— C'est vrai. Mais j'ai bon espoir qu'en anéantissant le trône, vous le guérissiez.

— Le guérir ? Je suis censée le tuer, non ?

— Eh bien, dit le moine en me regardant attentivement de sous ses sourcils blancs. Je vous ai dit un jour que si nous étions allés vous chercher, c'était aussi parce que votre mère était guérisseuse. J'ai des raisons de croire que vous n'aurez pas besoin de tuer le roi. Il est possible que vous soyez capable de le sauver.

Je m'exprimai lentement, distinctement, en prenant soin de ne pas perdre patience :

— Je m'entraîne depuis plus de deux mois pour tuer le roi de Glace, et maintenant, vous me suggérez de ne pas le faire ?

Il ouvrit les deux mains devant lui.

— Je ne fais que vous offrir une alternative.

— Je ne veux pas d'alternative ! Ma mère était d'une gentillesse sans bornes avec tout le monde, et ils l'ont tuée sous mes yeux ! Vous ne pouvez même pas imaginer…

Je m'interrompis comme ma voix se fissurait. Lorsque je repris la parole, mon ton était calme et posé :

— Non. Je vais tuer le roi. C'est ce qui était prévu. C'est… ma raison de vivre, maintenant.

— Vraiment ? Est-ce là votre unique raison de vivre ?

Un long silence se fit. Quelque part, mon cerveau me chuchotait que j'avais trouvé des amis, des gens qui comptaient pour moi, ici. Que la vie ne se réduisait pas à la haine. Mais un autre recoin de mon cerveau me soufflait que je ne serais jamais en paix. Je serrai mes deux mains sur mes genoux, tiraillée. Frère Chardon se pencha vers moi et s'éclaircit la voix.

— Le solstice d'été sera là dans trois semaines, Ruby. Vous allez bientôt nous quitter pour vous lancer dans une tâche dont le succès n'est pas garanti. Vous devez décider pour quoi vous vous battez. Et qui vous êtes vraiment.

Je sentis la rage éclore dans ma poitrine telle une fleur vénéneuse. La pression monta derrière mes yeux et dans mon cœur, jusqu'à ce que je ne puisse plus la réprimer. J'avais envic de hurler et de tout casser.

— Et vous dites que je suis une *guérisseuse* ? crachai-je avec hargne. Après tout ce qu'il m'a fait, vous pensez… que je devrais essayer de le guérir ? Plutôt crever !

Je partis à grands pas vers la porte, où je trouvai le passage bloqué par une ombre encapuchonnée.

Arcus.

L'idée qu'il ait écouté la conversation, en approuvant Frère Chardon sans rien dire, fit monter ma colère d'un cran. Je fonçai sur lui et lui heurtai le bras avec mon épaule pour forcer le passage et quitter la pièce.

14

Les sons alentour étaient étouffés par le bruit de ma respiration saccadée et de mes pas martelant le sol. J'avais tellement besoin de me sentir chez moi quelque part que j'avais négligé la raison pour laquelle j'étais ici. Ils m'avaient emmenée à l'abbaye pour se servir de moi, et j'avais approuvé, prête à périr pour eux parce que cela m'offrait aussi ce que je voulais : une revanche. Et maintenant, voilà qu'ils voulaient même me priver de cela.

Le soleil s'était couché, mais des filaments orangés s'accrochaient encore au ciel au-dessus de la forêt. Je courus vers les arbres, espérant que la puissante odeur des pins et du sol humide apaiserait mon esprit.

Soudain, un bruit de tonnerre vibra dans l'air. Un mur de glace surgit alors devant moi, tel un glacier s'élevant brusquement du sol ; je fis volte-face pour éviter de le percuter et me tordis la cheville. Un cri de surprise m'échappa tandis que je balayais du regard les alentours.

Un homme en cape à capuche se tenait près de l'abbaye. Arcus m'avait suivie.

Je me tournai et avançai vers lui en boitant. La lumière du soir transformait le bas de son visage en un masque de cuivre martelé, étrangement bosselé au niveau des joues et de la lèvre. Je me rappelai la dernière fois que je lui avais parlé, et mon sang me chauffa les entrailles comme un feu sur lequel on aurait jeté de l'huile. J'avais caressé ses lèvres, déposé mon affection à ses pieds, et il m'avait montré à quel point mon simple toucher le répugnait.

— Tu as promis de ne pas t'en aller, dit-il, les muscles bandés, comme prêt à se battre.

Bien sûr, il s'était douté que j'allais à nouveau m'enfuir. Je levai mon bras en arrière et fis claquer un fouet invisible. Le feu tourbillonna dans l'air, volant à quelques centimètres des jambes d'Arcus avant de se répandre sur le sol dans une gerbe d'étincelles. Il ne broncha pas. Je levai à nouveau mon bras, visant cette fois sa poitrine.

Il était prêt. Un souffle de givre rencontra ma spirale de chaleur, la dispersant en un cône de vapeur crépitante.

Mes mains lâchèrent une bourrasque de chaleur cuisante. Je n'étais jamais parvenue à effectuer ce geste avec succès pendant les entraînements. Dans un bruit de vent furieux, la bourrasque atteignit sa cible. L'air frappa Arcus de plein fouet, le plaquant à terre. Il gisait maintenant sur le dos, immobile.

Je courus jusqu'à lui, déchirée par des émotions contradictoires. Je voulais lui faire du mal, et je voulais m'assurer qu'il était indemne. Je voulais le laisser dans la poussière et m'enfuir. Je voulais qu'il m'empêche de partir.

Tremblante, je tombai à genoux et posai ma main sur sa poitrine. Elle se levait et redescendait au rythme de sa respiration. Le pouls battait à sa gorge. L'envie me prit de lui caresser la joue, de toucher les cicatrices de son visage, de passer mes mains dans ses cheveux. Il émit un grognement et ouvrit les paupières.

Le soulagement m'envahit. Je contemplai la myriade de bleus dans ses yeux puis, ne pouvant plus supporter le froid, je détournai le regard ;

— Vous m'avez menti, dis-je.

— Quand est-ce que je t'ai menti ?

Je haussai les épaules.

— Peut-être pas directement... Mais vous m'avez laissée croire que ma mission était de tuer le roi. C'est pour ça que j'ai accepté de jouer le jeu. Vous croyez que c'était facile ? Accorder ma confiance à deux Sang-de-Glace pour qu'ils m'apprennent à maîtriser mon feu. Suivre les ordres, dompter mon caractère, apprendre à apaiser mon esprit... Vous croyez que c'était facile, tout ça ?

— Non. Je crois que ce n'était pas facile du tout.

Je gardai le visage détourné afin qu'il ne voie pas la peine que j'étais incapable de dissimuler.

— Ce que j'ai pu être bête de croire que tout ça m'apporterait ce que je cherchais... Une revanche. Maintenant, je sais que tout ce que vous vouliez depuis le début, c'était détruire le trône. Vous savez ce que pense Frère Chardon ?

J'eus un petit rire amer.

— Bien sûr que vous le savez. Je me suis bien fait berner. Je... j'aurais dû m'enfuir de nuit, et ne jamais revenir. Je serais allée au château par mes propres moyens.

— Pour mourir dans cette arène, comme tous les autres Sang-de-Feu ?

— Parce que la mort que vous avez prévue pour moi est meilleure, peut-être ? Celle où le roi me tue pour avoir détruit son trône ? Et encore, à condition que je sois assez forte pour y arriver... Et que nous parvenions d'abord à vaincre les gardes du château. D'ailleurs, vous serez mort, vous aussi, si nous n'y arrivons pas. J'espère que la contrepartie en vaut la peine pour vous, s'il y en a une.

Il se redressa lentement sur ses coudes.

— Si je pouvais me permettre d'être totalement égoïste, je ne te laisserais pas partir affronter le roi. Je t'emmènerais loin d'ici, dans un endroit où tu serais en sécurité.

Je battis des paupières cependant qu'un doux frisson parcourait agréablement ma peau. Je m'assis par terre et passai les bras autour de mes genoux. *Je t'emmènerais loin d'ici, dans un endroit où tu serais en sécurité.* Voilà bien longtemps que personne n'avait essayé de me protéger. L'envie me vint de me blottir dans ses bras et de le réchauffer, comme ses mots m'avaient réchauffé le cœur. Mais la dernière fois que je l'avais touché, il m'avait demandé d'arrêter.

Il prit une profonde inspiration avant de reprendre d'un ton posé :

— Seulement, je ne peux pas me permettre de ne penser qu'à moi. Tu sais ce qui arrive à mon peuple. Tu sais ce qui est déjà arrivé au tien. Ça ne peut pas continuer ainsi.

Je tendis mes bras derrière moi, paumes au sol, et laissai mon regard se perdre dans le lointain.

— Pourquoi moi ? Vous ne croyez pas aux prophéties… Vous avez dit vous-même que je n'étais qu'une Sang-de-Feu avec un sale caractère, comme les autres.

Il se redressa pour s'asseoir, les coudes sur ses genoux en tailleur. Là où il n'avait pas de cicatrices, sa peau était jeune et lisse, même si je savais que ses yeux témoignaient du poids d'une expérience bien supérieure à son âge.

— Qui d'autre ? demanda-t-il. Quel Sang-de-Feu pourrait faire cela, à part toi ?

— Et si je détruis le trône ? Quand ce sera fini, est-ce que vous… vous allez vous évaporer dans la nature, comme de la brume ?

— Entre le moment où nous quitterons l'abbaye et celui où tu seras revenue en toute sécurité, je te protégerai au péril de ma vie.

Je regardai Arcus et me rappelai la déclaration de Frère Chardon : Arcus éprouvait davantage de choses qu'il n'en montrait. Je commençai à me détendre un peu.

— Et si je meurs là-bas ? continuai-je. Est-ce que quelqu'un emportera mon corps ? Ou bien le roi plantera-t-il ma tête sur un piquet exhibé aux portes du château ?

Il frappa le sol du poing, faisant vibrer la terre.

— Tu dois croire que tu peux gagner. Qu'est devenue ta rage ? Ton feu ? Tu baisses donc déjà les bras ?

— Je ne baisse pas les bras ! Mais vous auriez dû me dire tout ça dès le début, pour que je sache ce qui m'attendait !

— Tu veux une garantie, affirma-t-il. Avoir l'assurance que tout se passera bien. Mais c'est impossible, Ruby.

Je haussai les épaules. Il avait raison. J'enfouis mon nez entre mes genoux. J'aurais voulu disparaître sous terre.

— S'il vous plaît, laissez-moi, marmonnai-je contre le tissu de ma robe. Je voudrais rester seule.

Il exhala un soupir, mais je n'entendis aucun bruit signalant qu'il s'en allait. Je finis par relever la tête.

Il regardait vers le sud, du côté de la route de l'abbaye, sans rien dire. Je ne pus m'empêcher de remarquer la noblesse de ses traits vus de profil. Il devait être très séduisant avant d'être défiguré par ses brûlures. La chaleur gagna ma peau. Comme il était beau en cet instant !

Je me détournai un peu. Je ne voulais pas nourrir ce genre de pensées à son égard, ni maintenant ni jamais. Je m'étais déjà montrée suffisamment idiote. Ce n'était pas sa faute si le feu coulant dans mes veines me faisait éprouver des choses auxquelles il était hermétique. Pour une fois, je regrettai de ne pas avoir le sang plus froid, plus semblable au sien.

— Tu m'as demandé comment j'avais été brûlé, dit-il soudain, d'une voix à peine audible. Eh bien, voilà : un maître Sang-de-Feu a essayé de me tuer.

J'aurais préféré m'en moquer, mais c'était impossible. En un instant, je compris la peur et l'animosité initiales d'Arcus envers moi. J'avais menacé de le brûler si fort que même sa dulcinée s'enfuirait en courant devant lui. Mes poings se serrèrent malgré moi comme la culpabilité m'envahissait à ce souvenir.

— Il m'a eu par surprise. On m'a attiré dans un endroit où j'étais seul. J'ai été stupide de ne pas être plus prudent... Après tous mes entraînements avec les armes et au combat, je n'ai même pas eu le temps de porter un seul coup – j'étais déjà à terre, la gorge tellement sèche que je ne pouvais même pas hurler ma douleur.

Il me fallut une minute pour oser demander :

— Où viviez-vous ?

— À la cour du roi.

Je relevai vivement la tête, les yeux écarquillés. Dans la pénombre du crépuscule, il n'était plus qu'une silhouette grise.

— Quand mon père est mort et que j'ai pris son titre, je me suis fait de puissants ennemis. Des hommes qui voulaient ma mort.

Mon cœur se mit à battre plus fort à l'idée qu'Arcus était un seigneur avec un titre.

— Pourquoi ?

Il eut un bref haussement d'épaules.

— Ce n'était pas ce à quoi ils s'attendaient. Ils voulaient que je sois comme mon père, et je ne l'étais pas.

— Et... vous pensez que ces hommes ont envoyé quelqu'un pour vous tuer ?

Il acquiesça.

— Je crois que ma mort avait un double intérêt pour eux : se débarrasser de moi, et attiser la haine contre les Sang-de-Feu, par cette attaque.

— Pourquoi me confiez-vous tout ça ?

— Tu te plaignais que je ne te disais jamais rien… J'essaie de changer les choses.

Une bouffée de chaleur me monta dans le corps. Enfin, il m'accordait assez de confiance pour me parler.

— Mais… Pourquoi vouloir attiser la haine quand il y en avait déjà tellement ?

— À l'époque, le roi projetait de faire la paix avec les Sang-de-Feu dans les plaines du Sud. Certains barons avaient jeté leur dévolu sur ces terres, qu'elles leur appartiennent ou non. Exterminer ou chasser les Sang-de-Feu servait donc leurs intérêts.

La nausée me tordit le ventre.

— C'est monstrueux.

— Oui. C'est ce que le roi pensait, lui aussi.

— Donc il ne nous haïssait pas.

— Il avait pourtant toutes les raisons de le faire. N'oublie pas que sa mère avait été tuée par une bande de rebelles Sang-de-Feu. Mais quand il était petit, son tuteur lui a appris d'autres vérités. Que le Feu et la Glace étaient autrefois des alliés. Qu'il y a longtemps, l'un de nos rois avait épousé une reine Sang-de-Feu. Le roi Ilaien et la reine Rosamund. As-tu entendu parler d'eux ?

— Je croyais que c'était juste une des légendes que me racontait ma grand-mère…

Enfant, je ne parvenais pas à croire qu'un Sang-de-Feu puisse se lier d'aucune manière avec un Sang-de-Glace.

— C'était il y a très longtemps, reprit-il. Des centaines d'années. Personne ne veut se souvenir de cette période de paix de nos jours. Mais le roi, lui, s'en souvenait. Il avait vu son père faire le mal. Il voulait changer le royaume. Seulement, il a été tué, et c'est Rasmus qui a pris le trône.

Je secouai la tête.

— Vous les connaissiez tous les deux ?

— J'ai grandi au château. Rasmus n'a pas toujours été l'homme qu'il est aujourd'hui. Même si sa personnalité a toujours été… instable, je suis convaincu que c'est le trône qui l'a corrompu.

— Vous croyez donc à cette absurde histoire de malédiction ?

— Avant, non. Et puis, j'ai lu des livres, j'ai écouté les arguments on ne peut plus solides de Frère Chardon, et maintenant, oui, j'y crois. Le trône doit être détruit, et le roi pourrait être guéri.

Je me raidis en songeant à ce que cela impliquait : *Ne tue pas le roi. Guéris-le.*

— Pourquoi est-ce que Frère Chardon s'implique autant dans tout cela ? Qu'est-ce qui a poussé un moine de l'Ordre de Fors à se retourner contre son propre roi ?

Arcus s'éclaircit la voix.

— Il faisait autrefois partie de la cour de Glace – c'était un guerrier valeureux, décoré après la bataille des Plaines d'Aris. Quand il a prêté serment, le roi Akur l'a choisi comme représentant officiel de l'ordre. Seulement, au bout d'un moment, il n'a plus toléré que Frère Chardon le contredise à propos de la façon dont il traitait les Sang-de-Feu. Le roi l'a envoyé dans cette abbaye, où Frère Chardon se consacre depuis à étudier les prophéties et à éduquer les frères et les sœurs. Il croit vraiment qu'un Sang-de-Feu déterminera l'issue d'une ancienne rivalité entre les dieux. Et il a été conforté dans cette croyance à une influence divine quand je suis arrivé ici.

— Pourquoi donc ?

— Après l'attaque, j'ai été laissé pour mort. J'ai senti la vie me quitter. Et puis…

Il agita une main devant lui et je sentis une brise fraîche sur mon visage.

— Ça semble délirant, mais… Une femme aux cheveux d'or et aux yeux d'or est apparue à mon chevet.

Je sentis mes cheveux se hérisser. Cela ressemblait trait pour trait à ma vision dans les bois.

Arcus continua :

— Brusquement, ma souffrance avait pris fin et j'étais à l'abbaye. J'ignore si cette femme était réelle et m'avait emmené ici ou si j'ai été… transporté, je ne sais comment. En tout cas, la plupart de mes blessures avaient commencé à guérir. Et Frère Gamut n'a pas ménagé ses efforts pour que je parvienne à une guérison complète. Cela a pris de longs mois.

Ses souffrances avaient beau m'attrister, j'eus du baume au cœur à l'idée des bons soins que le gentil Frère Gamut avait dû lui prodiguer et de la détermination de Frère Chardon pour que l'ordre continue d'accueillir ceux dans le besoin.

— Est-ce que quelqu'un à l'abbaye a vu cette femme ? Vous a-t-elle donné son nom ?

— Non. Elle n'a dit qu'une seule chose.

Il marqua un silence.

— Qu'est-ce que c'était ? demandai-je.

Il soupira.

— Elle a dit que la jeune fille Sang-de-Feu serait la clé de la paix. Cela semblait lui coûter beaucoup de prononcer ces mots, comme si quelque chose en elle les retenait. Je… je crois que c'était Sauge, celle qui a le don de voir.

— Vous disiez que vous ne croyiez pas à ces vieilles histoires, lui rappelai-je.

— J'ai dit que je ne croyais pas aux prophéties. Je ne crois pas que toutes se réalisent. Parce que je crois que nous avons toujours le choix. Même Sauge ne peut pas nous dire ce qui va arriver – juste ce qui peut arriver. Et parfois, les prophéties se trompent totalement.

— C'est donc pour ça que vous m'avez fait sortir de prison.

— En partie, oui.

Je restai sans rien dire pendant un moment, à me repasser les informations qu'il venait de m'apprendre. Arcus n'était donc pas un mercenaire, mais un noble en fuite, qui cherchait à guérir le roi qu'il avait connu étant enfant. Je comprenais mieux, maintenant, qu'il préfère détruire le trône plutôt qu'assassiner le roi.

Ce qui ne signifiait pas pour autant que j'étais d'accord avec lui.

— Au fait, je n'étais pas en train de m'enfuir, dis-je. J'étais juste chamboulée, et je voulais être seule. Je n'aurais pas trahi ma promesse.

Je changeai de position et lâchai un petit cri de douleur en sentant ma cheville – désormais gonflée – m'envoyer une vive décharge de douleur.

— Tu es blessée, dit Arcus en avançant vers moi. Je vais t'emmener voir Frère Gamut.

— Non !

Mais il ne me força pas à me mettre debout. Au lieu de quoi, il émit un souffle qui enveloppa immédiatement ma cheville d'un froid bienfaisant. Les pulsations douloureuses cessèrent sur-le-champ.

— Je crois que vous avez un petit talent de guérisseur, Arcus.

— Allez, laisse-moi te porter jusqu'à l'infirmerie, dit-il en s'accroupissant à côté de moi. Je commence à avoir l'habitude de porter ce petit fagot de brindilles.

Mon cœur se réchauffa à l'accent affectueux que je perçus dans sa voix, mais j'hésitai, refroidie par l'amertume, la colère et mon sentiment de trahison. Il venait pourtant de s'ouvrir à moi de choses dont jamais je n'aurais cru qu'il me parlerait, et je ne pouvais m'empêcher de croire que nous nous étions un peu rapprochés.

Prenant soin de ne pas toucher ma cheville, il passa les bras sous mes genoux et derrière mon dos. Pour une fois, le froid qui irradiait de son corps au mien ne me gênait pas.

— Maudite cheville, maugréai-je. Un vrai boulet, je vous jure.

— Un peu comme la fille à laquelle elle est attachée, glissa-t-il avec un demi-sourire.

J'ouvris la bouche pour répliquer du tac au tac, mais oubliai totalement ce que j'allais dire en sentant ses lèvres se presser gentiment sur le haut de ma tête.

La chaleur courut sur ma peau. Je me dis que cela ne signifiait rien. Que c'était un simple geste d'amitié. Mais un sentiment de contentement persistait, m'apaisant autant que le bruit régulier de ses pas et le battement de son cœur contre mon oreille.

Il me serra plus fort contre lui, et je laissai mes paupières subitement lourdes se fermer tandis qu'il m'emmenait à l'abbaye.

15

Le lendemain matin, je me rendis à la bibliothèque avec l'intention de me perdre dans le doux ballet entre l'encre et les pinceaux. Sœur Pastel avait dit que je faisais des progrès dans l'art du copiste, et elle devait sûrement m'attendre.

À la place, je découvris la silhouette voûtée de Frère Lack, qui écrivait furieusement à l'une des tables.

— Tu viens provoquer un nouvel incendie ? me jeta-t-il en roulant sa page, qui disparut aussitôt dans les plis de sa robe.

— Vous savez très bien que ce n'est pas moi. Parce que c'est *vous*.

L'accusation était un pari osé, un doute que j'avais eu dès le soir de l'incendie. Mais je n'avais jamais eu le courage de l'exprimer avant.

Mon pari paya. Il parut désarçonné et la culpabilité se lut clairement sur ses traits.

— Comment oses-tu suggérer que…

Voyant le regard incrédule que je posais sur lui, il prit une inspiration fébrile et se leva en vociférant :

— Je cherche seulement à protéger mon ordre, puisque personne d'autre ne s'en charge ici ! J'ai vu la façon dont il te regarde – un guerrier Sang-de-Glace envoûté par une Sang-de-Feu… C'est répugnant ! Tu es allée chez lui, seule, et hier soir, je l'ai vu te porter dans ses bras… avec un air abêti d'*adoration* sur son visage.

Je commençais à perdre patience, mais tentai de me contrôler.

— Même si cela ne vous regarde en aucune manière, sachez que je considère Arcus comme un ami et…

— Épargne-moi tes mensonges, tu veux ? Si tu avais un seul ami ici, tu ne nous mettrais pas en danger par ta simple présence.

Je levai les yeux au ciel.

— On ne peut pas discuter avec vous. Vous n'êtes pas comme Frère Chardon, Arcus ou Frère Gamut. Votre esprit est empoisonné contre moi à cause de mon don. Vous dites que je suis dangereuse, alors que c'est votre peuple qui a exterminé le mien.

— Et que s'était-il passé avant cela ? Je vivais dans le Sud, où les Sang-de-Feu terrorisaient mon peuple. Je n'ai aucune intention de t'écouter déformer les faits pour te positionner en victime. Ôte-toi de mon chemin, dit-il, le souffle haché.

— Non.

Je fis quelques pas pour lui bloquer le passage.

— Qu'étiez-vous en train d'écrire en cachette, alors que vous devriez être aux prières matinales, à cette heure-ci ?

D'un geste vif, je m'emparai de la lettre qui dépassait de la poche de sa robe.

— Tu oses poser tes sales pattes sur moi ! grogna-t-il en armant son poing.

Je lâchai le parchemin et envoyai un souffle de chaleur sur son bras, mais il avait déjà pris son élan et le coup me frappa en pleine joue, me projetant hors de la salle pour tomber à la renverse dans le couloir.

— Tu m'as brûlé ! s'exclama-t-il, sidéré en tenant son poignet roussi.

Devenu rouge écarlate, il prit de l'élan avec son pied. Je me recroquevillai en boule juste avant que le bout de sa sandale ne me frappe en plein dos.

Lorsqu'il arma à nouveau sa jambe, je saisis son autre pied et le fis basculer par terre. Je me servis de mes coudes et de mes genoux comme Arcus me l'avait appris en m'entraînant au combat rapproché, et je finis par réussir à le repousser sur le sol.

— Ne me forcez pas à utiliser la pleine puissance de mon pouvoir sur vous, dis-je en rapprochant mes deux mains l'une de l'autre, pour laisser le feu grandir entre mes paumes.

Ses yeux s'écarquillèrent en fixant mes mains. Tremblant comme une feuille, il se releva et partit en trébuchant. J'entendis ses sandales claquer comme il disparaissait précipitamment à l'angle du couloir.

Quelques minutes plus tard, j'étais sur mon matelas à l'infirmerie quand Arcus surgit. Ses yeux brillaient d'une lueur pâle, inhabituelle. Il avait l'air hors de lui.

— Es-tu gravement blessée ? demanda-t-il.

— Non, je n'ai absolument rien de grave. Comment êtes-vous au courant ?

— Sœur Agnès a vu l'altercation et est venue me chercher.

Il tomba à genoux près de moi et examina ma joue enflée, ses narines frémissant de rage contenue. Quant à moi, je frémissais de ravissement à cette proximité. Il prit le linge dont je m'étais servie pour me nettoyer, le trempa dans la bassine et souffla dessus pour le refroidir. Il le posa ensuite sur la peau tuméfiée de ma joue, et je poussai un soupir d'aise.

— Frère Lack avait une lettre sur lui, lui dis-je. Il a assez mal pris le fait que j'essaie de la lire… Je me demande s'il ne compte pas se plaindre auprès de l'ordre, à propos de ma présence entre vos murs.

— Frère Chardon est en train de voir ce qu'il fait, en ce moment même.

Il remit le linge dans l'eau et l'essora. J'attrapai son poignet afin de guider le tissu vers ma joue, et il inspira fébrilement. Je le lâchai aussitôt.

— Pardon ! m'excusai-je en posant mes deux mains sur mes cuisses. Je vous ai brûlé, sans le faire exprès.

Avec douceur, il appliqua le linge contre ma joue.

— Ça… chauffe un peu, oui. Mais je ne pense pas que je risque d'être blessé en te touchant.

Il prit une grande inspiration.

— On dirait que parfois, la chaleur s'insinue sous ma peau quand je préférerais rester froid. C'est… plus simple comme ça, après ce qui s'est passé.

Je n'étais pas sûre de bien comprendre et aurais voulu lui poser mille questions, mais je ne savais pas par laquelle commencer.

— Et… le fait de me toucher n'arrange pas les choses ?

— D'une certaine manière. Je t'ai amenée ici pour te préparer à une tâche énorme, dit-il en trempant à nouveau le tissu dans l'eau pour le remettre sur ma joue. Un poids considérable repose sur tes épaules.

Je soupirai, agacée qu'il me rappelle ce qui me rendait si importante. J'aurais voulu être autre chose pour Arcus qu'un moyen de faire fondre le trône.

— Et maintenant, je me demande si je peux te laisser y aller, ajouta-t-il à mi-voix.

Je sondai son visage, en partie dissimulé par sa capuche, guettant un signe pour me détromper de ce que je croyais avoir entendu. L'espace entre nous semblait crépiter d'énergie tandis que ses mots repassaient en boucle dans ma tête.

— De toute façon, il n'y a pas d'autre choix, n'est-ce pas ? hasardai-je.

— Quelqu'un d'autre pourrait le tuer, dit-il d'une voix nouée. Moi, par exemple.

— Et le trône accueillerait le roi suivant, et celui d'après. Et nous ne serions jamais libres.

— C'est encore plus vrai que tu ne le crois, murmura-t-il tandis que ses doigts trouvaient les miens pour les serrer.

Sa main était froide, mais ce contact me donna un agréable frisson et précipita les battements de mon cœur. Je n'osais bouger, de peur qu'il retire sa main.

— Quelle est la vérité, Arcus ? demandai-je à voix basse. Vous avez tellement de secrets… J'aimerais en connaître un ou deux.

Il resta interdit quelques instants, puis ouvrit la bouche pour parler.

— Mais j'aimerais voir vos yeux quand vous me le dites, ajoutai-je précipitamment. Après tout, vous m'avez déjà montré votre visage.

— Pour t'effrayer, dit-il en s'écartant de moi. Pour te punir de ce que tu avais fait. Je ne veux pas te faire peur maintenant.

Je le regardai. Il se tenait très droit, la mâchoire serrée.

— Vos cicatrices ne me font pas peur.

Il prit une profonde respiration et je retins la mienne, me demandant ce qu'il allait faire. Lentement, il leva alors les mains vers sa capuche et la repoussa, juste assez pour que je voie ses beaux yeux bleus et sa joue ravagée. Mon cœur se mit à battre la chamade. Il me faisait confiance. Il acceptait de me laisser le voir.

— C'est assez, comme ça ? demanda-t-il d'un ton empreint d'incertitude.

Je hochai la tête et lâchai un soupir de soulagement.

— Aucune partie de vous ne m'effraie ou ne me répugne.

Je marquai une pause pour le laisser intégrer cela.

— Mais je comprends que vous ne soyez pas à l'aise d'en dévoiler davantage.

Sa main gauche agrippa la couverture sur mon lit tandis que l'autre étreignait le linge humide qu'il tenait encore.

— Tu ne peux pas savoir l'effet que tes paroles ont sur moi, Miss Brindille. Il a fallu des années pour fabriquer toute cette glace. Tu vas la faire fondre… après quoi, je serai brisé.

Il se leva brusquement et commença à arpenter la pièce.

Je secouai la tête.

— Dès que je commence à croire que je vous comprends, vous dites quelque chose pour m'embrouiller. Au début, vous sembliez me détester, puis vous m'avez traitée gentiment. Ensuite, vous m'avez dit que vous souhaitiez ma mort, puis que vous aimeriez me protéger. Et maintenant, vous avez peur que je vous brise… À quoi dois-je me fier ?

Il s'arrêta. Je retins mon souffle, regrettant à moitié de le pousser ainsi dans ses retranchements. Je n'étais pas sûre de le supporter, s'il me rejetait à nouveau.

— J'ai promis de te dire un secret, dit-il enfin, ses yeux brillant à la lueur des bougies. Et je ne vois pas de meilleure façon de te le dire que de cette manière.

Il fit alors deux pas vers moi, tomba à genoux et tourna mon visage vers le sien.

Ses lèvres se posèrent sur les miennes. Celle du haut, avec sa cicatrice, avait une légère rugosité que je trouvai très agréable. Le contact était hésitant, mais une décharge de délicieuse excitation me parcourut, et je lui rendis son baiser avec fougue. Ses lèvres étaient plus fraîches que les miennes, sans que cela me gêne. Sa température avait dû monter. La mienne aussi, sans aucun doute possible.

Il passa les bras dans mon dos et me serra contre sa poitrine. Mes mains montèrent dans son cou, puis dans ses cheveux. Je me pressai contre lui. Il passa les doigts dans mes cheveux et en retira la ficelle qui les attachait.

Il rompit le baiser pour poser ses lèvres contre ma tempe.

— Bon sang, ce que j'ai rêvé de toucher tes cheveux…

Sa voix était sourde et rauque. Le simple fait de l'entendre me donnait des bouffées de chaleur.

Nos yeux se rencontrèrent, et je m'émerveillai à nouveau de la myriade de couleurs qu'ils recélaient. Celles d'un froid matin d'hiver et d'un soir sur le lac, d'un frais ruisseau de montagne et d'une fleur de lavande sur laquelle on marche à la fin de l'été.

— Est-ce que je te fais peur ? demanda-t-il soudain en posant les mains sur mes épaules. Tu n'as qu'un mot à dire et j'arrêterai. Tu dois me faire confiance, Ruby : jamais je ne te ferais du mal.

— Je te fais confiance, dis-je dans un souffle en le ramenant vers moi.

Sa joue glissa contre la mienne et je me délectai de sentir le léger picotement de sa barbe sur ma peau. Je bougeai un peu pour le sentir à nouveau. Il émit un râle sourd et reprit mes lèvres pour me donner un baiser profond.

Une partie de moi ne parvenait pas à croire ce qui était en train d'arriver. J'en avais rêvé, mais c'était tellement mieux en vrai. Dans mes rêves, je n'avais aucune idée de la sensation de sa peau contre la mienne, de la façon dont cela affolerait mon cœur, de la joie de me sentir ainsi désirée et de pouvoir lui montrer que moi aussi, je le désirais.

J'avais envie de lui toucher le visage, d'apprendre à connaître ces cicatrices qu'il essayait de cacher. Pour une obscure raison, elles me fascinaient, elles attiraient mes mains, avides de les adoucir et de les réparer – si seulement le toucher était capable de cela. Je me risquai à poser les mains sur ses joues ; il me laissa faire. Mais lorsque mes doigts s'approchèrent de son oreille détruite, il me saisit le poignet.

— Par Fors, jura-t-il en tremblant un peu. Je crois que les dieux ont décidé de mettre à l'épreuve tout mon self-control.

— Et le mien, approuvai-je en lui souriant. Mais nous savons tous deux ce que nous avons à travailler… Oh, Arcus, ça fait tellement longtemps que je rêvais que tu m'embrasses.

Il rit doucement puis poussa un soupir en posant son front contre le mien, les paupières closes.

— Je n'aurais pas dû faire ça, murmura-t-il.

— Tu aurais dû le faire bien plus tôt, objectai-je.

Il sourit. J'inclinai la tête pour un nouveau baiser mais, soudain, la porte s'ouvrit à la volée et Frère Chardon entra, sa canne tremblant dans sa main. Arcus s'écarta vivement de moi.

— Frère Lack est parti, déclara le moine. Il a demandé au garçon d'écurie de seller un cheval, et celui-ci l'a entendu marmonner des menaces. Il semblait parler de se rendre à Greywater…

— La garnison, dit Arcus.

La terreur me saisit.

— Il était en train de rédiger une lettre tout à l'heure, dans la bibliothèque. Il m'a dit qu'il ne me laisserait plus corrompre l'abbaye.

Frère Chardon se tourna vers Arcus.

— Vous devez le trouver, Arcus. Je ne pensais pas que nous en arriverions là, mais il se peut qu'il soit prêt à tout s'il pense que ses actes protègent l'ordre.

Arcus me coula un regard dévoré d'inquiétude.

— Je suis désolé, dit-il d'une voix grave avant de franchir la porte et de disparaître.

Frère Chardon prit une profonde inspiration tandis que du givre formait à ses pieds un motif de boucles chaotiques. Il avait beau regarder dans ma direction, je sentais que son esprit était ailleurs.

— Ce n'était pas censé se passer comme ça. Après tous nos plans, si bien préparés…

Il battit des paupières et sembla enfin me voir.

— Mais… vous avez le visage tuméfié. Êtes-vous blessée ?

Je ne sentais même pas mes hématomes. Je voulais juste courir après Arcus et savoir ce qui se passait. Malheureusement, ma cheville ne me permettrait pas d'aller bien loin.

— Je le suis toujours plus ou moins, pas vrai ?

— Je vais faire venir Frère Gamut avec sa tisane, dit le vieux moine en se tournant vers la porte. Restez ici.

Au bout d'un long moment, je décidai de partir aux nouvelles. L'abbaye était plongée dans un calme inhabituel. Je finis par trouver Frère Chardon dans la salle capitulaire, appuyé sur sa canne, le regard perdu par la fenêtre.

— Des nouvelles ? demandai-je.

Il fit non la tête. Son visage était blême, tendu, et paraissait plus ridé que d'habitude. Nous nous assîmes tous les deux, laissant s'égrener les minutes.

Le soleil entamait maintenant sa descente vers l'horizon et les rayons de fin d'après-midi réchauffaient le banc sous le vitrail. Un nuage occulta le soleil, me faisant frissonner.

Brusquement, Frère Chardon se redressa sur le banc et fronça les sourcils. Il se pencha en avant.

— Est-ce que c'est… ? Oui. Un cheval.

Il frappa sa canne sur le sol, revigoré.

— Tempus soit loué ! Arcus est revenu.

Je regardai dehors, impatiente de voir Arcus. Au loin, une silhouette à cheval se dirigeait vers l'abbaye. En se rapprochant, la forme sombre se divisa en deux silhouettes, puis trois, puis davantage encore.

— Il y a plus d'un cavalier, Frère Chardon, dis-je. Vous attendiez des visiteurs ?

Il se rapprocha de la vitre, plissant les yeux sur les petites taches dans le lointain.

— Quelles couleurs portent-ils, mon enfant ? demanda-t-il avec, dans la voix, un tremblement inhabituel.

Je secouai la tête en essayant de voir.

— C'est difficile à dire, à cette distance.

Tandis que les silhouettes continuaient d'approcher, il porta une main à son cœur.

— Par Tempus. Non.

Les cavaliers étaient désormais bien en vue sous le soleil. Ils portaient des tuniques bleues, avec une flèche blanche en leur centre.

L'emblème du roi de Glace.

Frère Chardon jura dans sa barbe et pêcha une clé dans les plis de sa robe. Il la posa dans ma main et me dit :

— Donnez cette clé à Sœur Pastel. Elle vous emmènera dans les tunnels des catacombes qui débouchent dans les bois. Seuls les membres de l'ordre les plus anciens savent où donnent ces tunnels.

— Je ne compte pas me cacher, lui opposai-je d'un ton bravache.

J'étais terrifiée, plus que je ne l'avais jamais été depuis mon séjour à la prison de Blackcreek. Mais la nécessité de protéger mes amis était plus grande que la peur.

Il posa une main sur mon épaule et me fit reculer, avec une force qui me surprit.

— Ce n'est pas le moment de faire votre tête de mule, dit-il avec une autorité que je ne lui avais jamais vue. S'ils vous trouvent ici, inutile de vous dire ce qu'ils nous feront, à nous tous.

Son raisonnement eut raison de ma défiance. Rester pour se battre risquait de faire plus de mal que de bien. Je ne pouvais pas mettre en péril le sort des moines et d'Arcus juste pour me prouver que je n'étais plus la jeune fille craintive du village. Mais il me semblait injuste d'aller me réfugier dans le noir pendant qu'eux affrontaient les soldats.

Il n'y avait pas la moindre trace d'indécision dans les yeux et les mains de Frère Chardon quand il me prit par les deux épaules pour me secouer.

— Filez ! s'écria-t-il.

Je lançai un dernier regard derrière moi et m'en allai.

16

Pendant que les autres moines se préparaient à présenter un visage ouvert et innocent aux soldats, Sœur Pastel me pressait de descendre l'escalier de pierre menant aux entrailles de l'abbaye. Il y avait des tas d'os empilés sur des étagères, des cages thoraciques et des colonnes vertébrales soigneusement disposées, couvertes d'une épaisse couche de poussière. Un haut-le-cœur me saisit comme j'inhalais les dernières exhalaisons de tous ces morts.

À peine étions-nous descendues qu'un bruit des bottes et de métal nous parvint de là-haut.

— Pas un bruit, mon enfant, me chuchota-t-elle.

Je n'avais pas besoin qu'on me le dise deux fois. Quoique surpeuplées, les catacombes étaient si silencieuses que le moindre bruit ressemblait à celui d'une une explosion. Ce qui ne devait guère déranger leurs occupants.

— Que va-t-il arriver aux autres ? demandai-je tout bas.

— Si Tempus le veut, les soldats ne trouveront rien et s'en iront.

Rien, c'est-à-dire moi.

— Par ici, murmura-t-elle en m'éloignant de l'entrée.

Les murs avaient été creusés à même la roche. Le plafond était si bas que ma tête l'effleurait par endroits.

Tous les deux ou trois mètres, un creux dans la paroi formait une sorte d'étagère faisant office de dernier lit pour une pile d'os poussiéreux. Je gardai les yeux rivés sur la torche. Le spectacle de ces ossements me mettait mal à l'aise, comme si le bruit de mon passage risquait de leur arracher une plainte de protestation.

Au fil de notre avancée, le plafond se fit plus bas encore et les os disparurent – il n'y avait plus qu'un sombre tunnel qui ne cessait de tourner et de bifurquer dans le néant.

— Je ne peux pas aller plus loin, dit Sœur Pastel, haletante à force de courber sa haute silhouette. Si les soldats vous cherchent, ils finiront forcément par découvrir les catacombes. Il faut que vous alliez jusqu'au bout et que vous trouviez la sortie. Elle est cachée dans une caverne, parmi un tas de pierres qui ressemblent à un glissement naturel de rochers, au bas d'une colline. Une fois sortie, partez vers l'ouest. Il y a un chemin qui monte vers la montagne. Là, vous trouverez de nombreuses grottes où vous cacher. Nous viendrons vous chercher quand le danger sera passé.

Lors de mon arrivée à l'abbaye, j'avais rêvé de trouver un moyen de m'en échapper. Aujourd'hui, je m'étais habituée à la sécurité et la familiarité des lieux. J'avais envie de continuer à passer mes matinées à m'entraîner avec Frère Chardon, puis à aider Sœur Clove dans les écuries, à aller ramasser des plantes et des herbes pour Frère Peele. Je voulais encore m'asseoir avec Sœur Pastel dans la bibliothèque, avec le doux soleil de fin de journée qui caressait le parchemin, le faisait briller. Je voulais que Frère Gamut m'apporte sa tisane le soir pour me réchauffer les entrailles tandis que nous discutions des petits événements de la journée.

Et Arcus…

Et si les soldats l'avaient capturé ? Si je ne le revoyais jamais ?

Mais ce n'était pas le moment de faiblir. Un mélange doux-amer de gratitude et de tristesse me noua la gorge. Je serrai contre moi une Sœur Pastel visiblement décontenancée par mon geste.

— Merci pour tout ce que vous m'avez appris, dis-je d'une voix étranglée.

— C'est inutile, mon enfant, dit-elle en me tapotant l'épaule. Nous nous reverrons très vite. Après cela, je vous laisserai peut-être essayer de mettre de la couleur sur vos parchemins.

— Ce serait merveilleux. Je vous en prie, soyez très prudente.

— Bien sûr. Partez, maintenant. La torche ne vous sera d'aucune utilité pour la suite, le plafond est trop bas. Il n'y a qu'un seul passage devant vous, très étroit. Et il fera encore suffisamment jour pour vous orienter une fois que vous serez dehors.

Elle avait raison – la torche aurait été un embarras plus qu'autre chose. Très vite, je me retrouvai à genoux, à ramper dans un étroit boyau noir.

Cette lente progression à tâtons dans le silence et la poussière sembla durer des heures. Des pierres mettaient mes genoux à la torture et déchiraient mon pantalon. Et la longue marche n'était pas sans conséquences sur ma cheville. J'essayai de faire fi de ma douleur et de me concentrer sur la distance que je mettais peu à peu entre les soldats et moi.

Au bout d'un moment, le tunnel commença à se faire plus large et plus haut. Mon cœur s'accéléra.

Après plusieurs nouveaux tournants, un semblant de lumière commença à révéler les parois qui m'entouraient.

Après un dernier tournant, je vis un tas de pierres bloquant à moitié une ouverture.

La sortie. Enfin.

J'escaladai les pierres, me réjouissant déjà de la première bouffée d'air frais que j'allais prendre, quand ma tunique s'accrocha à un bout de pierre saillant. Je jurai et fis un geste en arrière pour la libérer. Il y eut un petit bruit de déchirure quand elle se décrocha.

Triomphante, je tendis les bras vers la dernière pierre à escalader pour sortir de ce maudit tunnel.

Tout à coup, quelque chose m'arrêta dans mon élan. Un infime je-ne-sais-quoi dans ma tête. Un murmure d'avertissement.

Je me figeai. J'avais senti une odeur. Une odeur de sueur et de cheval.

Je voulus reculer pour me réfugier dans l'ombre du tunnel, mais une main surgit soudain par-dessus les pierres et m'attrapa par le poignet pour me tirer en avant sans ménagement.

Dès que mes pieds retrouvèrent le sol, je sentis ma tête buter contre quelque chose, un nez ou un menton, qui poussait un grognement de surprise. Je me mis à battre des pieds et entendis un autre grognement comme je frappais un tibia. Un poing lourd s'abattit alors entre ma nuque et mes épaules. Je tombai à quatre pattes, sonnée.

— Saleté de Sang-de-Feu, fit une voix d'homme.

J'étais dans une grotte, de la taille de la bibliothèque à l'abbaye. De la lumière y pénétrait par une ouverture, juste devant moi. Quatre soldats m'entouraient, tous vêtus de la tunique bleue à la flèche blanche.

Concentre-toi. Trouve ta chaleur.

Je dus me mordre la joue. Le goût métallique du sang sur ma langue m'aida à recouvrer mes esprits. Je déglutis et fermai les yeux, laissant la pression monter dans ma poitrine afin de pouvoir envoyer un souffle de chaleur.

— Oh, non, tu ne vas pas jouer à ça !

Une botte me frappa en plein dos, m'envoyant rouler par terre.

— Videz vos casques, les gars !

De l'eau froide me tomba dessus de tous les côtés, suffisamment pour ébranler mes sens et me faire perdre ma concentration. Elle me coulait dans le cou et gouttait de ma joue sur la terre. Je fermai les yeux, furieuse que ma chaleur ait pu être neutralisée si facilement.

— C'est elle, capitaine ? demanda l'un des soldats.

— Oui, répondit une autre voix. Ce moine disait vrai. Une Sang-de-Feu maigrichonne avec des cheveux noirs, comme celle qui s'est échappée de la prison.

Je me redressai sur mes coudes. Une silhouette solidement bâtie occultait la lumière venant du dehors.

— Ça fait un moment que je te cherche, petite saleté, dit-il doucement.

Je clignai des yeux et distinguai ses traits – le nez aquilin, les pommettes taillées à la serpe, le menton hérissé de barbe. Ce visage que j'avais constamment rappelé à ma mémoire, tous les jours depuis celui où j'avais été jetée dans les prisons du roi. Celui que j'avais imaginé balafré, brûlé et implorant une pitié que je ne lui accorderais jamais.

C'était le capitaine qui avait tué ma mère.

— La dernière fois que je t'ai vue, tu étais trempée et à moitié morte sur le sol de la prison de Blackcreek. D'ailleurs, je me demande toujours comment tu t'es enfuie.

Je frissonnai en me rappelant cette terrible nuit. J'essayais de me concentrer sur ma chaleur, mais la peur et le froid m'affaiblissaient.

Les soldats qui se rapprochent, les villageois qui reculent… Ma mère et moi encerclées par les torches…

La panique me saisit. Je tendis une main devant moi et envoyai un souffle chaud vers le visage du soldat. Il leva un bras couvert de cuir, qui noircit sous le souffle brûlant, puis grommela un ordre ; une nouvelle gerbe d'eau me tomba sur la tête.

— Je ne suis pas celle dont vous vous souvenez, le mis-je en garde tout en essuyant les gouttes qui tombaient de mon visage. Vous avez capturé une fille terrorisée, cette nuit-là. Je n'ai plus peur, maintenant.

C'était faux. J'avais le ventre noué et le cœur battant à tout rompre.

Je pressai mes deux mains par terre et la chaleur se répandit sur tout le sol de la grotte. Plusieurs hommes poussèrent des cris et levèrent leurs pieds en une sorte de danse grotesque, la fine semelle de leurs chaussures ne les protégeant guère de la chaleur. Mais le capitaine, lui, avait d'épaisses semelles de cuir.

Il pinça les lèvres, puis m'attrapa par les cheveux et renversa ma tête en arrière, m'arrachant un râle de douleur. Je reçus encore de l'eau et commençai à trembler.

— Vous vous croyez plus forts que tout le monde, vous autres Sang-de-Feu, mais il suffit de vous balancer un peu d'eau froide pour vous transformer en chiffes molles.

Je plongeai mes yeux dans les siens.

— Je vous tuerai avec mon dernier souffle, tous autant que vous êtes.

Son sourire vacilla avant de revenir sur ses lèvres.

— J'ai beau mourir d'envie de te faire taire une bonne fois pour toutes, nous avons des ordres. Nous devons livrer tous les Sang-de-Feu les plus forts au roi, directement. Il tient à décider lui-même de votre sort.

De toute mon âme, de tout mon être, je brûlais d'envie de carboniser sa peau et de le regarder tomber en cendres. Mais les mots d'Arcus me revinrent alors en mémoire : *Qui d'autre ? Quel Sang-de-Feu pourrait le faire, à part toi ?*

S'il restait encore la moindre chance que je puisse accomplir ma tâche, il fallait que j'essaie. J'ignorais où Arcus se trouvait maintenant, s'il allait revenir ou si lui-même avait été capturé. Sans lui, je n'avais aucune chance de pénétrer dans le château. En attendant, les soldats allaient m'emmener directement au roi. À ce stade, me laisser capturer représentait la meilleure option.

Je ployai la nuque, affichant ma soumission. Le capitaine arbora un rictus de jubilation. De toute évidence, il pensait que j'étais terrorisée et vaincue.

— Sa Majesté n'était pas très heureuse d'apprendre qu'une Sang-de-Feu s'était échappée de sa prison, dit-il. Ça m'aurait coûté la vie si je ne t'avais pas retrouvée avant le solstice.

— Quel dommage… Une si belle occasion manquée, lançai-je en le regardant droit dans les yeux.

Il se pencha pour murmurer à mon oreille :

— Après quelques jours de détention, je pense que tu risques de regretter qu'on ne t'ait pas tuée aujourd'hui.

PARTIE II

17

Le trajet pour descendre de la montagne fut presque aussi pénible que l'avait été l'ascension. On m'avait ligotée et posée sur le dos d'un cheval, enroulée dans des bandes de linge humide afin de me refroidir.

Alors que nous laissions la montagne derrière nous, je fus prise d'une immense nostalgie pour l'abbaye, presque autant que j'avais autrefois regretté ma petite hutte en bordure du village. Je ne cessais de me retourner pour regarder en arrière, m'attendant presque à voir Arcus nous poursuivre au grand galop. Tout était différent entre nous désormais – il ne les laisserait pas m'emmener sans rien faire. Mais au bout d'un jour ou deux, quand le mont Una se brouilla derrière nous, je commençai à perdre espoir.

Les terres étaient stériles sur le trajet vers le Nord, et de nombreuses habitations étaient vides. Les quelques personnes qui jetèrent un coup d'œil par les fenêtres à notre passage étaient maigres et livides. Je me demandais comment si peu de personnes parvenaient à planter, semer et récolter ce dont elles avaient si cruellement besoin pour vivre.

Au bout d'une semaine, nous atteignîmes une zone rocheuse au pied du mont Fors, où serpentaient des chemins sinueux. Le soleil était déjà bas dans le ciel lorsque le château du roi apparut, perché au sommet d'un éperon rocheux. À l'ouest, des bandes d'or en fusion et de rouge sang flottaient à l'horizon, telles des écharpes lumineuses lancées dans le ciel. Un côté du château était vivement éclairé et le soleil se réfléchissait sur la glace en la faisant miroiter de mille feux.

— C'est beau, hein, vermine ? lança le capitaine, qui chevauchait à côté de moi.

— Si on aime la glace, maugréai-je entre mes dents serrées.

La partie basse de la montagne était couverte d'arbres et de buissons poussant entre de gros rochers gris. À mesure que nous montions, la verdure se faisait plus rare et la glace apparaissait, d'abord par petites poches et par plaques, puis par épaisses et larges bandes. Je ne tardai pas à frissonner, non seulement de froid, mais aussi en raison de la sensation d'être cernée de tous bords par des murs gelés de plus en plus abrupts, de plus en plus hauts, comme si la route avait été taillée dans la glace avec un gigantesque couteau.

Après un tournant, je me sentis réduite à la taille d'une fourmi en voyant la route flanquée de statues de glace en forme d'hommes immenses. C'étaient les Géants de glace dont j'avais entendu parler dans les livres des mythes anciens, symétriques et parfaits, sculptés dans la glace. C'est Fors lui-même qui était censé leur avoir donné la vie. Seulement, il ne semblait y avoir aucune vie dans ces statues. Aucun mouvement, aucun son, aucun souffle. J'eus la chair de poule en passant devant elles, comme si elles me regardaient depuis quelque part, dans la prison glacée de leur corps.

Nous arrivions maintenant devant d'immenses grilles en fer incrustées dans la roche. Des soldats gardaient l'enceinte, leurs arcs bandés prêts à décocher leurs flèches.

Mais ce n'étaient pas ces flèches qui me faisaient peur – c'étaient les loups des glaces à la fourrure d'un blanc étincelant, qui nous scrutaient par-dessus le bord du parapet. J'avais eu vent de l'existence de ces créatures au flair acéré qui pourchassaient les Sang-de-Feu, après avoir été dressées spécialement à cela.

L'un des loups leva brusquement la tête, humant l'air, avant de tourner sa truffe noire dans ma direction. Il me fixa soudain de ses yeux de glace où se lisait une faim féroce, leva le museau et commença à hurler à la mort. Tous les autres loups se mirent alors à flairer frénétiquement et à hurler à leur tour, exprimant leur frustration que je sois trop loin pour qu'ils puissent se repaître de mon sang chaud.

La cacophonie fit monter les gardes aux grilles, leurs épées brandies.

— Annoncez-vous ! lança l'un d'eux, qui portait un casque en acier.

Notre groupe fit halte, à l'exception du capitaine, qui avança.

— Capitaine Drake, anciennement de la garnison de Blackcreek. Nous avons une Sang-de-Feu pour le roi.

Le garde me toisa avec une haine non dissimulée. Je me demandai s'il avait combattu dans les guerres des frontières, et combien d'hommes il avait perdu à cause des Sang-de-Feu. Je lui rendis un regard chargé de la même animosité.

Après un examen minutieux de notre convoi, le garde nous fit signe d'entrer. Nos chevaux s'engagèrent sur un pont de pierre enjambant de larges douves où des blocs de glace flottaient dans l'eau. De temps en temps, on apercevait un aileron blanc dépassant de la surface. Je frémis et préférai regarder ailleurs.

Nous traversâmes ensuite une vaste cour ornée de sculptures de glace. C'était le moment de descendre de nos montures ; des garçons d'écurie se hâtèrent d'emmener nos chevaux, tous prenant bien soin de rester à bonne distance de moi. Alors que nous marchions en direction d'un tunnel qui menait à une lourde porte, on entendit du bruit sur notre droite.

— À mort la Sang-de-Feu ! hurla une voix issue de la foule qui s'était formée à proximité.

Une femme en robe usée courut vers nous, les yeux fous, un fichu couvrant ses cheveux blancs. Son visage marqué était déformé par une hideuse expression de souffrance et de méchanceté.

— Elle a tué Cam, mon seul fils !

Le capitaine avança et s'interposa avec calme devant la femme, qui gesticulait dans ma direction tel un chat essayant d'attraper une souris. Elle posa ses yeux furibonds sur le capitaine.

— Comment pouvez-vous protéger cette meurtrière ? s'écria-t-elle.

— Je ne suis pas une meurtrière, dis-je d'une voix tremblante, remuée par l'intensité de sa haine.

Je supposai que son fils avait péri dans une bataille et que je lui offrais juste une bonne occasion de déverser son chagrin.

— En revanche, le capitaine, lui, en est un, ajoutai-je.

Il me lança une gifle en pleine face.

— Tu vas la fermer, espèce de saleté !

Je portai une main à ma joue brûlante et refoulai les larmes qui me venaient aux yeux sous la force du coup.

Il se tourna vers la femme avec une expression radoucie.

— Ne vous en faites pas, madame, elle sera bientôt morte.

— Laissez-moi le faire, le supplia-t-elle, les mains tendues devant lui.

En voyant ses yeux brûlant de haine et de désir de vengeance, j'eus brusquement l'impression de me voir, rendue folle par la peine. Cette vision me glaça le sang.

— C'est au roi de décider de quelle façon elle sera châtiée, dit le capitaine avec conviction et assurance. Laissez-le faire. Laissez-moi faire. Vous pouvez compter sur nous.

Après quelques respirations haletantes, la vieille femme hocha la tête, les épaules basses. Elle me jeta un dernier regard hostile.

— J'espère que tu mourras lentement, meurtrière, lança-t-elle assez fort pour que ses mots résonnent. Et dans la douleur !

Je sentais encore son regard dans mon dos quand les gardes m'emmenèrent dans un grand escalier blanc menant à l'imposante porte en fer du château. Je trébuchai et m'arrêtai comme nous entrions, stupéfaite par la grandeur et la magnificence des lieux.

L'intérieur du château était une immense grotte gelée. De chaque côté, la glace venait rencontrer le sol en de parfaites colonnes, lisses et naturelles. Le plafond était d'un bleu froid avec une succession de courbes sur sa surface étincelante. La lumière semblait briller sur et à travers lui, y créant des milliers de motifs fractals. Au centre, où le plafond s'élevait en dôme, un ensemble de stalactites formait un étrange et élégant chandelier inversé.

Par endroits, on apercevait des pierres grises sous la couche de glace bleue recouvrant les murs. Le château avait dû être construit en pierre puis agrandi et couvert de glace.

L'immense espace, les bleus intenses, la délicatesse des stalagmites et des stalactites qui se rejoignaient en certains endroits – bref, la beauté insolente de cette salle – me clouèrent littéralement sur place, le souffle coupé.

— Avance, ordonna le capitaine en me poussant entre les omoplates.

Je vacillai et me mis à trembler violemment, les mains et les pieds transis de froid tandis que l'on m'emmenait dans une suite de couloirs, certains larges, d'autres étroits, tous de pierre et de glace mêlés, jusqu'à un grand porche voûté.

À partir de là, le sol était fait de pierres colorées disposées en une mosaïque complexe formant divers motifs. Il y avait des oiseaux portant des baies dans leur bec, des chevaux crinière au vent, des loups des glaces pourchassant un renard de feu, des créatures fantastiques dont je n'avais jamais entendu parler, des dieux, déesses et mortels illustrant des scènes de mythes que je connaissais, et de beaucoup qui m'étaient inconnus. J'étais tellement captivée par tout cela que je remarquai à peine que nous nous étions arrêtés.

Je détachai mes yeux du sol. À une vingtaine de pas se dressait un imposant trône de glace, dont le dossier s'élevait presque jusqu'au plafond. Du givre partait de sa base et remontait jusque sur les murs, telles des veines reliées à un cœur. C'était un bloc monstrueux d'une glace épaisse hérissée d'éclats tranchants comme des lames de couteau. La pointe des éclats avait beau être acérée, la texture de chacun était parfaitement lisse, comme s'ils avaient été polis avec une extrême attention jusqu'à ce qu'il n'y demeure aucun grain, aucun relief. L'ensemble éclatait de luminosité sous les rayons du couchant qui pénétraient par une grande fenêtre située derrière le trône.

Mais à l'intérieur de la glace, des ombres semblaient onduler comme des volutes de fumée noire.

Il ne s'agissait pas d'un simple bloc de glace. C'était *le* trône, créé par Fors lui-même, et imprégné de son pouvoir ténébreux.

Une vague d'excitation me parcourut le corps. J'étais en présence du trône. Si Frère Chardon disait juste, sa destruction pourrait entraîner la guérison du royaume. Mon peuple, ou ce qu'il en restait, pourrait alors revenir ou sortir de sa cachette. Et peut-être qu'un nouveau souverain pourrait prendre un nouveau trône, exempt de toute malédiction.

Mais cela dépendait avant tout de l'homme impressionnant qui était présentement assis dessus. Il portait des robes d'un bleu profond, et avait les cheveux et la peau si clairs qu'ils se fondaient presque avec la glace. Ses yeux étaient semblables à de l'onyx poli. Ses mains reposaient de chaque côté de son corps, avec, à son annulaire gauche, un énorme saphir.

Il était beaucoup plus jeune que je ne m'y attendais, aucune ride ne venant marquer sa peau diaphane. Il ne devait pas être plus âgé que moi.

—Nous avons une Sang-de-Feu pour vous, sire, dit le capitaine, sa voix caverneuse résonnant dans l'immense salle.

Une force invisible semblait s'emparer de moi, comme si le trône lui-même m'attirait et me repoussait en même temps. Une violente bourrade venue de derrière me fit soudain tomber à genoux, et mes paumes heurtèrent le sol dans un claquement sec.

Je distinguai plusieurs personnes, autour du roi, qui se tournaient pour me regarder – un grand homme en bel habit à droite du trône, une jeune femme en robe de velours prune à sa gauche, ainsi qu'un petit groupe que je supposai être des courtisans, en pleine discussion.

Le roi nous toisait avec une totale indifférence. On aurait dit que nous faisions partie intégrante du sol, comme si nous étions l'un de ces oiseaux avec des baies dans le bec, ou l'un des renards poursuivis par les loups. Sans le mouvement de ses yeux, j'aurais pu le prendre pour une statue.

Il arqua l'un de ses sourcils blond polaire.

— Cette fille n'est qu'un sac d'os, dit-il d'un ton rempli de dédain. Vous aviez pour ordre de m'amener les éléments les plus puissants.

Le capitaine s'éclaircit la voix.

— Il s'agit de la Sang-de-Feu qui s'est enfuie de la prison de Blackcreek. Elle a brûlé une douzaine de mes hommes sans le moindre effort. Je ne pense pas qu'elle soit faible, Votre Majesté.

On aurait dit qu'il lui coûtait de l'admettre.

— Où l'avez-vous trouvée ? s'enquit le roi.

— À l'abbaye de Forvent, sur le mont Una. Nous ignorons pourquoi les adorateurs de Fors dissimulaient une Sang-de-Feu, mais l'un des moines a été fidèle à Votre Majesté et a informé notre garnison. Nous sommes en train d'interroger le dirigeant de l'abbaye.

Ma gorge se serra. L'idée que Frère Chardon subisse la torture pour se faire extorquer des informations à mon sujet m'était insupportable. Je me relevai péniblement.

Le roi posa sur moi des yeux étrécis. Immédiatement, ma peau se hérissa de chair de poule et mon souffle émit un petit nuage de vapeur. Un simple regard du souverain suffisait à me frigorifier. Je frémis devant la force de son pouvoir.

— Tu n'es donc pas indifférente au sort des moines, dit-il en se frottant le menton d'un air songeur. Ils ont dû être bons avec toi, ce qui laisse supposer qu'ils t'ont accueillie de leur plein gré.

Je cherchai mes mots, essayant de trouver une explication crédible.

— C'est que… je me suis présentée en tant que réfugiée. Ils ne savaient pas que j'étais une Sang-de-Feu.

Le capitaine eut un petit rire incrédule.

— Le moine nommé Lack nous a tout raconté. Ils savaient, et le vieux frère t'a soignée, en plus.

Le vieux frère. Frère Gamut. Non.

C'était une chose que de me faire du mal, à moi, mais cet homme adorable avait passé sa vie parmi les plantes, avec pour seul but d'apprendre à soigner toujours mieux, comme ma mère. La chaleur monta sur ma peau.

J'entendis la voix de Frère Chardon dans ma tête. *Bien. Maintenant, laisse grandir cette colère…*

Je me concentrai sur mon cœur mais, à ma grande surprise, je n'y trouvai qu'une chaleur tiède. C'était comme si le feu partait de mon corps, aspiré par un siphon invisible qui me laissait faible et froide. Mes yeux s'écarquillèrent et ma gorge se noua.

Si je ne pouvais accéder à ma chaleur, j'étais perdue. Le roi. Le trône. La destruction des deux dépendait de mon don.

— Un problème, Feu-Follet ? demanda le roi, ses yeux plissés réduits à deux points sombres. Tu as l'air… un peu refroidie.

Mes membres se figèrent comme il prononçait ces mots. Mes pieds refusaient de bouger, et je me rendis compte qu'ils étaient retenus par la glace jusqu'aux chevilles. Mon cœur battait toujours follement dans ma poitrine, et ma respiration était haletante. Mais lorsque je voulus ouvrir la bouche pour me défendre ou riposter, ma mâchoire était trop raide pour articuler quoi que ce soit. Une pure panique se mit à courir dans mes veines. J'étais totalement à la merci du roi.

— Tu es habituée à résister au froid, pas vrai ? lança-t-il avec un sourire satisfait, tel un chat grassement nourri. Seulement, je ne suis pas un petit paysan, moi... Je tiens mon pouvoir du trône de Fors. Il absorbe ta chaleur.

Le froid atteignait maintenant mon ventre et montait vers ma poitrine. Ma respiration commençait à ralentir et ma vue à devenir floue. C'était donc ainsi que le roi tuait les Sang-de-Feu... Comme dans un brouillard, je vis son sourire carnassier et sentis son plaisir à me faire du mal.

Je m'efforçai de faire sortir les mots coincés dans ma gorge gelée. Des étoiles se mirent à danser devant mes yeux.

La jeune femme en robe prune fit un pas en avant. Ses yeux violets aux cils épais posèrent un regard intense sur moi, puis elle se tourna vers le roi.

— Pardonnez-moi, Votre Majesté, dit-elle d'une voix douce et mélodieuse, mais ne serait-ce pas une bonne idée de la laisser se battre ? Voilà plusieurs semaines que nous n'avons pas vu de Sang-de-Feu dans l'arène... Peut-être cela remonterait-il le moral de vos troupes de voir vos champions vaincre une Sang-de-Feu, afin de leur rappeler vos grandes victoires. Et ce pourrait être une façon stimulante de lancer la saison des jeux d'été.

L'agacement se lut dans les yeux du roi, mais la femme arborait une expression interrogative, patiente et pleine d'espoir. Sa chevelure blonde comme les blés, éclairée par la fenêtre derrière elle, était tressée et disposée sur sa tête en une élégante coiffure qui flattait ses traits délicats. J'eus le sentiment que si n'importe qui d'autre avait osé émettre une telle suggestion, il se serait immédiatement retrouvé congelé sur place. Mais le roi semblait considérer sa proposition.

— Mon arène est destinée aux guerriers et aux champions. Elle n'est ni l'un ni l'autre, répondit-il. Se battre est un privilège qui doit se gagner par une démonstration de force.

Ses doigts pianotèrent sur le trône de glace, faisant scintiller le saphir à son annulaire. Les ombres captives de la glace bougèrent lentement.

« Il faut la tester », décréta une voix incroyablement forte qui résonna dans ma tête comme mille cloches sonnant en même temps.

D'après ce que je pouvais voir, personne dans la salle ne semblait avoir entendu quoi que ce soit. Le roi avait la tête légèrement inclinée.

— Il faut la tester, répéta-t-il.

Il leva une main et eut un geste vague à mon endroit. Le froid me quitta aussitôt, me laissant exsangue.

— Emmenez-la à Gulzar. Si elle survit à la bête, j'envisagerai peut-être de la faire venir dans l'arène. Sinon, mon petit chat aura au moins eu un repas chaud…

Le capitaine rit et effectua une révérence avant de plaquer une main sur ma nuque pour me pousser à terre.

— Ton bienveillant souverain vient d'épargner ta vie, vermine, souffla-t-il à mon oreille. Montre-lui ta gratitude.

Je fixai le sol, les lèvres pincées. Il n'y avait pas une once de gratitude en moi.

— Remercie-le ! ordonna-t-il.

J'avais beau mourir d'envie de le faire griller vif, je ne pouvais ignorer que la chaleur continuait de s'échapper de mon corps, comme du sang tombant goutte à goutte. Je commençais à éprouver un léger vertige. Si je m'attardais ici, j'allais perdre conscience. Le roi déclarerait que j'étais faible, et je perdrais l'occasion de faire mes preuves.

— Merci, parvins-je à articuler entre mes dents serrées.

Sur ce, on me redressa, on me fit pivoter, et on m'entraîna tant bien que mal vers la porte en voûte.

« Elle n'est pas comme les autres », dit la voix des mille cloches.

Je regardai derrière moi pour voir qui parlait, mais ne vis que le roi et ses yeux noirs comme du goudron. Lorsque je me retournai, je sentis son regard peser sur moi pendant que ses gardes m'escortaient hors de la pièce.

18

— La bête a de longues pattes, me dit l'un des gardes d'un ton désinvolte, la tête pressée entre les barreaux au-dessus de moi. Tu as intérêt à te tenir hors de leur portée.

J'avais été jetée dans un endroit souterrain et obscur, une pièce presque ronde aux murs et au sol de pierre dont la glace recouvrait une partie des parois. La seule source de lumière était une petite ouverture au plafond, d'où me regardaient les visages hilares des gardes.

— Est-ce que je dois me méfier de sa gueule aussi ? ironisai-je pour cacher ma peur. Ou bien l'inviter à se faire les dents sur moi ?

— C'est vrai que tu ressembles assez à un cure-dent, dit l'homme avec un sourire sardonique.

La chaleur que j'avais perdue dans la salle du trône commençait à revenir. Je levais une main pour tenter de lui décocher une spirale de feu quand le sol s'ébranla.

J'entendis alors un autre bruit, moins fort mais beaucoup plus inquiétant. De grands souffles d'air, comme issus d'un énorme soufflet.

Une respiration. Un grognement. Des pas qui se traînent.

La peur aiguisa mes sens. Je me mis en position de vigilance, ainsi que Frère Chardon me l'avait enseigné. Dans ma tête, je l'entendis me dire que, lors d'un combat, il fallait avant tout apaiser et concentrer son esprit. Je pris plusieurs respirations longues et tremblantes.

Un crochet fixé en haut du mur retenait quatre longues chaînes. Je courus jusqu'à elles et me hissai en m'aidant des points d'appui dans le mur, réussissant ainsi à m'élever à plus d'un mètre du sol. Le soulagement m'envahit. C'était bien mieux que d'être à terre.

Une forme plus claire apparut peu à peu dans l'obscurité du tunnel, au-delà de la porte : la bête. Son corps était hirsute et couvert d'un pelage sale et râpeux qui avait pu être blanc mais était maintenant d'un gris boueux. Çà et là, des touffes de poils emmêlés formaient des crêtes qui saillaient à des angles bizarres. Son museau reniflait le sol et son dos bosselé atteignait la moitié de la hauteur du plafond tandis que ses pieds sur coussinets laissaient dans leur sillage un ovale de glace étincelante. L'animal rasait le sol, suivant une trace olfactive invisible jusqu'à l'endroit où je me tenais quelques secondes plus tôt ; puis il leva son énorme tête et regarda autour de lui.

Je n'étais pas assez haut sur le mur, loin de là. Même le plafond ne serait pas hors de sa portée. Une longue patte munie de griffes acérées comme des lames de rasoir se tendit dans ma direction.

Un ricanement me parvint de là-haut.

— Je t'avais prévenue, pour ses pattes, lança joyeusement le garde.

— La ferme ! grognai-je en même temps que je poussais sur le mur avec mes pieds en me retenant à la chaîne, pour voler vers la patte tendue de l'animal.

Autant donner un coup de pied à un rocher. Je tombai à terre dans un glapissement et roulai-boulai pour m'écarter de la bête.

Elle se mit à tourner autour de moi, énorme, lente mais déterminée, des panaches de givre s'échappant de sa gueule ouverte. Je n'avais aucun endroit où me retrancher, aucun endroit où prendre de l'élan ou avoir un peu de répit. Je reculai vers la porte ouverte.

La voix du garde s'éleva à nouveau du plafond :

— Il n'y a rien par-là, sauf si tu aimes les tas d'os.

Je le croyais sur parole. Je n'avais aucun moyen de m'échapper.

J'érigeai autour de moi un mur de flammes grésillantes. La bête recula et se dressa sur ses pattes arrière, mêlant son souffle rugissant à mon souffle saccadé. Mais le sol de pierre, trop froid, eut vite raison du feu. Si je ne parvenais pas à contrôler ma peur rapidement, c'en serait fini pour moi.

Je me connectai aux anneaux de chaleur concentriques entourant mon cœur et les fis venir dans mes mains, d'où j'envoyai une spirale de flammes en direction de la poitrine de la bête. Le feu fit crépiter de petits bouts de glace accrochés à sa fourrure. Mais cela ne l'empêchait pas de revenir vers moi. Je lui jetai alors une poignée de feu, qui la frappa en plein museau. Elle poussa un rugissement de douleur et secoua son énorme tête avant de fixer à nouveau ses yeux sur moi.

— Il ne faut pas que tu me manges, dis-je doucement. Ça te chaufferait l'estomac jusqu'à ébullition, et ça te ferait très mal. Tu ne dois pas me manger.

Elle pencha sa grosse tête sur le côté.

— Je ne suis qu'un maigre repas… Regarde, je n'ai que la peau sur les os. Je pourrais me coincer en travers de ta gorge et t'étouffer. Je te brûlerais la gorge.

Elle se déplaçait maintenant avec lenteur et s'arrêtait pour écouter chaque fois que je lui parlais. Si je pouvais m'approcher suffisamment de sa tanière, peut-être pourrais-je utiliser mon feu pour la repousser et refermer la porte. J'avançai dans cette direction en bougeant très lentement, la bête me suivant au même rythme.

— Oh, c'est pas marrant, se plaignit un des gardes, là-haut.

— À ton avis, qu'est-ce qu'on doit faire ? dit l'autre. Lui balancer de l'eau ?

Je gardai les yeux rivés sur l'animal, le cœur battant, et projetai une flèche de feu vers l'ouverture dans le plafond. Le garde poussa un cri.

— Bon, je crois qu'elle n'a pas envie de jouer avec nous. On va la laisser se reposer. Elle se sentira peut-être mieux demain. Bonne nuit, vermine !

J'entendis quelque chose glisser, et la pénombre s'accentua. Le garde était en train de couvrir d'une planche la petite ouverture, seule source de lumière.

— Non, s'il vous plaît ! criai-je avec force, refusant de laisser transparaître ma faiblesse et ma peur.

Un rire étouffé me parvint comme la planche se calait en place. La pièce était maintenant plongée dans le noir absolu et le silence, exception faite de la respiration de la bête.

Les battements de mon cœur s'accélérèrent. Mon souffle se fit encore plus rapide, haché. Un cri montait déjà dans ma gorge. Je plaquai mon poing sur ma bouche.

Arrête. Réfléchis. Souviens-toi de tes leçons.

J'inspirai à fond et essayai de trouver l'endroit calme dans mon esprit. Je m'apaisai un peu et me rappelai une chose susceptible de m'aider : la bête était une créature du froid. Je sentais sa température.

J'avais passé des heures à m'entraîner les yeux bandés. Et l'animal n'était pas aussi silencieux qu'Arcus pendant nos leçons. J'avais donc deux sens pour m'aider.

La bête reniflait le sol. J'entendis son museau racler la pierre en s'approchant, puis je sentis son froid et son souffle réfrigéré sur mon visage comme elle ouvrait la gueule.

Je m'écartai vivement et la sentis me frôler tandis que je roulais sur le sol avant de me relever. Je perçus un courant d'air dans mon dos – ce devait être la tanière de la bête. Il ne fallait pas que je me retrouve acculée là-dedans. Je m'en éloignai, les mains tendues devant moi.

Reniflement. Souffle froid.

Je me jetai sur la droite au moment où un mouvement d'air me signalait que la bête avait bondi. Ma main heurta le mur. Froid sur ma gauche. Je me déplaçai sur la droite en tâtonnant pour suivre le mur. Je m'arrêtai, tous mes sens en alerte, et me rendis compte que le bruit de reniflement avait cessé. Le silence régnait. Cet animal ne devait tout de même pas être assez malin pour comprendre que je pouvais l'entendre ?

Une poussée de froid se fit devant moi. Je me jetai sur le côté, mais trop tard. Une griffe tranchante me toucha à la jambe, m'entamant le mollet. Retenant mon souffle, je continuai de tâtonner sur la droite. La bête reniflait et grondait maintenant, clairement excitée par l'odeur de mon sang.

Je la sentais à environ un mètre sur ma droite, qui se rapprochait. Je me déplaçai sans bruit, lentement, mais elle se déplaçait avec moi. J'enrageai intérieurement contre le sang qui coulait de mon mollet. Le prédateur pouvait désormais me sentir, où que j'aille.

Arcus m'avait dit de toujours faire attention à mon environnement et de m'en servir à mon avantage. Où étaient donc ces maudites chaînes ? Peut-être pourrais-je les utiliser comme une arme, pour frapper la bête à la tête.

Je continuai de raser le mur et m'arrêtai une fois parvenue au tunnel plein de courants d'air. Si je traversais cet endroit au moment où la créature me sautait dessus, je risquais d'être emportée dans ce recoin fatal. J'hésitai quelques instants.

Le froid fondit sur moi à une vitesse inouïe. Je n'eus le temps de rien faire, à part me recroqueviller en boule alors que ses dents s'attaquaient à mon dos et à mes bras.

Sans réfléchir, je libérai mes bras et jetai le feu derrière moi par mes paumes ouvertes, droit dans la gueule de la bête.

J'entendis quelque chose bouillonner et grésiller, puis du liquide explosant autour de moi comme une bulle venant d'éclater. Des os craquèrent et le corps de la bête s'effondra sur moi dans un terrible accès de froid. Je restai immobile pendant une minute, sonnée par la soudaineté de l'attaque et la force de ma propre réaction, non calculée. Lorsque je recouvrai mes esprits, je m'extirpai de sous la carcasse dégoulinante, haletante, tandis que le liquide glacial imprégnait mes vêtements et me coulait le long du dos.

— Oh hé ! Sortez-moi de là, bande d'abrutis, criai-je, un peu étourdie par le soulagement. J'ai tué votre sale bête.

La planche recula, laissant passer un peu de lumière.

— Tu es encore vivante, Cure-Dent ? demanda le garde d'une voix haut perchée.

— On dirait bien, non ? répondis-je en tremblant.

Je tendis un bras vers le corps sans vie de l'animal. Le spectacle n'était pas beau à voir – un tas de chair fumante et calcinée. Mais il était bienvenu malgré tout.

— Purée, on dirait qu'une pastèque a explosé là-dedans, dit le garde gaiement en désignant le sang bleu qui dégoulinait sur le mur.

— Par Fors, elle a réussi ! fit l'autre. Tu as gagné cette partie, petite vermine, je te l'accorde. Mais le roi ne va pas être content que tu aies tué son animal de compagnie.

Je levai les yeux vers lui, encore essoufflée.

— Et moi, je serais encore moins contente si j'étais dans son ventre à l'heure qu'il est.

L'esquisse d'un sourire se dessina sur les lèvres du garde.

J'avais les mains et les pieds engourdis sous le coup de l'exaltation et de la surprise. J'avais réussi ! Contre toute attente, j'avais vaincu la bête. En dépit de mes fanfaronnades devant les gardes, je n'arrivais pas à y croire. Pendant quelques instants, je me sentis invincible.

Soudain, une ombre bougea dans la glace du mur du fond, se déplaçant comme de la fumée noire. Elle avait une vague forme humaine, une tête avec des cornes et des pics sur les épaules. De fines volutes évoquant des mains flottaient à ses côtés. Un frisson plus froid encore que la glace courut dans mes veines. Puis elle disparut, trop vite pour que mes yeux comprennent ce qui se passait.

Le visage du capitaine apparut là-haut et sa voix se mit à tonner, ordonnant aux gardes de se remettre au travail. Il me regarda longuement à travers les barreaux.

Je m'essuyai les mains sur la pierre.

— Ce truc pue presque autant que vos soldats.

Il plissa les yeux.

— Rien ne pue davantage qu'un Sang-de-Feu.

Il s'épousseta les mains avant de disparaître, comme si le simple fait de me parler l'avait sali.

De nouveau seule, je me laissai glisser jusqu'à ce que ma tête touche le sol, me repliai sur moi et fermai les yeux.

J'avais très froid. Je sondai mes souvenirs et en trouvai un qui me réchauffa le cœur : le regard d'Arcus juste avant qu'il m'embrasse, ses lèvres fraîches se réchauffant sous les miennes, la lueur dans ses yeux aux éclats de glace quand il m'avait regardée entre deux baisers, comme si j'étais quelque chose de précieux, de rare et de beau.

La chaleur se ralluma dans ma poitrine. Je m'accrochai à cette sensation, même lorsqu'on me tira de ce trou pour m'emmener dans les cachots du donjon du roi.

19

La cellule du donjon n'était pas très différente de celle que j'avais connue à la prison de Blackcreek. Même sol de pierre, une paillasse dans un coin, une petite fenêtre. Un vieil homme en guenilles malodorantes vint me faire un bandage au mollet. Ses mains étaient rugueuses et il n'utilisait pas de plantes médicinales – rien à voir avec les doux gestes et la tisane bienfaisante de Frère Gamut.

Je fermai les yeux et demandai à Süd de protéger ceux qui m'étaient chers : Arcus, Frère Chardon, Frère Gamut, Sœur Pastel et tous les moines dont je me rappelais le nom, que je me repassai en boucle jusqu'à ce que le sommeil m'emporte.

Au petit matin, on me donna une bassine pour me laver et de quoi m'habiller : une tunique beige et un pantalon. Après quoi, des gardes m'emmenèrent voir le roi. Dès que je pénétrai dans la salle du trône, je sentis à nouveau quelque chose s'emparer de ma chaleur d'une poigne invisible et puissante. Je tremblai sous l'effort pour rester maître de mes sensations et de mon apparence.

Le roi était resplendissant dans ses robes d'un bleu profond ourlées d'un liseré d'or. La bague en saphir étincelait à sa main, rappelant la couleur de ses yeux – qui paraissaient plus noirs la veille. La lumière du matin se déversait par une fenêtre derrière lui. Il était vautré sur le trône, l'air parfaitement à l'aise. Lorsque je m'arrêtai, une lueur illumina ses yeux, une sorte d'étincelle enthousiaste qui le fit paraître encore plus jeune, un court instant. S'il s'était agi de quelqu'un d'autre, je l'aurais sûrement trouvé séduisant.

Le trône semblait clair aujourd'hui. Aucune ombre ne flottait dans ses profondeurs.

Le même homme barbu et même la jeune femme se tenaient à la droite du roi. En regardant la magnifique blonde, qui portait aujourd'hui une robe turquoise à manches longues, j'estimai qu'elle devait avoir à peu près mon âge, ou un peu plus. Elle me rendit mon regard et une fossette se creusa dans sa joue, comme si elle contenait un sourire – un sourire qui n'aurait rien de moqueur, juste chaleureux, presque amical. Je battis des paupières, surprise, et détournai le regard.

— Ainsi, tu as tué ma bête, déclara le roi d'une voix résonnant entre les stalactites du plafond. Sept hommes sont morts et sept autres ont été blessés pour la faire venir ici, du mont Sarcassa. Et toi, tu l'as tuée.

Il semblait attendre une réponse. Je m'efforçai de bannir toute haine de ma voix. Il aurait été stupide de me faire exécuter pour une simple insolence.

— C'est la tâche que vous m'aviez assignée, Votre Majesté.

— N'empêche, tu as anéanti une source de plaisir pour moi, mon préféré dans l'arène. Je me demande quelle compensation tu pourrais offrir pour cette perte.

Les mots avaient beau être accusateurs, je sentais un soupçon d'amusement dans son intonation.

J'essayai de m'adapter à ce brusque changement dans son attitude par rapport à la veille.

— Prenez-vous du plaisir à voir vos champions se faire tuer ? demandai-je.

— J'aime voir deux créatures puissantes se battre, tout comme mon peuple. N'est-ce pas, seigneur Ustathius ?

L'homme à la barbe acquiesça et fit un pas en avant, le menton relevé avec arrogance.

— Absolument, Votre Majesté. C'est toujours une curiosité de voir qui l'emporte. Le champion peut être féroce ou discipliné, sans pitié ou plein de scrupules, mais tous périssent au bout du compte. Cela nous apprend une leçon cruciale : il n'y a de sécurité que dans le pouvoir. Le pouvoir l'emporte toujours.

Le roi opina presque par réflexe, comme s'il avait l'habitude d'approuver son courtisan. Ce qui me rappela qu'il était bien plus jeune qu'il ne semblait l'être avec ses yeux froids et cruels.

— Le pouvoir, c'est tout ce qui compte, ajouta le roi. Toutes les autres qualités ne sont que purement décoratives.

À leurs yeux, les gens comme ma mère, les gens gentils et qui consacraient leur existence à soigner les autres, ne comptaient donc pas. La chaleur monta dans ma poitrine, mais le trône la refoula si vite que cela me fit mal. Je me retins de porter une main sur mon cœur.

— Eh bien, dis-je, d'après vos critères, je suis méritante puisque j'ai vaincu votre bête. J'ai été la plus forte des deux, je devrais donc avoir une autre occasion de gagner encore.

Il me scruta pendant de longues secondes, les yeux légèrement étrécis.

— Hier, j'étais certain que tu étais faible, dit-il avant de marquer un nouveau silence. Je n'aime pas me tromper.

— Personne n'aime se tromper, répondis-je, oubliant de dissimuler le mépris qui me brûlait la gorge.

Quelque chose brilla dans ses yeux. Une peur primitive m'envoya un frisson dans le dos et aiguisa mes sens. Mais je soutins le regard du roi. Autour de nous, la salle sembla se rétrécir, comme s'il ne restait plus que lui et moi.

— Tu parles avec une liberté imprudente, Feu-Follet, dit-il d'une voix sourde. Alors que je pourrais te tuer très facilement.

À ces mots, les ombres s'éveillèrent à l'intérieur du trône et se mirent à onduler derrière lui, formant un épais nuage de fumée dans le dossier. Il parut brusquement plus vieux, plus dur. Ses yeux s'assombrirent.

Je n'avais rien pour négocier, aucun levier à actionner contre le roi. Il fallait juste que je lui montre que j'avais de la valeur. Or la seule chose qu'il valorisait était la force.

— En effet, concédai-je. Vous le pourriez. Mais, ce faisant, vous ne pourriez jamais connaître l'étendue de ma puissance.

Un sourire éclaira le visage de la jeune femme. Le barbu fit un pas en avant.

— Ce ne sera pas la même chose qu'affronter une bête sans cervelle. Les champions de Sa Majesté ont durement gagné leur place dans l'arène, et ne reculeront devant rien pour te tuer.

— Tu ne peux pas gagner contre mes champions, renchérit le roi.

Le ton était définitif, pétri de conviction, comme si l'affaire était déjà entendue.

Je changeai de tactique et adoptai une posture où le courage le disputait au détachement :

— Si vous me tuez maintenant, vous vous priverez du plaisir de me voir perdre dans votre arène. Ma mort pourrait bien être la plus spectaculaire que vous ayez jamais vue… Je suppose que vous ne résisterez pas à l'idée de voir mon sang versé pour votre divertissement.

L'expression du roi s'assombrit et il me toisa dans un silence de plomb.

Si je voulais détruire le trône, il fallait que je vive. Pour vivre, je devais gagner. Et pour gagner, il fallait qu'il me donne une chance de me battre. J'attendis, retenant mon souffle.

La jeune femme aux cheveux dorés eut un rire léger, brisant la tension qui régnait.

— Elle se défend bien, Votre Majesté, dit-elle. Il n'y a rien de pire qu'une mort rapide et ennuyeuse dans l'arène. Je suis sûre qu'elle donnerait du fil à retordre à un de nos champions.

Le roi se détendit à ces mots et ses yeux redevinrent bleus de ravissement, le rajeunissant instantanément.

Il s'adressa à un garde :

— Mettez-la dans la pièce réservée aux challengers.

Je bandai mes muscles pour m'empêcher de frémir de soulagement, même si je savais que j'allais devoir affronter des adversaires aguerris et sans pitié. En dépit de mes entraînements à l'abbaye, je n'étais pas préparée à me confronter à un tel niveau de compétence.

— Une dernière chose, Feu-Follet, ajouta le roi, une lueur d'acier brillant dans ses yeux. Je te prends au mot, à propos de ta promesse d'une mort spectaculaire. Ne succombe pas trop vite… Tout l'intérêt est de regarder le combat.

Je fis une profonde révérence.

— Je m'efforcerai de mourir lentement afin de plaire à Votre Majesté.

Le rire sinistre du roi me suivit tandis que les gardes m'emmenaient.

Le garde me mena à une cellule sans fenêtre dotée d'un simple lit en bois et d'une table de toilette. Une nouvelle prison, quoiqu'un peu plus confortable que les précédentes. Lorsque la porte se referma derrière moi, je me retournai et y frappai quelques coups, pour voir. Elle était épaisse, mais en bois. Je pourrais la brûler pour m'échapper. Si je parvenais à le faire et à franchir le barrage des gardes, mon objectif était toujours de détruire le trône ; or, je n'avais aucune idée de la façon dont je pourrais m'y prendre.

Je m'étendis sur le matelas de paille et fixai le plafond en pierre, essayant de me remémorer tout ce que Frère Chardon m'avait dit au sujet du trône. Mais je ne me rappelais rien évoquant sa capacité à me voler mon pouvoir, ni comment dépasser cela. Peut-être le vieux moine ignorait-il ce fait.

La porte s'ouvrit et deux gardes entrèrent. L'un posa par terre un plateau de nourriture, et ils s'en allèrent. Sur le plateau, un grand bol en bois contenant un épais ragoût, avec une tranche de pain sur le côté. Je me jetai dessus et en pris une bouchée – comble du bonheur, il était délicieusement chaud.

J'étais de retour sur mon lit lorsque la porte s'ouvrit à nouveau. D'instinct, je me levai d'un bond et me mis en position de défense, genoux fléchis et poings armés devant moi.

Une femme entra, ses amples jupes satinées froufroutant comme elle franchissait la porte avant de la fermer. Elle écarquilla les yeux en avisant ma position.

— Prête à te battre, à ce que je vois, dit-elle de sa voix pleine d'élégance. C'est bien. Mais garde tes forces pour l'arène. Tu en auras besoin.

C'était la jeune femme de la salle du trône, celle qui avait convaincu le roi de me laisser l'occasion de me battre. Je détendis mes muscles et baissai les poings.

— Qui êtes-vous ?

Elle balaya la pièce du regard.

— Un peu spartiates, ces quartiers. Si tu gagnes suffisamment de matches, ils te donneront peut-être une plus belle chambre. Voilà de quoi te motiver. Et surtout, tu seras vivante… raison déjà suffisante pour sortir le grand jeu.

— Je croyais que vous vouliez me voir périr d'une mort spectaculaire.

— C'est ce que j'ai dit, en effet.

Elle marqua une pause et me dévisagea.

— Mon nom est Marella. Mon père, le seigneur Ustathius, est l'autre homme qui a parlé aujourd'hui – le conseiller le plus précieux du roi, qui a servi trois souverains successivement. Tu comprendras donc que je suis une alliée de choix.

Le vieil homme arrogant qui avait péroré sur le fait que seul le pouvoir importait. Je ne voyais pas en quoi, dans ma position actuelle, lui ou sa fille pouvaient se soucier de moi.

— Et, qu'ai-je fait ou que dois-je faire pour mériter votre…

J'hésitai, ne sachant trop comment qualifier ce que m'offrait cette jeune femme.

— Amitié ? suggéra-t-elle. C'est simple : rester en vie. Gagner tes matches. Être plus rapide et plus forte que tes adversaires.

Je lui montrai mes bras.

— J'ai peu de chances d'être la plus forte.

— Au niveau des muscles, peut-être pas. Mais ton feu… Utilise-le sans restriction. Montre-toi sans pitié.

— Je suis surprise que quelqu'un d'ici m'encourage à me montrer sans pitié avec mon feu, surtout contre l'un des vôtres.

— C'est la seule raison pour laquelle tu es encore en vie, me dit-elle. Pour fournir un divertissement en essayant de tuer l'un des champions du roi. Si tu baisses les bras et acceptes de mourir, je me serai donné du mal pour rien.

— En quoi vous êtes-vous donné du mal ?

— J'ai risqué de déplaire au roi en lui suggérant de laisser quelqu'un d'autre que lui te tuer, pour commencer.

— Est-ce vraiment un tel risque ?

— Le roi est lunatique et hautement imprévisible. Il ne se contrôle pas. Il cède aux murmures de… d'autres, qui le poussent à satisfaire son appétit de sang et de cruauté. Un mot de travers, et vous pouvez vous retrouver au donjon, ou dans l'arène. Ou tué de sa propre main. Donc, oui, Ruby : c'était un gros risque.

Je fus étonnée de l'entendre prononcer mon prénom. Elle aurait pu m'appeler Feu-Follet, comme le roi, ou vermine, ou saleté, comme le capitaine aimait à le faire ; au lieu de quoi, elle avait choisi de me faire l'honneur d'employer mon prénom.

— Et vous osez dire de telles choses sur le roi ? demandai-je dans un chuchotement à peine audible.

Elle haussa ses sourcils blonds.

— Pourquoi, tu comptes le répéter à quelqu'un ?

Je fis non de la tête.

— Bien sûr que non, dit-elle. Tu es intelligente. Et nous voulons toutes deux la même chose : que tu restes vivante.

— Pourquoi est-ce que cela vous importe ? Que représente une Sang-de-Feu pour vous ?

— Nous avons plus en commun que tu ne le crois. À défaut d'être une amie, j'espère au moins être une alliée pour toi. Si jamais tu ne peux m'accepter comme telle, dis-toi que je suis une ennemie qui partage un objectif commun avec toi.

— De quel objectif parlez-vous ?

Elle ouvrit les mains et sourit.

— Pour l'heure, ton objectif est simple : rester en vie. Ce sera déjà assez difficile.

— Vous n'attendez rien d'autre de moi ?

Elle réfléchit quelques instants.

— Quelques réponses, peut-être… Quel âge as-tu ?

— Dix-sept ans.

Ses yeux s'illuminèrent d'une lueur de triomphe.

— Frère Chardon a dû être aux anges quand il t'a trouvée.

Je me sentis blêmir.

— Vous… vous le connaissez ?

— Bien sûr. Il officiait ici, au château, avant d'être envoyé à l'abbaye du mont Una. À propos de l'abbaye, qui est le mystérieux jeune homme qui vivait là-bas avec toi ? Celui qui porte toujours une capuche ?

Je me retins de justesse de lui demander comment elle était au courant de l'existence d'Arcus. Puis, je me rappelai qu'il avait grandi ici, à la cour du roi. Marella avait dû le connaître. Il était très tentant de lui poser des questions sur lui, de lui demander comment il était, enfant, et ce qui lui était arrivé. Mais je ne pouvais pas prendre le risque de révéler quoi que ce soit à cette inconnue.

— Tous les moines portent des capuches de temps en temps, répondis-je.

— Ce n'est pas un moine. Il s'agit d'un beau jeune homme, avec des cicatrices. Un Sang-de-Glace possédant un don d'une force sans pareil, comparable à celle du roi. Tu vois de qui je parle ?

Je secouai la tête. Le sang battait dans mes oreilles.

— Non.

Elle fit la moue.

— Bon. La confiance met toujours un peu de temps à s'établir… Je saurai être patiente.

Elle se tourna et frappa à la porte. Immédiatement, un garde lui ouvrit.

— N'oublie pas, Ruby, dit-elle par-dessus son épaule couverte de satin. Ne retiens pas tes coups demain, et tu as toutes les chances de gagner.

Sur ce, elle s'éclipsa, aussi gracieuse qu'une biche, laissant dans son sillage un doux parfum de fleur exotique.

Les questions se bousculèrent dans ma tête. Que voulaient Marella et son père ? Comment avait-elle entendu parler d'Arcus et de Frère Chardon ? Quelles étaient ses intentions vis-à-vis du roi ? De toute évidence, elle avait un plan et comptait me mettre à contribution pour son exécution. Que demanderait-elle en retour, pour m'avoir évité la mort dans la salle du trône ? Quelle aide pourrait-elle encore m'apporter ?

Je me jetai sur le lit. Je disposais d'une journée pour me reposer. Demain, je devrais me battre. Marella avait beau vouloir m'aider en dehors de l'arène, une fois dans son enceinte, je serais seule.

Je ne pus m'empêcher de me rappeler ce que Frère Chardon avait répondu quand j'avais demandé si des Sang-de-Feu avaient déjà été champions :

À notre connaissance, aucun n'en est jamais sorti vivant.

20

Le lendemain matin, une servante entra avec un tas de vêtements. Elle portait une robe marron très simple et un fichu assorti sur ses cheveux châtains noués en une tresse lui tombant dans le dos. Âgée de quelques années de plus que moi, elle était mince et avait des traits délicats – un visage ovale et de grands yeux craintifs.

— Je suis là pour vous aider à vous habiller, me dit-elle d'une voix un peu vacillante.

— Comment vous appelez-vous ? demandai-je en serrant mes deux mains pour dissimuler leur tremblement.

J'avais très mal et peu dormi.

— Dor… Doreena, répondit-elle en levant les yeux vers les miens avant de les baisser aussitôt. Je suis au service des champions.

Je poussai un soupir.

— Avez-vous peur de tous les Sang-de-Feu, ou juste de moi ?

Ses yeux ronds s'arrondirent plus encore.

— Pardon, madame. Je ne voulais pas vous offenser.

— Vous ne m'offensez pas. Et on ne m'a jamais donné du « madame » de ma vie. Appelez-moi Ruby.

Elle secoua la tête.

— Je ne pourrais pas, madame.

De ses mains tremblantes, elle posa sur le lit une tunique et une armure en cuir. C'était étrange de penser que, pendant que j'étais terrorisée à l'idée de ce qui allait se produire dans l'arène, une servante avait peur de moi. Elle avait certainement entendu des histoires disant que les Sang-de-Feu étaient des tueurs impitoyables, ou quelque chose dans ce goût-là.

J'entretenais constamment la conversation, en partie pour la mettre à l'aise, mais aussi parce que sa nervosité accroissait la mienne. Je parlais de mon village, de ma stupeur en découvrant un endroit d'une telle splendeur, moi qui avais grandi dans une hutte avec un toit en chaume, et je lui dis que je n'avais jamais porté d'armure et que je n'aurais jamais su comment la mettre sans son aide. Tout pour me faire paraître aussi inoffensive que possible.

Elle restait muette, mais ses mains ne tremblaient plus quand elle me tendit la tunique rouge sang. Elle prenait grand soin de ne pas me toucher.

Alors que j'ajustais la tunique, j'en eus assez de bavasser et décidai de lui poser une question :

— Vous disiez que vous étiez au service des champions, Doreena ?

Elle acquiesça d'un hochement de tête.

— Pourriez-vous me dire quelque chose qui me serait utile dans l'arène ? N'importe quoi ?

Elle prit le plastron en cuir et le garda entre ses mains quelques instants avant de répondre :

— Vous avez davantage de chances si vous gagnez les faveurs de la foule, dit-elle de sa voix ténue.

Elle leva le plastron, que j'enfilai. J'éprouvai un léger vertige en sentant sa dureté contre ma poitrine. Porter une armure rendait tout à coup le combat à venir bien plus réel ;

je ne pouvais plus oublier qu'il était là pour me protéger des coups ou des lames.

— Un Sang-de-Feu a-t-il déjà gagné les faveurs de la foule ?

Je grimaçai comme elle refermait les lanières dans mon dos.

— Aïe, c'est un peu trop serré.

Elle desserra les lanières et revint devant moi pour me regarder, une moue dubitative sur ses lèvres rose.

— À ma connaissance, aucun Sang-de-Feu ne s'est fait aimer du public. Vous serez peut-être la première ?

La chose était peu probable. Les Sang-de-Glace viendraient pour me voir mourir, pour me faire payer la mort de tous les parents et enfants qu'ils avaient perdus lors des conflits avec mon peuple avant que nous ne soyons chassés du royaume. Ma peur et ma colère durent se lire sur mon visage car Doreena fit un pas en arrière.

— Comment savez-vous tout cela ? demandai-je avec un sourire forcé.

— Je sers les champions depuis deux ans. Je les entends parler.

— Avez-vous entendu d'autres choses qui pourraient m'être utiles ? Des conseils à me donner ?

Elle cligna des yeux, surprise, et se mordit la lèvre avant de répondre :

— C'est difficile à dire sans savoir qui vous allez affronter. Tout ce que je peux vous dire, c'est que chacun a une faiblesse… Essayez d'être attentive. Beaucoup de champions ont des blessures – souvent à des parties de leur corps qu'ils protègent particulièrement. Si vous repérez leur faiblesse, vous pouvez concentrer vos attaques à cet endroit. Et… enfin, vous êtes petite… Alors, gardez vos distances. S'ils vous attrapent, vous n'avez aucune chance.

J'aurais ri si j'avais été moins nerveuse.

— Eh bien, au moins, vous êtes franche.

— Parfois trop, m'a-t-on dit. Peut-être que je n'aurais pas dû vous dire tout cela.

— Non, vous avez bien fait. Je vous remercie de vos conseils.

Elle me tendit une pièce en peau de chèvre teinte en noir.

— Tenez, votre masque.

Le masque comprenait une ouverture pour les yeux, le nez et la bouche. Il me rappela celui qu'Arcus portait pendant l'entraînement. Penser à lui me faisait mal, mais me rappeler la façon dont j'avais brûlé sa capuche et son masque, lui arrachant un cri, était horrible. Ma gorge se noua à ce souvenir. Je préférai me rappeler ce qu'il m'avait dit à cette occasion : que j'étais la personne la plus dangereuse qu'il connaisse. Et ma survie dépendait désormais de ma capacité à tuer.

Lorsque Doreena me mit le masque, il couvrit tout mon visage sauf mes yeux, un petit triangle sous mon nez et une fente sous ma bouche. Je détestais l'idée d'être un corps sans visage envoyé dans cet accoutrement pour le bon plaisir du roi. Je le retirai et le jetai par terre.

— Désolée, dis-je à la servante, choquée par ce geste de rage. Je ne peux pas respirer, avec ce truc. Il est trop grand.

— C'est soit un masque, soit un casque, dit-elle en se tordant les mains. Vous devez avoir le visage couvert. La tradition veut que les adversaires se rencontrent à armes égales, qu'ils soient nobles ou paysans. Leur visage n'est révélé qu'après leur mort.

Idée fort réjouissante.

— Dans ce cas, trouvez-moi un masque qui me permette de respirer, parce que je ne mettrai pas celui-là. Et un casque serait trop lourd pour moi.

Elle hocha la tête.

— Je vais vous trouver quelque chose.

Peu après, elle revint avec un masque qui me couvrait le contour des yeux. Il était orné de plumes rouges et de perles de culture. Lorsque je lui demandai où elle l'avait trouvé, elle s'empourpra jusqu'à la racine des cheveux.

— Je le tiens de la maîtresse d'un noble, me dit-elle. Elle avait un secret, que j'ai fidèlement gardé. Elle a une dette envers moi.

— Quel genre de secret ? demandai-je, curieuse de savoir ce qui pouvait la faire rougir ainsi.

— Il n'est pas rare que des nobles veuillent passer la nuit avec un champion. Je suis appréciée pour ma discrétion.

Je lui souris, la considérant avec un intérêt nouveau.

— Je crois que je vous aime bien, Doreena. Vous êtes une survivante.

— J'espère que vous aussi, madame.

Je calai mon pas sur celui des gardes, nos bottes frappant le sol au rythme d'une marche de bataille qui faisait écho à celui du sang battant dans mes oreilles. Après être sortis du château et avoir traversé une cour, nous nous engageâmes dans un tunnel qui menait à la grande arène. Là, les gardes me laissèrent dans l'ombre d'une alcôve réservée à ceux qui allaient combattre.

Mon cœur battait si fort que je voyais flou. Je fermai les yeux et pris de profondes respirations, puis me forçai à regarder ce qui m'entourait.

Il y avait des combattants de tous genres ; principalement des hommes en habits miteux, d'autres arborant des plastrons en acier, certains avec des épées au pommeau rutilant au-dessus de fourreaux ornés, d'autres encore sans aucune arme. Il y avait aussi quelques femmes, ce dont il me fallut un moment pour m'apercevoir, car elles étaient toutes larges d'épaules, en armure, et aussi imposantes que les hommes. Je me demandai comment elles avaient mérité leur place ici, et quelle avait été leur existence pour atterrir dans un endroit pareil.

De toute ma vie, jamais je n'avais vu autant de personnes réunies. L'arène était faite de glace, ses murs lisses et circulaires donnant l'impression d'un immense bol. Des rangées de gradins se succédaient le long de tous les murs intérieurs. La rumeur excitée de milliers de personnes produisait un bourdonnement semblable à celui d'une gigantesque ruche, déconcertant de volume et d'incohérence.

Des tribunes à balcons dépassaient de l'ensemble par intervalles, abritant des spectateurs richement vêtus dont la bouche exhalait de petits nuages de vapeur. On voyait peu de ces nuages caractéristiques dans les gradins. Apparemment, la noblesse était plus susceptible de posséder le don que la populace.

En partant, les gardes me désignèrent une femme nommée Braka, une grande guerrière à la forte carrure et aux yeux gris qui passait de combattant en combattant, leur prodiguant conseils et encouragements. Des glaçons pendaient de ses épaulières métalliques et aggloméraient ses épais cheveux poivre et sel, coiffés en une quantité de petites tresses. Je supposai qu'elle était responsable de l'entraînement des champions Sang-de-Glace, même si l'on ne m'avait proposé aucun accompagnement, à moi. Ce qui n'avait rien d'étonnant. Je joignis les mains dans mon dos pour ne pas montrer qu'elles tremblaient.

Avant que je puisse me demander ce que je devais faire maintenant, un homme replet en longues robes indigo et aux cheveux courts et blancs avança au centre de l'arène.

— Cher peuple de Fors ! lança-t-il d'une voix tonitruante surmontant le bourdonnement de la foule.

Il leva les deux mains en l'air et la clameur se tut.

— Aujourd'hui, pour votre plus grand plaisir, nous allons vous présenter toute une variété de champions, des voleurs les plus vils aux champions les plus vénérés. Nous allons vous montrer des bêtes incroyables, des animaux exotiques d'ici et d'ailleurs. Et, comme toujours, nous allons vous offrir un grand spectacle, un magnifique divertissement, avec des démonstrations de force et d'audace à vous couper le souffle. Vous honorerez votre roi en encourageant ses champions et en conspuant ses ennemis. Que les morts soient honorables et les combats sanglants !

Je fus prise d'une irrépressible envie de m'enfuir en courant et plaquai mes mains contre le mur glacé, espérant que la morsure du froid m'aiderait à me ressaisir. Au lieu de quoi, je me pliai au deux malgré moi, une main sur mon ventre, luttant pour tenir debout, le souffle court.

Le martèlement des sabots fit vibrer le sol. Des cavaliers montés sur des chevaux blancs débouchèrent d'une large ouverture à l'autre bout de l'arène, le soleil matinal faisant miroiter les armures rutilantes. Ils portaient des heaumes brillants et de longues lances surmontées de pointes de glace, aussi tranchantes que l'acier. Les cavaliers étaient suivis par des champions à pied, dont l'apparition suscitait des cris d'adoration de la part de la foule. Après eux, une procession d'animaux tirés par des laisses de cuir tenues par des dresseurs tout en muscles. Des loups des glaces hargneux, d'imposants ours blancs, un tigre à la large tête et aux rayures de blanc et de bleu, et même un énorme taureau blanc aux cornes grises avec un joug autour du cou, tenu par deux hommes de chaque côté.

L'animal suivant était très étrange. C'était un grand oiseau aux plumes cramoisies, aux longues pattes et aux petites ailes. Son bec semblait mortellement aiguisé. Il résistait à son dresseur en se tordant et en tirant, tant et si bien qu'à un moment donné, il libéra sa tête du harnais et souffla un nuage de feu. Je m'exclamai en même temps que la foule.

Une créature de feu, ici, dans la cité de Fors…

L'oiseau était beau, élégant, sauvage. Il était dangereux, indomptable et différent de tout ce que j'avais vu. L'animal se débattait si fort contre son dresseur que je craignais qu'il ne brise son cou délicat.

J'éprouvai une forte envie de courir de libérer l'animal. Mais un instant plus tard, les animaux furent ramenés par la porte. Il ne restait plus que les loups des glaces dans l'arène, leurs gueules émettant des bouffées de brume froide qui dansait dans la lumière du soleil.

Deux gardes amenèrent un homme, les mains liées. L'annonceur en robes indigo le présenta comme un traître au royaume, ce à quoi la foule répondit par des huées et autres cris de fureur. Les dresseurs de loups donnèrent un ordre, et les loups s'assirent, leur corps tremblant d'impatience tandis que les hommes enlevaient les laisses et quittaient l'arène. Le prisonnier recula lentement vers le bord de l'enceinte.

Depuis l'entrée, l'un des dresseurs cria alors un ordre et les loups s'élancèrent comme des flèches, leurs hanches ondulant sous leur pelage tandis qu'ils se rapprochaient de leur cible. Le prisonnier poussa un cri, et moi avec lui. En un clin d'œil, il fut hors de vue, les loups se jetant les uns sur les autres pour l'atteindre. Les cris de l'homme étaient presque noyés par le rugissement de la foule. Presque, mais pas tout à fait. Je reculai dans un coin sombre, où mon estomac se souleva encore et encore, jusqu'à être totalement vide.

L'annonceur présenta ensuite de nouveaux animaux et de nouveaux traîtres. S'en suivirent d'autres hurlements de douleur, grognements et clameurs de ferveur dans la foule. J'avais la nausée, le vertige, je ne comprenais plus clairement ce qui se passait. Lorsque je relevai les yeux, je vis un tigre rayé de bleu et de blanc lever son museau ensanglanté d'un corps face contre terre, tandis que son dresseur jetait un harnais sur la tête de l'animal pour le sortir de l'arène.

— Et maintenant, bonnes gens, reprit l'annonceur d'une voix claire et enjouée, vous allez avoir le rare privilège de voir un Bec-de-Feu affronter nos champions les plus aguerris.

Six guerriers en armure entrèrent dans l'arène. L'oiseau était tiré par deux dresseurs, qui se démenaient pour le contrôler. Il avait des yeux affolés et griffait le sol de ses serres en résistant à la traction de la laisse. Les hommes lâchèrent bientôt l'oiseau et coururent vers la porte tandis que l'animal se débarrassait de son harnais et lâchait un nuage de feu aux flammes orangées.

Les champions levèrent leur bouclier et envoyèrent des flots de glace par leurs mains. De la glace se forma sur les plumes de l'oiseau, qui souffla à nouveau le feu. Les hommes reculèrent.

Les échanges de glace et de feu se succédèrent. Les champions ne cessaient de reculer, visiblement effrayés par le feu. Je sentis l'espoir renaître. L'oiseau était rapide. Il faisait des bonds en avant et en arrière, crachant le feu par jets dirigés droit vers le visage des hommes. On aurait dit qu'il possédait une réserve intarissable d'énergie.

Mais mon espoir fut de courte durée. Les champions se déployèrent en un vaste cercle autour de l'oiseau. Dès qu'il projetait du feu sur un homme, un autre arrivait sur lui par-derrière, trop rapidement pour que l'animal puisse contrer. L'oiseau était malin et tentait d'éviter la glace, mais les hommes étaient trop nombreux, et il finit par être touché de toutes parts et s'écrouler. Les guerriers se précipitèrent sur lui comme un seul homme. Un torrent de feu jaillit comme six bras se levaient et six lances s'abattaient en même temps. Une dernière salve de feu monta alors, plus ténue, suivie d'une bouffée de fumée. Les lances se levèrent et s'abattirent à nouveau, sous les acclamations de la foule. Lorsque les champions sortirent de l'arène et que la poussière retomba, l'animal était inerte. Il avait maintenant l'air tout petit, avec son bec trop délicat et ses plumes d'un éclat incongru sur le sol grisâtre. Son long cou était plié à un angle étrange, me rappelant un autre cou délicat et brisé, sous des cheveux noirs.

Soudain, je perçus tout ce qui m'entourait avec acuité. La souffrance et l'agonie de l'oiseau m'atteignirent profondément.

On dégagea de l'arène la dépouille du Bec-de-Feu, laissant la place aux affrontements classiques, chacun plus brutal que le précédent. Pour commencer, ce furent des hommes en haillons et armés de dagues ou de couteaux qui s'affrontèrent. Je fermais les yeux lorsque c'était trop pour moi, mais j'entendais toujours les encouragements de la foule et les cris de douleur quand les lames de métal pénétraient la chair. La fille de guérisseuse en moi bouillait de rage face à une telle cruauté, à tout ce sang inutilement versé.

Au troisième match, j'étais appuyée contre le mur, les jambes complètement engourdies. Je finis par me laisser glisser jusqu'à terre et me rendis compte que mon visage était inondé de larmes.

— Lève-toi, m'ordonna une voix dure.

Je levai les yeux sur Braka et ses tresses gelées.

— Tu es une combattante maintenant. Il n'y a pas de place pour les larmes, ici.

— Vous avez vu ce qu'ils ont fait au Bec-de-Feu, dis-je d'une voix rauque et fissurée. C'est ce qu'ils ont prévu pour moi aussi ?

— Tu auras droit à un combat équitable contre un champion, dit-elle d'une voix aussi assurée que l'était son regard. Tu as autant de chances de gagner que tous les autres combattants. Il ne faut pas qu'ils te voient pleurer. Affronte-les en guerrière, que tu en sois réellement une ou pas.

Rassemblant mes forces, je me levai et m'adossai contre le mur tandis que Braka tournait les talons. J'avais envie de lui dire que je me moquais bien de l'honneur, mais au lieu de quoi, j'adressai une prière à Süd et retournai vers la porte pour regarder ce qui se passait – désormais, ce n'étaient plus des paysans en haillons qui se battaient, mais des hommes en armure de cuir avec des épées étincelantes.

Le combat suscitant le plus d'excitation fut celui entre deux Sang-de-Glace se battant sans armes, uniquement avec leur don – c'est-à-dire leurs mains et la glace. J'essayai d'observer leurs attaques et leurs défenses, espérant que cela puisse se révéler utile. Lorsque l'un des deux finit par glisser et tomber, l'autre l'acheva en lui transperçant la gorge d'un long éclat de glace. Je me détournai cependant que le champion savourait les ovations de la foule.

— C'est à toi maintenant, Sang-de-Feu, me dit Braka d'une voix sourde. Le tirage au sort a eu lieu : tu vas affronter Gravnach… l'un des champions favoris.

De l'autre côté de l'arène, des portes en bois s'ouvrirent et un homme de la taille d'un ours en sortit. Il était vêtu de cuir noir, avec une armure d'acier lui couvrant un bras, de l'épaule au poignet. Je compris soudain ce qu'avait voulu dire Dorcena en parlant de conquérir la foule. Cet homme savait y faire en la matière. Il marchait en larges cercles, s'arrêtant régulièrement pour lever les bras en rugissant de manière théâtrale. Le public lui répondait par des exclamations délirantes.

— Au bruit du gong, tu commences à te battre, me dit Braka. Une fois que ça a commencé, ça ne s'arrête pas avant que tu sois morte. Meurs avec honneur, Feu-Follet.

Je notai qu'elle n'envisageait même plus que j'aie une chance de m'en sortir. Je la regardai droit dans les yeux, bien décidée à me montrer forte.

— Vous voulez dire, avant que Gravnach soit mort.

Elle sourit, révélant une dent manquante, et opina légèrement de la tête avant de s'en aller.

J'avançai dans l'ombre du porche débouchant dans l'arène. Le moindre battement de mon cœur semblait durer une éternité. Les secondes s'étirèrent, atroces, jusqu'à ce que le gong retentisse soudain.

J'entrai dans l'arène et plissai les yeux, éblouie. Les cris d'adoration se muèrent immédiatement en un chœur de huées et de sifflets. Ma poitrine se serra. Une brusque envie de courir s'empara de moi.

Alors que je balayais la foule du regard, un éclat doré retint mon attention : c'était le roi, dans une tribune surélevée délimitée par des grilles en filigrane sculptées dans la glace. Il portait une couronne d'or sertie de saphirs. Sans ce froid cuisant dans ses yeux sombres, j'aurais pu le trouver beau, avec ses airs d'idole dorée et chaleureuse au milieu d'innombrables nuances de bleu. Il affichait une expression nonchalante, comme s'il était prêt à se laisser distraire sans être sûr que cela valait la peine qu'il s'y intéresse.

Je haussai le menton et crus distinguer un sourire moqueur en réponse.

Marella se tenait près de lui, les sourcils froncés, les lèvres serrées. Lorsque nos regards se croisèrent, son front se détendit et elle m'adressa l'esquisse d'un sourire avant d'articuler un mot : *Gagne.* Au moins y avait-il une personne ici pour croire en moi.

Une clameur s'éleva dans un coin des gradins et enfla rapidement pour se répandre dans toute la foule, qui scandait maintenant sans répit :

— Gravnach ! Gravnach ! Gravnach !

L'imposant champion me tournait le dos, comme si la présence d'un adversaire ne l'inquiétait nullement. La scansion continue de son nom pénétra dans mon cerveau, sapant mon énergie. Il fallait que je fasse quelque chose, n'importe quoi, afin de me débarrasser de la peur qui était en train de me paralyser sur place. Je levai les mains et envoyai une bourrasque de feu courir sur le sol. Lorsqu'elle atteignit les pieds de Gravnach, il fit volte-face en sursautant. Et la foule de se mettre à hurler :

— À mort, la Sang-de-Feu !

Je m'attendais à leur haine, mais son intensité me choqua.

J'oubliai la foule en voyant Gravnach courait vers moi à longues enjambées. J'attendais qu'il s'arrête, pensant que nous allions nous affronter en décrivant un cercle, comme la plupart des combattants. Mais non. Il ne cessait d'avancer, tel un gros arbre coupé dévalant la pente d'une colline vers moi, pauvre petite touffe d'herbe qu'il écraserait sur son passage. Je résistai à l'envie de détaler en courant.

Lorsqu'il fut assez près pour que je distingue le blanc de ses yeux, je me jetai sur le côté et lui envoyai un souffle de feu. Il le bloqua avec ses deux avant-bras et une explosion de froid qui me piqua le visage.

Je répliquai avec une série de flèches, visant l'ouverture dans sa défense. La plupart tombèrent loin de lui, mais quelques-unes atteignirent leur cible et frappèrent son masque ou sa peau en grésillant. Il fit un pas en arrière, et j'éprouvai un instant de triomphe.

Il poussa alors un beuglement et projeta sur le sol une vague de glace qui se glissa sous mes pieds. Je dérapai et tombai à la renverse. Mon sentiment de vulnérabilité était total, terrifiant. Je restai figée un instant, mais, en le voyant foncer sur moi, je me ressaisis et roulai sur le côté pour me relever. J'envoyai des boules de feu derrière moi pour gagner du temps, puis pivotai et lui fis face à nouveau. *Ne cesse pas de bouger*, me répétai-je. *Ne réfléchis pas ; contente-toi d'être toujours en mouvement.*

La foule se mit à hurler plus fort :

— Gravnach ! Gravnach ! Gravnach !

La répétition de ce mot me frappait à la façon d'un marteau de forge, laminant mes nerfs.

Le guerrier commença à tourner autour de moi. Sous son masque, ses petits yeux noirs étaient pleins de hargne. Je n'avais pas imploré sa pitié, ou fait ce que la plupart de ses adversaires faisaient après quelques secondes de combat avec lui. Du moins, c'était ce que je me disais : j'étais plus forte que tous les précédents. Et j'allais gagner.

À une vitesse stupéfiante pour un homme de sa carrure, il avança et érigea deux murs de glace incurvés de chaque côté de moi. Je tendis les bras et envoyai des spirales de chaleur tout en reculant comme il avançait. Il lança alors des faisceaux de glace autour de moi, formant une sorte de cage. Mon visage dut trahir ma panique car il me sourit entre les barreaux de glace.

Ne réfléchis pas ; bouge.

Je tendis une main brûlante et pratiquai un trou dans les barreaux. Alors que je m'échappais de la cage, il érigea un mur de glace derrière moi et me frappa d'un air glacial. Je titubai en arrière et heurtai le mur qu'il venait de créer, avant de me ruer plus loin.

Il faisait tout cela à dessein. Chacune de ses initiatives était un petit test, qui semblait presque l'amuser. Cet homme était une énorme araignée tissant sa toile, attendant qu'un de ses fils piège sa proie. Et moi, j'étais la mouche, rapide et agile, qui passait entre les fils et s'en sortait. Mais j'étais chaque fois un peu plus lente, un peu plus fatiguée. Au bout du compte, il me prendrait de vitesse.

J'armai mon bras en arrière et le projetai en avant pour effectuer une puissante queue de dragon. Frère Chardon en serait resté pantois. La pointe frappa Gravnach en bas du ventre, et il se plia en deux. Il se redressa aussitôt et me jeta du froid tous azimuts, mais je parvins à parer chaque attaque avec des boules de feu ou en esquivant avec de petits bonds calculés.

On scandait encore son nom dans la foule, mais beaucoup de spectateurs s'étaient tus. Le silence gagnait peu à peu, lourd d'excitation et de suspense. Enfin, leur champion avait un opposant à sa hauteur. Un regain de confiance ralluma le feu dans ma poitrine. Je me mis à décrire un cercle rapide autour de lui en laissant les flammes danser autour de moi et mes cheveux voler au vent. Gravnach était à genoux, s'abritant derrière un bouclier de glace.

Je haletai, n'arrivant pas à croire que j'avais l'avantage. Je levai les yeux vers la tribune du roi ; il avait toujours la même posture nonchalante, mais je vis que ses mains étaient crispées sur l'accoudoir de son fauteuil. Nous y étions. J'allais gagner, et il le savait. Si je parvenais à faire cela, je pourrais tout faire ensuite.

Revenant à Gravnach, je projetai un anneau de feu autour de lui et le fixai au travers des flammes. Je n'avais pas le choix – c'était tuer ou être tuée. Je convoquai toute ma chaleur pour un dernier souffle mortel.

À une vitesse sidérante, il lança alors de la glace sur les flammes et sur moi. Mon visage en fut recouvert en premier, me coupant le souffle, puis mes bras. La panique me saisit – je venais de sauter en plein dans sa toile. Je me jetai par terre pour me débarrasser d'une partie de la glace. De ma main ainsi libérée, je fis jaillir la chaleur, transformant ma peur en feu. Mais la glace ne cessait de revenir, couche après couche, m'empêchant de plus en plus de respirer. Je perdais mon énergie, je perdais ma concentration. Je perdais mon combat.

Non, je ne peux pas mourir déjà.

— Saleté de Sang-de-Feu, grinça Gravnach. Ne compte pas sur moi pour te laisser mourir trop vite.

Il leva une épée de glace au-dessus de sa tête et l'abattit sur mon bras. Avec l'énergie du désespoir, j'envoyai une vague de chaleur qui ramollit la glace qui m'entourait, et parvins à m'écarter juste avant que la lame ne s'enfonce dans le sol à côté de moi.

Avant même que je puisse reprendre l'avantage et me libérer, la glace m'étreignait à nouveau. Un sentiment de défaite me brouillait déjà l'esprit.

— Tu ne peux pas gagner, gronda-t-il avec une voix rocailleuse et cruelle. Tu crois que tu peux me tuer, juste parce que tu as dégommé cette bête ? Je suis Gravnach, moi !

Il se frappa la poitrine de son poing.

— Je ne succombe ni au froid ni au feu !

Il projeta son bras devant lui, décochant une centaine de flèches de glaces acérées dans ma direction. Mon bras se dressa par réflexe, lui opposant un bouclier de feu.

Gravnach enserra mes bras de glace et lança de nouvelles flèches sur moi. Cette fois, elles me frappèrent au visage pour y fondre comme des larmes coulant sur mes joues. L'une d'entre elles me coupa à la paupière et je sentis du sang me couler dans l'œil.

Il éclata de rire et répéta la manœuvre plusieurs fois, jusqu'à ce que mon visage dégouline de sang.

— Et maintenant, je vais m'occuper de tes précieux petits doigts, dit-il crânement. Tu ne feras plus jamais de feu, saleté.

Il leva son épée et l'abattit avec précision. Je poussai un hurlement comme la lame pénétrait dans la chair de mon petit doigt. Il rit encore et sortit la lame.

— Mieux encore, ricana-t-il. Je vais geler tes mains et te casser les doigts un par un, comme des stalactites.

Un froid perçant engourdit le bout de mes doigts. La peur s'empara mon esprit – la terreur totale et profonde de la proie capturée. La foule était en transe, réclamant mon sang. J'étais faible, vaincue, à la merci de ce monstre, et malgré cela, ils en voulaient encore. Je les détestais tous en cet instant. Si j'avais pu, je les aurais tous carbonisés.

Alors que la haine se déchaînait en moi, quelque chose de sombre et d'insidieux vint soudain s'insinuer dans mon cœur, détournant mon attention de la foule pour me ramener vers moi-même. On aurait dit qu'un étranger s'était glissé sous ma peau. Ce n'était pas du chaud. Ce n'était pas du froid. C'était du rien. Du noir. Une absence tangible. Elle grandissait en moi et se répandait dans le moindre recoin de mon corps et de mon âme.

J'ouvris les yeux, désorientée. Ma vision avait changé. Le monde était noir, blanc et gris, dépourvu de couleurs, et plat. La seule chose qui ressortait était mon adversaire, sa tête basculée en arrière sous l'extase face à ma souffrance. Il baissa les yeux vers moi.

— Alors, tu la sens, la douleur, Sang-de-Feu ?

Il s'approcha tout près de moi.

— Ta douleur, c'est mon plaisir.

Je l'entendais à peine. Mon esprit était dans un état de conscience modifié, pas exactement paisible, mais dénué de toute considération. Cela n'avait rien à voir avec l'état mental que Frère Chardon m'avait enseigné. Quelque chose d'autre s'était faufilé dans mon esprit et, à défaut de le contrôler, il balayait toute pensée, toute question et inquiétude qui occupait habituellement ma conscience.

Tout était tellement simple, ici. Noir et blanc. Moi ou l'autre. Vivre ou mourir.

— Non, c'est moi qui vais te tuer, murmurai-je d'une voix qui me parut lointaine, comme issue de quelqu'un d'autre.

Le temps ralentit.

Je ne sais comment, je sentais le cœur de Gravnach dans sa poitrine, ses pulsations de sang et de vie à chaque contraction. Un seul battement durait une éternité. Une incroyable sensation de puissance se répandit alors dans mes veines, m'envahissant totalement.

« Brûle-le », dit une voix, et je sus que je devais lui obéir.

La voix était moi et j'étais la voix, je ne pouvais pas la remettre en question.

J'envoyai les flammes. C'était le feu le plus puissant et le plus ciblé que j'aie jamais produit. Il transperça le plastron de cuir noir et s'enfonça dans la poitrine de Gravnach.

Il écarquilla les yeux. Un bruit de gargouillis monta dans sa gorge. Son corps frémit puis convulsa avant de tomber face contre terre avec fracas. Après quelques derniers soubresauts, il s'immobilisa.

Je fixai le corps sans vie. Une flaque de sang bleu foncé se formait sur le sol autour de sa tête.

Je n'éprouvais aucun sentiment de triomphe. Aucun remords non plus. Juste de l'intérêt. Cette chose qui m'avait fait du mal était désormais neutralisée.

Mes yeux se tournèrent vers la foule, totalement muette. Une pensée me vint : je pourrais en faire autant avec eux tous. Leur brûler le cœur. Devais-je le faire ?

Je tendis une main pour répandre le noir sur la foule, mais quelque chose craqua alors en moi, comme un fil trop tendu.

Brusquement, couleurs et sentiments me revinrent d'un coup, ébranlant tout mon corps. J'essayai de prendre une grande inspiration. J'étais oppressée par le choc physique de ce brusque retour de toutes mes sensations. Il me fallut de longues secondes pour réaliser où j'étais, et ce qui était en train de se passer.

Non. Ne réfléchis pas. Ne ressens pas. Lève-toi. Va-t'en.

Presque toute la glace qui m'enserrait avait fondu. Je me relevai, tremblante et dégoulinante.

Je regardai mes mains. Un de mes doigts était tordu à un angle étrange. Des gouttes de sang tombaient sur le sol enneigé, et je revis soudain avec horreur les baies rouges qui étaient tombées sur le sol de ma hutte la nuit où les soldats avaient débarqué. Un vertige me saisit, me faisant chanceler.

À quelques mètres de moi, une silhouette avançait dans ma direction. Un nouvel adversaire ? Mais celui-ci était d'une envergure inhumaine, noir, avec des épaules pointues, ses contours ondulant autour de lui comme l'air surchauffé à l'horizon, au plus chaud de l'été. Sa silhouette se précisa comme il approchait – ses bras devenaient plus définis, avec des mains aux doigts immenses.

Je levai ma main valide pour le carboniser.

Puis, je clignai des yeux, et constatai que ce n'était en réalité que l'annonceur aux cheveux blancs, dont les robes indigo semblaient maintenant déplacées au milieu du sang et de la sueur de l'arène. Il s'arrêta au centre et s'adressa à la foule :

— Cher peuple de Tempesia, je vous présente la première Sang-de-Feu à avoir jamais vaincu un Sang-de-Glace dans cette arène. Une ovation pour la championne Sang-de-Feu !

Il n'y eut pas d'ovation. Juste quelques cris et insultes. Certains jetèrent des déchets et des bouts de nourriture dans l'enceinte. D'autres descendirent au bord de l'arène pour venir cracher sur le sol.

Tenant ma main blessée dans l'autre, je partis en boitant en direction de l'alcôve, encore sonnée. Je n'avais pas vaincu Gravnach à l'aide de mon seul feu. Autre chose était venu nourrir mon esprit et mon cœur. Une noirceur que je n'avais jamais connue auparavant, même si je l'avais accueillie comme une vieille amie. Un étranger dans ma peau.

Je passai devant la tribune du roi et nos regards se croisèrent. Il arborait un air d'intérêt calculé qui me fit frémir intérieurement. Marella, elle, irradiait de satisfaction, pour ne pas dire de triomphe.

Le roi Rasmus se leva et s'approcha de la rambarde pour embrasser du regard le public en état de choc.

— Vous venez d'assister à un grand spectacle, ainsi que vous l'avait promis notre cher seigneur Albus, président des jeux.

Faibles applaudissements dans la foule.

— Mais peut-être êtes-vous surpris qu'une Sang-de-Feu ait gagné dans *notre* cité. Au cœur de *notre* pays. Au sein de *mon* arène. N'ayez pas peur. Je peux vous garantir que cela ne signifie rien. Le pouvoir de cette fille n'est qu'une bougie dans le blizzard. Facile à éteindre.

Une gerbe de glace surgit de sa main et vola jusqu'à moi. Elle s'enroula autour de moi et, couche après couche, m'enveloppa étroitement, comme un cocon, jusqu'à ce que j'aie à peine assez de place pour respirer. Des spectateurs se mirent à rire en me voyant gigoter.

— Soyez tranquilles, braves gens de Fors, déclara le roi. La glace régnera toujours. Ceux qui osent nous défier apprendront de leurs erreurs, et le paieront avec leurs larmes et leur sang.

En dépit de ma fatigue, la chaleur monta en moi en entendant ces mots. Le froid du roi était extrêmement puissant, mais, avec quelques poussées de feu, je parvins à me libérer et m'en allai ; la foule était désormais trop occupée à admirer son roi pour se soucier de moi.

Lorsque j'atteignis l'ombre de l'alcôve, une main se posa sur mon épaule, me faisant sursauter.

— Tu as tué un grand champion, Sang-de-Feu, me dit Braka. En tant que guerrière, je te félicite.

Je repoussai sa main, peu encline à entendre ses louanges, et m'enfonçai clopin-clopant dans la pénombre du tunnel.

21

— Vous êtes certain que ce sont vos ordres ?

Mon cœur avait commencé à s'affoler avant même que je sois sûre d'avoir bien compris.

Le garde avait un visage de marbre et évitait de me regarder dans les yeux.

— Absolument certain. Le roi veut que tu dînes avec lui.

J'étais épuisée, meurtrie et nauséeuse après mon combat. Je me rappelais à peine qui j'étais, et encore moins ce que je fabriquais ici, dans une chambre du château, dans la même tenue que celle que je portais pour me battre. Quelque chose s'était emparé de moi et j'avais pris une vie. J'avais l'impression d'être devenue quelqu'un d'autre maintenant, et mon esprit tentait désespérément de retrouver celle que j'étais auparavant.

Mais en entendant le garde évoquer le roi, mon objectif me revint immédiatement, chassant ma fatigue.

Détruis le trône. Tue le roi. Prends ta revanche.

Parvenant enfin à me ressaisir, je hochai la tête et suivis le garde. Il ne me touchait pas mais restait à proximité de moi en me guidant dans un labyrinthe de couloirs, jusqu'à une grande salle de bains. Une faïence éclatante couvrait les sols et les murs. Une fontaine chuchotait en son centre. Il flottait dans l'air un parfum de rose, de lavande et de citron.

Une vision paradisiaque, s'il n'y avait eu les cinq soldats alignés le long du mur, leurs épées pointées sur moi.

— Considère cela comme une récompense pour ta victoire dans l'arène, dit le garde. La chaleur te redonnera des forces, alors on devra te tuer si tu fais quoi que ce soit de louche. Comme tu peux le voir, il n'y a rien qui puisse brûler, dans cette pièce.

— À part vous, rectifiai-je.

Il eut un léger mouvement de recul et cligna des yeux.

— Tu tâteras de nos épées si tu essaies de t'enfuir, dit-il en reprenant son masque de marbre.

Je n'avais même pas la tête à cela. Le trône était toujours sous le coup d'une malédiction, le roi toujours vivant, et par-dessus tout, ma mère toujours morte et non vengée. Il n'était pas plus question pour moi de m'enfuir que de me faire pousser des ailes et de m'envoler.

Une fois les hommes partis, une guérisseuse de la cour en robe blanche entra et me soigna le doigt avec autant d'efficacité que de froideur. Mon doigt avait été profondément entaillé, mais ce n'était pas aussi grave que je le craignais. Lorsqu'elle eut refermé la porte derrière elle, j'attendis quelques instants puis retirai mes vêtements et me glissai dans l'eau chaude en prenant soin de ne pas mouiller ma main bandée.

J'avais beau m'efforcer de ne pas cogiter, trop d'horreurs se bousculaient dans ma tête. Je refoulai mes sanglots et m'aspergeai le visage, encore et encore, jusqu'à ce que ma respiration redevienne normale. Je me lavai de la tête aux pieds avec ma main valide, puis m'enveloppai dans une serviette.

Au bout d'un petit couloir se trouvait une pièce pas plus grande qu'un placard, dont un mur était recouvert d'un miroir. Je lâchai ma serviette et me plantai devant la grande glace. Ma peau était couverte d'hématomes bleus et jaunes, mais je n'étais plus le squelette sur pattes qui était sorti de prison. J'avais pris du muscle au niveau des bras et des jambes, et les courbes d'une femme entre les deux. Depuis combien de temps n'avais-je pas contemplé mon reflet ? Je ne m'en souvenais même plus. Je me sentais presque comme une étrangère à me regarder ainsi.

Dans un coin se trouvait une malle contenant du linge délicat et un corset à armatures. Je les enfilai de mon mieux et me rendis compte que tout m'allait. Je m'étonnais encore de l'étrangeté de tout cela quand une porte, jusqu'ici invisible dans le mur, s'ouvrit soudain.

Je me tournai prestement, les poings armés devant moi ; Marella entra dans la pièce, posa une pile de vêtements sur une chaise et referma la porte.

— Décidément, toujours prête à te battre ! Tu as gagné dans l'arène, comme je m'y attendais.

Je baissai les poings et restai muette quelques instants. J'aurais pu lui dire ce qui m'était arrivé, que quelque chose avait pris possession de moi, mais je ne lui faisais pas encore suffisamment confiance. Je devais d'abord comprendre pourquoi elle m'encourageait de la sorte.

— J'ai failli perdre, lui dis-je. J'étais… trop confiante.

— C'est une spécialité de Gravnach, de jouer ainsi avec ses victimes. Raison pour laquelle il est devenu un favori.

— Du roi ou du public ?

— Les deux.

— Et vous ?

Elle haussa les épaules.

— Oh, moi… J'assiste aux matches parce qu'il le faut, mais cela ne m'intéresse guère. Mon père n'accepterait pas que je me défile. Nous devons afficher notre soutien au roi.

— Et vous le soutenez ?

— Tu es bien impertinente ! Bien sûr que je le soutiens !

Elle marqua une pause.

— Sauf, peut-être, en ce qui concerne les Sang-de-Feu. Mais ça, c'est notre petit secret, n'est-ce pas ?

J'acquiesçai. Il m'était impossible de lui faire confiance, à elle ou quiconque dans cet endroit, mais je ne pouvais m'empêcher d'être désarmée par sa sollicitude envers moi. Sans parler de son soutien apparent à mon peuple.

— Merci de… Enfin, c'était bon de savoir qu'il y avait au moins une personne dans l'arène qui voulait que je gagne, bredouillai-je.

Elle eut un petit sourire et ses yeux se posèrent sur les sous-vêtements.

— Je crois avoir bien jugé ta taille. Et si nous t'habillions ?

— Nous ? Mais… vous êtes une dame. Pourquoi ne pas demander à Doreena ?

— Je lui ai dit que je t'aiderai, à sa place. Je voulais avoir une occasion de bavarder un peu. Tourne-toi, que je puisse lacer ton corset.

Je me tournai, et elle me sangla étroitement.

— Inspire, me dit-elle en serrant encore plus les lacets.

Un souffle m'échappa.

— La respiration est une option. La beauté, non.

Elle sourit pour adoucir son propos, mais j'avais l'intuition qu'elle le pensait réellement. Elle-même était incroyablement belle, avec sa coiffure impeccable, ses mèches dorées empilées sur sa tête avec sophistication et fixées avec des épingles surmontées de perles. Sa robe de satin corail ornée de dentelle aux manches et au col faisait ressortir l'éclat de sa peau d'albâtre. Un ruban de velours noir soulignait la finesse de sa taille.

Elle se tourna et prit le paquet qu'elle avait apporté, qu'elle déroula – une robe bordeaux brodée de perles en motif floral. Elle l'ouvrit devant moi et me fit signe de la passer.

Je secouai la tête.

— Je préférerais porter les habits que j'avais dans l'arène. Ils me ressemblent plus. Cette robe est… enfin, je n'ai jamais rien porté d'aussi beau.

Elle rit.

— Allons, tu n'y penses pas ? Le roi et ses courtisans préférés en train de dîner avec une jeune fille en guenilles… Non, je ne crois pas. En outre, ces vêtements ont été soit lavés, soit jetés. Allez, vas-y.

Elle secoua la robe avec impatience.

N'ayant pas d'autre choix, je mis un pied dans la robe. Une fois qu'elle eut fini de refermer les boutons dans mon dos, elle prit une brosse dans une boîte et souleva une partie de ma chevelure.

— Laissez, dis-je un peu sèchement. Ça n'a pas d'importance.

— Ça en a pour moi. Je ne veux pas que ma protégée ressemble à une vaurienne.

— Votre protégée ? répétai-je, soudain embarrassée.

Le terme me rappelait les jours passés à l'abbaye. Frère Chardon avait dit m'avoir un moment considérée comme un instrument, une arme à brandir pour accomplir sa volonté. Étais-je la même chose pour Marella ?

Elle parlait lentement, concentrée sur mes cheveux, qu'elle démêlait avec douceur :

— Tu es une opportunité. Lorsque la mère du roi Rasmus a été tuée par un Sang-de-Feu, le sentiment d'hostilité contre ton peuple a pris une ampleur extrême. Et quand son frère aîné a été assassiné, cette hostilité s'est transformée en haine pure et simple. Le roi Rasmus s'en est servi pour justifier sa mission d'extermination de ton peuple. Tous ceux qui n'étaient pas de cet avis étaient bannis ou tués. Personne n'aurait osé s'exprimer ouvertement au sujet de sa campagne contre les Sang-de-Feu.

— Mais vous, vous l'avez fait ?

Elle eut un petit rire.

— Oh, non, je ne suis pas idiote. J'aurais été aussitôt jetée au donjon, ou pire encore.

Elle prit une section de mes cheveux et les entortilla.

— Nous souffrons tous des sautes d'humeur de Rasmus et des dangereuses décisions qui s'ensuivent. Mais je ne suis pas restée les bras croisés. J'ai élaboré des plans et pris mon mal en patience, en attendant l'arrivée d'un Sang-de-Feu assez puissant pour m'aider à les concrétiser. Et te voilà.

J'essayai de me retourner pour la regarder, mais elle tenait fermement ma tête entre ses mains.

— Ne bouge pas ! Il faut que je les fixe, derrière.

— Que voulez-vous que je fasse ?

Les mots sortirent avec un peu de dureté que je ne l'aurais voulu.

— Que tu continues de gagner tes matches. Que Rasmus continue de s'intéresser à toi. Gagne sa confiance, et tu auras davantage de libertés au château, ce qui sera bénéfique pour toi comme pour moi.

— Et pourquoi est-ce que je devrais vous faire confiance, à *vous* ?

— Parce que je suis la seule personne ici, et peut-être dans tout le royaume, à ne pas souhaiter ta mort.

Je secouai la tête brièvement, sans le vouloir. Et vis son expression se modifier dans le miroir.

— Ah. Il y a quelqu'un d'autre qui voudrait que tu restes en vie. Les moines avec qui tu vivais, c'est ça ? Celui ou ceux qui t'ont aidée à t'enfuir de la prison ?

Je pinçai les lèvres.

— Le jeune homme ? suggéra-t-elle à mi-voix.

Mes yeux s'écarquillèrent avant que je puisse dissimuler ma surprise. Son reflet sourit au mien.

— Mon père me dit tout, tu sais. Je suis au courant, pour les moines. Et je pense que ce jeune homme à la capuche pourrait bien être ton amoureux... Comment s'appelle-t-il ?

Je restai muette, les yeux résolument braqués devant moi, mais ne pus m'empêcher de penser à Arcus. J'avais cruellement besoin de savoir s'il était sain et sauf, et regrettai pour la centième fois qu'il ne soit pas ici avec moi, pour me guider et me protéger, ainsi que nous l'avions prévu.

— Tu me le diras, un jour, dit Marella avec une assurance totale. Pour te prouver ma bonne foi, je vais te dire quelque chose en premier : j'étais autrefois fiancée au roi.

Mes yeux croisèrent les siens dans le miroir.

— Vous et le roi Rasmus ?

Elle secoua la tête, prit une petite boîte et frotta son doigt dans la pâte rouge qu'elle contenait avant de m'en mettre sur la joue. Elle fronça les sourcils puis s'empara d'un linge pour l'enlever.

— Non, tu n'as pas besoin de rouge. Tu as le teint rosé naturellement. Quelle chance.

— Vos fiançailles... relançai-je.

— Oui, je devais épouser son frère, le roi Arelius. Nos pères étaient convenus de cet arrangement quand nous étions très jeunes. Nous avons grandi en sachant que nous serions un jour unis. Lorsque le roi Akur est mort et qu'Arelius a été couronné, la date du mariage a été fixée. Un roi a besoin d'une reine forte, dans notre tradition. Il est la source du pouvoir, elle est le pont entre le roi et son peuple. Du moins, c'est ce que me dit toujours mon père.

Seulement, Arelius a été assassiné avant que le mariage ait lieu.

—Oh. Je suis désolée, dis-je avec sincérité, sachant qu'elle s'abstenait de mentionner que c'était un Sang-de-Feu qui l'avait assassiné.

C'était un miracle qu'elle ne me haïsse pas comme les autres.

—Votre père a-t-il prévu de nouvelles fiançailles ?

Elle fit la moue.

—Il a essayé. Mais le roi Rasmus prétend qu'il choisira lui-même sa femme, quand le moment sera venu. Mon père a essayé tellement de fois de me pousser dans ses bras que Rasmus a maintenant du mal à supporter de me voir. Par chance, notre famille est très haut placée dans la noblesse des Sang-de-Glace, et nous avons une multitude d'alliés et de relations, si bien que le roi n'ose pas nous offenser. Voilà pourquoi je l'accompagne lors des occasions formelles, comme les combats dans l'arène. En attendant qu'une reine vienne prendre cette place officiellement.

—Mais si votre famille est tellement importante, pourquoi ne pas tenir tête au roi ? Ou organiser une forme de résistance contre lui ?

—Attention, dit-elle tout bas. Les murs ont beau être en pierre, ils peuvent avoir des oreilles quand on parle de trahison… Et le roi est bien plus puissant que tu ne peux l'imaginer.

—Seulement grâce au trône.

Une lueur de surprise et de satisfaction se lut dans ses prunelles, et elle soutint mon regard un moment avant de détourner la tête.

Une fois qu'elle m'eut poudré le visage, elle hocha la tête, visiblement satisfaite, et me prit le bras pour m'emmener face au grand miroir. La robe était évasée, magnifique. Je refoulai le feu qui me venait aux joues et réchauffait de teintes d'or mes yeux couleur d'ambre. C'était la plus belle tenue que j'aie portée de toute ma vie.

Mais je la détestais, ainsi que cette inconnue dans le miroir. Cela ne faisait pas partie du plan.

— Est-ce bien nécessaire de me déguiser comme une princesse en visite ? demandai-je tout en essayant de remonter un peu mon corset. Le roi risque de me tuer pendant le dîner.

— Il ne te tuera pas. Tu fais partie de ses champions maintenant. Prouve-lui que tu mérites ce nom. Ne montre aucune faiblesse et ne te mets jamais en colère devant lui. Il veut te revoir dans l'arène. Je le sais.

Mon cœur se serra à l'idée qu'il se soit réjoui de faire de moi une meurtrière. Mais si la seule façon de rester en vie et de détruire le trône était de jouer à ce jeu cruel, je le ferais.

Avant de partir, Marella prit soin de me dire que je ne devais parler à personne de notre conversation. Je m'étonnai de la confiance qu'elle m'accordait, mais en même temps, elle savait que je n'avais aucune raison de la trahir. Je serais folle de perdre ainsi ma seule alliée. Et je ne pouvais m'empêcher d'admirer son audace et sa franchise. À vrai dire, je commençais même à l'apprécier.

Elle me rappelait une image que j'avais vue dans le livre de flore exotique de ma mère : une fleur splendide, inoffensive si l'on ne touchait pas ses pétales, mortelle si on la dérangeait. Elle gardait son secret bien enfoui en elle, mais une fois éclose, quel poison au parfum doux-amer allait-elle exhaler ?

Quelques minutes plus tard, deux gardes m'escortèrent dans une succession de couloirs. Mon cœur se mit à battre plus fort comme nous arrivions devant d'immenses doubles portes sculptées de deux dragons se faisant face, tenant des flèches de glace dans leurs griffes. Des serviteurs gantés de blanc tirèrent les poignées étincelantes, et un souffle d'air glacial s'échappa par l'ouverture des portes.

La salle était vaste et extrêmement froide, avec des murs couverts de givre et de quelques tapisseries dans des tons pastel. Le carrelage était d'un bleu transparent et d'un blanc immaculé. Des bougies frémissaient dans des appliques murales. Au plafond en voûte, un lustre de cristal chargé de pampilles de glace jetait sur la pièce des éclats de couleur prismatiques.

Au centre, une table de verre et des chaises transparentes couvertes de peau de bêtes blanches. Plusieurs de ces chaises étaient occupées par d'élégantes dames en robe de couleur vive et par des hommes en costume sombre. Le bourdonnement des conversations s'éteignit dès que leurs yeux se posèrent sur moi.

Je déglutis avec peine et avançai lentement vers la table. Une grande silhouette aux cheveux clairs se leva, suivie des autres hommes. Il me désigna une chaise, non à l'autre bout de la table, comme je l'espérais, mais juste à sa droite.

En voyant le roi, je sentis mes muscles se bander aussitôt, prête à me défendre, à me battre. Le froid s'intensifia à mesure que j'approchais de lui, traversant des courants invisibles qui me frôlaient le visage, le cou et le décolleté. C'était moins un courant d'air qu'une sensation du pouvoir que le roi tenait à me faire connaître afin de tester ma chaleur. Je demeurai impavide, bien décidée à ne pas montrer la moindre faiblesse, même si j'avais l'impression de traverser un blizzard. Lorsque j'atteignis ma chaise, mon souffle s'était accéléré malgré moi.

Je posai une main sur la table et la retirai immédiatement. Ce n'était pas du verre, mais de la glace pure, finement taillée.

Je lissai mes jupes et m'assis sur la fourrure blanche couvrant ma chaise, les mains tremblant d'une peur que je ne parvenais pas à maîtriser. Il n'y avait pas de peau de bête sur le fauteuil du roi, comme s'il préférait le contact du froid. Sur la table, des assiettes, des couverts et des coupes en argent étaient disposés sur des serviettes blanches. Mon assiette reflétait le cristal suspendu au-dessus de nos têtes, telles de petites épées prêtes à tomber.

Je haussai le menton et considérai rapidement les convives. Quelques personnes regardèrent ailleurs, tandis que les autres me dévisageaient sans vergogne.

— Pardonne mes invités de te fixer ainsi, dit le roi. Tu es une sorte de curiosité. La toute première championne Sang-de-Feu.

Tous les yeux se braquèrent sur moi, attendant ma réponse. Ne sachant quoi dire, je restai silencieuse.

— Un exploit remarquable, déclara un homme, attirant mon attention.

D'âge moyen, il arborait d'épais favoris, avait des traits lourds et le regard scrutateur.

— Même si jamais je n'aurais eu le cœur de vous encourager ouvertement dans l'arène, permettez-moi de vous féliciter maintenant, ajouta-t-il. Je suis certain que je n'aurai pas d'autre occasion de le faire.

Il sourit, sans que ce sourire parvienne jusqu'à ses yeux.

— Méfiez-vous, seigneur Blanding, dit une autre voix, elle pourrait encore vous surprendre.

Je sursautai en reconnaissant ce timbre. Je n'avais pas pris le temps de regarder tout le monde en arrivant, et il était tellement différent sans son uniforme – en belle veste de velours bleu sur une chemise d'un blanc impeccable, ses cheveux blond foncé plaqués en arrière.

— Elle a mis le feu à la moitié de mon régiment et s'est évadée de la prison de Blackcreek. Je peux vous assurer que c'est une sacrée sauvageonne. Il m'a fallu des mois pour la retrouver.

Je tournai les yeux vers le roi. Il soutint mon regard, ses yeux noirs et froids cernés de bleu aussi réfrigérants qu'un glacier dans une mer gelée. De toutes les cruautés que j'avais subies, dîner en compagnie du capitaine qui avait tué ma mère était la pire. Si j'avais pu le tuer d'un regard, je l'aurais fait rôtir sur place – et le roi avec. Ce dernier demeurait impavide, mais une lueur d'amusement s'alluma dans ses yeux lorsqu'il parla :

— En effet. Et maintenant, elle est avec nous. Même si je dois dire que je suis assez contrarié d'avoir perdu la bête des montagnes et mon champion favori… J'espère qu'en compensation, elle nous offrira encore toutes sortes de distractions.

Avant que je puisse répondre, les portes s'ouvrirent et Marella entra, resplendissante dans une robe de soie couleur bronze bordée de dentelle. Elle sourit à tous tandis que les hommes se levaient et vint s'asseoir en face de moi.

— Suis-je encore en retard ? Décidément, je ne me souviens jamais de l'heure à laquelle nous dînons.

Le roi lui coula un regard un peu frais. Sur la gauche de Marella, un homme en costume vert foncé la réprimanda :

— Peut-être que ton horloge s'alignerait sur celles du reste du monde si tu dormais la nuit et te levais le matin, comme le font les honnêtes gens, dit-il.

— Mais cela m'empêcherait de contempler les étoiles, père. Or nous savons tous deux que c'est là que se trouvent les réponses à toutes nos questions, n'est-ce pas ?

— Si tu passais un peu plus de temps en société au lieu de t'isoler dans ce maudit observatoire, tu aurais déjà trouvé un mari.

L'ennui se lut dans les yeux de la jeune femme.

— Mais jamais un mari ne me laisserait m'adonner à ma passion comme vous le faites, père. Il vaut mieux pour moi que je reste célibataire.

— Je ne suis pas sûr de le tolérer encore longtemps. Ma patience risque d'avoir des limites… Limites qui pourraient se situer aux alentours du solstice d'hiver, par exemple. Sinon, je t'enverrai chez les Sœurs du Silence, sur l'Île de Nimbus.

Elle eut une petite moue cependant qu'une ombre presque violente assombrissait son regard.

— Les Sœurs du Silence font partie de l'Ordre de Cirrus, dit-elle d'une voix sourde. Je ne tarderais pas à me jeter du haut des falaises de l'Est.

Le silence se fit autour de la table. J'étais heureuse que Marella ait détourné l'attention de ma personne.

Son père lui tapota la main, visiblement troublé.

— Allons, je plaisante, ma fille. Je suis sûr que tu trouveras quelqu'un de Forsia à épouser.

Elle s'adossa dans sa chaise et but une gorgée à sa coupe, essayant clairement de reprendre le contrôle de la situation.

— Vous avez sûrement raison. Je donnerai ma main à quelqu'un dans le grand âge, qui dormira la moitié de la journée, comme moi. Ou bien, à un homme qui aimera tellement jouer et fréquenter les bordels qu'il se moquera bien de la façon dont j'emploie mon temps.

Un rire rompit le silence choqué. Le capitaine se pencha en avant avec un sourire canaille pour scruter Marella d'un œil concupiscent, qui s'attarda sur sa poitrine.

— Moi, j'aime jouer et aller au bordel, dit-il.

Elle lui rendit son sourire, creusant une charmante fossette dans sa joue.

— Si je ne m'abuse, vous êtes déjà marié, capitaine Drake ?

— C'est vrai, répondit-il sans cesser de la lorgner. Mais ma femme est assez compréhensive. Ma fille, par contre, est assez pénible... Elle préférerait me voir pendu plutôt que trompant ma femme.

— Comme il se doit, dit Marella.

Mes poings se serrèrent malgré moi. Cet homme avait donc une femme et une fille. Je me demandai ce qu'il éprouverait en voyant l'une des deux mourir sous ses yeux. Et m'efforçai de ne rien laisser transparaître de ma haine envers lui.

L'expression du capitaine se fit plus désinvolte comme il continuait :

— Ces derniers temps, elle n'arrête pas de m'embêter pour que je lui donne presque tout mon argent. La petite maline... Ah, je regrette déjà le bon vieux temps où il me suffisait de lui apporter une poupée, en revenant d'une de mes campagnes, pour la rendre heureuse !

— Quel âge a-t-elle maintenant ? s'enquit une femme assise face au seigneur Blanding.

— Douze ans. Mais elle pourrait aussi bien en avoir cinquante, vu la façon dont elle me houspille. Elle fera une épouse solide pour un homme, dans quelque temps. Même si personne ne sera jamais assez bien pour elle.

La tablée sembla se détendre comme la conversation bifurquait sur le sujet des enfants des nobles. Un sourire au coin des lèvres, Marella plaçait un petit commentaire de temps en temps. De mon côté, je sentais le regard du roi sur moi et finis par me tourner vers lui ; une fois encore, je fus frappée de me dire qu'il ne devait guère être plus âgé que moi. Comment un homme aussi jeune pouvait-il être à ce point dénué de sentiments ? Arcus m'avait dit que Rasmus n'avait pas toujours été quelqu'un de cruel.

— Tu es étonnamment charmante, Feu-Follet, me dit-il d'une voix sourde. Malgré tes bleus et tes coupures.

Il leva une main comme pour effleurer une contusion au niveau de ma clavicule. Je reculai vivement.

Les bleus et les coupures, ce n'est rien, avais-je envie de lui dire. Il avait ordonné à ses soldats d'attaquer mon village, ma mère avait été assassinée, et maintenant, j'étais forcée de partager la table avec son assassin. Et après m'avoir jetée en pâture à une bête puis à un combattant sadique qui avait tenté de me briser les doigts, voilà qu'il me faisait des compliments !

Ma peur de lui s'évapora dans un nuage de colère. Une chaleur que je n'aurais pas cru possible dans cet endroit glacial monta en moi, faisant onduler l'air. Des gouttes d'eau se mirent à couler au bord de la table de glace.

Il passa une main sur le bord de la surface, faisant tomber les gouttes par terre – qui se cristallisèrent aussitôt.

— Calme-toi. Je ne t'ai pas fait venir pour te parler de ta beauté, sois tranquille.

Je le dévisageai. Il était si calme, si froid, si… vide.

— Quelle mouche vous a piqué de me faire venir ici ? Je préférerais encore prendre mon repas avec vos chiens.

L'insulte sembla lui glisser dessus.

— C'est la tradition de faire honneur à un nouveau champion.

— Même à un Sang-de-Feu ?

— Aucun Sang-de-Feu n'avait gagné avant toi. Tu as vaincu un grand guerrier… Comment as-tu fait ?

Un froufroutement de tissu attira mon attention vers les autres convives, qui s'étaient tous penchés en avant et tournés vers moi, guettant ma réponse. Le père de Marella en particulier, avec ses yeux gris rivés sur moi sous ses épais sourcils blancs, semblait plus qu'impatient de m'entendre.

— Je ne m'en souviens pas bien… Ça s'est passé dans un certain flou.

Un petit sourire s'esquissa au coin de ses lèvres.

— Dans ce cas, nous devrons réitérer l'expérience, et la prochaine fois, tu nous diras comment tu as gagné. J'ai de grands projets pour toi, Feu-Follet.

— Je crois plutôt que votre intention est de me tuer, d'une manière ou d'une autre.

Marella eut un rire léger.

— Quand je pense que nous avons failli passer à côté de l'occasion de te voir combattre dans l'arène. Ç'aurait été une grande perte, n'est-ce pas, Raz ?

Le fait qu'elle emploie un surnom à l'adresse du roi me surprit. Celui-ci ne m'avait pas quittée des yeux.

— Je ne compte pas te tuer, dit-il. Tu es ma championne maintenant, et mon invitée.

Un serviteur vint vers nous avec une carafe et versa du vin dans la coupe du roi. Au même moment, une porte s'ouvrit et trois hommes entrèrent, chargés de plateaux remplis de jambons, de rôtis, de poissons, de pommes de terre et de légumes dans de riches sauces.

Alors que toute la tablée entamait son repas, je restai immobile, les mains sur mes genoux.

— Mange, me dit le roi à mi-voix.

Je soutins son regard. Qu'arriverait-il si je refusais ?

Il inclina la tête comme s'il avait lu dans mes pensées.

— Je t'ai déjà dit que je ne te tuerais pas, Ruby.

— Ne m'appelez pas Ruby. Le nom que ma mère m'a donné n'a pas de place dans votre bouche.

Il sourit et but une gorgée de vin.

— Je crois savoir ce qui a ou non sa place dans ma bouche.

Pour la première fois, un soupçon de chaleur apparut dans ses yeux. Je détournai le regard et avalai une gorgée de vin pour dissimuler mon trouble.

Il se mit à pianoter sur sa coupe.

— Je sais que ton désir le plus cher est de me tuer.

Je relevai brusquement la tête.

— Oui, poursuivit-il. Il est tout à fait évident que tu me détestes. Le Feu et la Glace sont des ennemis naturels, et je connais ton histoire. Ce qui est arrivé à ton village… à ta mère…

Il s'adossa dans son fauteuil avant de continuer :

— Il ne reste plus beaucoup de Sang-de-Feu. Lorsqu'en plus, l'un d'eux s'échappe de prison, cela ne passe pas inaperçu. Surtout si celui ou celle-ci a été trouvé dans une abbaye qui adore Fors. Je me demande qui a pu t'amener là… Malheureusement, tes chers moines se sont montrés fort peu bavards.

— Où sont-ils ? demandai-je en repoussant ma chaise pour me lever.

J'imaginai les moines dans la prison de Blackcreek, les rats courant sur eux pendant leur sommeil, leurs vieux os meurtris par le sol de pierre.

Le bourdonnement léger des conversations cessa brusquement autour de la table. Le roi me désigna ma chaise.

— Assieds-toi, Feu-Follet. Tes moines sont indemnes. Ils sont dans leur abbaye, où ils mènent la même vie que d'habitude.

Je le dévisageai, regrettant de ne pouvoir lire la vérité dans ces yeux inexpressifs.

— Je ne vous crois pas.

Le silence persistant attira mon attention vers les autres invités. Tous les yeux étaient fixés sur moi. M'efforçant de me ressaisir, je me rassis et les conversations reprirent.

— Tu crois qu'ils sont ici, dans mon donjon ? demanda le roi à voix basse. En train de subir la torture pour se faire extorquer des informations ? Tu n'as qu'à aller voir toi-même.

— Vous pourriez les détenir ailleurs. La prison de Blackcreek n'est pas très loin de l'abbaye.

Le roi sirota son vin et posa calmement sa coupe sur la table.

— C'est une bonne chose que tu aies conscience du danger qui pèse sur ceux que tu aimes, me dit-il.

Je regrettai soudain d'avoir développé des sentiments pour eux et de ne plus être libre de toute attache comme je l'étais en prison, où je ne connaissais plus que la haine.

— Dis-moi ce qui s'est passé dans l'arène, répéta-t-il tout bas.

Je baissai les yeux vers mes poings serrés sur mes genoux. Toute information que je lui donnerais serait susceptible d'être utilisée contre moi, et donc de m'empêcher de détruire le trône.

Avisant mon silence, le roi soupira et se carra dans son fauteuil.

— Tu me vois comme un ennemi, dit-il. Mais moi, quand je te regarde, je ne vois pas une ennemie… Je vois du potentiel.

Je secouai la tête. Une personne de plus qui voulait se servir de moi – et, cette fois, celle-là même que je voulais éliminer.

Il se mit à jouer avec sa coupe.

— Il t'est arrivé quelque chose dans l'arène, juste avant que tu portes le coup fatal. Tes yeux sont devenus noirs.

Un souvenir me revint, de la conteuse dans les bois. Elle avait dit que les Minax se glissaient sous votre peau, rendaient vos yeux et votre sang noirs et vous transformaient en un être mauvais, avide de sang, prêt à tout pour accomplir leur volonté et accéder à des ténèbres mirifiques.

J'avalai une gorgée de vin en maudissant le tremblement qui agitait ma main.

— Tu sais parfaitement qu'il t'est arrivé quelque chose… Un jour, tu me feras suffisamment confiance pour me le dire. En attendant, voici un geste de bonne foi : je fais quelque chose pour toi, et tu fais quelque chose pour moi.

— Que voulez-vous faire pour moi ?

Il marqua une pause pour me faire mariner un peu.

— Je vais te donner une occasion d'affronter le capitaine qui a tué ta mère. Donc de le tuer, si tu le souhaites.

Je retins mon souffle. Comment pouvait-il dire cela alors que l'homme était assis tout près de nous ?

— Vous voulez dire le capitaine qui était missionné par *vous*, en train d'exécuter *vos* ordres ? Vous seriez prêt à me le livrer ?

— Oui.

— Pourquoi ? Pourquoi feriez-vous cela ?

— Je te l'ai dit : pour te prouver que tu peux me faire confiance. Et que si tu me donnes ce que je veux, je continuerai à te récompenser en retour. Il n'y a aucune raison pour que nous ne trouvions pas le moyen de nous entendre.

J'étais décontenancée, déstabilisée. J'avais baissé ma garde et discuté avec le roi comme si j'étais une invitée normale, et lui, mon hôte gracieux. Je sentis la colère monter dans ma poitrine, contre moi, contre lui, une colère qui devait sortir. D'un geste vif, j'envoyai un fin faisceau de chaleur sur la table. Elle crépita un instant, laissant un creux dans sa masse en refroidissant. Mais une craquelure la fendait maintenant sur toute sa longueur.

Un lourd silence se fit. Je croisai le regard du roi, retenant mon souffle. Ses yeux étaient d'un noir sans fond. S'il s'attendait à ce que je m'excuse, il allait être déçu. J'étais contente d'avoir fendu sa table. J'avais envie de la casser en deux.

Il leva une main. Je me préparai à frapper en retour, mais il la posa sur la table et projeta une fine ligne de glace dans la fissure, qui se combla immédiatement. Après quoi, il prit ma main et la posa sur la table afin que ma chaleur en fasse fondre la surface. Ma peau picota à ce contact.

Je retirai ma main et le roi plaça la sienne à cette même place, gelant l'eau à nouveau. La surface était maintenant lisse et parfaite, comme si rien ne s'était produit.

— Tu vois ? dit-il. La Glace et le Feu peuvent œuvrer ensemble. C'est peut-être une leçon à retenir.

Je fixai la table et la fissure qui avait été gommée en un clin d'œil. Serais-je effacée aussi vite, une fois que j'aurais cessé d'être utile ?

— Puisque tu n'as pas faim, tu peux t'en aller, Feu-Follet.

Sans un mot, je me levai et me dirigeai vers les gardes, ignorant tous les yeux dans mon dos. Lorsque les portes s'ouvrirent pour me laisser passer, le roi lança derrière moi :

— Au fait : tu te battras à nouveau dans trois jours.

22

— Je dois vous remercier pour une chose, me dit Doreena de sa voix ténue. Vous avez tué celui qui a tué mon frère.

Trois jours s'étaient écoulés, qui m'avaient paru durer une éternité. J'avais passé tout mon temps dans ma chambre, avec de rares visites de Doreena pour rompre la monotonie des heures. Aujourd'hui étant le jour de mon match, elle m'avait aidée à passer ma tenue de combat, dont la tunique rouge, fraîchement lavée, ne sentait plus le sang et la sueur. Je ne sais comment, elle avait récupéré le masque que je portais l'autre fois. Et j'avais désormais un gantelet de cuir et de métal à la main gauche, pour protéger mon doigt blessé.

— Que voulez-vous dire ?

Elle déglutit avec peine.

— Gravnach a tué mon frère. Il n'avait que quatorze ans, il était trop jeune pour l'arène… Mais notre famille était pauvre et Lorca était déterminé à gagner l'argent de la récompense. Il…

Elle posa une main sur sa bouche et ferma les yeux avant de poursuivre :

— Il était le cadet de notre famille. Ma mère est devenue folle de chagrin. J'ai perdu mon frère et ma mère à cause de ce monstre, et vous l'avez tué. Je vous en remercie infiniment.

Je fus touchée par sa gratitude, même si je ne la méritais pas. Je n'avais fait qu'essayer de survivre. Mais je comprenais totalement son besoin de revanche.

Elle leva sur moi des yeux implorants.

— Je n'en parle jamais à personne, habituellement, mais j'avais le sentiment de devoir vous dire merci. Si vous dites à qui que ce soit que j'ai parlé en mal d'un champion, je serai châtiée.

— Je ne le dirai à personne, Doreena. Et si cette mort vous apporte un peu de réconfort, j'en suis heureuse. Mais j'ai uniquement fait ce que j'avais à faire. Je n'avais pas le choix.

Lorsque je fus entièrement habillée, les cheveux flottant dans mon dos, elle se posta devant moi et me regarda, une lueur intense dans les yeux.

— Cette fois, c'est vous que j'encouragerai, madame, quoi que les autres en pensent.

Quelques minutes plus tard, des gardes m'escortèrent à travers la cour. La chaleur parcourait déjà ma peau par vagues tandis que j'entendais les clameurs :

— À mort, la Sang-de-Feu ! À mort !

Je savais maintenant à quel accueil m'attendre dans l'arène ; en revanche, j'ignorais totalement si je serais capable de survivre encore. Et puis, cette chose sous ma peau risquait fort de revenir. Une fois rendue dans l'alcôve, je me mis à faire les cent pas, nerveuse, confuse, inquiète – et heureuse que les autres combattants m'évitent et me laissent essayer de me calmer dans mon coin.

— Attention, Feu-Follet, me dit Braka. Si tu continues, tu vas te consumer toute seule avant même de mettre un pied dans l'arène.

Je m'arrêtai et me tournai vers elle. Je pensai alors au frère de Doreena. Si un jeune garçon avait pu combattre un jour, il était tout à fait possible que cela se produise à nouveau... Or je n'imaginais rien de pire que de devoir tuer un enfant.

— Avez-vous déjà eu à tuer un innocent ? demandai-je. Quelqu'un dont vous saviez qu'il n'avait rien à faire dans l'arène. Je suppose que vous avez dû être championne ?

Elle secoua la tête, faisant cliqueter ses mèches gelées.

— Je me battais il y a bien longtemps, sous le règne du roi Akur. Les choses étaient différentes, à l'époque. On ne recherchait que des combattants aguerris.

Elle ouvrit la bouche et la referma, semblant se raviser. À son expression, je compris que, comme Doreena, mon sang n'était pas un motif de haine pour elle.

— Tu auras une épée aujourd'hui, dit-elle finalement en me tendant un fourreau en cuir.

Je considérai l'arme avec répulsion, connaissant déjà la sensation du métal froid dans ma main, si éloignée de ma chaleur naturelle.

— Je ne suis pas très douée à l'épée.

Elle haussa les épaules.

— C'est le choix du roi.

Je sortis la lame, éprouvant son poids. Elle était bien équilibrée et d'une taille adaptée à la mienne, pas trop lourde.

— Tu es une championne cette fois, me dit Braka. Tu dois entrer en saluant la foule avec les autres. C'est la tradition.

Je suivis la procession dans l'ombre de l'alcôve, qui devait parcourir tout le périmètre de l'arène. Quelques minutes plus tard, nous étions de l'autre côté, à l'endroit où j'avais vu la procession arriver, la fois précédente. Rassemblés devant la porte, il y avait des hommes munis de lances tenant les rênes de chevaux blancs, des dresseurs s'efforçant de maîtriser leur animal en laisse, et des combattants de toutes tailles et conditions, allant d'hommes en guenilles à des femmes enchaînées, en passant par des guerriers en armures et casques rutilants.

L'annonceur aux cheveux blancs se fraya un chemin parmi nous et s'engagea dans l'arène pour monter sur l'estrade centrale. Aujourd'hui, il portait une toge bleu cobalt brodée et bordée de fourrure blanche ; des bijoux en argent étincelaient à son cou et à ses doigts. Il salua la foule comme il l'avait fait quelques jours plus tôt, rappelant au public qu'ils honoreraient leur roi en soutenant ses champions et en conspuant ses ennemis. Quand il eut fini de parler, les cavaliers aux lances ouvrirent la parade. Les champions les suivirent à pied, moi en dernier. Derrière nous, les animaux exotiques et leurs dresseurs déjà trempés de sueur.

La poussière volait sous nos pieds et dansait dans les rayons du soleil. Je repérai la tribune du roi, dont les robes blanches à liseré d'or scintillaient dans la lumière. Il tourna la tête, suivant le moindre de mes pas. Du coin de l'œil, je vis Marella en robe turquoise. Mais mon regard ne cessait de se porter sur le roi. Et j'avais chaque fois plus de mal à l'en détourner.

— Nous avons une petite surprise pour le bon peuple de Fors, claironna l'annonceur. Un spectacle comme vous n'en avez jamais vu. Aujourd'hui, nos champions et challengers vont devoir affronter une complication supplémentaire. Sizar, le rare et dangereux tigre des glaces, et Brux, le grand taureau et mascotte ancestrale des tribus nordiques, combattront également. Et eux ne se soucient pas de savoir s'ils étripent ou dévorent un champion ou un challenger !

Il tendit un bras vers les animaux avec un grand sourire. Le tigre faisait les cent pas au bout de sa chaîne, montrant les dents et feulant en direction de la foule. Le taureau grondait et frappait le sol de son sabot, tirant sur le joug tenu par deux hommes de chaque côté.

— Un champion, un challenger, et deux bêtes dans chaque match, continua l'annonceur. Si les bêtes survivent, elles participeront au combat suivant. Mais seul un homme ou une femme, voire peut-être un animal, sortira de l'arène vivant.

Un tonnerre d'applaudissements et de cris enthousiastes retentit dans les gradins.

Je devais être livide. Tremblant comme une feuille, je m'appuyai contre un poteau en bois dans l'alcôve en attendant que tout cesse de tourner autour de moi. Des gens allaient se faire égorger rien que pour divertir la foule. J'avais envie de frapper cet annonceur et de leur hurler ma rage, à tous.

— Mais avant de faire sortir nos champions… ces animaux semblent avoir un peu faim, vous ne trouvez pas ? Peut-être qu'un ou deux traîtres leur rempliraient le ventre.

Et le public de se mettre à rugir de plus belle.

Deux hommes enchaînés furent traînés vers l'arène. Au moment où ils passaient devant moi, je crus reconnaître l'un d'eux.

— Clay, dis-je dans un souffle.

Je n'arrivais pas à croire que cela puisse être le fils du boucher – celui qui m'avait donné mon premier baiser et avait dit aux soldats que j'étais une Sang-de-Feu, avec toutes les conséquences que cette trahison avait eues.

Il me semblait ne pas l'avoir vu depuis des siècles, et pourtant, c'était bien Clay. Il avait ce nez tordu, si caractéristique, après avoir pris un mauvais coup dans une bagarre. Je me souvenais que ma mère l'avait grondé de ne pas être venu la voir plus tôt après cela – elle aurait pu l'aider à le remettre droit, avant que le cartilage ne se fixe de travers.

J'hésitai. Je pouvais facilement le laisser partir dans l'arène, après quoi je ne le reverrais plus jamais. Seulement, il était de mon village et, quoi qu'il ait fait, il se trouvait maintenant dans le même enfer que moi.

— Attendez, dis-je au garde qui tenait sa chaîne. S'il vous plaît. Je le connais.

— On s'en fout, Crasse-de-Feu. Dégage.

Braka, qui discutait avec un des combattants, se détourna aussitôt en posant les poings sur ses hanches et toisa le garde.

— C'est une championne du roi qui vient de te demander quelque chose. Accorde-lui une minute.

Le garde la fusilla du regard avant de baisser les yeux.

— Bon. Mais pas plus d'une minute, grommela-t-il.

Je remerciai Braka d'un signe de tête et m'approchai de Clay. Ses yeux s'écarquillèrent en me reconnaissant.

— Ruby ?

— Que s'est-il passé ? lui demandai-je froidement. Tu leur as prêté main-forte en nous dénonçant, ma mère et moi, et voilà qu'ils te considèrent comme un traître maintenant ?

Il secoua la tête avec un regard éploré.

— Je ne voulais pas vous trahir, ni toi ni ta mère.

— Avant ou après que tu aies appelé les soldats ?

— Je n'ai pas fait ça, protesta-t-il. Mais une fois qu'ils étaient là, je n'ai pas eu le choix. Ils ont menacé de tous nous tuer, un par un, si personne ne leur disait où habitait la Sang-de-Feu. J'ignore comment ils ont su, pour toi.

— *Tu* savais, pour moi. Tu n'as pas dû avoir de mal à deviner que j'étais une Sang-de-Feu quand tu m'as… touchée. Et je n'ai pas tué ton frère, c'est l'inverse : j'ai essayé de le sauver !

— Je sais, mais… je ne voulais pas passer pour un traître. Ma famille en aurait subi les conséquences, tu le sais très bien. Mais je te jure que ce n'est pas à cause de moi qu'ils sont venus.

— Et pourtant, tu es là maintenant. Que s'est-il passé ?

Le garde commença à tirer Clay en avant.

— Écoute, Ruby, murmura-t-il en freinant des deux pieds pour résister à la traction du garde. Ce jour-là m'a changé pour toujours. Je n'ai jamais pu oublier ce qui t'est arrivé, et ce que j'avais fait. Alors je suis parti du village et j'ai trouvé d'autres personnes qui en avaient assez de la cruauté du roi. Ils rassemblent des soutiens depuis environ un an.

Il se tourna et cracha par terre.

— Voilà ce que je pense du roi de Glace qui est assis sur le trône.

Le garde lui envoya un taquet derrière la tête, faisant trébucher Clay.

— Assez bavardé, lança l'homme.

Et Clay fut entraîné dans l'arène.

C'était donc quelqu'un d'autre qui avait fait venir les soldats au village. Mon ami m'avait ensuite donnée parce qu'il n'avait pas eu le choix. Sans l'excuser totalement, je devais bien admettre qu'il avait dû lui aussi être terrifié, piégé entre les torches et les épées, et qu'il n'avait fait que protéger ceux qui lui étaient chers.

Les dresseurs étaient maintenant retranchés dans une alcôve, derrière une grille les séparant des bêtes afin d'assurer leur sécurité quand ils détacheraient les laisses.

Lorsque le tigre fut libéré, je me rendis compte que Clay et l'autre prisonnier avaient encore les poignets entravés. Ils n'avaient aucune chance de s'en sortir.

Le tigre s'ébroua et grogna à l'endroit du dresseur derrière sa grille, avant de se retourner pour arpenter l'arène. L'autre prisonnier courut en direction de l'alcôve, mais des lances étincelantes se pointèrent sur lui à son approche, le faisant reculer. Clay était au centre de l'arène, les yeux fermés, remuant les lèvres. Il semblait prier.

Brusquement, une flamme où se mêlaient colère, amertume et souffrance s'alluma dans ma poitrine et se mit à enfler, poussant la chaleur jusque dans mes membres.

Le tigre avait fini son petit tour de l'arène et focalisait maintenant son attention sur Clay. Il l'approchait lentement, reniflant l'air et grondant, avant de lancer un premier coup de patte. Les griffes déchirèrent le pantalon déjà miteux de Clay, y laissant un trou béant et entamant la chair de sa cuisse. L'odeur du sang sembla le stimuler immédiatement, et le félin lança un nouveau coup de patte avant de se jeter sur sa proie, la gueule grande ouverte.

Je m'élançai sous le vif soleil de l'arène sans avoir le temps de me rendre compte de ce que je faisais.

23

Clay se défendit en essayant de frapper le tigre avec la chaîne accrochée entre ses poignets. Alors que je courais vers lui, une clameur hystérique et hostile s'éleva dans le public. Je sortis mon épée de son fourreau et l'abattis sur l'épaule du tigre, que je blessai au moment où il fondait à nouveau sur sa proie. Il s'écarta en grondant, révélant ses longues dents acérées. Je m'interposai entre Clay et l'animal, mon épée brandie devant moi.

— Qu'est-ce que tu fais ? dit-il derrière moi.

— On vient du même endroit, répondis-je tandis que le tigre allait et venait, ses yeux bleus luisant de fureur. Donc je me bats avec toi.

Avant qu'il puisse répondre, l'annonceur s'adressa à la foule depuis une tribune sur ma gauche :

— Visiblement, la Sang-de-Feu est impatiente de se battre ! Que diriez-vous de pimenter encore les choses en envoyant un challenger ?

La populace beugla son enthousiasme à cette idée, et une silhouette coiffée d'un casque sortit de l'alcôve au petit trot. Au même moment, on lâcha le taureau blanc. Sitôt sa laisse tombée, il arqua le dos, martela le sol de ses sabots et fonça en direction du prisonnier qui essayait d'escalader la barrière de glace bordant l'arène. Dans les tribunes, certains se mirent à rire et à lui jeter des pierres. Quelques-uns de ces projectiles atteignirent l'animal, ne faisant qu'alimenter sa rage. Quelques instants plus tard, les cornes redoutables se plantaient dans le dos du pauvre homme, qui s'écroula et demeura à terre, inerte.

Le taureau se tourna alors vers la silhouette casquée et chargea. L'homme l'attendait, son épée dressée devant lui ; à la dernière seconde, il se jeta sur la gauche tout en dressant son épée sur la droite, touchant de sa pointe la bête emportée par son élan. Le taureau meugla de douleur et de rage et se tourna vers l'homme, les muscles bandés pour une nouvelle charge.

Pendant ce temps-là, le tigre nous menaçait toujours. Il avançait vers nous et reculait, ne cessant jamais de marcher. Je devais tourner constamment pour protéger Clay, tout en jouant de mon épée. Vu de près, je pouvais compter les côtes de l'animal. J'éprouvai un élan de pitié pour cette pauvre bête sous-alimentée – qui n'était finalement qu'un jouet de plus entre les mains du roi.

Du coin de l'œil, je vis que le taureau était maintenant à terre, une épée dressée au-dessus de sa tête. La foule hurla sa joie quand le guerrier lui porta le coup fatal.

— Tu ne peux pas me sauver, dit Clay. Seule une personne pourra sortir vivante de cette arène.

Je secouai la tête pour repousser cette idée.

Le challenger essuya son épée sanguinolente sur la fourrure blanche du taureau et avança vers moi. Je changeai de position, gardant Clay dans mon dos afin de conserver le tigre et mon nouvel adversaire dans mon champ de vision. Lorsque je pointai mon arme vers le guerrier, le tigre en profita immédiatement et plongea vers moi. De ma main gauche, je lui décochai une rafale d'air chaud. Il recula. Je déposai au sol une ligne de feu entre nous.

— Gardes-en un peu pour moi, dit le challenger.

Je reconnus la voix avant même qu'il retire son casque d'acier. Lorsque son visage apparut, une ovation monta dans l'assemblée.

Le capitaine Drake.

Je brandis mon épée, mais il remit la sienne au fourreau et me montra ses mains nues. Puis, il avança et s'arrêta à quelques mètres de moi.

— Tu as brûlé mes soldats et après ça, tu m'as fait courir à travers la moitié du royaume pour te retrouver, dit-il. Certains des hommes que tu as défigurés se trouvent dans les gradins aujourd'hui. Ils vont être fous de joie en me voyant venger leurs souffrances.

— Vous avez tué ma mère, répondis-je tandis que la chaleur battait dans mes doigts et jusque dans le métal de mon épée. Aujourd'hui, vous allez périr pour ça.

— Tu peux toujours essayer, dit-il en haussant la voix pour se faire entendre au maximum de la foule.

Il reprit son épée et effectua quelques mouvements étudiés afin de faire montre de sa dextérité. Puis il se tourna et fit une profonde révérence face à une femme qui se trouvait dans les gradins derrière lui, flanquée d'une jeune fille ayant les mêmes yeux et les mêmes cheveux blond foncé. *Sa femme et sa fille*, pensai-je. Celles qu'il avait raillées lors du dîner avec le roi.

Quelques minutes auparavant, j'avais demandé à Braka si elle avait déjà eu à se battre contre un innocent. Eh bien, ce capitaine n'avait rien d'un innocent. Il avait sur les mains le sang d'innombrables personnes. Et malgré cela… je n'avais aucune envie de le tuer devant sa femme et sa fille. J'avais été élevée dans le respect de la valeur de la vie. Je ne voulais pas infliger une telle souffrance à cette jeune fille – voir son propre père se faire trucider sous ses yeux.

Mes yeux désespérés se posèrent sur le roi dans sa tribune, qui semblait briller telle une vision céleste avec ses robes ourlées d'or et sa chevelure éclatante. Son regard était sombre et calme, sa position, décontractée.

— Je ne veux pas de ça, déclarai-je avec force dans le silence qui venait de se faire.

Un coin de la bouche du roi se releva tandis qu'il me scrutait, entre mépris et incrédulité.

Oh que si, tu le veux, me disait son regard, à la fois caressant et triomphant. *Tu refuses juste de l'admettre.*

Marella était assise à côté de lui. Elle se pencha légèrement en avant, les mains agrippées à l'accoudoir de son fauteuil, ses yeux violets écarquillés. Elle savait sûrement que c'était mal. Mais son expression était curieuse – quelque chose semblait durcir ses traits délicats. Une forme d'excitation, peut-être ?

Le capitaine éclata de rire.

— Alors, on cherche à négocier avec le roi ? Lamentable… Je te fais donc tellement peur, petite saleté ? Tu as eu de la chance contre Gravnach… Son cœur a lâché en plein combat, et tu n'y es pour rien.

— Je ne veux pas vous tuer, affirmai-je en tentant de chasser mon trouble, le dos maintenant tourné à la tribune royale.

— Heureusement, je n'ai pas ce genre de scrupules.

Sa lame plongea vers moi en un éclair. Je brandis la mienne pour parer le coup, mais calculai mal l'angle de la sienne, qui me taillada le bras. Je retins un cri de douleur et reculai en titubant.

Un sourire vicieux et satisfait se lut sur les traits du capitaine.

— Tu ne vaux rien à l'épée. Tu tiens ça comme si tu t'apprêtais à découper un rôti.

L'instant d'après, il feignit d'attaquer à droite et frappa à gauche ; son épée coupa les lanières de cuir et la peau de mon flanc. Instinctivement, je portai une main à ma blessure et sentis la chaleur du sang qui coulait.

— Décidément, c'est du gâteau avec toi, Sang-de-Feu, dit le capitaine.

Dans un coup d'une vitesse fulgurante, il me coupa une mèche de cheveux, lesquels s'éparpillèrent dans le vent comme des aigrettes de pissenlit. Le public rit et salua chaudement la démonstration de précision du capitaine.

Poussant un cri de frustration, je balançai mon épée par terre et projetai une spirale de feu sur son pantalon. Il se mit à hurler et à battre le tissu en lâchant une bordée de jurons.

L'instant d'après, il me visait au cœur. Je bondis sur le côté et le maintins à distance avec une série de flèches brûlantes qui atterrissaient à ses pieds.

La foule se mit à entonner son refrain préféré :

— À mort, la Sang-de-Feu, à mort !

Le capitaine tournait autour de moi, les yeux pleins de meurtre. Je connaissais ce regard à la fois nonchalant et rempli de jouissance : c'était celui qu'il avait juste avant de tuer ma mère.

Soudain, on bougea derrière lui. J'avais totalement oublié Clay, jusqu'à ce que je voie ses poignets entravés s'abattre sur la tête du capitaine, le faisant tomber à genoux.

— Ça, c'est pour mon village, espèce d'ordure, jeta Clay en crachant sur sa victime.

— Clay, non !

J'avançai pour le pousser, mais le capitaine réagit avec une célérité sidérante. Encore à genoux, il mania son épée derrière lui et l'enfonça à travers le ventre de Clay avant même que je puisse reprendre mon souffle.

Les yeux de Clay s'accrochèrent aux miens tandis qu'il tombait lentement.

Je poussai un cri, comme frappée dans mes propres entrailles. Les ténèbres frémirent dans mon cœur, enflèrent et gagnèrent tout mon corps. Mon esprit s'aiguisa d'un coup. Dès lors, mes attaques se firent plus rapides et plus fluides.

Je lui lançai une queue de dragon, visant cette fois sa poitrine. La manœuvre l'atteignit avec la force d'un coup de fouet, faisant chauffer son plastron de métal. Je la réitérai une fois, deux fois, trois fois. Puis je lui décochai une salve de flèches de feu, suivie d'une bourrasque brûlante qui souleva la poussière du sol de l'arène, l'obligeant à fermer les yeux. J'employai toutes les attaques que je connaissais et j'en improvisai d'autres, les enchaînant sans répit. Il tomba par terre en reculant. Là, je tendis une main et envoyai une chaleur extrême sur son épée.

Le capitaine hurla et lâcha son arme.

C'était le moment. Je pouvais l'achever maintenant et en avoir fini avec lui. L'assassin de ma mère serait mort, je serais enfin débarrassée de lui.

Du coin de l'œil, j'aperçus deux personnes penchées au bord de la rambarde : la femme du capitaine, blême, les traits figés, les cheveux couverts d'un fichu, et leur fille, les yeux écarquillés, sa longue tresse lui tombant par-dessus une épaule.

Je m'arrêtai. Comme moi, cette fille allait basculer dans un intense chagrin qui ne lui apporterait qu'un éternel esprit de vengeance. Elle détesterait tous les Sang-de-Feu, à tout jamais. Le cycle de la vengeance était sans fin.

— Faites semblant de mourir, dis-je en me retournant vers le capitaine. Je vais vous envoyer une bourrasque. Tombez et restez à terre. Le temps qu'ils se rendent compte que vous êtes encore vivant, il sera trop tard. Je ne vous tuerai pas.

Le temps que je lui dise cela, il s'était redressé et avait repris son épée, qu'il brandissait avec une hargne évidente.

— Tu as perdu la tête, pauvre folle. C'est *moi* qui vais te tuer.

— Vous n'avez pas le don. Vous savez bien que vous n'avez aucune chance. Regardez.

Je tendis le bras vers les gradins tout en conservant mes distances.

— Votre fille est là. Je ne veux pas vous tuer devant elle.

Je déglutis avec peine et murmurai des mots que je n'aurais jamais cru prononcer :

— Ça ne ramènera pas ma mère.

Une lueur machiavélique s'alluma dans ses yeux.

— Je n'ai pas besoin du pouvoir de la glace. La glace n'a pas aidé vos chers moines quand nous avons attaqué leur abbaye et que nous les avons transpercés de nos épées.

Un frisson me parcourut. Le sol vacilla sous mes pieds.

— Je ne vous crois pas.

— Parce que tu ne veux pas me croire. Tiens, autre chose qui ne va pas te plaire, petite saleté : je t'ai entendue parler avec le morveux du village, tout à l'heure. Il disait la vérité. Ce n'est pas lui qui nous a fait venir ; c'est toi.

— Vous dites vraiment n'importe quoi.

— On avait un camp temporaire sur le mont Vex, juste au nord-ouest de ton misérable village. Tu aimais bien aller dans les bois et allumer du feu là-bas, pas vrai ? Pour t'entraîner à faire tes petits tours.

— Vous n'avez pas pu voir ça.

— Oh, mais si. Même que deux de mes gars t'ont vue dans les bois. Tu mettais tes mains dans le feu, et ça ne te brûlait pas.

Il s'élança vers moi et je fis un bond maladroit en arrière avant de tenter de reprendre mon équilibre.

— Les villageois ne savaient même pas que j'étais une Sang-de-Feu, espèce de fumier.

— Le morveux, lui, le savait. Il a touché une somme rondelette pour son aveu. Même si ça ne lui sert plus à rien maintenant.

S'il disait vrai, c'était pire que tout ce que j'avais pu imaginer. Parce qu'alors, ce n'était pas le simple fait que je sois une Sang-de-Feu qui avait attiré les soldats, ni que j'aie essayé de sauver le frère de Clay. C'était mon inconséquence, mon entêtement à pratiquer malgré le danger que cela représentait pour tout mon entourage, y compris ma mère, l'être que j'aimais le plus au monde. Mon égoïsme lui avait coûté la vie.

Un brusque mouvement me ramena à l'instant présent. Pendant que le capitaine monopolisait mon attention, le feu qui bloquait le tigre s'était éteint. Le militaire s'écarta prestement alors qu'une énorme masse rayée de bleu et de blanc s'élançait depuis le côté. Je projetai une colonne de feu, mais la cible était trop rapide et mon objectif mal visé. De lourdes pattes me frappèrent aux épaules, m'envoyant rouler à terre. L'air quitta mes poumons tandis que la bave du tigre me volait au visage. Il inclinait déjà la tête pour me mordre à la gorge, exhibant ses immenses canines. Je n'avais qu'une seconde pour réagir.

Avant même que je puisse convoquer ma chaleur, la pointe d'une épée surgit soudain au travers du cou de l'animal. Le tigre produisit alors un affreux gargouillement, et du sang gicla de sa gueule. Il s'effondra sur moi et ne bougea plus.

Le souffle coupé, je m'efforçai de me dégager de ce poids écrasant. Deux grosses mains apparurent bientôt et poussèrent le corps de la bête sur le côté. Le capitaine se dressa devant moi, occultant le soleil.

— Je tiens à avoir la satisfaction de te tuer moi-même, siffla-t-il en levant son épée.

Le temps ralentit alors. L'ombre envahit ma poitrine et le monde se métamorphosa en un tableau tout en noir et blanc.

Je vis ma mère, l'épée du capitaine au-dessus de sa tête, le regard qu'il avait au moment d'abattre son arme. Je m'entendis hurler comme elle s'effondrait sur le sol enneigé. Il avait ce même regard en cet instant. Ce regard de tueur. J'allais mourir. J'allais devenir une bonne histoire à raconter autour d'une chope de bière, entre amis ou en famille – amis et famille, autant de trésors que, personnellement, je n'aurais jamais plus puisque cet homme les avait tous éliminés.

Cette fois encore, tout doute, tout sens du bien et du mal s'évanouit subitement. Il n'y avait plus que ma cible, le battement de son cœur noir, et mon feu. Il n'y avait ni peur, ni colère, ni honte, ni regret. Juste du pouvoir, qui m'inondait, m'emplissait de la tête aux pieds. J'avais l'impression que mon souffle captait l'air du ciel entier, et que ma rage pouvait réduire le soleil en cendres. J'étais tout et rien, personne ne pouvait m'arrêter. J'étais les ténèbres incarnées sous forme humaine.

Je levai une main. Le feu en jaillit en une fraction de seconde.

Le capitaine tressaillit, tressauta, chacun de ses spasmes semblant durer une éternité. Au bout d'un moment, son épée tomba par terre, faisant voler des grains de poussière qui étincelèrent sous les rayons du soleil.

Quand enfin il tomba, lentement, j'étais en pleine extase. Jamais je n'avais éprouvé une telle béatitude.

Je me levai et contemplai la foule, ces silhouettes et ces visages qui bougeaient au ralenti, tout en noir et blanc et gris, chantant je ne savais quoi. Le cœur de chacun de ces individus était une tache noire dans leur poitrine.

Je me tournai et vis le roi à sa tribune. Il était gris, son cœur noir. Mais alors que je le regardais, il s'assombrit brusquement, ses épaules se firent pointues et des cornes se dressèrent sur sa tête. Une bête de l'ombre se tenait désormais à sa place, et m'appelait à elle. Je voulais me fondre en elle. Elle était moi et j'étais elle. Je m'approchai d'un pas.

Tout à coup, un projectile léger venu des gradins me heurta l'arrière de la tête, répandant des graines autour de moi. Je tombai à genoux, et, d'un coup, je retrouvai le monde ordinaire. La couleur revint douloureusement, en même temps que les douleurs de mon corps. Je poussai un cri, déchirée par cette perte. Le pouvoir absolu s'était enfui. La séparation était insupportable.

La voix de l'annonceur résonna soudain dans l'arène :

— Et c'est la Sang-de-Feu qui l'emporte à nouveau ! Trois hourras pour elle !

Aucun hourra ne s'éleva, mais les cris de la foule refluèrent, telle une vague revenant à la mer. Confusément, je sentais leur choc et leur désarroi à voir une Sang-de-Feu emporter une nouvelle victoire.

Le capitaine gisait près de moi, les yeux encore écarquillés de stupeur, une goutte de sang lui coulant de la bouche. J'avais fait cela. Cet homme qui respirait et se battait il y a quelques minutes encore était désormais vide et figé pour toujours.

Je balayai la foule du regard. La femme du capitaine était pliée en deux de chagrin. Sa fille, par contre, ne bronchait pas. Il y avait trop de haine dans ses yeux pour laisser de la place aux larmes. Je l'avais transformée en moi.

— Il a tué ma mère, murmurai-je en guise d'explication, comme si cela allait changer quoi que ce soit.

Son père était mort, et, avec lui, elle avait perdu l'assurance d'avoir tous les jours du pain sur la table. Son obsession allait grandir et la consumer, comme ç'avait été le cas pour moi.

— Feu-Follet, lança la voix du roi depuis la tribune dans mon dos.

Je me retournai juste à temps pour voir sa main prendre de l'élan et me décocher des flèches de glace. J'esquivai prestement, mais un morceau de glace acérée, aussi gros qu'une dague, vint me frôler la tête avant de se ficher dans le sol.

Et le public d'applaudir en riant, ravi.

Le roi afficha un grand sourire.

— Quelle témérité, cette championne ! Et pourtant, comme chacun peut le voir, ses pouvoirs ne peuvent se mesurer aux miens. Le plus puissant et le plus accompli des Sang-de-Feu tremblera toujours devant moi. Voyez le pouvoir du trône du Fors !

Ce disant, il écarta les deux bras et des rubans de givre jaillirent de ses mains pour aller recouvrir les parois de l'arène d'une couche fraîche de glace en durcissant. La foule s'extasia et applaudit. Le roi replia alors ses bras, et le sol entier de l'arène se transforma en glace. Une pluie féroce tomba alors de ses mains – de tranchants morceaux de glace qui volaient vers moi, me forçant à m'accroupir et à me couvrir la tête et le visage. Quelques morceaux déchirèrent le tissu de ma tunique, m'occasionnant de petites coupures.

Les ténèbres se réveillèrent encore en moi, transformant à nouveau le monde en noir et blanc. Je me tournai pour voir le roi, mais il n'y avait aucun cœur battant comme cible – juste une silhouette noire à sa place.

Quelques secondes plus tard, la pluie cessa mais la foule était toujours en délire.

Je revins péniblement vers l'ombre de l'alcôve où Braka m'attendait. Lorsque nos regards se croisèrent, elle sursauta et eut un mouvement de recul.

— Tes yeux…

— Quoi, mes yeux ?

Elle fronça les sourcils, l'air troublé.

— J'ai cru que… non, rien, bredouilla-t-elle.

Engourdie, tremblante, je continuai mon chemin dans l'alcôve.

— Tu as encore réussi, Feu-Follet, dit-elle tandis que je m'éloignais. Mais comment tu as fait… ça, je ne saurais pas le dire.

Moi non plus, je ne savais pas. Ce que je savais, en revanche, c'était que la peur me tenaillait plus que jamais.

24

Le garde m'escorta jusqu'à ma chambre. Je m'appuyai contre la porte sitôt qu'elle fut fermée.

J'avais un goût amer dans la bouche. Je retins mon souffle aussi longtemps que possible, sachant que lorsque je recommencerais à respirer, le temps reprendrait son cours normal et que les griffes acérées du chagrin allaient mettre mon cœur en lambeaux.

Je me laissai glisser à terre et ramenai contre moi mes jambes pliées.

Perdre Clay, c'était comme perdre une seconde fois tout ce qui m'était familier, comme regarder mon village brûler. Mais le pire, c'étaient les révélations du capitaine à propos de l'abbaye. Mise à sac. Violée. Les moines assassinés.

Pourquoi ne s'étaient-ils pas protégés ? Ah, Frère Chardon, avec ses idéaux aussi nobles qu'absurdes, et ses prophéties si optimistes… Se croyait-il immunisé contre le courroux du roi ? Il m'avait sauvée de l'enfer de la prison, et avait péri pour cela. Et où était Arcus ? Il avait prétendu vouloir veiller à ma sécurité… M'avait-il déjà oubliée ?

J'étais en train de sombrer, progressivement. L'extase que j'avais ressentie après avoir tué le capitaine. Le changement que Braka avait vu dans mes yeux. La revanche me paraissait maintenant totalement creuse, tel un feu de bois autrefois éclatant qui se réduisait désormais à un tas de cendres. Les ténèbres avaient été plus fortes cette fois, plus profondes. Si je continuais de me battre dans l'arène – si je continuais de tuer –, allais-je finir par me perdre pour de bon ?

Mais après tout, quelle importance, puisque tous ceux auxquels je tenais étaient morts ?

Je me relevai péniblement, me débarrassai de mon masque et me jetai sur le lit, toujours vêtue de mon armure.

J'entendis la porte s'ouvrir et se refermer.

— Pas maintenant, Doreena, grommelai-je.

— C'est moi.

Je tournai lentement la tête.

— Je ne veux pas vous voir non plus.

Tel un cygne majestueux, Marella approcha de moi dans sa longue robe turquoise froufroutante. Je sentis le mélange d'eau de rose et de savon sur sa peau, qui contrastait affreusement avec mes tristes effluves de sueur et de sang. Je me rendis compte que j'avais mal au bras, que ma cheville me lançait, et que j'avais en permanence une main posée sur mon flanc, sans avoir été réellement consciente de ma blessure jusqu'ici.

Elle souleva ses jupes tout en évitant soigneusement les gouttes de sang que j'avais laissées sur le sol. Je me roulai en boule en lui tournant le dos.

— Tu continues de gagner, dit-elle enfin avec un soupçon de fierté dans la voix. Je lui avais dit que tu n'avais rien d'une faible.

— Gagner me tue. Chaque fois que je gagne, je perds un peu de moi. Je ne peux plus faire ça.

— Je comprends que cela te bouleverse. Mais tu t'en remettras, physiquement et moralement, tu verras.

— Vous ne pouvez pas comprendre.

— C'est sûrement vrai. Mais tu es trop importante pour pouvoir abandonner, dit-elle en pressant mon épaule avant de retirer sa main. Qu'y a-t-il dans ton cœur, Ruby ? Est-ce seulement du feu ? Ou bien… y a-t-il autre chose ?

J'ouvris et refermai la bouche plusieurs fois avant de pouvoir parler :

— Que voulez-vous dire ?

— Je pense que tu le sais. Dans l'arène… Quelque chose t'a aidée à battre ton adversaire. Et c'est la clé à ce que nous désirons toutes les deux. Comprends-tu ce que je dis ?

— Non.

— Je pense que tu en sais davantage que tu ne veux l'admettre. Mais peut-être que le moment est mal choisi.

Elle se pencha et se redressa en tenant du bout des doigts le masque que j'avais jeté.

— Tu n'as pas besoin de porter de masque avec moi, Ruby.

Les mots étaient légers, mais le regard, on ne peut plus sérieux.

— Je vois au-delà des apparences.

Sur ce, elle posa le masque sur le lit et sortit de la pièce dans un froufroutement parfumé.

Plus tard, je m'éveillai en entendant une sorte de sifflement diffus. Tout mon corps était raide. Je m'étais endormie avec mon armure. Je me frottai les yeux et tournai la tête sur l'oreiller. Des ombres se glissaient sous la porte de ma chambre en longues vrilles vaporeuses qui dansaient telles les images d'un kaléidoscope avant de se rejoindre et de s'assembler, comme si une eau noire emplissait peu à peu un vase transparent. Se formant à partir des jambes pour se dresser peu à peu devant moi, je vis bientôt se dresser une créature sombre, d'apparence solide ; et pourtant, j'avais l'impression que si j'essayais de la toucher, je tomberais dans un vide sans fin. Elle était plus grande qu'un homme, avec des épaules pointues et, sur la tête, un motif de cornes qui changeait constamment, imitant parfois l'aspect d'une couronne.

Je restai allongée sur le lit, figée par la peur. La chose avançait, chaque pas s'accompagnant d'une étrange résonance, comme la note la plus grave jouée par une flûte. Lorsqu'elle atteignit le lit, elle s'arrêta et se pencha au-dessus de moi.

« Vaisseau véritable, dit-elle d'une voix semblable à mille cloches. Toi et moi nous unirons lorsque ton cœur sera vidé de ses couleurs, lorsque l'obscurité parfaite habitera ton âme. Et tu éprouveras la liberté, comme jamais tu ne l'as éprouvée. »

Elle tendit un bras vers moi. Je voulus crier, mais me redressai vivement en entendant frapper à ma porte. Je me cramponnai aux couvertures, les yeux hagards. La chambre était vide.

La porte s'ouvrit et Doreena entra à petits pas feutrés.

— Puis-je aider madame à retirer son armure ?

Elle parut choquée en avisant le sang séché et marmonna quelques reproches à l'endroit de la guérisseuse de la cour, qui aurait déjà dû s'occuper de moi. Avec des gestes rapides et précautionneux, elle dénoua mon plastron. J'étais assise, raide comme un piquet, incapable de chasser l'image de la créature tendant un bras pour me toucher. Était-ce réel ou avais-je rêvé ?

— Quelque chose ne va pas, madame ? s'enquit Doreena.

Comprenant que je devais avoir une expression horrifiée, je détendis mes traits et l'assurai que j'étais simplement fatiguée. Déjà, sa présence bienveillante commençait à chasser les ombres de mon esprit.

La sinistre guérisseuse de la cour arriva enfin. Elle examina la blessure à mon flanc avec consternation.

— La coupure est profonde, dit-elle d'un ton de reproche, comme si je m'étais blessée volontairement. Il va falloir recoudre.

La boisson qu'elle me donna pour soulager la douleur était infecte et moins efficace que la tisane de Frère Gamut, mais elle m'apaisa un peu. Lorsqu'elle eut fini ses points de suture et de panser mes autres blessures, elle regarda ma cheville.

— Une semaine de repos minimum. Et de la glace sur cette cheville.

— Ça, au moins, ça ne manque pas ici, marmonnai-je.

Je ne m'attendais pas à bénéficier du repos que la guérisseuse m'avait prescrit. Mais les jours passèrent, entre ennui et frustration croissante. J'aurais voulu pouvoir explorer le château, en apprendre plus sur le trône et réfléchir à ce que je ferai ensuite. Au lieu de quoi, je devais rester couchée sur mon lit afin dc ne pas faire sauter mes points de suture.

La guérisseuse venait chaque jour changer mes bandages et Doreena m'apportait mes repas ; elle traînait un peu pour me tenir compagnie, si elle en avait le temps. Elle apportait parfois des habits ayant besoin d'être reprisés et effectuait cette tâche tout en me racontant les nouvelles du jour. Les ragots circulaient vite au sein du château, que ce soit parmi les domestiques ou les courtisans.

Apparemment, le roi avait reçu la visite de dignitaires venus de Safra, qui l'avaient tout simplement supplié d'envisager un traité de paix. Au bout de quelques heures, les ambassadeurs avaient quitté le château, la tête basse sous le coup de l'échec. Des témoins affirmaient que seul un dignitaire était parvenu au pied des montagnes, le roi s'étant débarrassé des autres pour les punir de leur témérité, n'en laissant qu'un vivant afin de porter le message du roi de Glace au roi Remus, à l'Est.

Pendant l'une de nos leçons, Frère Chardon m'avait dit que l'armée safrane était d'une taille assez importante et bien entraînée, du moins avant que la guerre ne commence. Mais visiblement, le roi ne semblait pas les considérer comme une menace. Son armée, emmenée par des généraux Sang-de-Glace, avait pris le contrôle des ressources les plus intéressantes du royaume – les mines et gisements de minéraux du nord-ouest – et n'avait plus désormais qu'à en assurer le fonctionnement.

Ce qui semblait contrarier le roi, c'étaient surtout les mouvements de rébellion. On murmurait dans le château qu'il avait missionné encore plus d'espions, et qu'il commençait à passer de plus en plus de temps dans la salle de guerre avec ses conseillers. Mais d'après Doreena, les rumeurs se basaient davantage sur des espérances que sur des faits. Parce que, disait-elle, qui oserait se rebeller contre le puissant roi de Glace ?

Malheureusement, elle n'avait pas grand-chose à m'apprendre à propos du trône. Lorsque je découvris qu'elle savait lire, j'essayai de la convaincre de chercher des ouvrages à ce sujet dans la bibliothèque royale, mais elle frémit à cette simple suggestion. Je me contentai donc de lire les lourds volumes apportés par un domestique de la part du roi – l'histoire de la gloire militaire des rois de Glace au cours du dernier millénaire. À défaut d'autre chose, ils m'aidèrent à m'endormir.

Marella ne venait pas me voir. Je me demandai si elle avait toujours des plans pour moi, ou si elle s'était désintéressée de mon cas, mes blessures me rendant peut-être moins forte à ses yeux qu'elle ne l'avait espéré.

Finalement, au bout de la semaine prescrite, la guérisseuse se dit satisfaite de mon rétablissement et me déclara apte à reprendre une activité normale. Quelques minutes après son départ, un garde débarqua dans ma chambre.

— Ça vous arrive de frapper avant d'entrer ? demandai-je sèchement en posant l'un des épais livres d'histoire.

Il me coula un regard plein de ressentiment.

— Tu dois venir dîner avec le roi.

De nouveau, je passai au bain et à la séance d'habillage, avec l'aide de Doreena. Cette fois, j'avais une robe bleu turquoise avec des rubans blancs qui se croisaient entre mes seins et épousaient ma taille. J'eus droit à de magnifiques boucles d'oreilles en pendentifs à filigrane, et à une jolie coiffure dont les boucles soignées me tombaient en cascade dans le dos. Pour finir, Doreena appliqua une substance cireuse sur mes lèvres afin de les faire briller.

— Vous êtes superbe, me dit-elle. Le roi est en danger ce soir.

— Comment ça ? demandai-je vivement.

— Il risque de tomber amoureux de vous, en vous voyant aussi belle.

Je haussai les épaules.

— Ne dites pas de bêtises.

Elle pencha légèrement la tête.

— Ce ne serait pas la première fois qu'un roi Sang-de-Glace tombe amoureux d'une Sang-de-Feu, vous savez.

Cela me rappela une conversation que j'avais eue avec Arcus le soir où nous étions assis côte à côte sous un croissant de lune, son profil à peine visible dans l'obscurité, sa cape claquant sous le vent ; ses yeux brillaient chaque fois qu'il me regardait. C'était la première fois qu'il m'accordait assez de confiance pour me parler de son passé. Et il m'avait aussi parlé de ce roi de Glace qui avait épousé une dame Sang-de-Feu. Ce souvenir me provoqua un petit picotement dans le ventre.

— J'ai entendu parler de la Sang-de-Feu devenue reine, en effet… Est-ce que le peuple l'a acceptée ?

— Eh bien…

Elle me regarda avant de poser les yeux ailleurs.

— En fait, cela s'est terminé de manière assez tragique. La reine a été assassinée. On dit qu'une autre femme noble amoureuse du roi était jalouse et qu'elle aurait fomenté l'assassinat de la reine. Celle-ci est morte le jour de leur premier anniversaire de mariage.

— Quelle terrible histoire…

Elle hocha la tête, pensive, le front plissé.

— Les histoires d'amour entre le Feu et la Glace se finissent rarement bien.

Je restai immobile tandis qu'elle mettait une dernière touche à ma coiffure, sans pouvoir m'empêcher de songer au malheureux destin de cette pauvre reine Sang-de-Feu.

Quelques minutes plus tard, les gardes m'emmenèrent à la salle à manger. La lueur des bougies se reflétait dans les chandeliers de glace et sur les murs aux surfaces lisses et froides. Une odeur de viande grillée et d'épices flottait dans l'air.

Cette fois, il n'y avait aucune femme en robe somptueuse, aucun courtisan – rien que le roi au bout de la table. Je posai les yeux sur la chaise où se trouvait le capitaine la dernière fois que j'étais venue dans cette pièce. Ce jour-là, j'étais assise à deux places de lui, et je voulais sa mort. Aujourd'hui, il n'était plus de ce monde – par ma faute.

Le roi était vêtu de noir, d'une teinte si profonde par contraste avec sa peau et ses cheveux que cela me rappela le moment où le monde était devenu noir et blanc, dans l'arène. Mais les flammes des bougies étaient toujours dorées, et les murs, teintés de bleu. Je pris une grande respiration et chassai ce souvenir.

À nouveau, le roi me désigna la chaise à côté de lui. J'avançai lentement, le cœur battant, et m'assis sur la fourrure blanche.

Il était beau, tout en austérité. Mes mains tremblaient sur mes genoux. La dernière fois que nous étions ici, il m'avait menti à propos des moines. J'eus la brusque envie de lui sauter à la gorge et de l'étrangler. Ou de le brûler sur place. Mais même loin du trône, il irradiait le pouvoir, il en avait fait la démonstration dans l'arène. Mon feu n'avait aucune chance contre lui.

Il me regarda fixement, ses lèvres affichant un léger amusement, mais avec des yeux étrécis. Je fus frappée par l'étrangeté de ses prunelles, presque entièrement noires à l'exception d'un anneau bleu profond sur les bords.

— Tu es encore plus charmante ce soir, Ruby.

Je me raidis à sa façon familière d'employer mon prénom.

Il s'adossa dans son fauteuil.

— J'ai accompli ma part de notre marché, dit-il d'un ton neutre. Je t'ai livré le capitaine. Tu es heureuse ?

— Je ne voulais pas le tuer. Pas comme ça.

— « Pas comme ça », me singea-t-il avec un geste vague de la main. Tu fais la fine bouche, Feu-Follet. Tu voulais le tuer, c'est fait. C'est tout ce qui compte.

— Sa femme était là, dis-je entre mes dents serrées. Ainsi que sa fille. Et il m'a dit que les moines avaient été tués. Sur votre ordre.

Son front se plissa comme sous le coup d'une intense réflexion, puis ses traits reprirent leur impassibilité habituelle.

— Oh. Eh bien, peut-être que je l'avais oublié.

Je n'étais pas surprise qu'il ne connaisse pas le décompte des morts – comment se souvenir d'une telle quantité ? Mais sa désinvolture me choqua.

Rasmus leva une main et un serviteur approcha pour remplir son assiette. Lorsque le domestique vint en faire autant pour moi, je plaçai une main au-dessus de mon assiette et le dévisageai jusqu'à ce qu'il tourne les talons. Le roi me considéra un long moment sans rien dire, sans bouger.

Soudain, il se leva et me saisit le poignet avec force. Sa peau glaciale brûlait la mienne plus que le feu ne pourrait jamais le faire.

— Vous me faites mal, dis-je en essayant de me dégager.

— Tu me fais mal aussi, répondit-il d'une voix rauque tout en m'attirant plus près de lui. Mais c'est une douleur que j'apprécie.

Arcus m'avait dit un jour que le fait de me toucher le mettait mal à l'aise, parce que cela pénétrait ses défenses et lui faisait ressentir des choses qu'il ne voulait pas ressentir. Mais là, c'était différent : le contact du roi me faisait mal, et vice versa. Si cela lui procurait du plaisir, c'était un plaisir pervers.

Il m'entraîna vers le mur opposé à sa place en bout de table et appuya sur un renfoncement à peine visible dans la paroi de pierre, qui devait recéler un genre de mécanisme. Une porte cachée s'ouvrit devant nous. Je descendis avec lui dans un étroit tunnel éclairé par des torches. Le plafond était si bas que Rasmus devait incliner la tête.

— Ce tunnel est pour moi seul, dit-il en desserrant légèrement son étreinte sur mon poignet tandis que nous marchions dans cet espace confiné. C'est un immense privilège que je t'accorde en te laissant le voir. Et une preuve de la grande confiance que je te témoigne.

Je ne comprenais pas bien. Je n'avais rien fait pour gagner cette confiance… Mais si celle-ci était réelle, autant l'utiliser à mon avantage.

Une minute plus tard, nous nous arrêtions devant une autre porte. Le roi l'ouvrit ; elle donnait sur la salle du trône, baignée dans l'ombre et la faible lumière de quelques torches par cette nuit sans lune. Le trône en son centre était une présence imposante et menaçante. La glace s'en écoulait, jusque dans le couloir, et, je le savais, dans tout le château – et même dans l'arène. La première fois que je l'avais vu, cela m'avait évoqué des veines reliées à un cœur. Maintenant, en voyant les ombres noires se déplacer sur les murs, je compris que le Minax vivait dans le trône mais pouvait aussi circuler dans la glace qui lui était reliée.

Je réprimai un gémissement en sentant cette force invisible et familière me voler ma chaleur.

— Que faisons-nous ici ? demandai-je d'une voix affaiblie par cette atmosphère oppressante. Je croyais qu'il s'agissait de dîner.

— Tu refuses de manger. Et puis, j'en ai assez de ces petits jeux. C'est ici que tu as envie d'être. Et je t'en fais cadeau.

Il me tira par le bras jusqu'à ce que nous soyons à moins d'un mètre du trône. Son pouvoir ténébreux me frappait maintenant par vagues. J'avais envie de m'en écarter, de m'enfuir en courant, et en même temps, j'éprouvais une forte attirance, tel un papillon de nuit se ruant vers une flamme.

— Tu sens ça ? demanda le roi en pressant ma main contre le trône. Le pouvoir à l'état brut. Le trône a été créé par Fors en personne, en cadeau au peuple des Sang-de-Glace. Le savais-tu ?

— Oui, murmurai-je cependant que le froid montait dans mon bras. Mais Fors est votre dieu, pas le mien. Ça me brûle.

— Son frère Eurus a ensuite fait don d'un autre cadeau. Certains disent que c'est la malédiction d'un dieu jaloux cherchant à détruire la création de son frère. En réalité, il s'agit d'un don de pouvoir que seuls les élus peuvent sentir. Pour le libérer totalement, il faut avoir la bonne personne. Quelqu'un ayant été créé pour supporter un pouvoir aussi grand.

— L'enfant des ténèbres, soufflai-je en résistant à son étreinte.

— Voilà. Lorsque j'ai pris le trône, il m'a demandé de trouver cette enfant. Ensemble, elle et moi apporterons les ténèbres à cette terre. Et avec elle, je serai enfin accompli.

Ses yeux brûlaient d'une intensité et d'une excitation que je ne lui avais jamais vues. Je secouai la tête, m'obstinant à rester dans le déni tandis que le sens de ses paroles m'imprégnait peu à peu.

— Non. Je ne suis pas l'enfant des ténèbres.

Ses doigts glacés se posèrent sur mon menton pour relever mon visage et me forcer à le regarder dans les yeux.

— La prophétie dit que l'enfant des ténèbres possédera un don puissant. J'ai testé tous les Sang-de-Glace et les Sang-de-Feu les plus forts dans mon arène. Tu es la première à faire preuve d'une connexion avec le trône. Arrête de résister, Ruby, et tu ne connaîtras plus jamais la souffrance.

Je fis non de la tête.

— Mais d'autres souffriront, eux. Les gens souffrent, et vous ne le voyez même pas. Le trône vous a privé de toute compassion. Vous êtes devenu un monstre.

— Pas un monstre, non, dit-il en effleurant ma joue de son pouce. Ensemble, toi et moi, nous serons comme des dieux.

— Mais je ne veux pas être un dieu ! jetai-je en m'écartant de sa main. Je veux être une guérisseuse, comme ma mère.

C'était une vérité que j'ignorais avant de l'avoir prononcée. Oui, j'aurais voulu être douée de la douceur, de la bonté et de la patience d'une guérisseuse, au lieu de cette rage d'émotions associée à un pouvoir qui tuait et mutilait.

— Tu le nies encore, mais tuer te procure du plaisir. Ce qui permet aux ténèbres de s'immiscer plus profondément, de se fondre davantage en toi à chaque nouvelle mort.

D'un geste brusque, il m'attira contre sa poitrine et colla ses lèvres sur les miennes. Le froid et le chaud se fondirent avec les ténèbres pour engendrer une nouvelle flamme. Ses lèvres étaient dures, mais elles se réchauffèrent sous les miennes et m'emplirent d'une étrange excitation. Il porta une main à mon visage et s'accrocha dans mes cheveux, me coupant légèrement la joue avec l'arête tranchante de la pierre de sa bague.

Sa bouche descendit bientôt dans mon cou, y laissant une caresse froide. Une tornade de sensations brouillait mon jugement, entre plaisir et répulsion, à parts égales. Mes mains se posèrent sur ses épaules pour le repousser, mais s'y agrippèrent finalement. Le roi leva la tête et me sourit.

— Mon petit Feu-Follet assoiffé de sang, murmura-t-il en passant la pulpe de ses doigts sur mes lèvres. Encore un combat, je crois, et tu seras prête. Une fois que tu auras laissé le Minax fusionner avec toi, son pouvoir sera démultiplié, et nous le partagerons ensemble.

— Je ne fusionnerai pas avec lui.

— Tu l'as déjà fait, dans l'arène. Tu as bien dû sentir que cela t'aidait, pas vrai ? Il te donne du pouvoir pour tuer, et chaque mort que tu causes le rend plus fort. Au bout de ce chemin, c'est la béatitude.

Ces paroles me rappelèrent le rêve que j'avais fait, où une chose noire me disait que nous nous unirions lorsque mon cœur serait noir.

— Mais le Minax fait déjà partie de *vous*, objectai-je.

Il secoua doucement la tête.

— Il me conseille, me prête le pouvoir du trône et m'ôte mes inquiétudes. Certes, en vertu de ma couronne, je partage une partie de son pouvoir. Mais je ne peux pas fusionner totalement avec lui, pas comme toi. Lorsque le Minax et toi ne ferez qu'un, nous serons les dirigeants parfaits d'un royaume parfait. Aucune rébellion ne pourra résister à l'association de nos pouvoirs. Aucun pays ne pourra défier mes lois. Et puisqu'il sera en toi, nous ne serons pas limités au château… Nous pourrons aller où nous voudrons – son pouvoir continuera d'être avec nous.

Je comprenais mieux maintenant pourquoi le roi tenait tellement à me faire combattre dans l'arène. Il pouvait m'y manipuler à sa guise, me forçant à tuer ou à périr, ouvrant à chaque fois dans mon âme de nouvelles fissures dans lesquelles les ténèbres pouvaient s'engouffrer. Qu'allais-je devenir si je le laissais faire de moi la créature qu'il semblait si déterminé à créer ? À l'instar d'Eurus créant ses ombres, il n'y avait là aucune notion de bien ou de mal, rien que du plaisir dans cet acte de création, à avoir le contrôle sur un autre être.

J'essayai de m'écarter, mais j'avais l'impression d'être prise dans un bloc d'ambre. Sa main revint caresser ma gorge, faisant monter en moi une nouvelle vague de plaisir et de dégoût mêlés.

Une ombre immense s'éleva alors du trône, avec les épaules pointues et les deux grandes cornes qui commençaient à m'être familières. Le Minax paraissait cette fois bien plus solide que dans l'arène ; il avait la même forme, mais semblait avoir gagné en taille et en densité, comme s'il devenait plus charnel sous mes yeux.

Une longue vrille se transforma en une main noire qui vint effleurer le bout de mon doigt, envoyant un picotement ténébreux dans mon bras et jusqu'à ma poitrine. Très vite, toute souffrance disparut en moi, remplacée par un sentiment de pouvoir étourdissant. Le Minax me vidait de toutes mes émotions douloureuses et me donnait à la place une sorte de joie blanche et vide. J'avais envie de m'abandonner à cette sensation. De tout oublier et d'accueillir ce renouveau.

Il me fallut quelques instants pour me rendre compte que j'avais retrouvé ma chaleur. Le Minax m'avait aussi redonné mon feu.

La voix carillonnante murmura dans ma tête : « Ne faisons qu'un. Ensemble, nous serons libres. »

Brusquement, je fus prise d'une envie presque irrépressible d'utiliser mon feu sur le trône et de faire fondre sa glace jusqu'à la dernière goutte.

De libérer le Minax.

Avant que je puisse réagir, Rasmus recommença à m'embrasser, de manière plus insistante. Je cherchai désespérément à me raccrocher à quelque chose de stable dans ma tête, afin de tenir bon dans cette tempête de confusion. Une bribe de souvenir me revint alors – celui d'autres lèvres sur les miennes, froides mais ardentes. Pendant un instant, c'était Arcus qui m'embrassait. Je sentais ses joues sous mes paumes, ses cheveux soyeux entre mes doigts. Je voyais ses lèvres descendre vers les miennes.

D'autres images me revinrent, fugaces mais intenses : son profil dans l'obscurité, le léger tremblement dans sa voix quand il avait dit qu'il ne voulait pas me laisser partir, sa conviction que j'étais forte.

Alors que l'espoir et la mélancolie montaient en moi, l'être noir frémit et commença à reculer. Il demeurait cependant aux aguets, prêt à revenir vers moi. Je profitai de ce recul pour repousser le roi de toutes mes forces et courir en direction des grandes portes, que je me mis à marteler de mes poings.

Un rire s'éleva. Je ne savais pas s'il venait du roi ou de l'ombre rôdant autour du trône.

Sur ordre du roi, les gardes ouvrirent les portes, me prirent par le bras et me ramenèrent à ma chambre.

Je m'assis sur mon lit, les bras serrés sur mon ventre. Rasmus avait vu les ténèbres en moi et je ne pouvais nier qu'elles y étaient présentes. Je les avais accueillies, et je l'avais accueilli, lui, ne me contentant pas de le laisser m'embrasser, mais en lui rendant ses baisers. Je fermai les yeux, submergée par la honte. Inutile de le nier : j'avais aimé ce moment, presque autant que j'avais aimé tuer dans son arène. Et maintenant, le Minax me parlait et me disait que nous allions fusionner, que nous ne ferions qu'un. La vision que j'avais eue n'était donc pas un simple rêve. Plus je restais ici, plus je tuais, et plus la chose devenait solide et puissante.

Je plaquai les mains sur mon visage et me balançai d'avant en arrière. Qu'étais-je devenue ?

Même en cet instant de désolation, j'avais envie de ces ténèbres, de leurs caresses sinueuses, comme de la tisane de Frère Gamut qui chassait toutes mes souffrances – mais cent fois plus fort. Je brûlais du désir de revivre cet oubli, cette éradication totale de la souffrance, de toute inquiétude, même si ce que cela impliquait me répugnait profondément.

Je détestais le roi. Je le détestais du plus profond de mon âme. Et pourtant, il avait éveillé quelque chose en moi : une soif d'un pouvoir insoucieux, que je ne pouvais contrôler.

Je bondis du lit et commençai à faire les cent pas dans la pièce. Lorsque Frère Chardon m'avait expliqué son plan dans la salle capitulaire, il paraissait tout à fait confiant : j'irais au château et je détruirais le trône.

Mais maintenant que j'y étais, rien n'était simple. Je ne pouvais pas tuer le roi parce que le trône le protégeait. Je ne pouvais pas détruire le trône parce que j'étais privée de pouvoir en sa présence – sauf quand j'étais en contact avec le roi.

Une partie de moi avait envie de tout laisser tomber. De laisser mon prochain adversaire m'abattre. Je pourrais alors aller rejoindre ma mère dans l'au-delà.

Si j'étais réellement l'enfant des ténèbres, il serait préférable pour le monde que je sois morte, plutôt que de devenir un pouvoir invincible entre les mains du roi.

Cette pensée me hantait, lourde, sombre et indéniable.

Malheureusement, je ne pensais pas que les ténèbres me laisseraient mourir si facilement. Lors de mes deux derniers combats, elles s'étaient insinuées en moi et avaient pris le contrôle quand j'étais menacée. Et elles étaient chaque fois plus fortes. Quand bien même je me battrais contre cette puissance de l'ombre, j'ignorais s'il était possible que je gagne.

Dans ce cas, que les ténèbres m'emportent. Le roi avait gagné.

Tout à coup, aussi soudainement qu'un volet s'ouvrant à toute volée pour laisser entrer la lumière du jour, une image de ma grand-mère me racontant des histoires devant le feu me vint à l'esprit. Je voyais ses lèvres bouger, je sentais sa main sur mes cheveux. Lorsque l'histoire était finie, elle me formulait souvent une parole de sagesse à en retenir.

« Il y a toujours de la lumière dans les ténèbres. Cela peut n'être qu'un point minuscule, mais il est là. Suis-le, et tu accéderas à ta liberté. »

Me laisser prendre par les ténèbres aurait été trahir mon choix. J'avais sûrement assez de force pour ne pas capituler de la sorte. Je pourrais combattre le Minax et le plan sinistre qu'il avait pour moi. Et je ne tuerais plus, quelle que soit l'envie qui me tenaille.

J'allais perdre dans l'arène, mais j'allais gagner la bataille contre le roi. Avec ma mort, ses espoirs de trouver un vaisseau pour le Minax seraient réduits à néant. Et peut-être qu'un autre Sang-de-Feu, plus puissant, plus rusé, viendrait ensuite détruire le trône.

Mais ce ne serait pas moi.

— Je vais trouver la lumière, grand-mère, murmurai-je.

25

— Ruby ! appela Braka.

Je rouvris les yeux et les images et les sons désormais familiers de l'arène me revinrent. J'étais à moitié nauséeuse, à moitié tétanisée à l'idée de ce que j'allais faire.

— Qu'y a-t-il ?

— Ton adversaire, me dit-elle en me fixant de ses yeux gris et graves. Il s'appelle Kane. On dit que c'est un guerrier chevronné revenu des champs de bataille. Comme Gravnach, il ne se sert d'aucune arme matérielle, seulement du froid. Garde tes distances et repère les faiblesses de sa garde, puis concentre-toi sur ses points faibles.

Je haussai les sourcils, surprise et tirée de ma torpeur résignée.

— Vous me donnez des conseils maintenant, Braka ? Faites attention, les autres risquent de croire que vous m'aimez bien.

Elle sourit, révélant sa dent manquante.

— Mais je t'aime bien, Feu-Follet. Tu es courageuse, forte, et tu possèdes des pouvoirs qui me sidèrent, franchement. Je te crois capable de gagner n'importe quel combat. Et je crois aussi que tu finiras par gagner les faveurs du public.

Je fis la moue.

— Ça m'étonnerait. Je les vois déjà préparer les légumes pourris qu'ils vont me balancer.

Elle eut un petit rire.

— Il y a quelque chose qui grandit en toi, me dit-elle, l'air pensif. Comme des stalagmites.

— Je n'ai rien à voir avec les stalagmites.

Elle réfléchit un instant.

— Comme des champignons, alors.

— Je préfère ça.

Elle me décocha une tape cordiale dans le dos, qui me fit vaciller.

— N'aie pas peur, Feu-Follet. Tu n'as jamais perdu jusqu'ici.

Le match du jour fut plus long qu'à l'accoutumée, et était disputé par l'une des rares femmes challengers Sang-de-Glace que j'aie vues. Les deux adversaires étaient de taille comparable, mais la femme possédait un avantage évident en raison de son pouvoir supérieur, même si l'homme marquait parfois des points avec sa force brute. Assister à ces combats me rendait toujours malade. Et cela me rassurait – au moins n'étais-je pas indifférente à ces massacres gratuits, ou pas encore.

Je sentis soudain un parfum floral et familier. Marella était derrière moi, semblable à une déesse dans une robe argentée dont la jupe était brodée de fleurs de soie. Des fleurs similaires étaient accrochées dans sa coiffure aux torsades élaborées. Des joyaux de glace sertis d'argent étincelaient à ses oreilles et à ses doigts.

— Je suis venue te souhaiter bonne chance, me dit-elle avec un sourire éblouissant.

— C'est gentil, répondis-je en ajustant mon masque, mais je n'ai pas besoin de chance. Je n'en veux pas.

Elle pinça les lèvres.

— Tu as raison. La chance, c'est pour les imbéciles. Tu es tout à fait capable d'éliminer ce combattant, comme tu as éliminé les autres.

Ces mots me firent frémir.

— Eh bien, aujourd'hui, je n'éliminerai personne. Je ne veux plus faire ça.

Elle fronça les sourcils.

— Tu n'as pas le choix, Ruby. Ce n'est pas ta faute si tu es forcée de le faire… Tu dois tuer, ou c'est toi qui périras.

— Exactement. Et chaque fois que je tue, quelque chose s'empare de moi. Une noirceur que je ne peux pas contrôler.

Je marquai une pause.

— J'ai décidé de ne plus tuer.

— Peut-être que ton sentiment de culpabilité te…

— Il ne s'agit pas de culpabilité. Je crois que c'est le Minax du trône.

Je guettai sa réaction, mais elle demeura parfaitement impavide.

— Je suis sûre que j'ai l'air d'une folle en disant cela, mais…

— Je connais le trône, dit-elle simplement. Je te l'ai dit. Ne porte pas de masque avec moi… Je t'invitais à te confier à moi, afin que je puisse t'aider.

— Comment pourriez-vous m'aider ?

— Je me prépare pour ce jour depuis la moitié de ma vie. J'ai lu les ouvrages les plus poussiéreux de la bibliothèque de mon père, j'ai fait des recherches sur le trône, en m'échappant parfois à la tombée de la nuit pour aller rencontrer des spécialistes.

Elle sourit en avisant ma consternation.

— Mon père a beau être un vieux moralisateur sentant le moisi, il possède un choix de livres exceptionnel.

Je connais les récits anciens et j'ai constaté par moi-même qu'ils recèlent bien plus de vérités que les gens ne le croient habituellement.

Une clameur s'éleva de la foule, mais je ne pris pas la peine de me retourner pour voir ce qui se passait. J'étais trop accaparée par les révélations de Marella.

— Le roi Akur a beaucoup changé au cours de son règne, me dit-elle. Sa femme et ses enfants en ont été témoins, ainsi que mon père et les membres de la cour les plus proches de lui. Sans oublier l'érudit royal, qui croyait que le trône constituait la véritable cause de notre guerre contre les Sang-de-Feu. Celui-ci croyait que la malédiction s'était éveillée dans le trône, et qu'elle gagnait en influence. Il a dit au roi que tant que nous traiterions le peuple de Süd de manière injuste, les répercussions et les combats ne finiraient jamais. Et puis, la femme du roi Akur a été tuée, confirmant ainsi la justesse des théories de Frère Chardon. La seule raison justifiant qu'il n'ait pas été exécuté pour ses opinions traîtresses, c'est qu'il est du même sang que le plus gros propriétaire terrien des provinces de l'Est. Si le cousin de Chardon, seigneur Tryllan, avait retiré son soutien au roi, ç'aurait été un désastre pour les guerres frontalières. Chardon a donc été banni et envoyé dans une vieille abbaye délabrée sur le mont Una, et on s'est empressé d'oublier ses prédictions.

— Pourquoi ne me l'avez-vous pas dit plus tôt ? demandai-je d'un ton un peu accusateur. Je vous aurais tout dit.

— Je ne savais pas si je pouvais te faire confiance. Tu as un lien spécial avec Rasmus… Je ne l'ai jamais vu regarder quelqu'un de la manière dont il te regarde.

Une lueur d'émotion traversa ses yeux un court instant.

— Tu pouvais choisir de me dénoncer pour de multiples raisons, et je ne voulais pas prendre ce risque… Mais aujourd'hui, tu parles de te laisser mourir dans l'arène, et c'est un risque bien plus grand encore. Pour nous tous.

Je réfléchis quelques instants.

— Alors, vous croyez que je peux détruire le trône ?

Elle prit mes mains dans les siennes. Ses doigts étaient frais, mais pas froids.

— Je sais que tu en es capable, Ruby. C'est le solstice d'été aujourd'hui… Le moment où ton pouvoir est à son point culminant. Si cela doit se faire, le jour est venu.

Le solstice. Je me souvins du jour où Frère Chardon m'avait dit que c'était dans trois semaines seulement ; mais le temps avait passé et j'en avais perdu le fil.

— Mais, Marella… le problème, c'est que j'ai peur de me perdre en faisant cela, et de ne même plus vouloir le détruire. Il fusionnera avec moi, et… que deviendrai-je alors ?

Ses mains serrèrent les miennes tandis que sa voix se faisait plus intense :

— La fusion représente le seul moyen de le détruire. Tu ne le vois donc pas ? En faisant cela, tu pourras retourner son propre pouvoir contre lui. Ce n'est pas uniquement de ton feu que tu as besoin ; mais de tes ténèbres aussi. C'est cela qui te rend si unique.

— Comment le savez-vous ?

— J'ai vu d'innombrables Sang-de-Feu se battre et mourir dans cette arène, et je n'en ai vu aucun faire ce dont tu es capable. C'est toi que le Minax a choisie.

— Oh, Süd, viens-moi en aide, implorai-je en retirant mes mains de celles de Marella pour me couvrir le visage.

— Tu sais déjà que c'est vrai, n'est-ce pas ? C'est même pour cela que tu as décidé de ne pas te battre aujourd'hui :

parce que tu as peur de ce que tu vas devenir. Mais je t'assure que tu es plus forte. Tu peux fusionner avec le Minax et le contrôler malgré tout. Tu le peux, Ruby.

— Vous vous trompez. Je ne peux pas prendre ce risque.

Je me détournai.

— Dans ce cas, laisse-moi te dire une chose qui te fera peut-être changer d'avis. Ton adversaire d'aujourd'hui, Kane… Il faisait partie des soldats qui ont attaqué l'abbaye.

Je fis volte-face.

— Quoi ?

Elle hocha la tête.

— Je me suis renseignée sur lui pour toi, espérant découvrir ses faiblesses, et j'ai appris qu'il était dans l'unité du capitaine Drake quand ils sont allés au mont Una. J'ai entendu dire qu'il était sans pitié. Que c'était un carnage. Et que… le jeune homme aux cicatrices avait été tué, lui aussi.

— Arcus ? soufflai-je.

Elle opina, le visage empreint de tristesse.

— Un farouche guerrier Sang-de-Glace qui s'est battu comme un diable pour défendre l'abbaye, même si la partie était perdue d'avance. Il a tué une douzaine de soldats avant que des archers ne le terrassent avec des flèches enflammées.

Ma vision se brouilla. De simples flèches enflammées n'auraient pas dû suffire contre la puissance de son froid, mais il avait dû être terrifié par ces flammes. Il avait sûrement paniqué et perdu sa concentration. Je voyais clairement la scène dans ma tête – ce moment où il s'était senti submergé, dépassé.

Sans même m'en rendre compte, je me pliai en deux sous le coup de la douleur. Marella me redressa pour me serrer dans ses bras.

— Je suis désolée, murmura-t-elle dans mes cheveux. Je ne comptais pas te le dire… Mais maintenant, tu sais pourquoi Kane ne doit pas sortir vivant de cette arène. Il mérite la mort.

Je haletais, tremblante. J'avais l'impression de me briser en mille morceaux, et ne pouvais rien faire pour l'arrêter.

— Tu peux y arriver, Ruby. Détruis Kane. Détruis le trône. Sans quoi, les ténèbres n'auront plus de fin.

Après une dernière étreinte, elle m'écarta d'elle et regarda en direction du combat avec une expression navrée. Je suivis son regard. Les deux adversaires étaient à terre, l'annonceur levant en l'air le bras sans vie de la femme. Le public hurlait sa satisfaction et, bientôt, des hommes vinrent enlever les corps de l'arène, laissant derrière eux une longue trace de sang bleu. Visiblement, la femme Sang-de-Glace avait gagné, mais elle avait payé cette victoire de sa vie.

L'annonceur donna le signal. J'entrai dans l'arène inondée de soleil.

J'eus droit aux railleries et aux insultes habituelles, avec la pluie de nourriture avariée ou de pierres qui atterrissaient sur les bords du terrain. Mais, étonnamment, j'entendis cette fois une ou deux voix crier « Feu-Follet ! ». Je demeurai insensible à tout cela, comme si je flottais au-dessus de moi-même, tel un spectateur n'étant pas concerné par ce qui se passait. J'espérais ne plus jamais avoir à ressentir la moindre émotion.

Je me retournai et vis le roi au balcon de sa tribune, Marella maintenant assise comme une poupée à sa gauche, sa robe d'argent s'étalant sur les accoudoirs de son siège sculpté dans la glace. Les robes du roi étaient d'un noir profond avec des passepoils argentés. Je me demandai si elle avait délibérément choisi de s'habiller de façon assortie avec lui. Il me semblait qu'elle essayait toujours d'attirer son attention, de manière subtile. Je me rappelai ce qu'elle avait dit à propos de la façon dont il me regardait ; je le voyais, maintenant. Rasmus inclina la tête, et l'intensité de son regard me fit frissonner. Je le fixai, attirée malgré moi par les ombres qui se déplaçaient dans la glace derrière lui, à l'abri des regards.

Alors que j'atteignais l'estrade centrale, les portes s'ouvrirent de l'autre côté de l'arène et une silhouette en sortit à grandes enjambées. L'homme portait une armure de cuir noir avec des boucles de métal et un heaume d'acier contenant un nez rectangulaire et des protège-joues lui descendant jusqu'au menton. Les seules ouvertures étaient au niveau de ses yeux et de sa bouche. Une cape noire flottait derrière lui. Il était plus grand et plus imposant que le capitaine, mais moins costaud que Gravnach. Il n'avait pas d'épée.

Il ne se sert d'aucune arme matérielle, seulement du froid, m'avait dit Braka. Je frémis, me rappelant la déclaration de Marella selon laquelle je devais fusionner avec le Minax pour le détruire. Je m'étais promis de trouver la lumière, même au prix de la mort, mais c'était avant de savoir que cet homme était coupable de meurtre. Du meurtre d'Arcus. Maintenant, plus rien au monde ne pourrait m'empêcher de le tuer.

Il s'arrêta à quatre ou cinq mètres de moi et s'inclina. Je pris ma position de combat, les poings armés devant moi. Il arma les siens. Et chacun de commencer à tourner face à l'autre, jaugeant l'adversaire.

Au bout de quelques secondes, le public entonna son refrain favori :

— À mort, la Sang-de-Feu ! À mort !

Mais le guerrier Sang-de-Glace ne bougeait plus, réfléchissant peut-être à quelque tactique ou évaluant mes points faibles. Je n'étais pas aussi patiente. Je décochai à ses pieds une première salve de flammes.

Il bondit agilement pour l'éviter et contra avec un jet de givre qui tomba juste devant moi, soulevant un nuage de poussière.

Je répliquai avec une tornade d'air chaud. Il leva ses mains et le souffle se dissipa dans un crépitement.

Mes mains envoyèrent alors des boules de feu rugissantes, qu'il fit tomber une à une avec ses protège-bras en acier, avant de me décocher une rafale d'air glacé.

— Ça t'amuse, hein ? lançai-je en pliant mes mains pour lui envoyer deux tourbillons d'un air si chaud que de la vapeur se forma dans l'air entre nous. Mais ce que tu ne sais pas, c'est que tu ne sortiras pas vivant de cette arène.

La chaleur monta dans ma poitrine et j'enchaînai une série d'attaques – boules de feu, flèches de feu, et une méchante queue de dragon dont l'écho claqua comme un coup de fouet entre les parois de glace. Il contrait chaque coup avec facilité. La foule se mit à rire et à l'encourager :

— Kane ! Kane ! Kane !

Mes épaules se crispèrent. De toute évidence, son pouvoir était bien supérieur à celui de Gravnach.

Je lançai alors une grosse boule de feu en direction de son heaume. J'avais bien visé. Il recula en titubant, puis répliqua avec une violente bourrasque glacée ; les jambes tremblantes, je dus me courber pour ne pas tomber à la renverse sous le souffle.

Les attaques se firent de plus en plus rapides de chaque côté. Je fis monter un rideau de flammes. Il s'en prémunit en se recouvrant d'une couche de glace. Je fis fondre la glace avec de l'air chaud, puis lançai une autre queue de dragon. Il gela le sol sous mes pieds, me surprenant en plein mouvement. Mon pied glissa, et je tombai. J'essayai de me relever et tombai à nouveau.

Kane avança vers moi, sa silhouette à contrejour. Tournant la tête, je vis le roi se pencher en avant sur son balcon, Marella raide comme un piquet à ses côtés. Et, entre eux, une forme noire qui s'élevait tandis que grandissaient des pointes sur ses épaules et sur sa tête. Rien n'indiquait que d'autres que moi puissent la voir, mais je sentais sa présence, même en fermant les yeux.

Alors que la noirceur montait en moi, j'envoyai une nouvelle salve de feu à Kane. Était-ce en raison du solstice ou des ténèbres qui m'envahissaient, ou seulement parce que ma haine m'avait enfin libérée de toute retenue ? En tout cas, mon feu semblait plus chaud qu'il ne l'avait jamais été. La tunique de mon adversaire prit feu. Il y jeta du givre pour l'éteindre.

Il me projeta une nuée de glace qui disparut en une vapeur inoffensive à mon approche, puis une pluie de glaçons. Ils fondirent aussitôt dans le nuage de chaleur qui m'entourait tel un bouclier intégral.

J'étais déjà bien trop puissante, aussi bouillante qu'un morceau de soleil. J'étais certaine de pouvoir le tuer rien qu'avec mon feu. Mais je voulais l'oubli enivrant que seul le Minax pouvait me procurer.

— Venez à moi, ténèbres, murmurai-je. Servez-vous de moi pour tuer ce meurtrier.

Le guerrier Sang-de-Glace s'arrêta à quelques pas de moi et me parla :

— C'est donc vrai. Je t'ai bel et bien perdue.

Mais ses mots n'avaient aucun sens pour moi, perdus qu'ils étaient dans l'ivresse de mon pouvoir. Et que j'aie ou non le pouvoir de contrôler le Minax après cela m'importait peu. Tout ce que je voulais, c'était m'abandonner corps et âme à la vengeance.

Ma vision se modifia, prenant les teintes noir et blanc désormais familières. Les sons alentour s'assourdirent, je n'entendais plus que les battements de mon cœur et le souffle de mon adversaire. Des vrilles d'onyx s'échappèrent de mon esprit pour aller chercher la masse noire qui palpitait dans sa poitrine.

— Ne me force pas à te faire du mal, dit le guerrier.

Les mots étaient lointains, comme des gouttes de pluie sur une vitre. Je lui lançai une solide colonne de feu, qu'il contra avec une colonne de givre. Pendant ce temps, les filaments d'ombre, noirs et sinueux, continuaient d'avancer en ondulant en direction de son cœur.

— Je t'en prie, Ruby, dit-il tandis que son froid augmentait nettement et me forçait à reculer, donc à en finir au plus vite.

Pourtant, une partie de moi avait remarqué que la voix de ce guerrier ne m'était pas inconnue.

Oui. Je *connaissais* cette voix.

Mais c'était impossible. Il était mort. Étais-je devenue folle ?

— Arcus ? soufflai-je, tremblant sous l'effort afin de contenir mon entreprise de destruction.

— Content que tu te souviennes de moi, répondit-il, sa tentative d'humour gâchée par le déraillement ému de sa voix.

La stupeur me saisit. Je baissai ma main, interrompant le flux de flammes, tandis qu'il en faisait autant et que nous reculions tous deux sous l'effort. Le feu était facile à contrôler, mais les ténèbres, beaucoup moins. Elles tournaient toujours autour de son cœur. Il poussa un grognement de douleur et frappa une main sur sa poitrine, cependant que je luttais pour maîtriser la folie meurtrière qui bouillonnait en moi. *Je vais trouver la lumière*. Au prix d'un énorme effort lors duquel je concentrai toute mon énergie sur les filaments ténébreux, je parvins à les faire reculer et à les repousser. Les couleurs revinrent subitement, avec un bruit sec.

— C'est vraiment toi ? murmurai-je, essayant désespérément de voir quelque chose sous son heaume.

Je le scrutai de haut en bas. Il avait les épaules larges, plus larges que dans mon souvenir, mais ce pouvait être l'effet de l'armure. Et ce maudit casque qui lui dissimulait le visage ! J'étais maintenant tiraillée entre l'espoir et la peur de me tromper.

Il baissa sa garde.

— Je t'avais dit que tu serais très forte une fois que tu aurais gagné en contrôle. Même si j'ai entendu dire qu'ils ne t'apprécient toujours pas beaucoup, dans le coin.

Une joie profonde m'envahit, suivie d'un élan de rage à l'idée de ce que j'avais failli faire.

— J'aurais pu te tuer ! m'écriai-je tout en courant vers lui pour me jeter dans ses bras.

Il me serra si fort que j'en eus réellement le souffle coupé, mais cela m'importait peu.

Une voix s'éleva soudain d'une tribune. C'était l'annonceur, en robes magenta détonnant vivement sur les teintes froides de la glace.

— Champions ! Cette arène n'est pas un lieu de roucoulades !

Et la foule d'éclater de rire et d'approuver bruyamment.

— Ces gens sont venus pour voir du sang ! Devons-nous envoyer des challengers pour vous décoller l'un de l'autre ?

— Arcus, chuchotai-je en le regardant. Les portes ne se rouvriront pas avant que l'un de nous soit mort. Je ne te tuerai pas. Il faut que tu me tues.

Ses yeux s'écarquillèrent.

— Tu es devenue folle ?

— Pas du tout. Écoute : Frère Chardon avait raison pour le trône, mais il s'est trompé sur mon compte. Je ne suis pas l'enfant de la lumière. Je suis…

— Une Sang-de-Feu au sale caractère, je sais.

Il sourit pour adoucir ses mots et me donna à nouveau la main.

— Calme-toi, Ruby. Je sais que tu n'as pas réussi à détruire le trône. Mais j'ai rassemblé des forces, tout autour de nous. Il fallait que je gagne du temps pour tout mettre en place sans éveiller de soupçons. Et, pour tout te dire, je n'étais pas sûre de ton allégeance. J'ai eu vent de rumeurs à propos de toi et du roi…

Ses yeux sondèrent les miens avant qu'il poursuive :

— Quoi qu'il en soit, je ne voulais pas que tu souffres. Je suis désolé d'avoir mis tout ce temps avant de…

— Je me fiche de tout ça !

Je n'arrivais pas à croire qu'il discute si calmement, comme si tout allait bien autour de nous.

— Écoute-moi : la malédiction se trouve à l'intérieur du trône…

Alors que je parlais, des portes s'ouvrirent brusquement et des combattants en sortirent. Ils déboulaient maintenant de toutes parts, munis de lances, d'épées, de massues, et accompagnés de coups de vents glacés.

Arcus me repoussa et s'interposa devant moi, comme pour me protéger de la menace qui approchait. Il prit une profonde inspiration, porta les deux mains à son heaume, l'enleva de sa tête et le jeta par terre d'un geste calculé, sans hâte mais plein de détermination. Il tendit les bras, les paumes ouvertes. Il émanait de lui un pouvoir, une puissance supérieure qui ne tolérait aucune opposition. Les combattants ralentirent et s'arrêtèrent autour de nous.

De la poussière mêlée à de minuscules particules de givre flottait autour de nous. Le silence se fit peu à peu dans la foule.

— Bonnes gens, écoutez-moi ! cria-t-il par-dessus le brouhaha. Je suis venu à vous non en tant que paysan combattant, guerrier ou champion, comme on vous l'a dit.

Oh, non, tu n'es pas un champion ordinaire, pensai-je. Outre sa stature, qui pouvait aisément le faire passer pour un champion du roi, il possédait une allure altière qui ne pouvait venir que de sa noble extraction, en cet instant plus que jamais.

— Je viens à vous parce que je suis l'homme qui devrait légitimement être assis sur le trône de Fors !

J'entendis ces paroles, mais mon esprit embrumé ne parvenait pas à comprendre. Je croyais qu'il faisait semblant d'être quelqu'un d'autre, qu'il disait n'importe quoi. Et il ne s'arrêta pas là :

— Je suis Arelius Arkanus, fils d'Akur, frère aîné de Rasmus. J'ai été grièvement brûlé par un assassin, et laissé pour mort. Mais je ne suis pas mort.

Je reculai malgré moi, le cœur battant, n'y comprenant toujours rien.

— Si j'ai survécu, c'est pour me battre, déclara Arcus avec dans la voix une force que je ne lui avais jamais vue. C'est pour retrouver le peuple que j'aime. Je viens à vous pour me présenter comme votre fidèle serviteur. Je viens à vous aujourd'hui en tant que véritable roi de Glace !

26

Le temps s'arrêta. Les bruits de l'arène n'étaient plus qu'un lointain bourdonnement.

Arcus se tenait droit, si grand par rapport à moi, le visage nu, affichant ses cicatrices sous le soleil cru de l'après-midi. J'avais l'impression de voir un étranger. Il s'adressait à la foule, disant des choses que je n'entendais qu'à moitié, à propos de sa présence ici, face à eux – son peuple –, leur demandant de choisir à quel souverain revenait le trône, de se battre à ses côtés parce que son règne à lui serait juste, et qu'il n'oublierait jamais leur loyauté.

Il les exhortait avec l'habileté d'un orateur chevronné, plein d'assurance et de conviction, les épaules ouvertes, le menton haut. Envolée, la silhouette mystérieuse qui se dissimulait sous une capuche. Envolé, le jeune homme qui avait peur de mon feu. Et envolé aussi, celui à qui j'avais fini par accorder ma confiance, dont j'avais caressé les cicatrices, dont les lèvres avaient dansé sur les miennes avec ardeur et douceur en même temps.

C'était un roi qui se dressait maintenant devant moi. Le roi de Glace. Imposant, sans concession, prêt à prendre sa place sur le trône corrompu et à se gorger de son pouvoir.

Ma peau se hérissa de chair de poule. Cette fois, ce serait sans espoir. Arcus irradiait le pouvoir brut, une somme d'énergie maîtrisée et contenue mais qui ne demandait qu'à se déchaîner. Cette énergie planait dans l'air autour de lui, et elle avait toujours été là, même si je ne m'en étais pas rendu compte avant. Si Rasmus tirait son pouvoir du trône, Arcus, lui, possédait une force innée. Il allait exploiter le pouvoir du trône et le multiplier par dix.

Il se tourna alors pour me regarder. Son regard bleu et froid s'adoucit, ses prunelles se réchauffant légèrement au contact des miennes.

Je secouai la tête, chassant l'image d'un roi malfaisant et invincible sur ce trône maudit. C'était Arcus. Il avait beau être le frère de Rasmus, c'était toujours la personne que j'avais connue. Je lui tendis la main. Il la prit, m'aida à me relever et me serra contre son cœur. Un sourire se dessina sur ses lèvres.

— Mon petit fagot de brindilles, dit-il doucement. C'est bon de te sentir à nouveau dans mes bras.

Un jet de glace explosa soudain à ses pieds, le faisant tomber à genoux. Je me retournai et vis que l'attaque venait de la tribune du roi. Il nous fixait, les yeux pleins d'une fureur noire.

— Tuez cet imposteur ! cria Rasmus. Mon frère est mort. C'est un usurpateur que vous avez devant vous. Tuez-le, sans quoi vous serez tous des traîtres !

De nombreux spectateurs sortirent alors épées ou matraques de sous leurs vêtements et descendirent des gradins pour se ruer dans l'arène.

Je tentai de m'extraire des bras d'Arcus, prête à me battre, mais il me retint fermement.

— Ne t'en fais pas, dit-il. Ce sont mes rebelles, des hommes qui ont choisi de se battre pour moi. Et d'autres ici pourraient bien en faire autant, à leur tour.

Il avait raison. Les hommes foncèrent en direction des soldats du roi, et très vite, ce fut une cacophonie de bruits d'épées s'affrontant violemment. Ceux possédant le don projetaient des salves de givre et de glace étincelant sous le soleil.

Une véritable insurrection était en train d'avoir lieu sous les yeux du roi. Je me tournai vers sa tribune, mais ne pus le voir – il y avait trop de monde entre lui et moi.

— Il faut qu'on te sorte d'ici, dit Arcus. Je ne peux pas garantir ta sécurité, même parmi mes alliés.

Il me prit la main et m'entraîna au bord de l'arène, vers une alcôve opposée à celle où j'attendais habituellement avant d'aller me battre. Un jet de glace à mes pieds me fit trébucher. Arcus m'emmena dans un recoin sombre.

— Le roi va mater ta petite révolte en quelques minutes, en commençant par toi, lui dis-je. Pourquoi faire une chose aussi folle ? Ce n'était pas le plan.

— Ça a toujours fait partie du plan, mais pas de la partie qui te concernait. Je rencontre régulièrement mes soutiens en secret, depuis plus d'un an. Mais nous n'avions pas prévu d'attaquer le château avant que le trône soit détruit.

— Et tu sais qu'il ne l'est pas. Tu n'aurais pas dû venir !

Il secoua la tête.

— Le plan a changé à partir du moment où tu as quitté l'abbaye sans moi. Je ne pouvais pas te laisser affronter tout cela seule. Nous sommes venus aussi vite que possible… même si je n'étais plus très sûr de savoir de quel côté tu te situais désormais. J'ai entendu dire que tu étais devenue une championne. Et… que tu te rapprochais beaucoup du roi.

Nos regards se croisèrent. Ses yeux étaient chargés d'une question dont il ne semblait pas sûr d'avoir envie de connaître la réponse.

Je posai une main sur le bord de son cou tandis qu'il passait les siennes dans le bas de mon dos.

— Je n'ai pas changé d'allégeance, si c'est ce que tu veux savoir. Je suis avec toi, Arcus.

À peine avais-je prononcé ces mots qu'un frisson me parcourut la nuque. Un doigt invisible passa sur ma clavicule, me picotant la peau. Une ombre informe occultait le soleil telle une tache mouvante. Ma gorge fut prise de spasmes, et les vrilles noires s'immiscèrent en moi, éradiquant toute inquiétude, toute considération, pour les remplacer par une sensation enivrante d'infinie énergie. Le monde perdit ses couleurs. Arcus devint gris clair bordé de noir, et je voyais clairement la forme sombre de son cœur dans sa poitrine.

« Tue-le. » C'était la voix de cloches que je connaissais, insoutenable et magistrale. J'étais prête à tout pour plaire à cette voix.

Non ! Je libérai mon esprit en poussant un glapissement. Le monde retrouva des couleurs, quoique légèrement altérées, affadies, me laissant en même temps dans et hors de la réalité. Les filaments noirs léchaient les bords de ma conscience.

— Ruby ? fit Arcus avec une expression de plus en plus stupéfaite.

La sensation montait, et, avec elle, mon désir de sang. J'avais invité le Minax en moi, et maintenant, je ne savais pas comment le faire partir. Or celui-ci voulait la mort d'Arcus. Je sentais mes doigts me picoter, brûlant d'envie de se tendre vers lui et de lui envoyer ces vrilles noires en plein cœur. À chaque seconde passée, je perdais davantage le contrôle.

— Lâche-moi ! grondai-je en le repoussant brusquement. Le Minax commence à faire partie de moi. Je ne peux pas t'expliquer ça maintenant… Je dois détruire le trône avant de te faire du mal !

Il me lâcha, déconcerté, et je me précipitai dans l'arène. L'alcôve menant au château se trouvait de l'autre côté. Il fallait que je me débrouille pour passer au travers de ce chaos.

— Ruby ! hurla Arcus, entre peur et fureur.

Mais je n'avais plus qu'une seule idée en tête : *détruire le trône*. Marella m'avait rappelé qu'en ce jour de solstice, mon pouvoir était à son apogée. Et ce serait peut-être mon unique occasion d'agir, maintenant que le roi était distrait par un autre danger. Même si les chances étaient minces, je devais essayer.

Je m'enfonçai dans la masse des combattants, entre coups d'épée et jets de glace. Je devais me pencher, plonger, esquiver, évitant parfois de justesse les coups entre les soldats et les soutiens d'Arcus, entre des tuniques bleues impeccables sous leur armure et de pauvres diables vêtus de haillons. Je me faufilai parmi eux, utilisant parfois des souffles d'air chaud ou des jets de flammes pour me protéger des éclats de glace qui volaient entre adversaires. Il me fallut plusieurs minutes pour regagner l'alcôve où Braka et ses champions se battaient avec une efficacité redoutable.

— Battez-vous pour Arcus ! criai-je à Braka.

Ses mèches gelées dansaient autour d'elle tandis qu'elle bloquait, chargeait, et maniait son épée en décrivant des arcs menaçants. À son regard, je compris qu'elle ne connaissait pas Arcus sous ce nom.

— Battez-vous pour Arelius Arkanus !

— Je ne peux pas, Feu-Follet, dit-elle en parant les coups de trois hommes en même temps. Nous sommes les champions du roi !

— Et qui est le vrai roi ?

La question resta suspendue dans l'air tandis que je détalais dans l'alcôve. Je n'avais pas le temps d'essayer de la convaincre.

Je traversai le tunnel puis la cour, où les combats s'étaient répandus. Ce qui se passait dans l'arène n'était rien en comparaison de la bataille qui faisait rage devant le château. Là, ce n'était que fracas de métal, cris de rage et hurlements de douleur. Depuis leurs postes dans les remparts, des archers décochaient des flèches à un rythme incessant. Des loups des glaces bondissaient, crocs en avant, les yeux fous, pour protéger leurs maîtres. Le sang noircissait le pavé et l'odeur du métal se mêlait à celle de la sueur et de la peur.

Les gardes étaient en train de fermer les grandes portes du château lorsque je m'en approchai. Je me ruai vers eux en visant leurs armures et épées pour faire surchauffer le métal. Deux des gardes lâchèrent leur arme et se mirent à hurler. Un autre résista à la chaleur et fonça sur moi en criant. Je plongeai sur le côté et projetai de la chaleur dans l'air pour le recouvrir d'un nuage de brume, puis me glissai dans l'ouverture. Avec l'élan, les portes continuaient de pivoter sur leurs gonds. Lorsqu'elles se refermèrent, je plaçai une lourde barre de fer derrière elles, bloquant tous les autres à l'extérieur.

Les couloirs étaient vides. La plupart des gardes se trouvaient dehors, dans la foule des combattants. Sûre que les portes de la salle du trône seraient tout de même gardées, je me dirigeai vers le passage secret de la salle à manger.

Je courus jusqu'au mur où l'accès était caché et fis glisser ma main sur la paroi, cherchant le mécanisme. En vain.

— Ruby !

La voix était étouffée mais familière.

J'entendis un cliquètement, et la porte s'entrouvrit soudain, révélant quelqu'un à l'intérieur du passage. C'était Marella – je voyais l'un de ses yeux violets et la courbe gracieuse de sa pommette dans l'étroit entrebâillement.

— Qu'est-ce que vous faites ici ? chuchotai-je.

— Comme je te l'ai dit, mon père a été conseiller de trois rois successifs… Il connaît toutes les salles cachées, tous les escaliers secrets et le moindre tunnel de ce château. J'ignorais si le roi t'avait montré celui-ci, mais je l'espérais. Viens.

Elle ouvrit plus grand la porte et commença à s'éloigner. Me rappelant ce qu'elle avait dit – que Kane était l'un des soldats ayant saccagé l'abbaye, et qu'Arcus était mort –, je l'attrapai par l'épaule, la forçant à se retourner.

— Attendez. Pourquoi est-ce que vous m'avez menti ?

— Chut ! fit-elle. Tu veux vraiment que les gardes viennent ici ? On discutera dans le tunnel.

— Je ne vous suis nulle part. Je ne vous fais plus confiance, Marella. Pourquoi m'avez-vous dit qu'Arcus était mort ?

Elle soupira.

— Tu parlais d'abandonner, de perdre le match volontairement… Je ne pouvais pas accepter cela. Je voulais que tu te battes.

— Il aurait suffi de me dire que Kane était à l'abbaye avec le capitaine. Vous n'aviez pas besoin de me faire croire que mon ami le plus proche était mort. J'aurais pu le tuer ! Quand je pense que ça a failli arriver par votre faute…

Elle eut un petit sourire entendu.

— Est-ce vraiment juste un ami, Ruby ? J'ai bien vu ton expression quand tu as cru qu'il était mort…

J'avançai vers Marella. Elle recula, opposant ses mains tendues devant elle.

— D'accord, je suis peut-être allée plus loin que nécessaire, mais je voulais que tu sois en colère. Je voulais que tu trouves tes pensées les plus sombres, que tu éprouves tes sentiments les plus noirs. C'est la seule façon de permettre au Minax de fusionner avec toi, et donc de détruire le trône. Tu veux toujours le détruire, n'est-ce pas ?

— Bien sûr que oui, répondis-je en me retenant de ne pas la secouer pour ce qu'elle avait fait. Mais ça ne veut pas dire que je vous pardonne pour autant.

— Je suis désolée, Ruby, dit-elle enfin. Je ne savais pas que c'était… Arcus, c'est ainsi que tu l'appelles ? J'ignorais ce qui lui était arrivé quand tu es partie de l'abbaye. Honnêtement, je n'étais même pas sûre que c'était lui, le roi. J'avais seulement des doutes. Viens, maintenant. Nous perdons du temps.

Elle se retourna et se mit en marche. Cette fois, je lui emboîtai le pas. La destruction du trône passait avant ma colère à l'égard de sa petite manipulation. Que cela me plaise ou non, j'avais besoin de tout ce qu'elle savait.

— Vous pensez vraiment que je peux y arriver ? demandai-je alors que nous trottions dans l'espace confiné. Chaque fois que je suis dans la salle du trône, je parviens à peine à me connecter à mon pouvoir. Mon seul espoir est que le trône soit plus faible sans la présence du roi.

Elle se retourna, prit mon poignet dans sa main et le serra dans un geste d'encouragement.

— Oui, tu peux y arriver, Ruby, me dit-elle avec une foi contagieuse. Laisse le Minax t'habiter. Lorsque tu auras fusionné avec lui, tu partageras son pouvoir. C'est la seule façon de détruire le trône et de nous donner un espoir de gagner. Et un espoir pour…

Elle n'acheva pas sa phrase.

— Rasmus ? demandai-je à mi-voix. Il est clair que vous l'aimez bien.

Ses narines frémirent.

— Peut-être que je ne devrais pas. Même avant de prendre le trône, il était souvent d'humeur maussade, imprévisible, et assez… instable. Mais je l'ai toujours beaucoup aimé malgré tout, aussi loin que remontent mes souvenirs.

Elle pinça les lèvres.

— Je ne l'ai plus reconnu lorsqu'il est devenu roi. Ses petites cruautés autrefois mesquines sont devenues monstrueuses, ses changements d'humeur ont donné lieu à des tempêtes d'une violence inouïe, et ses ruminations sont devenues…

Elle secoua la tête.

— Bref, je l'ai perdu. Si tu détruis le trône, il existe une chance que je le retrouve – le véritable Rasmus. Et, qui sait, peut-être que je pourrai l'aider à redevenir quelqu'un digne d'être aimé.

Son aveu me stupéfia – à la fois l'idée de son amour pour lui, et le fait qu'elle se confie ainsi à moi.

Nous étions arrivées à la sortie du tunnel, à un jet de pierre des lugubres contours du trône.

— Il faut que tu le fasses, Ruby, murmura-t-elle. Je n'ai pas eu l'occasion de tout te dire, mais j'en sais davantage sur le trône que tu ne peux l'imaginer. Il t'attend depuis des années. Si tu échoues, tout espoir sera perdu. Et je serai condamnée pour t'avoir aidée.

— C'est vrai, approuva une voix doucereuse. Mais ce ne sera pas une grosse perte.

27

Une silhouette se leva du trône, ses cheveux clairs nimbés de la lumière qui jaillissait par la fenêtre et ricochait sur les surfaces de glace.

— Marella, ma chère traîtresse.

Il lui fit signe d'avancer.

— Je ne vous ai pas trahi, dit-elle, livide. J'essaie juste de vous sauver.

Il eut un petit rire incrédule et sans joie.

— La seule personne que tu cherches à sauver, c'est toi-même. Tu as peut-être réussi à embobiner Ruby, mais je te connais trop bien… Rapproche-toi. Je veux voir ces jolies petites larmes que tu verses si facilement, quand tu me supplieras de t'épargner.

Marella tourna les talons et courut vers le tunnel. Elle poussa un cri quand sa main toucha la porte. La glace recouvrait ses doigts, les fixant à la poignée. Je tendis une main pour faire fondre la glace, mais j'étais déjà sous le coup de ce poids sur ma poitrine, qui neutralisait mon feu.

— Tu sembles surprise de me voir, me dit Rasmus avec un rictus.

J'ordonnai à mon cœur de cesser de battre la chamade et fis un pas vers lui.

— Vous ne dirigez pas vos hommes pendant la bataille ?

— Je récompenserai les plus loyaux et ferai pendre les traîtres. Le trône se renforce à chaque bataille.

Il parlait avec une nonchalance satisfaite, comme s'il venait de me délivrer un précieux savoir ésotérique sur le ton d'une simple banalité.

— À chaque mort violente, le trône devient plus fort et me transmet son pouvoir.

Il ferma les yeux et appuya sa tête contre le dossier de glace.

— Que venais-tu faire ici, mon cher petit Feu-Follet ?

— Je voulais le pouvoir du trône, ainsi que vous me l'aviez proposé.

Il rouvrit brusquement les yeux.

— Vraiment ? Dans ce cas, viens. Approche.

Il se leva et me prit par le poignet pour me tirer jusqu'au trône. Lorsqu'il pressa ma main contre la surface de glace, une force noire monta dans mes doigts et dans mon bras, faisant bientôt vibrer tout mon corps d'un délice glacé.

— Tu appartiens au trône, affirma-t-il en passant un bras dans mon dos pour m'en rapprocher plus encore. Et le trône m'appartient. Par conséquent, tu es à moi, Ruby.

Il me prit le menton et tourna mon visage vers le sien. Submergée par les sensations, le moindre de mes tendons irrigué par le pouvoir du trône sous ma main, je ne pus que secouer la tête. Ses lèvres se posèrent sur ma tempe, envoyant des étincelles liquides dans mes veines.

— Prends-le dans ton cœur, murmura-t-il, ses mots me perçant la peau.

— Laissez partir Marella, parvins-je à articuler. Elle n'a rien fait contre vous.

Il tourna les yeux vers Marella, qui tentait toujours de libérer sa main de la poignée. Des glaçons s'étaient formés dans ses cheveux.

— Elle ne t'a pas dit ? demanda-t-il. Cette chère Marella a conspiré contre moi avec mon propre capitaine... En échange d'un joli tas de pièces lui permettant d'éponger ses dettes de jeu, il t'a emmenée à la prison de Blackcreek au lieu de t'incarcérer ici. Elle a fait en sorte de te soustraire à ma vue.

Je croisai son regard, stupéfaite.

— C'est donc pour ça que vous me l'avez livré dans l'arène... Parce qu'il vous avait trahi.

— Je ne regrette pas sa mort.

— Avez-vous déjà regretté la mort de quiconque ?

Il arqua un sourcil pâle et ses lèvres frémirent.

— Elle m'a trahi. Il y a des espions même dans mon cercle le plus proche.

Il passa un doigt sur mon menton. Je sentis revenir un peu de ma chaleur et me rendis compte que lorsqu'il me touchait et touchait le trône en même temps, je retrouvais mon pouvoir, du moins en partie.

— Je vais devoir procéder à une petite purge... Je te laisserai la tuer quand j'aurai fini de l'interroger. Cela accroîtra ton pouvoir.

Les ombres s'épaissirent dans le trône, et je réussis à convoquer suffisamment de mon pouvoir pour envoyer de l'air chaud sur la main de Marella. Elle se libéra de la glace et s'enfuit précipitamment dans le tunnel, le bruit de ses pas résonnant dans le silence.

Rasmus me prit par les deux épaules et me secoua.

— Ta pitié ne sert à rien.

Ses lèvres se plaquèrent sur les miennes, et ce simple contact inonda mon corps d'une délicieuse sensation qui abolissait immédiatement tout sentiment de peur, d'inquiétude et de considération pour ce que je devais faire. Il ne restait que l'extase, et les ténèbres. Une ombre se leva et plana au-dessus de nous.

— Veux-tu de moi ? demanda Rasmus contre mes lèvres tandis que sa main descendait dans le bas de mon dos.

Étant perdue dans le plaisir, une partie de moi avait envie de dire oui, tout de suite. Je voulais les ténèbres. Je voulais le pouvoir. Je voulais cette euphorie. *Tu me donnes tout cela, donc je te veux.*

Mais quelque chose d'autre rôdait dans un coin de mon esprit – des souvenirs de chaleur. La plupart des gens que j'aimais étaient morts, et pourtant, il restait quelqu'un qui avait besoin de moi, quelqu'un qui comptait plus encore que les ténèbres et le pouvoir. Je vis alors des yeux d'une dizaine de nuances de bleus, qui passaient du froid au chaud en un éclair. Je m'étais intimé de l'oublier, mais il était revenu, et il dépendait de moi. Je ne pouvais me détourner d'Arcus maintenant.

Alors que les lèvres de Rasmus bougeaient sur les miennes, me connectant à ses ténèbres et à celles du trône, la chaleur revint brusquement dans mon cœur. De là, je la fis passer par mon bras et jusque dans ma main toujours posée sur la glace du trône. La surface commença à fondre, y laissant l'empreinte de ma main. Des gouttes d'eau tombèrent sur mes pieds. Rasmus s'écarta et me repoussa ; une lueur fugace et fragile se lut un instant dans ses yeux, avant que son expression ne se durcisse.

— Pour quelle raison es-tu réellement venue ici ?

Il eut un geste circulaire en direction de la salle et scella la porte avec une étincelante couche de glace, puis me tendit cette même main. Instinctivement, je commençai à reculer vers la porte.

— As-tu déjà aimé quelqu'un, Ruby ?

La question me déconcerta. Mais il fallait qu'il continue de parler, afin de me permettre d'avoir le temps de réfléchir à la façon dont je pourrais sortir.

— J'aimais ma grand-mère. Oui, ma… ma grand-mère.

— Et aujourd'hui ? Qui aimes-tu, aujourd'hui ?

J'hésitai.

— J'aime… mon peuple.

— Tu ne connais même pas ton peuple. Pourquoi l'aimerais-tu ?

— Pour mille raisons que vous ne comprendriez pas.

— Tu te sens donc à ta place parmi eux ? Eh bien, moi, j'ai grandi parmi mon peuple et je n'ai jamais trouvé la mienne. Mon pouvoir du froid était faible, comparé à celui de mon frère, et mon père me détestait à cause de cela. Il me couvrait souvent de glaçons, pas assez pour me tuer, mais suffisamment pour me provoquer d'atroces douleurs. Il espérait ainsi me rendre plus fort, renforcer mon don.

Je déglutis à vide.

— C'est affreux.

— Cela m'a coupé de tout le monde. Personne ne m'a jamais compris, ni accepté. Lorsque j'ai pris le trône, les conseillers ont cru qu'ils allaient pouvoir se jouer de moi, voler dans les coffres du royaume, me dénigrer dans mon dos, et faire de mon règne une gigantesque farce. Seulement, le trône, lui, a compris mes peurs, et il m'a aidée à tuer l'un d'entre eux devant tous les autres. Soudain, ils se sont mis à respecter mon pouvoir, et les ténèbres m'ont apporté de la joie et effacé ma souffrance, comme le trône t'enlève ta chaleur. Il se nourrit de tout ce qui est chaud : la passion, la haine, la violence…

Je portai une main à mon ventre, luttant contre la nausée. Ainsi, ma propre haine, ma propre violence, avait nourri le trône que j'étais venue détruire.

— Mais j'étais encore un être figé, glacé, continua-t-il. Le trône n'a pas de remède contre cela. Alors, quand je t'ai vue dans mon arène, quand je t'ai regardée brûler le cœur de tes ennemis sans une seconde d'hésitation, je me suis dit : *La voilà. Elle est le feu. Elle est la chaleur. Elle est faite pour moi.* Je me suis renseigné sur tes chagrins, tes souffrances, afin de savoir comment noircir ton cœur, pour te rendre plus forte.

Le trône continuait de m'attirer et, à mon corps défendant, les paroles enjôleuses de Rasmus également.

— Je suis déjà forte, répondis-je. Je le suis juste d'une manière différente.

Je pris une grande inspiration, me rappelant que j'étais la fille d'une guérisseuse.

— Il existe peut-être encore une chance pour vous… Il a toujours voulu que je vous soigne, vous savez.

Rasmus étrécit les yeux.

— Qui ça ?

— Arcus. Il voulait que je brise la malédiction et que je vous guérisse. Je ne sais pas comment nous pouvons faire, mais nous pouvons peut-être l'apprendre.

Il se rapprocha de moi, lentement, comme on approcherait d'un chien sauvage. Sa voix tremblait. Ses yeux brillaient comme des onyx.

— Cette façon que tu as de prononcer son nom, Ruby… Je t'ai sentie t'extirper des ténèbres, de moi, pour protéger mon frère alors que tu aurais dû le tuer.

Un éclair de souffrance passa dans ses yeux, une fraction de seconde, avant qu'ils ne deviennent plus noirs encore.

— Pourquoi est-ce que tu ne l'as pas tué ?

J'ouvris mes mains devant moi.

— Je n'ai jamais voulu tuer personne.

— Tu as tué, avant. Alors, pourquoi pas *lui* ?

Je me sentais piégée.

— Parce que c'est mon ami.

D'un geste agressif, Rasmus prit mon menton entre son pouce et son index.

— Je répète : pourquoi est-ce que tu ne l'as pas tué ?

— Je ne pourrais jamais faire de mal à Arcus, dis-je en le repoussant de toutes mes forces, oubliant toute intention de le guérir. Plutôt mourir !

Un lourd silence se fit avant qu'il ne reprenne la parole. Sa voix était aussi froide et dure que de l'acier trempé.

— Si tu refuses le trône, tu me refuses, moi. Tu n'es pas forte de la manière dont j'ai besoin que tu le sois. Et je déteste la faiblesse.

Il agita sa main devant moi et je me retrouvai soudain prise dans la glace jusqu'à la taille. J'ordonnai à ma peau de se réchauffer, mais la glace ne cessait d'épaissir et de remonter le long de mon corps.

— Adieu, Ruby, dit Rasmus. Sache que ta mort augmentera le pouvoir du trône. Afin que ce ne soit pas une perte sèche.

28

Les portes tremblèrent sous des coups violents qui vinrent peu à peu fendre la glace qui les scellait. Elles cédèrent d'un coup et s'ouvrirent sur Arcus qui apparut, le souffle court, tête nue, une épée tachée de sang à la main.

Rasmus, prêt à l'action, toucha Arcus en pleine poitrine avec un jet de glace qui le projeta contre le mur. Le coup suivant toucha Arcus au poignet. Il ouvrit la main sous le choc et son épée tomba à terre avec fracas, avant d'être recouverte d'une solide couche de glace.

— Laisse-la partir, dit-il d'un ton calme qui contrastait étrangement avec la fureur qu'on pouvait lire dans ses yeux.

Il s'écarta du mur et avança.

— Et discutons en frères, proposa-t-il.

— Elle n'est pas jolie comme ça, tout habillée de glace ? ironisa Rasmus. Je vais peut-être la garder comme statue, dans ma cour. Le feu coincé dans la glace. Une belle métaphore, tu ne trouves pas ?

— Le trône te contrôle, dit Arcus d'une voix sourde et posée tout en avançant lentement.

Rasmus eut un petit rire.

— Le trône est mon allié.

Arcus s'arrêta à quelques mètres de moi et me regarda, cherchant peut-être à déceler du sang ou une autre marque de blessure. Le soulagement se lut bientôt sur ses traits.

— Je ne suis pas ton ennemi, Raz. Nous pouvons trouver un moyen de te libérer de la malédiction.

Rasmus arbora un rictus diabolique.

— Fors et Eurus sont frères aussi. Et Eurus a fait le trône plus puissant qu'un don naturel.

— Il l'a empoisonné par jalousie, répliqua Arcus.

— Tu avais peur de ton propre trône… Est-ce pour cela que tu n'es pas revenu avant ce jour ?

— Tu as employé quelqu'un pour me tuer ! Excuse-moi de ne pas avoir eu hâte de revenir.

Rasmus secoua la tête.

— Ce n'était pas moi. J'étais encore presque un enfant.

Arcus fronça les sourcils.

— Tu prétends que ce n'est pas toi qui as envoyé cet assassin ? Je ne sais pas si je peux te croire.

— Crois ce que tu veux. Je n'ai pas besoin de toi.

Rasmus se tourna vers moi et parla avec une emphase fébrile :

— Et je n'ai pas besoin d'elle !

La glace dépassait maintenant mon menton et commençait à couvrir mes lèvres, altérant ma respiration. Je luttais comme je pouvais, paniquée. Au bout de quelques secondes, la chaleur de mon souffle fit fondre la glace devant ma bouche. Je respirai avidement et regardai les deux frères se faire face.

— Laisse-la partir, Raz, répéta Arcus d'un ton plus sec.

Il avait l'autorité naturelle d'un commandeur, d'un grand frère et d'un roi.

— Nous pouvons faire la paix maintenant, mais si tu la tues, tu es un homme mort.

— Il me suffit de lever le petit doigt et son cœur cessera de battre, susurra Rasmus. Ou d'un souffle… D'une pensée, même. Tu ne sauras même pas ce que j'ai fait, et il sera déjà trop tard. Ce n'est qu'une menteuse de Sang-de-Feu qui ne manquera à personne.

Je me concentrai sur mon cœur, commandant à ma chaleur de se dégager pour faire fondre la glace qui m'enserrait. Je ne sentis en réponse qu'une faible étincelle, pas même le début d'une flammèche.

— Elle me manquera, à *moi*.

La voix d'Arcus était dure, menaçante, avec un accent de désespoir sous-jacent.

— Tu m'as manqué, tu sais, répondit Rasmus. Pendant un moment.

— Tu disais que tu ne voulais pas du trône. Ensemble, nous pouvons le détruire. Tu pourras diriger avec moi, être mon bras droit.

— Je dirige *déjà*, assena Rasmus avec force.

Arcus prit une profonde respiration.

— J'avoue que j'ai été orgueilleux… Et que, dans mon orgueil, j'ai refusé de croire à la malédiction. J'ai regardé Père devenir paranoïaque et cruel, mais je mettais cela sur le compte de la guerre, de la pression de l'exercice de ses fonctions. Lorsque j'ai pris le trône, je me suis battu contre l'idée que j'allais être changé, corrompu…

— Amélioré, renforcé, le coupa Rasmus. Si tu avais accepté cela, les limites seraient tombées d'elles-mêmes, et tu serais devenu bien plus que tout ce que tu peux imaginer.

Arcus secoua la tête.

— Tu t'es perdu, Raz… La chose là-dedans, dit-il avec un geste en direction du trône, t'a dévoré de l'intérieur.

— La seule chose dont se nourrit mon trône est les esprits des traîtres et des Sang-de-Feu.

Il bougea une main, et la glace se resserra sur moi, m'arrachant un cri. Les yeux d'Arcus s'écarquillèrent tandis qu'il blêmissait.

— Garde le trône, dit-il dans un souffle. J'emmènerai Ruby loin d'ici, de l'autre côté de l'océan. Je renoncerai à mon titre et à mes intentions. Demande-moi ce que tu veux ; du moment que tu me laisses l'emmener.

Non. J'essayai de bouger la tête, mais la glace m'oppressait maintenant le cou. J'avais envie de crier à Arcus qu'il ne devait en aucun cas faire une proposition pareille. Si je savais une chose sur lui, c'était bien sa totale loyauté à ses idéaux. Cela le tuerait d'abandonner son peuple.

— Tu pourrais revenir, répondit Rasmus. Et tu as trop de soutiens qui pourraient se dresser contre moi… Tenter de m'assassiner.

— Je n'ai jamais voulu ta mort. Je voulais juste que notre royaume redevienne ce qu'il était autrefois. Que tu arrêtes les guerres, que tu recommences à aider les gens. Mais je suis prêt à lâcher tout cela.

Rasmus secoua la tête.

— Je ne te fais pas confiance.

Silence.

— Dans ce cas, tue-moi s'il le faut. Mais laisse-la partir d'abord. Je te laisserai me tuer une fois que j'aurai vu Ruby quitter ta cité en toute sécurité.

Non, non, non !

J'étais folle de rage. J'ouvris la bouche, mais seul un couinement étouffé parvint à sortir de ma gorge frigorifiée. Je suffoquais, j'avais la tête qui tournait à force d'essayer de bouger mes membres pour rompre cet étau de glace – en pure perte.

— Tu serais prêt à mourir…

Rasmus me toisa quelques instants, puis regarda à nouveau son frère.

— Pour *elle* ?

— Absolument, confirma Arcus. C'est le marché que je te propose.

Non, je ne pouvais pas le laisser faire cela.

L'indécision planait dans l'air, aussi palpable qu'un épais brouillard. Les ombres dansaient sur les murs. J'entendis alors un murmure en provenance du trône, un sifflement à peine audible.

Rasmus sourit, avec une expression si froide qu'on aurait cru voir un rictus sur le corps d'un mort.

— Tu ne fais que me donner encore plus envie de la tuer, dit-il avant de se tourner vers moi. Tu n'es rien.

La glace passa soudain à l'intérieur de mon corps. Un cri se figea dans ma gorge tandis qu'une terrible douleur me fendait la poitrine, pire qu'un coup d'épée – glacée là où je n'étais que chaleur, sans fondre pour autant. Une douleur tranchante, violente, implacable, sans issue.

J'aperçus Arcus se jeter sur Rasmus alors que mes paupières se fermaient sous le coup de la douleur, et j'eus l'atroce pensée qu'Arcus ne pouvait pas gagner. Avec le trône juste derrière lui, Rasmus était bien trop puissant. *Oh, Süd, fais que tout cela se termine ! Pitié, finissons-en.* Je partirais dans l'au-delà, où je retrouverais ma mère. Je serais au chaud. Je serais libre.

Mais les paroles de Marella me revinrent soudainement à l'esprit. La seule manière de détruire le trône était de faire un avec lui, de laisser le Minax fusionner avec moi. Le trône de Fors était fait pour repousser et affaiblir les Sang-de-Feu. En cet instant, je n'étais que feu. Mais si je laissais entrer les ténèbres, qui circulaient déjà librement entre le trône et la glace reliée à lui, je pourrais outrepasser les défenses du trône et le détruire de l'intérieur.

Venez à moi, ténèbres.

Le murmure sifflant satura mes oreilles et de longs filaments noirs s'immiscèrent par le bout de mes doigts, dans mes bras, jusqu'à mon visage. Je ressentais une forte pression. Mes oreilles se bouchèrent et je pris une grande bouffée d'air, incapable de lutter contre cette étrange sensation en raison de la glace qui m'enserrait. Bientôt, la sensation se calma, mon corps semblant s'habituer à ce nouvel occupant. Avec un sentiment de triomphe, je me rendis compte que j'avais retrouvé toute ma chaleur, qui rugissait maintenant en moi de la tête aux pieds, prête à agir. J'avais l'esprit dégagé de toute préoccupation, mes pensées devenaient de plus en plus simples, plus élémentaires, au milieu d'une joie intense et croissante.

« Toi et moi ne sommes qu'un », dit une voix carillonnante, qui venait cette fois de l'intérieur. « Libère-moi, et ensuite, nous irons chercher mon frère dans le trône de Feu, afin d'accomplir la destinée que notre père a prévue pour nous. Fille des Ténèbres, tiens-toi prête pour ce jour. Il viendra bientôt. »

La pièce avait perdu toutes ses couleurs – les bleus étaient désormais des gris, les rayons de soleil passant par la fenêtre d'un blanc pur. Je regardai le bout de mes doigts et vis que des volutes de fumée couleur d'onyx s'en échappaient.

Arcus et Rasmus se battaient à quelques pas de moi. Arcus maintenait son frère à terre de ses deux bras, mais ses genoux se dérobèrent tandis que les mains de Rasmus lui enserraient la gorge. Je les regardai avec un intérêt détaché, essayant de me rappeler ce que je désirais si ardemment une minute plus tôt. J'essayai de bouger et me rendis compte que j'étais toujours prisonnière de la glace.

Brise cette glace, pensai-je. Immédiatement, la glace explosa en éclats à moitié fondus, qui volèrent dans tous les sens.

J'étais bien une partie du roi quelques instants plus tôt... et mes ténèbres venaient de lui, me semblait-il. N'est-ce pas ? Oui, il était mon allié.

— Mon roi, dis-je d'une voix de carillon, profonde et pleine de résonance.

J'envoyai un tourbillon d'air brûlant sur Arcus, qui fut projeté plusieurs mètres en arrière et glissa dans un bruit d'armure raclant le sol.

J'avançai lentement vers Rasmus. Son regard sur moi était intense, ses yeux n'étaient plus noirs mais bordés d'un anneau bleu foncé. Il prit une inspiration fiévreuse.

— Tu as fusionné avec le Minax.

— Nous sommes un, répondis-je de mon étrange nouvelle voix.

Il tendit doucement le bras, posa une main derrière mon cou et m'attira vers lui pour m'embrasser. Il haleta quand nos lèvres se touchèrent.

—Tu es brûlante, dit-il.

Mais sa bouche revint trouver la mienne, et je lui rendis son baiser.

— Ruby ! cria Arcus d'un ton profondément outré.

— Elle a choisi, déclara Rasmus en caressant une mèche de mes cheveux. Elle a choisi le pouvoir.

— Je *suis* le pouvoir, rectifiai-je en désignant le trône.

Aucune ombre ne l'obscurcissait plus maintenant. Le Minax avait quitté le trône et se trouvait en moi, il *était* moi et j'étais lui, et jamais je ne renoncerais à ce pouvoir extraordinaire. Pourtant, une partie du Minax demeurait liée à Rasmus. Le roi possédait une partie de mon énergie ténébreuse, or, je n'avais pas envie de la partager. Je voulais tout pour moi.

— Sors du roi, ordonnai-je au Minax, et une sorte de corde noire quitta son corps pour s'engouffrer dans le mien.

Rasmus se plia en deux, les mains sur ses genoux pour ne pas tomber.

— Ne prends pas tout, ma douce, dit-il, tremblant. Il faut qu'on le partage.

J'hésitai. Je n'avais pas envie de céder une once de cette sensation. Le Minax parla dans ma tête : « Tu m'as libéré. Tu n'as pas besoin de partager ce pouvoir très longtemps. Donne-lui juste ce qu'il faut pour tuer le frère, et nous nous nourrirons de leur peine et de leur haine avant de partir d'ici, encore plus forts. »

Je hochai la tête, puis touchai la joue de Rasmus et lui rendis une dose de ténèbres.

— Merci, dit-il en me souriant.

— Tue-le, ordonnai-je.

Rasmus leva ses mains en arrière puis les projeta en avant, frappant Arcus d'une énorme nuée de givre. Celui-ci pivota pour encaisser le coup à l'épaule et leva une main pour lancer sa propre charge.

— Il m'en faut plus, murmura Rasmus.

Je le touchai une nouvelle fois, lui donnant de mon énergie noire.

Alors qu'un peu de noirceur me quittait, le monde regagna en couleurs et je vis Arcus avec de nouveaux yeux.

— Tu lui fais du mal, dis-je sur le ton du constat.

Le Minax avait prétendu que cela me rendrait plus forte, et pourtant, j'éprouvais une vague impression de gêne que même l'oubli enivrant ne pouvait effacer.

— Oui, grinça Rasmus. Si seulement il pouvait crever plus vite !

Je le regardai décocher jet de glace sur jet de glace, tous ses muscles en tension extrême. La salle se remplit d'échos de projectiles. Une flèche toucha Arcus au niveau du cou. Il attaquait d'une main et porta l'autre à sa blessure pour en contenir le saignement.

Je continuai de regarder jusqu'à ce qu'une entaille apparaisse sur sa main, lui arrachant un cri de douleur. Il se replia alors en boule pour prendre les coups dans le dos.

— Quelque chose ne va pas, dis-je en prenant Rasmus par le poignet pour abaisser son bras. Je ne veux pas qu'il meure.

Rasmus posa les yeux sur moi. Les siens étaient de nouveau presque noirs.

— Ne laisse pas ta résolution s'affaiblir. Nous y sommes presque.

— Ruby, dit Arcus, assis par terre, ensanglanté et épuisé. Aide-moi.

— Non, jeta Rasmus. Il doit mourir pour que nous puissions lui prendre son pouvoir. Ensuite, plus rien ne pourra nous arrêter. Fais-le, Ruby. Montre-moi ta force.

Cette perspective m'excita. Après une seconde d'hésitation, je levai une main et lâchai mon feu sur Arcus. Il le contra immédiatement avec son froid. Lorsque les deux colonnes se rencontrèrent, elles se mirent à crépiter en un feu d'artifice bleu et blanc qui se projeta vers le plafond à la façon d'un geyser.

— Du feu de glace, souffla Rasmus avec un petit rire halluciné. Le feu qui peut tout brûler… On disait que seul un être divin pouvait le créer, et voilà que toi, tu es capable d'en faire… Je savais que tu étais spéciale.

Il se tourna vers son frère.

— Même toi, tu n'es pas à la hauteur face à ça, mon frère !

Rasmus ajouta son propre froid à la colonne, les trois jets se rejoignant pour créer un tourbillon d'un blanc éblouissant au cœur bleu. Il utilisa alors la force de son froid pour incliner la flamme étincelante, dont le centre bleu se déplaçait maintenant inexorablement vers Arcus.

— Quand elle l'atteindra, dit Rasmus avec un sourire diabolique, il ne restera plus rien de lui, à peine une tache sur le sol.

Brusquement, je fus saisie d'un vif sentiment d'avertissement ; une bulle semblait s'être formée dans mon cœur et irradiait douloureusement dans ma poitrine. C'était Arcus. *Arcus.*

Mille images me vinrent à l'esprit. Arcus me portant dans ses bras pour me sortir de la prison, Arcus me sauvant de mon propre feu en me plongeant dans le ruisseau, Arcus m'aidant à m'entraîner. Je me rappelai la première fois que je l'avais regardé dans les yeux, la première fois qu'il m'avait souri, mon ravissement et mon étonnement à me rendre compte qu'il était bien davantage que ce que lui-même pouvait savoir. Et qu'il avait changé pour moi – du moins, il avait essayé. Il avait maîtrisé son impatience après notre première leçon à l'épée. Dans la forge, il m'avait montré de quelle manière l'acier avait besoin du feu. Presque sans le vouloir, il s'était ouvert à moi, m'avait fait part de son amour des récits, de son souci pour son peuple qui souffrait. Certes, il m'avait repoussée plusieurs fois, mais je savais maintenant qu'il essayait uniquement de se protéger contre des sentiments trop forts pour pouvoir être niés ou contrôlés. J'avais ressenti la même chose, déstabilisée par mon désir d'obtenir son attention, sa confiance, et même par son contact physique.

Je me rappelai la façon dont il m'avait embrassée, et ce qu'il m'avait dit – qu'il voulait me protéger, qu'il refusait de me laisser partir. À de multiples reprises, il avait prouvé qu'il tenait à moi, qu'il l'ait voulu ou non, et j'avais appris à le connaître vraiment, bien au-delà de mon jugement initial sur lui. Il éprouvait les choses avec profondeur, comme moi. Il était devenu vital à mon existence.

Il avait offert de mourir pour moi. Et j'allais faire la même chose pour lui. Tout au fond de mon être, dans un endroit qui demeurait encore totalement *moi*, je savais que pour rien au monde je ne voudrais lui faire de mal.

Cette brusque vague de sentiments m'aida à regagner du contrôle et à redevenir un peu plus moi-même. Je venais de trouver une forme d'espoir, quelque chose de chaud et de coloré à quoi me raccrocher quand tout paraissait morne et lugubre. Je m'enveloppai de cette sensation et changeai de position, me déplaçant vers Arcus afin de pouvoir pousser le feu de glace en direction de Rasmus. Le centre bleu bougea dans sa direction.

— Mais qu'est-ce que tu fais ? demanda Rasmus, les yeux écarquillés.

— Je fais fondre ton trône.

À chaque seconde passant, je sentais mon esprit reprendre le contrôle et repousser l'influence du Minax. C'est pour cette raison que j'étais venue ici : détruire la malédiction.

— Non !

Rasmus employa son froid pour me repousser. Je lançai sur lui une rafale d'air chaud qui le précipita à l'autre bout de la pièce ; sa tête heurta le mur et il s'écroula.

Je me tournai alors vers le trône tout en laissant ma chaleur monter. Mais le trône tentait déjà de me lacérer le cœur, de l'arracher de ma poitrine, ayant par nature été conçu par Fors pour affaiblir et détruire les Sang-de-Feu.

— Tu peux y arriver, Ruby, me dit Arcus. Ne retiens rien. Lâche tout !

J'eus alors un moment de doute terrible, où tous mes échecs me revinrent en mémoire : mon village, ma mère, mes premières tentatives pour maîtriser mon feu, la façon dont j'avais laissé le Minax me contrôler, et le fait qu'il m'ait convaincue de tuer Arcus, juste quelques minutes plus tôt.

Mais j'étais plus forte que cela. Je ne l'avais pas laissé me diriger. Même si je sentais la présence de son ombre dans mon esprit, je contrôlais. Mes dons, qu'ils soient de feu ou de ténèbres, n'étaient plus indomptables. C'était moi qui étais aux commandes.

— Arcus, dis-je dans un souffle. Couvre-toi de glace.

J'entendis le craquement de la glace en formation et, du coin de l'œil, je vis qu'Arcus avait d'abord déposé une épaisse couche de glace sur son frère, toujours inerte à terre, avant de s'en recouvrir lui-même.

Et là, je lâchai tout.

Un, deux battements de cœur, et je fus emplie d'une terrible pression aux couleurs de mille soleils couchants. L'orange me brûlait les paupières tandis qu'un feu blanc m'inondait par vagues atroces. C'était cent fois plus chaud que les flammes dont Arcus m'avait sauvée lorsque j'avais brûlé mes vêtements près du ruisseau de l'abbaye. J'avais l'impression d'être immergée dans de la lave en fusion.

Je me concentrai sur la silhouette du trône. Je m'efforçais encore de siphonner ma chaleur en un flot furieux et constant, qui me donnait l'impression de m'arracher le cœur. Mais je n'étais pas une Sang-de-Feu comme les autres. Que je sois née ou non pour ce destin, c'était moi et moi seule qui étais parvenue à contrôler le Minax en moi. Je pouvais y arriver.

Convoquant en esprit toute pensée relative au feu et à la chaleur, je laissai monter en moi cette pression exorbitante jusqu'à ce qu'elle devienne insoutenable. Et je laissai tout exploser sur le trône. L'onde de choc me propulsa en arrière, où je heurtai un pilier de glace. Un peu sonnée, je vis que le trône n'était qu'à moitié fondu et répétai l'opération. Laisser la chaleur monter, comme grand-mère me l'avait appris. La maîtriser, comme Frère Chardon me l'avait appris. Et lâcher, comme Arcus me l'avait appris. Encore et encore, je convoquai toute ma chaleur, encaissant sa pression, pour la relâcher enfin avec une assurance que je n'avais jamais éprouvée auparavant.

Le visage ruisselant de sueur, les mains tremblantes, je poussai un cri sauvage sous l'effort considérable que je fournissais. Enfin, le peu de glace qu'il restait du trône gonfla comme un tonneau trop rempli, avant d'éclater en un nuage de minuscules gouttelettes qui s'évaporèrent en grésillant.

Le Minax tournoyait en moi, affolé à la vue de l'espace vide où se tenait auparavant le trône qu'il avait habité pendant mille ans. Je sentis sa confusion, son bref sentiment de perte, mais ce sentiment tourna à l'exaltation comme il prenait conscience de la liberté qu'il aurait à vivre en moi désormais. Il s'installa en moi, en marge de ma conscience.

Il y eut soudain un bruit de verre brisé. Arcus était en train de casser l'enveloppe de glace qui l'avait protégé de mon feu. Il s'approcha de moi, et je l'entendis vaguement prononcer mon nom comme il posait une main sur mon épaule. Mais ma conscience disparaissait peu à peu, tels des grains de sable emportés par le ressac.

La voix des mille cloches parla alors, chacun de ses mots résonnant d'accents de triomphe : « Mon vaisseau véritable, tu m'as libéré. Nous serons un à tout jamais, maintenant. »

Alors que les ténèbres se répandaient dans ma poitrine, je m'aperçus que jusqu'ici, il n'avait pas utilisé ses pleins pouvoirs sur moi. Il m'avait laissée détruire le trône, parce qu'il le voulait. Parce que je faisais partie de son plan. Et maintenant, il grandissait, consumant mon être, mon identité propre.

J'avais besoin d'aide, d'une personne dotée d'un pouvoir dépassant ma compréhension, d'une personne avec des cheveux et des yeux d'or qui avait déjà aidé Arcus, et que j'avais vue lorsque j'étais perdue dans les bois blanchis par le blizzard. S'il s'agissait réellement de la voyante, de la prophétesse qui avait guéri Cirrus, j'avais besoin de son aide, tout de suite.

— Sauge, appelai-je sous l'impulsion d'une partie de mon âme qui en savait plus que mon esprit rationnel. Aide-moi.

La voix de ma vision parla alors à mon oreille : « Pour être emplie de lumière, il te suffit de faire un choix. Choisis de te pardonner. Choisis d'aimer. »

Ses mots me donnèrent la force de lutter plus fort contre les ombres. Je me forçai à me concentrer sur des choses issues de la lumière : l'amour, l'espoir, la guérison, les nouveaux départs et le pardon. La vie que je désirais vivre, plutôt que la souffrance et la culpabilité du passé. Je visualisai ma mère, fière et souriante, ma grand-mère à ses côtés ; toutes deux me faisaient signe d'approcher et m'accueillaient dans leurs bras grands ouverts. L'amour était une force purificatrice, comme le feu. Je l'accueillis pleinement.

Soudain, une lumière dorée aveuglante m'envahit. Un cri résonna alors dans ma tête, un cri de douleur inhumain ; après quoi, les ténèbres qui étaient logées en moi s'échappèrent d'un coup, comme un fil à linge qu'on aurait coupé, laissant tous les draps s'envoler en claquant dans le vent. Je faillis tomber, mais Arcus me retint et me serra contre lui.

Le Minax planait au-dessus de nous. Il essayait de s'immiscer à nouveau en moi, mais je m'efforçai de me remplir de toutes les pensées d'amour possibles, afin de conserver en moi une lumière vive et stable.

La créature de l'ombre passa de l'opaque au transparent, luttant visiblement pour conserver sa forme solide. Elle avançait et reculait par à-coups, comme si elle voulait revenir tout en sachant qu'elle ne le pourrait pas.

Un mouvement attira mon regard. Rasmus s'était extrait de la glace et rampait maintenant vers nous. Il tremblait, le visage blême, et avait les yeux d'un bleu pur, débordant de souffrance.

— Reviens à moi, Minax, dit-il d'une voix éraillée.

Le roi autrefois si puissant paraissait si faible qu'il ne m'inspirait aucune crainte.

— Tu ne dois pas le laisser fusionner avec toi, dis-je. J'ai senti dans ma chair l'étendue de son pouvoir. Si tu l'invites en toi, il effacera complètement qui tu es. Tu n'y survivras pas.

Il secoua la tête.

— Je me meurs, de toute façon…

Il leva les deux bras.

— Viens, Minax, mon seul ami. Reviens-moi !

La créature de l'ombre hésita un instant avant de foncer sur Rasmus. Arcus bondit vers son frère.

— Raz, non !

Mais les ténèbres s'étaient déjà engouffrées dans Arcus, dont les yeux redevinrent noirs alors qu'il exhalait un soupir de soulagement et que ses lèvres affichaient un rictus fébrile.

— Seul le pouvoir compte, murmura-t-il.

Il fronça alors les sourcils et bascula la tête en arrière sous la douleur. Les veines saillaient sous sa peau claire, leur bleu tournant à un noir de pétrole. Rasmus poussa un cri et commença à se griffer tel un possédé, fixant le plafond comme s'il espérait y trouver quelque secours. Il convulsa violemment, puis tomba inerte à terre tandis que le Minax réapparaissait dans les airs pour stationner à nouveau au-dessus de nous. Il paraissait maintenant plus fort, plus opaque, plus solide. Il se dirigea vers Arcus, et je m'interposai devant lui, les mains tendues.

— Sauge, protège-nous, dis-je à voix basse.

Le Minax frémit d'une manière imitant le rire.

« Je n'ai pas besoin de lui – ce roi qui a combattu mon influence quand il a pris le trône. Je me suis nourri d'un autre roi. Cela me suffira jusqu'à ce que je trouve mon prochain hôte… Même si c'est toi, mon véritable vaisseau, Fille des Ténèbres. Lorsque le désespoir t'habitera, quand tous ceux que tu aimes seront morts, nous serons à nouveau réunis. Tu te souviendras de moi avec ceci. »

Quelque chose me brûla alors la peau près de l'oreille gauche, puis je sentis la présence du Minax s'éloigner.

Tout tourna autour de moi, pour se remettre en place. J'inspirai avec peine. J'étais à quatre pattes sur le sol. Je voulais parler, mais j'avais la gorge sèche et douloureuse.

J'ouvris les yeux et tombai sur deux éclats de glace contenant une myriade de couleurs.

— C'est bien toi, Ruby ?

La façon dont Arcus prononça mon nom me fit l'effet d'une caresse.

— Oui. Le Minax est parti. Pour le moment.

— Tempus soit loué, tu es indemne !

Il me prit dans ses bras. J'enfouis ma tête dans l'espace entre son cou et son bras. Au bout de quelques minutes, il tourna la tête vers la silhouette inerte de son frère.

— C'était mon frère.

— Je sais. Je suis désolée.

Des mois durant, j'avais rêvé de tuer Rasmus. Mais Arcus désirait que je le soigne, et je n'avais pas pu le faire. Je le serrai de toutes mes forces contre moi tandis qu'il tremblait, versant des larmes froides dans mon cou. Pendant de longues minutes, je lui caressai les cheveux. J'étais ébahie par sa capacité d'amour envers son frère, même après une telle trahison. Lorsqu'il fut apaisé, je déposai un baiser sur sa joue.

Le soleil avait disparu derrière la montagne. Une faible lumière filtrait dans la salle du trône, faisant danser les grains de poussière. Les ombres s'allongeaient, mais ce n'étaient que de simples ombres maintenant. La salle paraissait différente. La présence maléfique du trône avait disparu.

— Il y a des choses à régler, dit Arcus en poussant un long soupir. Mes soutiens ont emporté la bataille, mais certains vont porter un regard… défavorable sur ce qui vient de se passer. Ils pourraient m'accuser d'avoir tué mon frère pour prendre le pouvoir.

Je m'abstins de lui dire que j'avais pensé la même chose à un moment, dans l'arène – qu'Arcus recherchait en fait le pouvoir du trône.

— Mais ce n'est pas toi qui l'as tué.

— Ils ne le croiront pas forcément. Et je dois encore convaincre ceux qui étaient fidèles à mon frère de me prêter allégeance. La tâche ne sera pas aisée.

— J'aimerais pouvoir t'aider, mais, comme tu l'as dit toi-même, on ne m'aime pas beaucoup dans le coin.

Il eut un petit sourire espiègle et me toucha la joue.

— J'en connais certains qui t'aiment énormément.

Une sensation de joie pure, presque douloureuse, m'envahit. Je fermai les yeux sur cette vague qui me submergeait et posai ma joue contre sa paume tout en serrant sa main dans la mienne.

29

Une torche apparut. Marella se tenait dans l'encadrement de la porte.

— Où est Raz ? demanda-t-elle, mais, à son expression peinée, on devinait qu'elle connaissait déjà la réponse.

Arcus fit un geste en direction du corps sans vie de son frère. Marella porta une main à son cœur en le regardant avant de fermer les yeux.

Quelle qu'ait pu être la menace que représentait Rasmus, je ne devais pas oublier qu'elle l'avait connu toute sa vie durant.

— Je suis désolée, dis-je doucement.

— Tu as détruit le trône, comme tu devais le faire, répondit-elle d'une voix étranglée.

Elle prit quelques inspirations fébriles, luttant visiblement pour garder son sang-froid. Elle eut alors un geste agacé en direction de la porte.

— Sortez de là, Père. Il ne faudrait pas que notre nouveau roi vous prenne pour un lâche.

Le seigneur Ustathius entra dans la salle et s'inclina devant Arcus, l'air un peu perdu.

Marella alla allumer plusieurs torches accrochées aux murs afin d'éclairer l'endroit où se tenait auparavant le trône, depuis d'innombrables générations. À son emplacement, il ne restait que de vagues lignes sombres. La pièce semblait vide sans sa présence menaçante. J'essayai de ne pas regarder le corps de Rasmus et de me concentrer sur Marella.

— Marella, Rasmus a dit que vous aviez payé le capitaine afin qu'il m'emmène à la prison de Blackcreek. Est-ce exact ?

Elle hésita avant d'ouvrir ses mains devant elle.

— Pardonne-moi, Ruby. C'est tout ce que je pouvais faire pour toi, à ce moment-là. Je ne pouvais pas empêcher les attaques sur les villages, mais au moins, j'ai pu faire en sorte que le capitaine Drake garde loin du roi les Sang-de-Feu qu'il trouvait.

— Pourquoi avouer une telle chose ? demanda son père, livide, les bras ballants à ses côtés. Tu viens juste de te reconnaître coupable de trahison.

Marella eut un petit sourire en coin.

— Je ne pense pas que notre nouveau souverain se formalisera du fait que j'ai essayé de préserver Ruby de la haine du roi. N'est-ce pas, roi Arelius Arkanus ? Ou dois-je vous appeler Arcus, désormais ?

Arcus vint poser une main protectrice sur mon épaule.

— Tu m'as toujours appelé Arkanus, je ne vois pas pourquoi cela changerait maintenant. Et je ne te reprocherai jamais d'avoir tenté de protéger les Sang-de-Feu. Mais pourquoi as-tu fait cela ?

— Je me suis toujours beaucoup intéressée aux prophéties de Dru, ainsi qu'à l'histoire de notre peuple et à celle des Sang-de-Feu. L'un des textes disait qu'un jour, un puissant Sang-de-Feu viendrait détruire le trône maudit, même si je peux vous assurer qu'à part Frère Chardon et moi, personne ici n'estimait que le trône était maudit.

Personnellement, j'ai toujours senti qu'il était maléfique, depuis ma plus tendre enfance.

— Mais alors, où sont les autres ? demandai-je d'une voix hésitante. Tous les Sang-de-Feu que vous avez sauvés ?

Ses yeux s'assombrirent.

— Malheureusement, la plupart étaient déjà partis, exilés ou tués, quand le capitaine a accepté de collaborer avec moi. Tu es la seule qu'il ait trouvée. Je remercie Fors pour ce miracle.

— Il a tué ma mère.

Elle baissa la tête.

— Je ne pensais pas qu'il serait aussi violent. Je suis désolée, Ruby.

Elle leva sur moi des yeux peinés.

— Mais au moins, je t'ai sauvée. Et quand on t'a amenée ici, j'ai fait en sorte que Rasmus te donne une chance de te battre. Tu as vaincu tous tes adversaires, et je savais que tu étais celle dont les livres parlaient, celle qui pourrait contrôler les ténèbres au lieu d'y succomber.

Un sourire illumina son visage, la rendant encore plus belle.

— Et maintenant, nous sommes comme des sœurs, n'est-ce pas ? Je n'oublierai jamais que c'est toi qui as enfin détruit le trône, et j'espère que tu n'oublieras jamais que je t'ai aidée dans cette tâche.

Le choc et l'épuisement commençaient à me terrasser. Je comprenais à peine ce que Marella me disait, et savais encore moins ce que j'en pensais. Je lâchai un gémissement malgré moi et portai une main à ma tête, prise de vertige. J'entendis Arcus et Marella appeler une guérisseuse, puis elle s'éloigna, suivie de son père dont la voix pleine de reproches résonnait dans le couloir.

Mes yeux tombèrent sur l'espace vide où se dressait le trône auparavant. Le Minax avait plané là, triomphant, et déclaré qu'il reviendrait vers moi lorsque je serai plus faible. Quand tous ceux que j'aime seraient morts.

On ne m'en avait donc pas encore assez pris ? Ma mère, mon lieu de vie, des mois de ma vie… Il ne me restait plus qu'Arcus. J'avais beau m'être efforcée de me fermer à lui, il m'était devenu indispensable. Je n'osais même pas envisager de le perdre.

— Qu'est-ce que c'est ? demanda Arcus en effleurant la peau à côté de mon oreille. On dirait… un cœur. Un petit cœur noir.

— Ce doit être une brûlure.

Mais je savais que c'était le Minax qui m'avait apposé cette marque. Mon ventre se noua. Je n'avais pas envie de penser à cela maintenant. Je voulais juste me reposer dans des bras réconfortants.

Arcus me caressa la joue et retira brusquement sa main.

— Tu es brûlante, Ruby. Même pour une Sang-de-Feu, tu es vraiment bouillante. Il faut qu'on te mette dans l'eau.

J'opinai et mobilisai mes forces pour me redresser. Mais le monde se mit à tourner autour de moi, et je quittai sa surface pour sombrer dans le noir.

Je grommelai et repoussai la main qui me tamponnait le front avec un linge humide et froid. Je détestais le froid. Je voulais brûler. J'étais le feu.

Soupir.

— Vous avez toujours été têtue. J'ai bien peur que vous le payiez maintenant très cher.

Je luttai contre le brouillard qui embrumait mon esprit et ouvris les yeux. Un visage ridé au nez aquilin m'apparut. Il souriait, révélant quelques dents manquantes. Les rares cheveux blancs sur son crâne dégarni brillaient comme des fils d'argent sous la lumière du soleil. Avec son expression béate, on aurait dit un messager des dieux. Mais comme je savais que Frère Gamut était mort…

— Je suis dans l'au-delà ? demandai-je d'une voix rocailleuse.

— Si vous étiez morte, pourquoi est-ce que je vous aspergerais de cette eau froide que vous détestez tellement ?

Mes sensations me revinrent brusquement. J'avais mal à la gorge. À la peau. Et j'avais l'impression d'avoir du sable plein les yeux.

— Ça dépend, croassai-je. Les dieux pourraient vouloir me punir.

Il rit doucement.

— C'est peu probable.

Les larmes me montèrent aux yeux. J'étais vivante. Frère Gamut était vivant. Si le capitaine avait menti au sujet de Frère Gamut, peut-être avait-il menti au sujet des autres également ? Dans un grognement, je me redressai et enlaçai sa frêle silhouette.

— Vous ne pouvez pas savoir à quel point je suis contente de vous voir.

Il rit et prit une petite inspiration crispée.

— Votre peau est brûlante, Ruby.

— Oh, pardon.

Je le lâchai et retombai sur le matelas moelleux en portant les deux mains à ma tête, qui tournait toujours. Je vis enfin où j'étais : dans une chambre que je n'avais jamais vue auparavant, avec de fins rideaux autour du lit, de lourdes tentures et une fenêtre ouverte.

— Où suis-je ?

— Dans l'ancienne chambre de la reine.

Il m'offrit un nouveau sourire édenté et fit un geste en direction d'une porte dans le mur.

— Avec une porte vers la chambre d'Arcus. Vous avez de la chance que je sois ravi de vous revoir tous les deux, sans quoi j'aurais pu remettre en question la pertinence de ce choix.

Une vague de nausée m'envahit avant que je puisse répondre à sa gentille plaisanterie.

— Je crois que je vais vomir.

— Vous n'avez plus rien que de l'eau dans l'estomac. C'est tout ce que vous avez pu garder. Vous venez de vivre un traumatisme, et votre corps commence tout juste à s'en remettre. Je suis à votre chevet depuis mon arrivée, à vous parler dans l'espoir que vous vous réveilliez pleinement. Je suis heureux que vous ayez enfin décidé de revenir vers nous.

— Depuis combien de temps ?

— Arcus nous a envoyé chercher avant d'entrer lui-même dans la cité. Nous sommes arrivés le lendemain de… votre malaise. Je suis à vos côtés depuis trois jours maintenant.

— Et avant cela, vous étiez à l'abbaye ? Indemnes ?

Ses épais sourcils blancs se froncèrent.

— Indemnes, oui, pour la plupart d'entre nous. Quand les soldats sont venus… Bref, nous pensions que Frère Lack ignorait l'existence de la sortie au bout des catacombes. Nous avons dû nous tromper. Une fois que les soldats ont su que vous étiez là, ils nous ont interrogés. Mais Arcus est vite revenu, et Frère Chardon et lui ont fait usage de leur froid sur les soldats. Les plus jeunes et les plus capables d'entre nous les ont aidés.

— Et vous avez gagné ?

— Nous nous sommes enfuis. Après cela, Arcus est parti mobiliser ses soutiens pour les emmener au château.

Nous autres sommes restés cachés dans des grottes de la montagne, jusqu'à ce qu'Arcus nous fasse savoir que nous pouvions réintégrer l'abbaye en toute sécurité. Mais il tenait à avoir Frère Chardon auprès de lui quand tout serait fini, quelqu'un aux conseils de qui il pourrait se fier. Et j'ai proposé de les accompagner pour offrir mes soins à ceux qui seraient blessés dans la bataille.

— Frère Gamut, vous ne me regardez pas dans les yeux. Vous me cachez quelque chose, n'est-ce pas ?

Le moine secoua la tête avant de parler lentement, l'air affligé :

— Eh bien, nous avons tout de même perdu quelques-uns de nos frères et sœurs dans le combat.

Il m'énuméra la liste de ses amis décédés, parmi lesquels se trouvait le jovial Frère Peele. Je serrai fort sa main dans la mienne et versai des larmes comme il parlait.

— Heureusement, tous les autres sont sains et saufs, m'assura-t-il. Sœur Clove a eu un bras cassé, mais elle se remet. Nous lui prêtons tous main forte maintenant.

— Je le ferai aussi, dis-je en me redressant. Dès que je serai rétablie, je rentrerai avec vous. L'abbaye est ma nouvelle maison désormais.

— Je suis heureux que vous vous y considériez chez vous. J'ai dû boire quantité de mes tisanes pour apaiser mes inquiétudes à votre sujet, vous savez.

— Vous n'avez plus à vous inquiéter. Mais dites-m'en plus : je voudrais savoir tout ce qui s'est passé depuis mon départ.

Il me tapota la main avant de retirer prestement la sienne en grimaçant.

— Seulement si vous me laissez vous rafraîchir encore un peu. Même les Sang-de-Feu ne sont pas faits pour brûler en permanence.

Il continua de me tamponner le front, les joues et le cou avec le linge frais tout en parlant. Je l'interrompais souvent, et il répondait à mes questions, me demandant parfois de me taire pour le laisser finir.

Je fis de mon mieux, même si la patience n'était pas la première de mes qualités.

Au cours des trois jours que j'avais passés dans cet état comateux, Arcus avait convaincu une grande partie de la noblesse qu'il était le roi légitime. Il n'avait pas été très difficile de leur faire comprendre qu'une malédiction avait frappé la nation, les gens l'ayant senti dans leur cœur depuis longtemps déjà. Mais Arcus devait maintenant diriger une nation dépeuplée par la guerre. Il avait ordonné à ses armées de se retirer des pays voisins et avait envoyé des ambassadeurs afin d'entamer le long processus visant à renouer des liens avec les autres rois et reines. Il faudrait du temps pour que les peuples pardonnent, disait Frère Gamut. Les sombres appétits du Minax avaient été incarnés par le dernier roi de Glace. La route serait longue avant que le nouveau ne gagne à nouveau la confiance de tous.

— Mais comment va-t-il ? demandai-je, inquiète. Comment vit-il la mort de son frère ? Si vous l'aviez vu, Frère Gamut… Il avait l'air… brisé.

— Je sais, mon enfant. Je vois sa tristesse. Il n'est pas tout à fait lui-même.

Nous étions là, sans rien dire, quand la porte s'ouvrit. Arcus entra et regarda Frère Gamut. Comme il ne portait pas de capuche, ses yeux étaient clairement visibles. Aujourd'hui, ils avaient la couleur d'un lac gelé couvert de neige. Son expression était sombre, ses joues creusées, comme s'il n'avait pas dormi depuis des semaines. Il semblait avoir pris des années en quelques jours seulement.

— Je vais veiller sur elle un moment, Frère Gamut, dit Arcus en refermant la porte derrière lui. Le couronnement n'aura pas lieu avant plusieurs heures.

Ses yeux s'écarquillèrent comme il les posait sur moi.

— Mais… elle est réveillée !

— Tu peux me parler directement, dis-je en souriant.

— Ruby !

Il s'approcha de moi si lentement que je me demandai s'il s'attendait à ce que je m'envole comme un oiseau effrayé. Cela me toucha et m'amusa de penser qu'après tout ce à quoi j'avais survécu, tout ce que j'avais fait, il pouvait encore me considérer comme fragile.

Il glissa sa main froide sous la mienne. Je frémis, mais ce fut le simple fait de le toucher et non sa fraîcheur naturelle qui me donna la chair de poule.

— Comment te sens-tu ? demanda-t-il doucement.

J'essayai de retirer ma main, certaine que ma chaleur excessive devait lui être désagréable. Il la garda malgré tout.

— Comme un lapin trop cuit, répondis-je.

Ses yeux se plissèrent de rire, ce qui le rajeunit un peu.

— Tu es le feu. Réprime tes flammes.

— Ah, mais cela demande du self-control. Et nous savons tous deux que…

— Ce n'est pas ton fort, termina-t-il avec un sourire espiègle qui ne faisait rien pour abaisser ma température.

En dépit de ses mots légers, je voyais des signes de tension dans sa mâchoire et ses épaules.

— Comment vas-tu ? demandai-je avec plus de sérieux.

— Frère Chardon me couve comme une mère poule. S'il continue, il va falloir que je l'enferme au donjon.

— Il t'aime, que veux-tu.

— Je l'aime aussi.

Son expression redevint grave, et je me demandai s'il voulait dire autre chose, mais ses yeux se posèrent alors sur Frère Gamut, qui arborait un grand sourire, perché sur son fauteuil tapissé, et semblait se régaler de cette scène.

— Je suis désolée, Arcus, dis-je en triturant le bord de ma couverture. Je n'aurais jamais dû aller dans la salle du trône sans toi. Si j'avais attendu, peut-être que…

Il secoua la tête énergiquement.

— Arrête. Rien n'était ta faute.

Il marqua une pause.

— Il y a eu une petite cérémonie hier. Nous l'avons enterré en habit d'apparat, avec certains de ses objets préférés, quand il était enfant.

Je hochai la tête. C'était sûrement ainsi qu'Arcus préférait se souvenir de son frère – de l'enfant qu'il était autrefois.

— Mais alors, pourquoi est-ce que j'ai l'impression d'avoir échoué ? demandai-je en regardant ailleurs. Le Minax est dans la nature maintenant, libéré du trône. Qui sait ce qu'il est capable de faire maintenant que je l'ai délivré ?

Sentant que l'ambiance s'alourdissait, Frère Gamut se leva et se racla la gorge.

— Je dois aller chercher des plantes pour fabriquer la tisane que vous connaissez. Vous en voudrez ?

— Avec grand plaisir, répondis-je sincèrement. Vous n'imaginez pas comme elle m'a manqué.

Le moine effectua une discrète révérence à l'intention d'Arcus et s'éclipsa. Lorsque la porte se referma derrière lui, Arcus prit place dans le fauteuil, sans lâcher ma main.

— Tu n'as *pas* échoué, dit-il. Tu as débarrassé le château d'une malédiction !

— Oui, mais… c'est le trône qui donnait son pouvoir au roi de Glace, dis-je en le regardant dans les yeux. Tu seras moins puissant sans lui, maintenant.

Il plissa les yeux en réfléchissant à ce que je venais de dire.

— Certes, le trône donnait du pouvoir au roi, seulement, il n'était pas toujours employé à bon escient. Il était de plus en plus sombre depuis un certain temps, au moins depuis le règne de mon père. Mon propre père s'est montré… affreusement cruel envers mon frère.

— Oui, Rasmus me l'a dit.

J'entrelaçai mes doigts aux siens et les serrai.

Il baissa les yeux vers nos mains.

— Je compte donc utiliser non seulement mon pouvoir du froid, mais aussi ma capacité à parler au peuple, à les persuader d'embrasser mes convictions.

Je lui souris.

— Parce que tu es un brillant orateur.

Un coin de sa bouche se releva, étirant sa cicatrice. Je fus prise d'une brusque envie de la toucher.

— Eh bien, j'étais connu pour être assez convaincant, autrefois.

Nous restâmes en silence pendant quelques instants.

— Pourquoi ne pas m'avoir dit qui tu étais vraiment ? demandai-je.

Il fit la moue, puis posa sur moi un regard intense.

— Si ce secret avait été révélé au grand jour, cela aurait pu mettre les moines en danger. L'abbaye était une cachette pour moi, un refuge isolé et sûr où vivre en attendant de réunir tous mes soutiens. Rasmus aurait pu s'en prendre à l'ordre des frères. Je ne voulais pas leur faire courir ce risque. Même si je savais que je pouvais te faire confiance – parce que je t'ai vite fait confiance, Ruby –, je ne pouvais pas préjuger de ce que tu pourrais dire si jamais on te capturait.

— Je comprends. Je me suis fait du souci pour eux, moi aussi.

Il caressa mes cheveux d'une main puis me releva le menton jusqu'à ce que nos yeux se croisent.

— Ruby, je veux que tu saches que j'avais finalement changé d'avis. J'étais sur le point de dire à Frère Chardon que nous devions trouver une autre façon de procéder. Et puis…

Il eut un geste d'impuissance.

— Bref, j'étais fou quand je suis rentré à l'abbaye et que j'ai appris que tu avais été emmenée. Je vous ai suivis, mais vous aviez trop d'avance sur moi. Et une fois que vous étiez au château, il me fallait des forces importantes pour affronter l'armée de Rasmus.

— Tu l'as fait. Et tu as gagné.

— C'était assez mal engagé, jusqu'à ce que les champions se rallient à ma cause.

J'éprouvai un regain d'affection pour Braka.

— Excellent.

— Je les ai tous affranchis immédiatement. Ce sont des hommes et des femmes libres maintenant.

Je lui souris, immensément fière de ce nouveau roi. Arcus me rendit mon sourire et mon cœur s'emballa en le regardant.

— Je me suis dit que ça te ferait plaisir, dit-il en prenant mes mains dans les siennes.

Je rassemblai alors tout mon courage et expliquai à Arcus que le Minax m'avait donné cet étrange surnom de « vaisseau véritable ». Il serra mes mains comme je parlais.

— Nous ne le laisserons pas te prendre, dit-il fermement. Je te jure que je ne le laisserai pas faire ça, Ruby.

Je voyais bien qu'il faisait de son mieux pour me rassurer. Mais comment pourrions-nous combattre quelque chose d'aussi volatile que les ténèbres ?

— Tu as l'air fatiguée, dit-il plus doucement. Je vais te laisser te reposer.

Je lâchai sa main à regret.

— Tu dois te préparer pour le couronnement, c'est ça ? J'aimerais y assister.

Il fit non de la tête, la mine sévère.

— Tu es trop faible. Quand ta fièvre aura baissé, tu pourras faire ce que tu veux. En attendant, pas de visites, et tu ne sors pas de cette chambre.

Je me rappelai la fois où je lui avais dit qu'il ne pourrait jamais me contrôler, et qu'il l'apprendrait à ses dépens s'il s'avisait d'essayer. Mais Arcus n'était pas comme son frère, il n'exerçait aucun contrôle sur autrui pour son simple plaisir. Sa motivation, à lui, c'était de protéger les autres. Et en cet instant, épuisée comme je l'étais, cela ne me dérangeait aucunement.

— Tu es très royal quand tu donnes des ordres, tu sais, dis-je sans pouvoir contenir un petit sourire. Ça me donne envie de te défier, par pur principe.

Ses yeux brillèrent.

— Au risque de te voir accusée de trahison ? Tu tiens vraiment à retourner dans une cellule, Miss Brindille ?

Je lui rendis son ironie avec un regard faussement outré.

— Ne plaisante jamais avec ça, tu veux ?

Il sourit et porta une main à son cœur.

— Tes yeux me brûlent. J'aimerais être aussi effrayant que toi quand je me fâche, mon petit brasero.

— Mais tu fais très peur, quand tu veux.

Son sourire s'adoucit.

— Pas à toi, j'espère.

Les battements de mon cœur réagirent immédiatement à la tendresse que je lisais dans ses yeux.

— Sauf quand j'ai cru que tu allais te sacrifier pour moi. Comment as-tu pu dire ça ?

Je baissai les yeux, puis les relevai, luttant contre ma timidité.

— Ça me tuerait de ne plus jamais voir ton beau visage, murmurai-je.

Brusquement, il se rua vers moi et m'étreignit de toutes ses forces, haletant, avant de me reposer doucement sur l'oreiller. Les yeux d'un bleu autrefois si froid semblaient maintenant bouillonner en plongeant dans les miens.

— Merci, Miss Brindille, dit-il d'une voix un peu éraillée. J'emmènerai ces mots avec moi chaque soir avant de dormir, pour me faire du bien.

J'imaginai son torse nu sous un drap et sentis le feu me monter aux joues. Il déposa un baiser sur mon front et s'apprêta à se lever.

— Arcus, dis-je en retenant une de ses mains. Un jour, quelqu'un m'a dit que les histoires entre le Feu et la Glace ne se terminaient jamais bien…

Je n'en dis pas plus, mais il parut comprendre la question que je voulais lui poser. Notre histoire se terminerait-elle de manière aussi tragique que celle du roi de Glace qui avait épousé une reine Sang-de-Feu ?

Il se figea. Mon cœur aussi. Puis, il se rassit à côté de moi, sur le lit, l'air plus pensif qu'inquiet.

— Je doute que des gens comme nous aient été ensemble assez longtemps pour répondre à cette question. Je suis convaincu que le trône a joué un rôle dans la mort de la reine Sang-de-Feu. Je n'ai pas peur de ta chaleur, et tu n'as pas peur de mon froid. Et puis…

Arcus se pencha, et je m'approchai en levant le menton. Il m'embrassa alors avec une telle intensité que son froid me parut plus brûlant encore que le feu.

Cela ne faisait pas mal, mais cela brûlait, et d'une manière très agréable. Mon sang s'éveilla d'un coup, ma fièvre monta en flèche et ma bouche s'assécha subitement. De petits frissons partaient de mes lèvres pour me parcourir tout le corps.

Il était doux et, en même temps, sans retenue, comme s'il me montrait quelque chose, comme s'il me faisait don de ce quelque chose venant de lui. Je me donnai en retour, lui montrant avec mes lèvres, avec mes mains qui couraient dans ses cheveux, sur ses joues et sur ses belles cicatrices, que j'avais besoin de lui et ne souhaitais plus m'en cacher.

Lorsque nous fûmes tous deux hors d'haleine, il rompit le baiser et me sourit. Je lui rendis son sourire. Il posa alors un petit baiser sur mes lèvres en me chatouillant le menton.

— J'aime me sentir brûler, quand je brûle pour toi, murmura-t-il.